高校转型发展系列教材

中国古代小说史述

赵旭 著

清华大学出版社
北京

内容简介

作为教材，本书力图贯彻一种理念，即通过中国小说史教学，指导学生了解、认识小说，使学生能主动地结合相关文化背景去鉴赏、评价中国古代小说，进而动手创作小说。作为学术专著，本书以宏大的视角对小说的文化特征加以审视，通过细腻的文体比较对小说的内涵、特点加以界定，从文学、文化和哲学三个层面上制定出相对客观的小说评价标准。在此基础上，着眼于中国古代文化背景，关注小说作品、小说理论和小说传播媒介这三个要素互相推动发展的特点，描述不同阶段的小说创作情况，归纳总结中国古代小说发展的规律。不执着于资料的详备，对于为人熟知的作品和形象不作过分解读，对于一些受关注度不高的小说类型和有特点的配角形象则予以相对细致的研讨。附录部分给予了《红楼梦》较多篇幅，以突出其在中国古代小说史上的地位。本书可作为汉语言文学专业本科生和研究生的教学用书和参考教材，也可作为中国古代小说爱好者的参考用书。

本书封面贴有清华大学出版社防伪标签，无标签者不得销售。
版权所有，侵权必究。举报：010-62782989，beiqinquan@tup.tsinghua.edu.cn。

图书在版编目(CIP)数据

中国古代小说史述 / 赵旭编著 . —北京：清华大学出版社，2020.5（2024.8重印）
高校转型发展系列教材
ISBN 978-7-302-55169-0

Ⅰ．①中… Ⅱ．①赵… Ⅲ．①古典小说－小说史－中国－高等学校－教材 Ⅳ．① I207.409

中国版本图书馆 CIP 数据核字 (2020) 第 049920 号

责任编辑：施　猛
封面设计：常雪影
版式设计：方加青
责任校对：牛艳敏
责任印制：丛怀宇

出版发行：清华大学出版社
网　　址：https://www.tup.com.cn，https://www.wqxuetang.com
地　　址：北京清华大学学研大厦A座　　邮　编：100084
社 总 机：010-83470000　　邮　购：010-62786544
投稿与读者服务：010-62776969，c-service@tup.tsinghua.edu.cn
质 量 反 馈：010-62772015，zhiliang@tup.tsinghua.edu.cn

印 装 者：三河市人民印务有限公司
经　　销：全国新华书店
开　　本：185mm×260mm　　印　张：16.25　　字　数：385 千字
版　　次：2020 年 5 月第 1 版　　印　次：2024 年 8 月第 3 次印刷
定　　价：49.00 元

产品编号：069746-01

序　言

赵旭君的《中国古代小说史述》即将付梓问世，承蒙青目，多方致意，托我作序。重托之下，其实难副。而赵旭君盛意殷殷，只好勉从其意，略谈一二感想，以做弁言。

时下，治小说史可能是费力不讨好的事。一则鲁迅《中国小说史略》开山在先，至今仍为中国小说史的典范之作，成为横亘于治小说史者面前的一座大山，使人拊膺长叹，难以超越。二则数十年来各类小说史层出不穷，诸如小说通史、断代小说史、各体小说史等，可谓诸体皆备，卷帙浩繁，要想翻新出奇，殊非易事。有鉴于此，作者意在写成一本有学术个性的教材，以中国小说史教学为门径，使学生在了解文化背景的基础上鉴赏、评价古代小说，进而触发学生创作小说的欲望，学以致用。私意以为，作者命意所在，自有其价值。

在漫长的中国文学发展史上，小说是晚出的文学形式，其发展历史远不能与诗歌、散文相比。但是，如果从中国小说史自身来看，从小说开始成熟的唐朝算起，距今也有一千四百余年了。然而，要说到小说形成的因素，则在远古时期就已经出现了。从先秦神话寓言，史传文学，再到杂家著述，都能找到小说的某些影子。只是这些材料浩如烟海，极为复杂，梳理归类极为不易。针对这种现象，作者试图通过文体比较，对小说的内涵加以界定，从文学、文化和哲学三个维度探讨小说的评价标准，辨析古代小说的发展规律。作者首先主张回归本源，回答"小说是什么"这一根本问题。在厘清基本概念的基础上，兼顾小说古今含义的不同表述，对小说本体的确认采取了比较严格的标准，用通行小说的标准来明确作品的归属。然后，再制定小说的评价标准，使学生能够对小说有一种直观的体认，知道什么样的作品是好小说，并将这种认知转化为写作能力，体现在小说写作练习之中。其次，不完全遵从小说史约定俗成的模式套路，以纵向发展为线索，对不同时期的小说创作情况进行梳理，分析中国古代小说的发展规律。同时，作者在描述中国古代小说的发展轨迹时，还能照顾到不同阶段的均衡性，对以往小说史关注不够的某些阶段的创作情况进行比较详细的梳理分析，对于大家耳熟能详的作品采取相对简约的记述方式。这种处理方式的是非优劣，得当与否，只好说见仁见智了。

赵旭君为人诚笃，于读书为学始终保持虔敬之心。总能记起他求学阶段的真诚和执着，时光匆匆，廿余载悄然而逝。在当下熙攘来往、纷扰喧嚣之境，尚能守一方净土，殊属不易，一时间，心有感佩呀！

刘红军
己亥年腊月于沪上海湾

目 录

绪论 / 1

 第一节 小说的概念与文化特质 / 2
 第二节 小说的评价标准 / 11
 第三节 中国小说史的书写 / 22

第一章 萌芽状态的先秦小说 / 31

 第一节 散居各体的小说因素 / 32
 第二节 存而不显的先秦小说 / 54

第二章 独立状态的两汉魏晋六朝小说 / 64

 第一节 脱离母体的汉代小说 / 64
 第二节 自觉成长的魏晋六朝小说 / 76

第三章 成熟状态的唐宋元小说 / 87

 第一节 文言小说的成熟——唐代传奇小说 / 88
 第二节 白话小说的成熟——宋元话本小说 / 105

第四章 众体毕备的明代小说 / 122

第一节 明代前期小说 / 125
第二节 明代中期小说 / 141
第三节 明代后期小说 / 154

第五章 巅峰前后的清代小说 / 167

第一节 清代前期小说 / 168
第二节 清代中期小说 / 179
第三节 清代后期小说 / 190

附录 中国古代小说的巅峰之作——《红楼梦》/ 214

后记 / 248

绪 论

在中国,"小说"是一个古老的文学范畴,有着悠久的历史和丰富的内涵。小说可以是表述的内容题材,如《庄子·外物》"饰小说以干县令"① 中难登大雅之堂的琐碎言论,再如宋代说话家数之一的"小说"(银字儿);小说也可以是带有漫谈性质的表达方式和自谦色彩的表述态度,如张贤亮的一部著作题目就是《小说中国》②;小说还可以是特定的书籍形式,古代简策文书都有一定的尺寸规格,儒家经典要长一些,如《论衡·谢短》所云"二尺四寸,圣人文语"③,而一般的书籍则要短一些,称为"短书","若夫短书俗记,竹帛胤文,非儒者所见,众多非一"④。杨义对此进一步明确:

> 小书,短书,汉代的书是用竹简做的,那么经书有两尺四长,史书只有一尺八,甚至更短,所以叫短书,篇幅也短小,这是它的书籍形式。⑤

除此之外,小说还是与诗歌、散文和戏剧文学并列的一种文学体裁,本书就是对文体意义上的中国古代小说历史发展特点加以描述。

任何一种文学艺术形式都有其源流和发展轨迹,而记录、描绘其演进过程的就是各种文学艺术史,它们是不同民族、环境和时代文化熏陶的产物,有着丰富的文化内涵,

---

① 陈鼓应. 庄子今注今译 [M]. 北京:中华书局,1983:707.
② 张贤亮. 小说中国 [M]. 西安:陕西旅游出版社,1997.
③ 〔东汉〕王充,著,袁华忠,方家常,译注. 论衡全译 [M]. 贵阳:贵州人民出版社,1993:778.
④ 〔东汉〕王充,著,袁华忠,方家常,译注. 论衡全译 [M]. 贵阳:贵州人民出版社,1993:160.
⑤ 杨义. 中国叙事学的文化阐释 [J]. 广东技术师范学院学报,2003(3):31.

承载着不同时期、不同民族、不同区域和不同环境下的审美特质。

作为文体意义上的中国古代小说，其发展具有相对稳定的文化环境，呈现出相对独特的历史轨迹，昭示着中华民族自身的审美取向。它曾经被蔑视为"小道"，但随着经济文化的发展，其地位不断抬升，晚清时期甚至被梁启超《论小说与群治之关系》称为"文学之最上乘"①。从"小道"到"最上乘"，中国小说经历了一个怎样的发展过程，在这个发展过程中又吸收了哪些新东西，对当时的社会发展具有怎样的意义，高傲的文人士大夫是怎样一步步对其加以接受并将其地位提高的，将这些勾勒出来，不仅可以考察当时的社会发展状况，而且可以更深入地把握中国文人知识分子的心路发展轨迹，这也正是研究中国古代小说史的意义所在。

研究作为中国文学史分支的中国小说史，首要问题是弄清楚什么是小说，然后基于中国社会发展的基本特点来弄清楚中国小说的文化特质，进而去梳理中国小说发展的特点。在研究中国小说发展的过程中，还必须对中国小说的评价标准和演进轨迹做出分析和解答。构建小说史，必须解决三个问题：什么是小说？什么是好的小说？小说是怎样发展演进的？研究小说史，必须界定小说这个概念，确立评价标准。

第一节　小说的概念与文化特质

如何给小说一个公认的明确的定义，这是一个难题。1927年，范烟桥在他的《中国小说史》中坦言：

何谓小说之一问题，为研究小说者所亟求解答，而一时实无相当之肯定断论。②

爱·摩·福斯特《小说面面观》曾引用阿尔比·谢括利对小说的界定：

小说是用散文写成的具有某种长度的虚构故事。③

但这只是一个临时性的定义，是他为了演讲的方便，"找到一个有利的立足点"而临时采用的；而且他又加了补充——"任何超过五万字的散文作品，在我所作的演讲中均可称为小说"，可见这个概念的不稳定性。而爱·摩·福斯特也因为小说的不易把握

---

① 陈平原，夏晓虹. 二十世纪中国小说理论资料：第一卷（1897—1916）[M]. 北京：北京大学出版社，1989：34.
② 范烟桥. 中国小说史 [M]. 苏州：苏州秋叶社，1927：1.
③ [英] 爱·摩·福斯特. 小说面面观 [M]. 苏炳文，译. 广州：花城出版社，1984：3.

而做了一个富有形象性的感叹："它是文学领域上最潮湿的地区之一——有成百条小川流灌着，有时还变成一片沼泽。"① 伊恩·P. 瓦特也说过：

> 这个定义既要狭窄得能将先前诸种叙事体文学拒之门外，又要宽泛得适用于通常归入小说范畴的一切文体。②

就西方而言，"'小说'这个术语直到18世纪末才得以充分确认"③。就中国而言，"小说"的文化内涵则要更加复杂一些，如佐藤一郎指出：

> 所谓中国的文章，是什么呢？这不光是文学的一种体裁的问题，还是一个与中国文化的本质关系很深的问题。"④

小说也一样。从《庄子·外物》的"饰小说以干县令"⑤开始，历代对小说的解读，对其社会功能的认识和对其体裁特点的见解并不相同。小说发展有着文言和白话双线轨迹，历史演义、英雄传奇、神魔小说与世情小说的题材，讽刺、谴责与写实的手法，都令人很难对其做出精准的定义。中国小说从诞生那天起就一直在中国文学体系中处于不被重视的地位，这是小说史无法回避的问题。要想梳理小说发展历史，必须得明确研究对象。小说史的发展，首先就是小说作品的存在与发展。

目前公认的"基本文学体裁"⑥主要包括诗歌、散文、戏剧文学（剧本）和小说。诗歌和戏剧文学具有自身特殊的表现结构，但《叶甫盖尼·奥涅金》这样的诗体小说属于特殊情况，在中国小说史中这样的特殊体式并不多见。诗歌更侧重于抒情，即使是叙事诗也只是通过描写和叙述的方式来增强抒情的效果，这与侧重叙事以塑造形象的小说有着本质的不同；而戏剧文学侧重于设置尖锐的矛盾冲突，与侧重于设计曲折情节的小说不同。在此我们以2016年10月出版的剧本《哈利·波特与被诅咒的孩子》⑦为例进行说明。该剧是哈利·波特系列"第八个故事"，与哈利·波特系列前七部小说相比，其情节未免有些简单，基本上就是围绕"谁是伏地魔的孩子"这个疑问和一个时间转换

---

① [英]爱·摩·福斯特. 小说面面观 [M]. 苏炳文，译. 广州：花城出版社，1984：3.
② [美]伊恩·P. 瓦特. 小说的兴起 [M]. 高原，董红钧，译. 北京：生活·读书·新知三联书店，1992：译者序.
③ [美]伊恩·P. 瓦特. 小说的兴起 [M]. 高原，董红钧，译. 北京：生活·读书·新知三联书店，1992：译者序.
④ [日]佐藤一郎. 中国文章论 [M]. 赵善嘉，译. 上海：上海古籍出版社，1996：中译本前言.
⑤ 陈鼓应. 庄子今注今译 [M]. 北京：中华书局，1983：707.
⑥ 童庆炳. 文学理论教程 [M]. 北京：高等教育出版社，2004：197.
⑦ [英]J. K. 罗琳，[英]约翰·蒂法尼，[英]杰克·索恩. 哈利·波特与被诅咒的孩子 [M]. 马爱农，译. 北京：人民文学出版社，2006.

器，在现在和过去之间完成了三次时空穿越。但作为一部剧本，它还是很不错的。其设置的矛盾冲突是尖锐而不可避免的。一个是角色自身的矛盾，37岁的哈利·波特面临中年危机，生活压力和精神折磨让他痛苦不堪；一个是父子之间的隔阂，充分表现在哈利父子和马尔福父子之间。有了这些现实意味浓郁的矛盾冲突，舞台上的戏剧表演就好看了。与小说相比，戏剧文学更重视矛盾冲突的设置。戏剧文学是为舞台表演服务的，小说是用来阅读的，创作目的不同，艺术侧重点也就不同。尽管剧本和小说都重视形象，但在具体方式上，剧本通过矛盾冲突来表现形象，而小说则是通过曲折动人的情节来塑造形象！

要想确定小说的艺术特质，必须将小说和散文区分开。

散文的含义比较广泛，既是一种表达形式，和骈文与韵文相对，又是一种文学体裁，和诗歌、戏剧文学和小说并列。从体裁角度看，"所谓与小说、诗歌、戏剧并驾齐驱的散文，乃是'五四'以后拥抱并改造西方'文学概论'的成果，'五四'文学革命蕴含着文类等级的变更，即'散文'由中心退居边缘。此前谈论文学，首先是文章，而后才是诗词；至于小说与戏曲，可有可无。此后则天翻地覆，小说、戏剧出尽风头，文章则相形见绌。"①

不过，"经过一代代文论家不懈的努力，'文章'之'体'，对于中国读书人来说，大致是明晰而且确定的"，而且在传统文论中，小说一直无法真正融入中国文章体系之内。更多的时候，出于对小说的轻视，"小说与散文之间的'边界'，便常因某些古文家纯洁血统保持稳定的冲动而变得格外敏感与脆弱，最典型的例子，莫过于桐城文派拒绝小说渗透的努力"②。

佐藤一郎认为"中国古典文学的中心是文章。所谓诗文这个惯用词是有的，但这是后世的称呼，传统上认为文比诗更优越。文除了有韵文与散文合成的文章这一意义外，还与学问、礼乐制度、条理、礼仪等社会秩序的根本方面都有关系，几乎是囊括了所有的意义。"③ 在他的眼中，"作为最广义的文章，除骈文与古文之外，还应进一步考虑到辞赋"④，而小说却不在其中。在他的《中国文章论》这本书中，只有谈到倡导"小说界革命"的梁启超的时候，才不得不对小说有所涉及，"特地举了《论小说与群治之关系》来考察"，认为：

> 梁启超关于"文学"，论述到的问题很多。光绪二十八年（1902）是他的小说观如我们今天在这里所看到的那样有一大进步的年头。在这一年被他赐予"美妙之文"的评

---

① 陈平原. 中国散文小说史 [M]. 上海：上海人民出版社，2014：2-3.
② 陈平原. 中国散文小说史 [M]. 上海：上海人民出版社，2014：9.
③ [日] 伊藤一郎. 中国文章论 [M]. 赵善嘉，译. 上海：上海古籍出版社，1996：1.
④ [日] 伊藤一郎. 中国文章论 [M]. 赵善嘉，译. 上海：上海古籍出版社，1996：8.

价的文笔家是些怎样的人物呢？是伏尔泰，是福泽谕吉，是托尔斯泰，是一些包含小说家在内的世界的启蒙思想家。梁启超的"文"已经不是传统诗文之文，而是开始具有促进社会进步的著作家的文章那种较广的意义。①

在佐藤一郎看来，梁启超所认可的撰写"美妙之文"的小说家的作品并不符合传统的文章观念，因此以"文笔家"称之。在此基础上，他进一步指出：

> 梁启超的所谓"文学"究竟是怎样的呢？我们考察了他虚岁三十岁（1902）之前的活动展开最活跃的时期，而光绪二十八年（1902）可以说是具有这样意义的一年：他自身的文学观的确立，以及在中国近代史中文学观的转换，具有"文章经国之大业"的传统的国家新的经国文学观诞生。借用一下梁启超的话，正如法国的伏尔泰、日本的福泽谕吉、俄国的托尔斯泰，如没有梁启超，中国的近代史将是另一个模样是很明白的了。②

他虽然从"传统的国家新的经国文学观"角度认定了小说是"那种较广的意义"上的文章，却给小说这种文学体裁明确了一个定语，是"具有促进社会进步的著作家的文章"，是从思想内容和社会价值着眼的，而不是从文体角度来肯定的。

散文和小说的区别的确不好定位，特别是叙事散文与小说之间，"'其变无穷'的叙事方法，主要指向古文，可也同样适应于小说"，"借助于'史迁之法'与'左氏之文'，古文家与小说家很容易找到'共同语言'"③。"明清小说评点者之动辄许以'史迁笔法'，虽有攀附正史、自我尊贵的嫌疑，倒也未可厚非，因正史与稗史之'意匠经营'，确有'同贯共规'之处。正是这种同样师法'史迁之法'与'左氏之文'，决定了散文与小说这两大文类具有某种潜在的血缘关系"，"尽管文言系统的小说与古文的关系更为密切，章回小说也并非与文章完全绝缘"④。不仅古代小说如此，就现代小说作品而论，鲁迅的《一件小事》和《社戏》如果说是散文，有什么不可以的呢？《呐喊》中的这两篇小说和《朝花夕拾》中的很多散文真的有很大差别吗？

从整个文学史发展的角度去研究散文与小说的共性，"纵观两千年中国文学进程，散文与小说互为他者，其互补与互动的关系，值得认真探究"⑤，研究"散文与小说在各自发展的紧要关头，都曾从对方获得变革的动力与方向感，这点或许更值得评说"⑥，强

---

① [日]佐藤一郎. 中国文章论[M]. 赵善嘉，译. 上海：上海古籍出版社，1996：253.
② [日]佐藤一郎. 中国文章论[M]. 赵善嘉，译. 上海：上海古籍出版社，1996：255.
③ 陈平原. 中国散文小说史[M]. 上海：上海人民出版社，2014：11.
④ 陈平原. 中国散文小说史[M]. 上海：上海人民出版社，2014：12.
⑤ 陈平原. 中国散文小说史[M]. 上海：上海人民出版社，2014：12.
⑥ 陈平原. 中国散文小说史[M]. 上海：上海人民出版社，2014：12.

调"跨越文类边界,始终是一种有益而且有效的尝试",这固然是正确的。但是,从小说史本身发展来看,它却必须和散文划清界限,明确立场,小说史必须是小说的历史。那么,小说和散文不同之处在哪里呢?

罗书华在《论中国小说学的基本构成》中认为构成中国小说学的主体包括功能价值论、事体虚实论、叙述艺术论和形象性格论四个方面,其中"事体虚实论与形象性格论则是小说学的独特论题,个性十足,蕴意丰富,足以体现小说学的独特成就"①。从文类角度看,小说和散文的最大区别在于形象的着意塑造和虚构的表达方式上。

诚然,各类文学作品都可以塑造艺术形象,但诗歌更侧重抒情,戏剧文学更侧重表现矛盾冲突,散文则更侧重于叙事说理,只有小说才把塑造艺术形象作为其主要创作目的。小说塑造的艺术形象以人物形象为主,也包括人格化的其他形象。在小说的三要素——人物、情节和环境中,人物形象显然占据了最高地位,正如金庸所言:"小说主要是在写人物,写感情,故事与环境只是表现人物与感情的手段。"② 一部小说能够深入人心,主要是因为其形象的鲜活。我们读一部优秀的小说,未必能记住全部的情节,可是主人公却可以活在读者心里,甚至会成为今后生活的指导者。读者往往被作品中的主人公感动,所谓"看《三国》掉泪,替古人担心",指的就是在阅读过程中不由自主地将自己的命运与小说中的人物形象联系在一起,产生了情感上的关联与共鸣。

但是散文中也有对形象的表现,特别是记人的散文与小说怎么区分呢?可以这样认为,散文是以实录的态度来表现形象,而小说是用虚构的态度来塑造形象。小说以塑造形象来表达对社会生活的理解,这种塑造当然源于作者对生活的切身体会,同时也进行了带有明显个性色彩的艺术加工,经过加工后的形象,已经不再是本来的样子,而是作者认为和期待的那个样子了。对小说形象的塑造就像福斯特所说的那样:

> 他们的性格要根据小说家对别人和对自己的推测而定;同时,还要受到小说的其他面所修饰……回忆录是以事实作基础的历史。而小说的基础则是事实加 X 或减 X。这个未知数便是小说家的性格,而这个未知数又经常对事实具有修饰的作用,有时甚至可以把事实完全改变过来。③

这个"未知数 X"就是作者带有明显个性色彩的艺术加工行为,体现的是虚构的态度和能力。在此,可以回顾一下我们少年时在校园中的习作,例如《我最敬佩的一个人》《我的××》《一件难忘的事》等,为了围绕中心突出主题,这样的文章难免有虚

---

① 罗书华. 论中国小说学的基本构成 [J]. 明清小说研究, 2007 (3): 14.
② 金庸. 韦小宝这小家伙 [C] //黄子平, 编选. 寻他千百度. 北京: 中华书局, 2014: 256.
③ [英] 爱·摩·福斯特. 小说面面观 [M]. 苏炳文, 译. 广州: 花城出版社, 1984: 39.

构的成分，甚至主要是虚构，从这个角度看，我们少年时期的习作恐怕大部分都具有小说的性质。

伊恩·P. 瓦特指出：

小说的基本标准对个人经验而言是真实的——个人经验总是独特的，因此也是新鲜的。因而，小说是一种文化的合乎逻辑的文学工具，在前几个实际中，它给予了独创性，新颖性以前所未有的重视，它也因此而定名。①

在英文中，常常用"novel"来指代小说，其原意就是新颖的和新奇的。求新，传奇，这是小说以虚构的方式塑造形象的重要目的。

不仅是形象的塑造，从整体上看，小说也是用虚构的态度在表达，而散文则是以实录的态度在叙事说理；散文秉承实录的态度写作，小说则秉承虚构的态度写作。可一居士在《醒世恒言叙》说"六经国史而外，凡著述皆小说也"②，这个结论实际上正是基于对"六经国史"真实性的信任，之外的一切都可能是"虚"的，所以都被归入小说范畴。可见，虚构的态度正是小说与散文区别的重要标志。

中国古代小说创作中的虚构方式大体可以归纳为六类：

1. 以传闻为素材，写他人之经历，只求引起兴趣，并不求其真实性，如《汉书·艺文志》所言"街谈巷语、道听途说"之内容。

2. 以真诚之态度书写，自以为内容是真实的，但在读者看来作品整体上却是明显的虚构，如干宝《搜神记》中"发明神道之不诬"③的内容。

3. 以自己为主人公，故意将自己的行为加以夸张或变形表现，如唐代张鷟《游仙窟》。

4. 作者自道，写自己的经历，却虚构他人为主人公，如唐代元稹《莺莺传》。

5. 为达到谋利目的，故意虚构，纵横驰骋，以吸引听众读者，如宋元话本。

6. 为了更好地表达自己价值理念，布局谋篇，虚构出一个境界，即使有现实依据，却以崭新之面目出现，如《西游记》《聊斋志异》等。

虚构对于小说的意义，正如罗书华所言：

在一般人的观念中，"小说者言"就是无稽之谈的代名词，它的虚构性质不言而喻。在一个崇拜史传、事实与实录的文化语境中，这样一种文体长期以来受到正统论者的鄙

---

① [美]伊恩·P. 瓦特. 小说的兴起[M]. 高原, 董红钧, 译. 北京：生活·读书·新知三联书店, 1992：译者序.
② 丁锡根. 中国历代小说序跋集[M]. 北京：人民文学出版社, 1996：779.
③ [晋]干宝, 著, 黄涤明, 译注. 搜神记全译[M]. 贵阳：贵州人民出版社, 1991：559.

薄自属当然。小说的同情者要想为其辩护，为之争取生存空间，提升它的地位，也不能不正视这点，并给出合理的、令人信服的解释。这使得小说事体的虚实，成了小说学无法绕开的先决问题。再说，小说的创作方法、审美特征、结构布局以及叙述技法等问题也都与虚实问题紧紧相联，甚至可说是依附其上，这些都促使它成了小说学中最为基础与关键的问题。①

罗书华认为，中国小说观有两种传统："一种是主张粗陈梗概、依实照录、教化劝戒的正统小说观，一种是主张虚拟和娱乐的通俗小说观。"②"通俗小说（或话本）的虚拟性、娱乐性以及其本身的通俗性，正好区别于正统小说（或泛称的文言小说）的实录性、教化性和本身的非通俗性，从而构成了一种相对独立的文体品质，恰与正统的小说相并而行，构成了中国小说史上白话小说与文言小说两大支系并流的体系。"而且纪晓岚"事实上为正统小说观作了一极为鲜明和洗练的总结：小说就是那与文艺相对的重实录、助教化、非辞藻的稗官，那些传奇、演义、杂剧，则统统在小说园之外"③。

对小说的定位，无论是刘知几的"国史之任，记事记言，视听不该。必有遗逸，于是好奇之士，补其所亡"④，可一居士《醒世恒言叙》所言"六经国史之辅"⑤，还是笑花主人《今古奇观序》所言"正史之余也"⑥，这些观点都努力把小说和正史拉上关系，实质上则表现了对小说"虚"的不自信。不过，这也恰恰证明了"虚"是小说最重要的特点。胡应麟指出：

小说家一类又自分数种。一曰志怪，《搜神》《述异》《宣室》《酉阳》之类是也；一曰传奇，《飞燕》《太真》《崔莺》《霍玉》之类是也；一曰杂录，《世说》《语林》《琐言》《因话》之类是也；一曰丛谈，《容斋》《梦溪》《东谷》《道山》之类是也；一曰辩订，《鼠璞》《鸡肋》《资暇》《辩疑》之类是也；一曰箴规，《家训》《世范》《劝善》《省心》之类是也。丛谈、杂录二类，最易相紊，又往往兼有四家。而四家类多独行，不可挽入二类者。至于志怪、传奇，尤易出入。或一书之中，二事并载，一事之内，两端具存。姑举其重而已。⑦

这是比较系统地对中国文言小说内容进行分类梳理，他将这些内容皆归入小说，一

---

① 罗书华. 论中国小说学的基本构成 [J]. 明清小说研究. 2007 (3)：8.
② 罗书华. 中国古代小说观的对立与同一 [J]. 社会科学研究, 2000 (1)：138.
③ 罗书华. 中国古代小说观的对立与同一 [J]. 社会科学研究, 2000 (1)：139.
④ 〔唐〕刘知几, 撰. 〔清〕浦起龙, 释. 史通通释 [M]. 上海：上海古籍出版社, 1978：274.
⑤ 丁锡根. 中国历代小说序跋集 [M]. 北京：人民文学出版社, 1996：780.
⑥ 丁锡根. 中国历代小说序跋集 [M]. 北京：人民文学出版社, 1996：792.
⑦ 〔明〕胡应麟. 少室山房笔丛 [M]. 北京：中华书局, 1958：374.

个重要的标准正是它们都表现的是"虚"的内容。自唐人"始有意为小说"①后，宋人内容丰富的话本中更是"不难领略到小说作为一种文体的自信甚至优越感"②。中国小说虽然有文言和白话两个系统，但两者在文类上是一致的，都符合小说的特点。"一个实中有虚，一个虚中含实；一个教化兼具谐谑，一个娱心亦且劝善。如此看来，正统小说和通俗小说（以宋元话本为代表）虽然有着语体之别，但在本质上它们都是'小'说。"③我们应该综合文言和白话两个系统，尽管存在不同，但都应该放在"小说"这个概念下去审视。而金圣叹提出"因文生事"的命题后，小说的独立意识更加明确了。他在《读第五才子书法》中比较《史记》和《水浒传》：

《史记》是以文运事，《水浒》是因文生事。以文运事是先有事生成如此如此，却要算计出一篇文字来，虽是史公高才，也毕竟是吃苦事。因文生事即不然，只是顺着笔性去，削高补低都由我。④

《史记》中当然也有推测的内容，但属于有根据的合理推测，在真实的背景下进行合理推测，特别对人物言行心理进行有根据的合理推测，这不同于小说有意虚构的态度，因此《史记》属于历史散文，而且被视为"信史"。关于这个问题，章太炎有过明确的论述：

《刺客列传》记荆轲刺秦王事，《项羽本纪》记项羽垓下之败，真是活龙活现。大家看了，以为事实上未必如此，太史公并未眼见，也不过如《水浒传》里说武松、宋江，信手写去罢了。实则太史公作史择雅去疑，慎之又慎。像伯夷、叔齐的事，曾经孔子讲及，所以他替二人作传。那许由、务光之流，就缺而不录了。项羽、荆轲的事迹，昭昭在人耳目，太史公虽没亲见，但传说很多，他就可凭着那传说写出了。《史记》中详记武略，原不止项羽一人；但若夏侯婴、周勃、灌婴等传，对于他们的战功，只书得某城，斩首若干级，升什么官，竟像记一笔帐似的，这也因没有特别的传说，只将报告记了一番就算了。如果太史公有意伪述，那么《刺客列传》除荆轲外，行刺的情形，只曹沫、专诸还有些叙述，豫让、聂政等竟完全略过，这是什么道理呢？《水浒传》有百零八个好汉，所以施耐庵不能个个描摹，《刺客列传》只有五个人，难道太史公不能逐人描写么？这都因荆轲行刺的情形有传说可凭，别人没有，所以如此的。⑤

---

① 鲁迅. 中国小说史略 [M]. 北京：人民文学出版社，1973：54.
② 罗书华. 中国古代小说观的对立与同一 [J]. 社会科学研究，2000 (1)：140.
③ 罗书华. 中国古代小说观的对立与同一 [J]. 社会科学研究，2000 (1)：141.
④ 霍松林. 古代文论名篇详注 [M]. 上海：上海古籍出版社，1986：423 - 424.
⑤ 章太炎. 国学概论 [M]. 上海：上海古籍出版社，1997：5.

有根据的合理推测，是能够被人所信服的，即使有虚构成分，也不应当被视为小说，因为这是"以文运事"，和"因文生事"的《水浒传》截然不同。"如果说虚构之事使得小说有了区别于史传的独立品性的话，文生之事的确立则使小说的地位和价值有机会超越了史传。"[1] 小说是虚构情节以塑造形象，史传是描述事实以总结经验，明确了这一点，小说就能以真正独立的姿态活跃于文坛，而不需要再暧昧地躲躲闪闪了。

这里可以举出一个当代小说创作的例子。作家纪刚在创作以自己亲身经历的东北地下抗日工作为题材的小说《滚滚辽河》时，曾为真实与虚构的问题深深纠结过。其创作初衷是"希望把地下工作成员的奋斗史记录下来"[2]，很多内容本是回忆录《山高水长》的创作素材。但是，纪刚认为"回忆录多少会隐恶扬善，净说些过五关斩六将的功绩，毕竟无名小卒的回忆录不会有人愿意阅读，因此，某些复杂的过程和面向难免就无法呈现。归根结底，只有小说具有现实的多面性和广泛的影响力"[3]，因此，"想用小说的笔法描述真实的历史，展现革命奋斗的真人真事、真流血、真牺牲和真感情"[4]。小说《滚滚辽河》"真实性高达百分之九十九"，而且还可以"更直接称它为'中国青年们的抗日运动史'"[5]。但在具体创作中，纪刚"要把'历史'写成'小说'，却又不是一部'历史小说'，也就是要让它从历史层面看是历史，从文学层面看是小说"[6]，为了达到这个艺术目的，他"采用第一人称的观点来叙述"[7]，并将"我"做了一定程度的改动；同时《滚滚辽河》"由抗战时期东北青年的地下抗日'工作故事'与这些青年男女间的'感情故事'双线编制而成"[8]，而且坚持了"用小说的写法，不管怎么改编爱情故事都行，但是工作故事是历史真实，非得对读者负责任，不能瞎编！可以用地下工作试试写历史，写小说不能耍赖，不能破坏历史"[9] 的写作立场。从创作效果看，纪刚主动运用虚构的方法来处理历史材料和塑造形象，创作的小说《滚滚辽河》的确取得了更大的社会影响力，在一定程度上实现了艺术超越。

还可以举出一个西方的例子。孟德斯鸠在著作《论法的精神》中谈到中国问题时，"完全凭他头脑中保留的有关暴君或中国理想的记忆，而过分地加以谴责或赞颂"，"十分轻信，把众所周知的寓言传奇固执地当成了历史真相"[10]。《论法的精神》当然不是小说作品，但正因为孟德斯鸠没有以实录的态度对资料加以客观的甄别，所以被与他同时

---

[1] 罗书华. 论中国小说学的基本构成 [J]. 明清小说研究，2007 (3)：10.
[2] 纪刚. 涉大川——纪刚口述传记 [M]. 台南：国立台湾文学馆，2011：152.
[3] 纪刚. 涉大川——纪刚口述传记 [M]. 台南：国立台湾文学馆，2011：152.
[4] 纪刚. 涉大川——纪刚口述传记 [M]. 台南：国立台湾文学馆，2011：153.
[5] 纪刚. 涉大川——纪刚口述传记 [M]. 台南：国立台湾文学馆，2011：167.
[6] 纪刚. 涉大川——纪刚口述传记 [M]. 台南：国立台湾文学馆，2011：167.
[7] 纪刚. 涉大川——纪刚口述传记 [M]. 台南：国立台湾文学馆，2011：167.
[8] 纪刚. 涉大川——纪刚口述传记 [M]. 台南：国立台湾文学馆，2011：166.
[9] 纪刚. 涉大川——纪刚口述传记 [M]. 台南：国立台湾文学馆，2011：152.
[10] [法] 艾田蒲. 中国之欧洲：下卷 [M]. 许均，钱林森，译. 桂林：广西师范大学出版社，2008：27.

代的曾在北京传教的皮埃尔·马尔锡亚尔·希伯（1727—1780）在《关于中国人的回忆录》中批评为"凡涉及中国这个大帝国的方方面面，他几乎都是用小说的方式加以表现"①。"小说的方式"就是针对其非实录的态度而言的。

通过对形象的着力塑造和虚构的方式这两点的强调，小说就与其他体裁划清了界限。同时，还要明确小说是用散文书写的，这里的"散文"不是文类，而是表现形式，与骈文和韵文相对。强调这个"散文书写"是将中国小说定位为文人的书面文学，进而将之与"口头集体创作"的民间文学区别开，特别是与"民众在特定民俗语境中以口头表演形式讲述并代代相承的散文叙事作品"，"包括神话、传说和故事三种体裁"② 在内的"民间故事"区别开。民间文学虽然对小说在体裁和形象原型上贡献甚伟，但毕竟不在一个范畴。当然，后世文人收集整理改写的神话、传说的文本，则属于民间文学变异的产物，"已成了个人创作，不算民间文学了"③，其中的一部分是可以归入小说范畴的。

因此，可以给小说下这样的定义：**小说是为了传达作者的某种价值理念，用散文形式写作，以虚构的态度着力塑造形象，情节结构相对完整的叙事文学体裁**。这样，我们就可以毫不含糊地将先秦时期混杂在其他体裁中的一些叙事内容，特别是诸子散文中的一些相对独立的叙事篇章归入小说范畴，例如《墨子·公输》和《庄子·说剑》完全可以视为比较完整的小说作品。

第二节　小说的评价标准

怎么去评价一部小说？怎么去判断一部小说的好坏高下？这是中外小说理论家们共同面对的难题。

中国的小说家和评点家们对小说作品有过很多精彩的评价和比较，如金圣叹用"以文运事"和"因文生事"概括《史记》和《水浒传》的异同；鲁迅在《中国小说史略》中评价"意欲与《西游记》《水浒传》鼎立而三"的《封神演义》"侈谈神怪，什九虚造，实不过假商周之争，自写幻想，较《水浒》固失之架空，方《西游》又逊其雄肆"④。不过，这些评价和比较毕竟缺少系统的理论与明确的标准。当代小说家王安忆更是有些无奈地指出："好小说的标准，很难说它有什么，只能说它没有什么。它肯定是不无聊，它也不低级，它还不乏味。"⑤ 话是不错，但还是显得有些空泛。

---

① [法]艾田蒲. 中国之欧洲：下卷 [M]. 许均，钱林森，译. 桂林：广西师范大学出版社，2008：37.
② 段宝林. 民间文学教程 [M]. 北京：高等教育出版社，2006：64.
③ 段宝林. 民间文学教程 [M]. 北京：高等教育出版社，2006：15.
④ 鲁迅. 中国小说史略 [M]. 北京：人民文学出版社，1973：142.
⑤ 王安忆. 小说与我 [M]. 桂林：广西师范大学出版社，2017：85.

韦勒克和沃伦在《文学理论》中感叹："多数学者在遇到要对文学作品作实际分析和评价时，便会陷入一种令人吃惊的、一筹莫展的境地。"① 爱·摩·福斯特也对评价"小说这块海绵般的园地"② 感到困难：

> 根本找不到什么可用的精密仪器。有些规则和体系也许适用于其他艺术形式，但小说却用不上——即使能用上，其结果也必须重新加以考证。那么谁是考证人呢？看来，恐怕只有人类的心灵来担当这项任务了。③

福斯特最终"只能指望用不大准确的办法来考证了。一本小说最后的考验是我们对它的情感，正如我们对友情或对其他无法解释的事情的考验那样"④。小说作品当然要以感动读者来实现传达自身价值理念的目的，不过单纯地用情感作评价的标准还是显得主观而不那么实在。

那么，到底应该怎么去评价一部小说呢？首先当然要大量地阅读作品，所谓：

> 凡操千曲而后晓声，观千剑而后识器；故圆照之象，务先博观。阅乔岳以形培塿，酌沧波以喻畎浍，无私于轻重，不偏于憎爱，然后能平理若衡，照辞如镜矣。⑤

在大量阅读的基础上，才能真正做到客观地进行作品比较，然后从中归纳客观的评价标准。总的来看，对于中国小说的评价，大致可以从以下三个方面入手。

一、文学层面

从文学层面来评价小说，首先要明确一般文学作品的评价标准。对此，邓晓芒提出：

> 作家的根就在于他对人类情感，首先是他自己内心深处的情感的敏感性，以及把这种敏感性用文字表达出来的（"感人"的）能力。立足于这一点，我们对一个作家作品的评价就有一个最起码的标准，就是看他是否打动了我们内心最隐秘的情感。⑥

---

① ［美］雷·韦勒克，奥·沃伦. 文学理论 [M]. 刘象愚，等，译. 南京：江苏教育出版社，2005：155-156.
② ［英］爱·摩·福斯特. 小说面面观 [M]. 苏炳文，译. 广州：花城出版社，1984：20.
③ ［英］爱·摩·福斯特. 小说面面观 [M]. 苏炳文，译. 广州：花城出版社，1984：20.
④ ［英］爱·摩·福斯特. 小说面面观 [M]. 苏炳文，译. 广州：花城出版社，1984：20-21.
⑤ 〔梁〕刘勰，著，范文澜，注. 文心雕龙注 [M]. 北京：人民文学出版社，1958：714-715.
⑥ 邓晓芒. 作家的根在哪里——从对《如焉》的讨论谈起 [J]. 书屋，2006（11）：5.

文学创作的根本目的在于打动人内心的情感，引起深层次的共鸣，在此基础上传达作者的价值理念。作家的"创造力和独创性主要体现在对情感、情绪和情调的敏感性上，他能够在人们司空见惯的事态中独具只眼，见到特殊的审美价值，甚至凭借情感和情绪所要求的想象力构思出一种具有特殊审美价值的事态来，并通过熟练地驾驭文字把这些审美价值表达出来，感动他人"[1]。小说创作也是如此。它以虚构的方式塑造形象，目的则是影响读者的精神，感染读者的情绪，从而引发共鸣，令读者信服。当代小说家王安忆认为："如果用一句话描述小说的存在，我想，它就是信的存在，它的存在建立在你的信任上，它是一个虚构的事实，它无法取代真实的生活，我们只能说它像不像，而不是有没有。"[2] 能否打动读者的情感，令其信服，这是小说创作成功与否的关键。

打动读者内心深处情感的文学创造力要通过具体的文学创作方式和技巧来体现。《文心雕龙·知音》提出文学评价要从六个方面着眼："一观位体，二观置辞，三观通变，四观奇正，五观事义，六观宫商。斯术既形，则优劣见矣。"[3] 这是从整体上对文学作品进行的考量，而不同的文学体裁有各自的侧重点。就小说而言，它是"这样一种虚无的存在，材质是语言文字，结构是故事情节，受众是虔信的人们"[4]，对其进行评价，少不了要从其叙事角度的选择、情节悬念的设置、环境氛围的渲染、语言表达的水准和布局谋篇的能力乃至题目的拟定等方面入手。但总的来看，对小说的评价，最重要的是对其所塑造的形象进行考量，优秀的小说必须塑造出鲜明、典型的形象，这是极为重要的评价标准。例如《封神演义》这部小说，其中有姜子牙和哪吒这样鲜明的形象，所以称得上是优秀的小说，但与《水浒传》《西游记》《红楼梦》这样的作品比较起来，则要相形见绌了。诚如老舍所言：

> 凭空给世界增加了几个不朽的人物，如武松、黛玉等，才叫作创作。因此，小说的成败，是以人物为准，不仗着事实。世事万千，都转眼即逝，一时新颖，不久即归陈腐，只有人物足垂不朽。此所以十续《施公案》，反不如一个武松的价值也。[5]

塑造形象是小说创作的主要目的，"着重刻画人物形象是小说走向成熟的标志"[6]。福斯特也指出"小说的角色是人"，"由于小说家自己也是人，所以他与他的题材的关系十分密切，这是其他艺术形式所罕见的"[7]。在人物形象的塑造上，类型的选择方向和表

---

[1] 邓晓芒. 作家的根在哪里——从对《如焉》的讨论谈起 [J]. 书屋，2006 (11)：5.
[2] 王安忆. 小说与我 [M]. 桂林：广西师范大学出版社，2017：90.
[3] 〔梁〕刘勰，著，范文澜，注. 文心雕龙注 [M]. 北京：人民文学出版社，1958：715.
[4] 王安忆. 小说与我 [M]. 桂林：广西师范大学出版社，2017：90.
[5] 老舍. 老牛破车. 老舍全集：第十六卷 [M]. 北京：人民文学出版社，1999：241.
[6] 童庆炳. 文学理论教程 [M]. 北京：高等教育出版社，2004：199.
[7] 〔英〕爱·摩·福斯特. 小说面面观 [M]. 苏炳文，译. 广州：花城出版社，1984：38.

现方式是至关重要的。对于形象类型，福斯特提出了"按照一个简单的意念或特性而被创造出来"①的"扁平人物"和"不能一言以蔽之地去概括""跟许许多多厕身其中的大场面有连系，而且这些场面还使她有所改变"②的"圆形人物"。这两类形象没有高下之分，能够令人感动而留下深刻印象就是成功，毕竟对一部小说的印象，往往取决于小说的形象，一部小说能够深入人心，主要是因为其形象的鲜活。"通常一本构思复杂的小说不仅需要有扁平人物，也要有圆形人物。"③形象类型的选择要和小说的整体构思相一致，例如，"显刘备之长厚而似伪，状诸葛之多智而近妖；惟于关羽，特多好语，义勇之概，时时可见"④这样扁平形象的塑造对于遵循历史框架的《三国演义》而言是极为成功的。而孙悟空精灵古怪的圆形形象就非常适合《西游记》，孙悟空多次钻人家肚子的本事，在狮驼岭用棍子捅象鼻子的场面，给读者留下的印象是极为深刻的。而《封神演义》中纣王的两个儿子殷郊、殷洪面对道义和亲情的纠结和取舍，也使这两个形象鲜活起来了。

　　形象的塑造决定了小说的成败，因此小说的其他要素，如情节的设置和环境的营造都要围绕着形象的塑造而进行。

　　对于情节，福斯特提出了"用叙事观点写小说"⑤的主张。对此，我们有必要先把小说和故事区分清楚。故事是小说的一个重要内容，爱•摩•福斯特在《小说面面观》中把故事称作"小说的基本面"⑥，但两者毕竟不能等同。所谓故事，"它是按照时间顺序来叙述事件的"⑦，叙事是故事的根本属性，故事要有头有尾地讲出是什么。虽然福斯特承认：

　　小说就是讲故事。故事是小说的基本面，没有故事就不成为小说了。可见故事是一切小说不可或缺的最高要素。⑧

　　但因为过于重视叙事而忽视了对形象的塑造，即把讲故事误认为是在创作小说，这是经常出现的一个误解。情节是小说的一个重要因素，"情节同样要叙述事件，只不过特别强调因果关系罢了"⑨，也就是说，情节要在叙述过程中不断地回答为什么，并且描

---

① [英]爱•摩•福斯特. 小说面面观 [M]. 苏炳文，译. 广州：花城出版社，1984：59.
② [英]爱•摩•福斯特. 小说面面观 [M]. 苏炳文，译. 广州：花城出版社，1984：61.
③ [英]爱•摩•福斯特. 小说面面观 [M]. 苏炳文，译. 广州：花城出版社，1984：62.
④ 鲁迅. 中国小说史略 [M]. 北京：人民文学出版社，1973：107.
⑤ [英]爱•摩•福斯特. 小说面面观 [M]. 苏炳文，译. 广州：花城出版社，1984：68.
⑥ [英]爱•摩•福斯特. 小说面面观 [M]. 苏炳文，译. 广州：花城出版社，1984：22.
⑦ [英]爱•摩•福斯特. 小说面面观 [M]. 苏炳文，译. 广州：花城出版社，1984：75.
⑧ [英]爱•摩•福斯特. 小说面面观 [M]. 苏炳文，译. 广州：花城出版社，1984：23.
⑨ [英]爱•摩•福斯特. 小说面面观 [M]. 苏炳文，译. 广州：花城出版社，1984：75.

述出细节怎么样，这和有头有尾地讲出是什么的故事并不一样，强调因果关系和注重细节的描述是情节和故事最大的不同，在情节设置上注重因果关系并描述细节正是为了更好地塑造和展示形象。这里以《淮南鸿烈·览冥训》中"女娲补天"为例：

> 往古之时，四极废，九州裂，天不兼覆，地不周载，火爁焱而不灭，水浩洋而不息，猛兽食颛民，鸷鸟攫老弱。于是女娲炼五色石以补苍天，断鳌足以立四极，杀黑龙以济冀州，积芦灰以止淫水。①

在这段文字中，有"四极废，九州裂，天不兼覆，地不周载，火爁焱而不灭，水浩洋而不息，猛兽食颛民，鸷鸟攫老弱"的环境，有"女娲"这个救民于水火的形象，但"炼五色石以补苍天，断鳌足以立四极，杀黑龙以济冀州，积芦灰以止淫水"却是故事，而不是突出"为什么"和"怎么样"的情节，所以这段文字讲了一个很不错的故事，却并不是优秀的小说。再以《淮南鸿烈·本经训》中的"后羿"为例：

> 逮至尧之时，十日并出，焦禾稼，杀草木，而民无所食。猰貐、凿齿、九婴、大风、封豨、修蛇皆为民害。尧乃使羿诛凿齿于畴华之野，杀九婴于凶水之上，缴大风于青丘之泽，上射十日而下杀猰貐，断修蛇于洞庭，禽封豨于桑林。万民皆喜，置尧以为天子。②

这段文字同样也有环境，有尧这位明主与后羿这位大英雄的形象，但后羿的英雄业绩都是讲述其"是什么"的故事，而不是注重因果并描述细节的情节，因此这也只是不错的故事，而不是优秀的小说。

孙绍振在《小说理论：打出常轨和情感错位》中指出：

> 好的情节应该有一种功能，就是把人物打出常轨，进入第二环境，暴露第二心态。所谓第二心态就是人的深层心理结构，它与表层心理结构形成反差。③

其目的在于"把人潜在的、不像他平常的那个人暴露出来"④，从而多角度地对形象予以塑造。在小说创作实践中，故事写作往往是为小说创作做准备的，好的故事能够激发小说创作的激情。例如，一位从朝鲜战场回来的作家计划写一部反映抗美援朝题材的长篇小说，提纲拟好了，但后来受到不公正待遇被送到了劳教农场，写作受到了影响。

---

① 刘文典. 淮南鸿烈集解 [M]. 北京：中华书局，1989：206－207.
② 刘文典. 淮南鸿烈集解 [M]. 北京：中华书局，1989：254－255.
③ 孙绍振. 经典小说解读 [M]. 上海：上海教育出版社，2016：自序.
④ 孙绍振. 经典小说解读 [M]. 上海：上海教育出版社，2016：自序.

对此,他的认识是,真正的小说必须要塑造出活生生的人物形象:

要写作,你的思想必须进入你要写的生活,特别是必须和你要写的人物有感情上的沟通,为他的欢乐而华烈,为他的愤怒而愤怒,要有激情,才能写出活生生的人物。①

但是,在特殊环境里,写作激情难以调动起来,他就从故事写起:

在涿鹿县参加土改的时候,曾听到青山寺的儿童团斗恶霸地主、以后又随大人进山打游击的故事。故事很曲折,很生动。我不熟悉那种环境的儿童生活,当然写不出有血有肉活生生的人物,但通过写故事也可以使自己的思想逐渐集中到写作上,调动起写作的激情。②

金庸也曾在1969年8月22日接受采访时谈到自己小说创作的经验,比较了故事和人物的价值:

依我自己的经验,第一部小说我是先写故事的。我在自己家乡从小就听到乾隆皇帝下江南的故事,关于他其实是汉人,是浙江海宁陈家的子孙之类。这故事写在《书剑恩仇录》中,初次执笔,经验不够啦,根据从小听到的传说来做一个骨干,自然而然就先有一个故事的轮廓。后来写《天龙八部》又不同,那是先构思了几个主要的人物,再把故事配上去。我主要想写乔峰这样一个人物,再写另外一个与乔峰互相对称的段誉,一个刚性,一个柔性,这两个性格相异的男人。③

在小说里面,总是人物比较重要,尤其是我这样每天写一段,一个故事连载数年,情节变化很大。如果在发展故事之前,先把人物的性格想清楚,再每天一段一段地想下去,这样,有时故事在一个月之前和之后,会有很大的改变,倘若故事一路发展下去,觉得与人物的个性相配起来,不大合理,就只好改一改了。我总希望能够把人物的性格写得统一一点、完整一点。故事的作用,主要只在陪衬人物的性格。有时想到一些情节的发展,明明觉得很不错,再想想人物的性格可能配不上去,就只好牺牲这些情节,以免影响了人物个性的完整。④

---

① 徐孔. 直言无悔:我的"右派"经历[M]. 北京:新华出版社,2010:137.
② 徐孔. 直言无悔:我的"右派"经历[M]. 北京:新华出版社,2010:137-138.
③ 金庸. 金庸访问记[C]//黄子平,编选. 寻他千百度. 北京:中华书局,2014:299-300.
④ 金庸. 金庸访问记[C]//黄子平,编选. 寻他千百度. 北京:中华书局,2014:300.

小说创作的主要目的是要塑造精彩鲜明的形象，好的故事能够激发小说创作的激情，能够令形象的性格更加完善，能够提升小说作品的艺术价值，但并不能取代小说，不能取代形象。诚如老舍所言："假若不是为荷马与莎士比亚等那些人物，谁肯还去读那些野蛮荒唐的事儿呢？"①

杰夫·格尔克主张小说要展示而不要叙述，这也是从情节角度而言的。他认为"当你中断剧情来解释一些读者毫不关心的事情的时候，这样的解释部分就是叙述"②，"其主要形式有背景故事、纯粹的说明、事件的总结或回顾，以及人物动机的分析"，③ 除了两种特殊情况，就是"这些信息一定得是读者必须知道的"，或者"没有这些信息故事就无以为继"，否则尽量要用展示而不是叙述。所谓展示，格尔克认为：

你必须把故事呈现在读者面前。你一定要把故事搬到舞台上表演，而不能一味地讲述。用电影行业的术语来说，你必须在镜头前面放置某种东西以供拍摄才行。④

杰夫·格尔克的观点突出强调了情节的展开对形象塑造的重要性。他指出：

我们创作小说的时候绝非仅仅是在礼貌地谈话，我们是以文字的形式拍摄一部电影。事先把一切解释清楚显然是不合时宜的；你先要让摄影机忙活起来，把事态的发展呈现在读者面前。⑤

可见，怎样将情节展示与形象塑造有机结合起来，避免单纯的故事性叙述，这也是评价小说的标准之一。

此外，小说环境氛围的营造也要为塑造形象服务。例如《三国演义》的赤壁之战中着力营造了曹操逃亡时的环境氛围，而曹操却在其中放声大笑，这种危急中的洒脱表现，充分展示出其英雄豪气，对其形象塑造而言真是精彩之笔。能否再现"典型环境中的典型人物"⑥，让形象在特定环境中充分表现出其性格特点，这也是评价小说的一个标准。孙绍振在此基础上所提出的"第二环境"理论便是着眼于环境对形象的塑造意义。所谓第二环境，就是通过"情节的突转功能""把人物打出生活常规，进入一个意想不

---

① 老舍. 老牛破车. 老舍全集（第十六卷）. 北京：人民文学出版社，1999：242.
② [美] 杰夫·格尔克. 写好前五十页 [M]. 王著定，译. 北京：中国人民大学出版社，2015：29.
③ [美] 杰夫·格尔克. 写好前五十页 [M]. 王著定，译. 北京：中国人民大学出版社，2015：27.
④ [美] 杰夫·格尔克. 写好前五十页 [M]. 王著定，译. 北京：中国人民大学出版社，2015：28.
⑤ [美] 杰夫·格尔克. 写好前五十页 [M]. 王著定，译. 北京：中国人民大学出版社，2015：28.
⑥ [德] 恩格斯. 致玛·哈克奈斯 [C] // [德] 马克思，[德] 恩格斯. 马克思恩格斯选集：第四卷. 北京：人民出版社，1972：462.

到的新境界，使之来不及调整"①，因为"人都是有人格面具的，在正常的社会关系里，他维持着社会角色的面具。情节性的小说一旦进入第二环境，客观环境的变化导致心理环境的更大变化，从而迫使人的心理深层奥秘浮现"②，"人变得不一样了，就有个性了"③。当然，这种环境氛围的营造应该和读者的接受心理和生活实际密切联系，否则造成脱节，其艺术效果也不会好。例如《封神演义》中姜子牙在受到文王重用前的窘迫生活和哪吒与李靖之间的父子矛盾就是很精彩的环境氛围营造，对形象塑造具有极大的助力，但是，从整体来看，"《封神榜》虽很热闹，无论如何也比不上好汉被迫上梁山的亲切有味"④。

需要强调的是，典型形象的塑造，应该是越多越好。《封神演义》中的姜子牙和哪吒的形象塑造当然是成功的，但是之所以被认为没有同样是神魔小说的《西游记》地位高，正是因为《西游记》中鲜活的形象更多，甚至连精细鬼、伶俐虫、小钻风这样普通的小妖精都是那么活生生地跃然纸上。而《红楼梦》之所以被认为是中国古代小说的最高峰，其塑造的400多个鲜活的形象显然是重要的原因。

二、文化层面

优秀的小说作品必须贯注着明确的文化观念，反映广阔的历史时代背景，表现出宽广的社会生活视角。

何谓文化？这是一个复杂的概念。但不可否认的是，文化突出表现为审美价值取向，体现着人对社会生活的认识和价值判断，外现为人们的日常生活行为习惯。就文学作品而言，它有时可以单纯凭借语言文字的功力来让人感动，就像王安忆所描述自己年轻时阅读苏联女作家薇拉·凯特琳斯卡娅的小说《勇敢》时的感受："一群青年人在一片荒地上，从无到有建起一座城市是多么激动人心！"但这还远远不够，因为这种激动人心的力量有时是建立在幻想基础上的，就像《勇敢》，它所表现的"乌托邦永远吸引着爱幻想的年轻人，但是成长会告诉我们，乌托邦的不可实现在于它的不合理和不人道"⑤。文学作品更高层次的任务是以语言为载体来客观地描述生活本身，真实地反映社会生活状况，表现人类生存与发展状况，以唤起人们对自身生活状态的关注，表达作者对社会和人生独特的文化感受。叔本华在《论读书》中说"作品是作者思想活动的精华"，"是他全部思维和研究的成果"⑥。约翰·罗斯金也在《论书籍》中描述创作的

---

① 孙绍振. 经典小说解读[M]. 上海：上海教育出版社，2016：自序.
② 孙绍振. 经典小说解读[M]. 上海：上海教育出版社，2016：自序.
③ 孙绍振. 经典小说解读[M]. 上海：上海教育出版社，2016：自序.
④ 老舍. 老牛破车[M]//老舍. 老舍全集：第十六卷. 北京：人民文学出版社，1999：242.
⑤ 王安忆. 小说与我[M]. 桂林：广西师范大学出版社，2017：50.
⑥ [英]毛姆，等. 阅读的艺术[M]. 陈安澜，等，编译. 上海：上海翻译出版公司，1988：6.

状态:

  作者感受到一种强烈的欲望,要把一些至真、至善、至美的东西表达出来,他相信至今还没有一个人写过这样的作品,也认为除了自己没有别人能孕育出这样的作品,命里注定要由自己来呕心沥血,形诸笔墨,这就会产生千古流传的杰作。他在写作时夜不成寐,食不甘味,直到头脑中的构思如阳光照耀下的景物那样清晰,直到那些真知灼见终于见诸笔端,才稍感心安,他觉得自己的生命正在这部书中重新诞生。①

  可见,优秀的文学作品总是充分展示作者对社会人生的独特理解,体现着丰富的社会审美价值,而理解和表现的方式,就有了高下之分,以塑造形象为主要创作目的的小说更是如此。梁漱溟将广义的文化定义为"吾人生活所依靠的一切"②,从这个意义上看,每个人都是生活在具体社会文化生活环境中的文化人。而小说,以塑造典型生活环境中的典型形象为主要创作目的,自然要充分表现广阔的社会生活场景。从本质上看,小说就是用虚构的方式塑造典型环境中的典型形象以表达对人类生存与发展问题的态度和看法的文学样式。而它所表现出的社会生活的深度和广度就是评价小说作品的一个重要标准。因此,优秀的小说必须以广阔的视角来关注社会生活,这一点中外小说都是如此。托尔斯泰的《战争与和平》自不待言,司汤达《红与黑》以《1830 年纪事》作为副标题,较之单纯的情杀案,深度和广度自然不可同日而语;奥斯汀的文笔虽然优美,但以小厅堂里的小女子为表现对象,自然无法和莎士比亚的"福斯泰夫式的背景"③ 相提并论。而《三国演义》的历史观是史官文化的充分体现,开篇"话说天下大势,分久必合,合久必分"④ 这样的气势不同凡响;《水浒传》的忠义观是元末明初文人复杂而纠结的文化价值观的体现;《西游记》的神魔观显然与明代中后期崇仙慕道和心学兴起的文化风气紧密相关;《金瓶梅》更是明代中后期商业文化繁荣的产物,西门庆的悲剧是那个时代人性欲望畸形发展的缩影;而作为中国古代小说最高峰的《红楼梦》,更是全面表现了"没有曙光、长夜漫漫、终于使中国落在欧洲后面的 18 世纪的封建末世"⑤。

  《红楼梦》终于成了百读不厌的封建末世的百科全书。"极摹人情世态之歧,备写悲欢离合之致",到这里达到了一个经历了正反合总体全程的最高度。与明代描写现实世

---

① [英]毛姆,等. 阅读的艺术[M]. 陈安澜,等,编译. 上海:上海翻译出版公司,1988:18.
② 梁漱溟. 中国文化要义[M]. 上海:学林出版社,1987:1.
③ [德]恩格斯. 致斐·拉萨尔[C]//[德]马克思,[德]恩格斯. 马克思恩格斯选集:第四卷. 北京:人民出版社,1972:346.
④ 〔明〕罗贯中. 三国演义[M]. 北京:人民文学出版社,1973:1.
⑤ 李泽厚. 美的历程[M]. 修订插图本. 天津:天津社会科学院出版社,2001:334.

俗的市民文艺截然不同，它是上层士大夫的文学，然而它所描写的世态人情、悲欢离合，却又是前者的无上升华。①

因而，《红楼梦》被视为"在文艺领域，真正作为这个封建末世的总结"，"中国文学的无上珍宝"②。

三、哲学层面

"哲学是时代的灵魂"③，"是人对自身及其活动所引发的问题的反思，同时也是人对问题的追问式思考"④，"哲学作为人精神生活的最高层次的自我意识方式，总要以不同的途径表达人的超越性精神追求，表达人的穷根究底的追问，表达人对人生终极问题的意识"，"归根结底，哲学的境界正是人对自身本性把握的历史表达方式"⑤。从哲学角度来看，小说也是一种哲学观念的表达形式。对此，刘小枫指出：

卢梭写了著名的《社会契约论》，但他自己说，这书不过是他的《爱弥儿》的附录。在我们眼里，《爱弥儿》不过是教育小孩子的书，在卢梭自己眼里却是一部真正的大作，它模仿柏拉图的《理想国》。我们把它叫小说，但小说只是叙事文体，就西方哲学传统来讲，就是一种哲学的表达方式，而且是传统的表达方式。⑥

他认为修昔底德"写的那本《战争史》其实就是在写小说，在反省雅典的民主"，"这种小说式的写法同时针对两种人，这是一种教育方式——'内行看门道，外行看热闹'。陀思妥耶夫斯基写的那些小说，为什么经常涉及杀人、侦破那些情节，为了好看啊。但少数人懂得，或者说会看陀思妥耶夫斯基以此方式展示的思想冲突"⑦。

从读者角度而言，"很多读者都不完全是为了一时的宣泄之类来欣赏艺术作品，而更多地是为了寻找世界观，寻找看待世界的方法"⑧；从作家角度而言，其创作总是力图表现对社会和人生的态度和判断，因此，作品中会具有不同程度的哲学意味，甚至要追求哲学与文学的统一性，例如当代小说家残雪就明确认为"最好的文学一定要有哲学的

---

① 李泽厚. 美的历程 [M]. 修订插图本. 天津：天津社会科学院出版社，2001：336.
② 李泽厚. 美的历程 [M]. 修订插图本. 天津：天津社会科学院出版社，2001：334.
③ 李泽厚. 美的历程 [M]. 修订插图本. 天津：天津社会科学院出版社，2001：305.
④ 陆杰荣. 哲学境界 [M]. 长春：吉林教育出版社，1998：3.
⑤ 陆杰荣. 哲学境界 [M]. 长春：吉林教育出版社，1998：17.
⑥ 张晓东. 刘小枫教授与北京师范大学俄语系师生的座谈 [J]. 俄罗斯文艺，2006（3）：89.
⑦ 张晓东. 刘小枫教授与北京师范大学俄语系师生的座谈 [J]. 俄罗斯文艺，2006（3）：90.
⑧ 邓晓芒，残雪. 文学创作与理性的关系——哲学与文学的对话 [J]. 学术月刊，2010（5）：18.

境界，最好的哲学要有文学的底蕴"①。就小说本身而言，优秀的小说都具有深刻的人文关怀，对人的生存问题有着深刻的同情，具有强大的思想穿透力。小说创作的重要目的就是要表现人的生活本身，对人的根本性问题进行思考，力图对人的命运加以关注和把握，从这个层面看，小说创作也就有了深刻的哲学意味。正如福斯特所指出的那样："在人生中，除时间外，似乎还有别的东西。为了方便起见，我们称它为'价值'吧。价值并不以时或分来衡量，而是用强度来计算。"② 这个价值指的就是人类的生存意义。"不管哪种日常生活，其实都是由两种生活，即由时间生活和价值生活构成的"，"故事叙述的是生活，但小说呢——如果是好小说——则要同时包含价值生活"③，而单纯的故事只是"冗长无比、蠕动不休的时间绦虫"④。因此，对人的生存与命运的关注和把握的方式与程度自然也应该是小说的一个评价标准。这里可以举出一个例子。1986年11月21日，当代文艺理论家王元化曾经在家中和吴琦幸谈到自己对当代小说的态度：

> 对于现在创作的小说，我是很少看的。我们的文艺创作，尤其是小说创作，建国以后缺少杰作，与19世纪的国外优秀文学作品相比，是一种倒退。⑤

王元化没有具体谈原因就转开话题了。吴琦幸对此感到惊讶：

> 一位著名的当代文艺理论家，对于当代中国人创作的小说，居然说是很少看的，这我是万万想不到的，这也或许是他太眷恋19世纪西方名家作品了吧。⑥

不过，王元化在1988年1月20日和吴琦幸谈到张爱玲的小说与《围城》时，又做出如下论述：

> 你不懂这个背景，张爱玲的东西是不行的。我们40年代在上海搞地下工作的时候，她的东西我读了之后是非常反感的。我是不喜欢的。她的作品写的都是一些上海的风花雪月，与国难当头的时代不一致。⑦

> 钱钟书的《围城》，我在40年代的时候就批评过。我并不喜欢。到现在也是这样的

---

① 残雪，张杰. 最好的文学一定要有哲学的境界——残雪访谈录 [J]. 青年作家，2018 (7)：7.
② [英] 爱·摩·福斯特. 小说面面观 [M]. 苏炳文，译. 广州：花城出版社，1984：24-25.
③ [英] 爱·摩·福斯特. 小说面面观 [M]. 苏炳文，译. 广州：花城出版社，1984：25.
④ [英] 爱·摩·福斯特. 小说面面观 [M]. 苏炳文，译. 广州：花城出版社，1984：24.
⑤ 吴琦幸. 王元化谈话录：1986—2008 [M]. 上海：上海人民出版社，2015：16.
⑥ 吴琦幸. 王元化谈话录：1986—2008 [M]. 上海：上海人民出版社，2015：16.
⑦ 吴琦幸. 王元化谈话录：1986—2008 [M]. 上海：上海人民出版社，2015：145.

看法，没有改变。……从文学观点上来说，我并不觉得不对。用《围城》这样的小说来反映当时的生活，离开现实太遥远了点。①

放开张爱玲的小说和钱钟书《围城》的艺术水平不谈，单看王元化的观点，这里面清楚地有一个评价标准，就是一定要贴近时代现实，表现生活本质。而生活的本质，很重要的一个内容就是要表现人的生存状态及其内在原因。王元化很少看当代小说，恐怕就是因为觉得当代小说对人的生存状态，特别是人的精神状态缺乏深刻的关注和表现。王元化在1994年2月9日说：

我的出发点不是考虑会不会受到误解，而是对社会的责任。很长时间，学术依附于政治，"五四"人物提倡的独立精神今天需要发扬。②

他在1999年11月20日和吴琦幸的谈话中又进一步明确"'五四'时期的思想成就主要在个性解放方面，这是一个'人的觉醒'时代"③，也正因于此，王元化将"曹雪芹的小说"视为"自我意识从长期酣睡中醒来，开始萌发于清中叶"的代表，赞同吴琦幸《三国演义》是"带有民间观念但是又不失去主流思想的观念的小说"④表述，认为"从文学史上可以看到唐宋的传奇、话本、变文，元明的戏剧，明清的小说以及历代的民歌，都曾经对整个文化发生过巨大的影响"⑤，因为"大传统既然无法直接影响到小传统，那么只能是间接地传播小传统，今天很多人的历史知识不是来自正史，而是来自广为流传的小说戏曲，甚至到了最后，知识阶层中的许多人也不例外，于是大传统也就无法保留它的本来的完全的面目了"⑥。正是看到了小说的这个力量，他才重视小说对人的生存状态特别是精神状态的表现和引导，这也正是小说评价标准在哲学层面的一个体现。

第三节　中国小说史的书写

小说史，归根结底就是小说作品、小说理论和小说传播媒介这三个要素互相推动发展的历史，而小说作品是其主体。诚如程毅中所言："有了小说，然后才会有小说史。"

---

① 吴琦幸. 王元化谈话录：1986—2008 [M]. 上海：上海人民出版社，2015：146.
② 吴琦幸. 王元化谈话录：1986—2008 [M]. 上海：上海人民出版社，2015：289.
③ 吴琦幸. 王元化谈话录：1986—2008 [M]. 上海：上海人民出版社，2015：335.
④ 吴琦幸. 王元化谈话录：1986—2008 [M]. 上海：上海人民出版社，2015：303.
⑤ 吴琦幸. 王元化谈话录：1986—2008 [M]. 上海：上海人民出版社，2015：303.
⑥ 吴琦幸. 王元化谈话录：1986—2008 [M]. 上海：上海人民出版社，2015：304.

"小说作品就是最主要的小说史料。"①

中国古代到底有多少部小说作品？"孙楷第《中国通俗小说目》及《日本东京所见中国小说书目》两种行世，两书著录中国旧刊小说，达六七百种"②；江苏省社会科学院明清小说研究中心编《中国通俗小说总目提要》收入了1164部（案：短篇小说集按1部计算）；侯忠义《文言小说总目》收入"凡古代以文言撰写之小说，见于各正史艺文志、经籍志，各官修目录、重要私人撰修目录，及主要地方艺文志者，不论存佚，尽量搜罗，共计两千余种"③；程毅中《古小说简目》收入"以五代为断限""介于子、史二部之间"④ 的古代小说526种；阿英《晚清小说目》"分'创作''翻译'二卷，以单行本为主，旁及杂志所刊，共得千余种"⑤；陈大康《中国近代小说编年》统计从1840年鸦片战争到1911年辛亥革命"近代72年里，共出通俗小说1653种，文言小说99种，翻译小说1003种，共计2755种"⑥；樽本照雄《新编增补清末民初小说目录》"主要收录了1902年至1919年发表的创作小说和翻译小说"，"在必要的情况下，选取对象适当放宽到上自1840年，下到1919年之后"，"共收录创作作品13810条，翻译作品5346条"⑦。但这些远非中国古代小说的全貌，中国古代到底有多少小说作品，恐怕是无法说出准确数字了。

这么庞大数量的小说作品是客观存在的，那么中国小说史也是客观存在的，将其发展演进的轨迹描述出来，就是中国小说史书写的任务。那么中国小说史是怎样发展演进的呢？"伟大的时代得有伟大的人物"⑧，这是捷克作家雅·哈谢克的名著《好兵帅克》序言开篇第一句，我们可以套用这句话的格式，说"伟大的时代得孕育伟大的小说家，伟大的小说家得创作伟大的作品，伟大的作品得培养伟大的读者，伟大的读者得创造伟大的时代"，这的确是一个理想状态的小说史发展模式，但现实并非如此。由于中国小说长期以来不受重视，又因为中国小说数量众多，题材繁杂，文言和白话相互交杂发展，而且，正如陈平原所描述的那样：

第一流的作家往往超越"时代"，也超越类型。……论者既想把握小说类型的发展趋向，又不愿削足适履，埋没天才作家的创造，于是有了这不大规矩的"横枝"。其实，

---

① 程毅中. 古代小说史料简论［M］. 太原：山西人民出版社，2005：1.
② 阿英. 晚清戏曲小说目：晚清小说目编例［M］. 上海：上海文艺联合出版社，1954.
③ 袁行霈，侯忠义. 中国文言小说书目：凡例［M］. 北京：北京大学出版社，1981.
④ 程毅中. 古小说简目［M］. 北京：中华书局，1981；前言.
⑤ 阿英. 晚清戏曲小说目：晚清小说目编例［M］. 上海：上海文艺联合出版社，1954.
⑥ 陈大康. 中国近代小说编年［M］. 上海：华东师范大学出版社，2002：前言.
⑦ ［日］樽本照雄. 新编增补清末民初小说目录：本书的使用方法［M］. 济南：齐鲁书社，2002.
⑧ ［捷克］雅·哈谢克. 好兵帅克［M］. 星灿，译. 北京：人民文学出版社，2003.

活生生的文学历史本就"枝节横生",不像史家笔下描述的那么"顺理成章"。①

中国小说史发展本身就不是一马平川,这个过程很难清晰地梳理出来。其实,西方小说也存在这个问题。福斯特在《小说面面观》中就指出:

（案：小说）它是文学领域上最潮湿的地区之一——有成百条小川流灌着,有时还变成一片沼泽。依我看,尽管有些诗人轻视它,可是偶尔也发觉自己已置身其中了。有些历史学家发现自己失足陷进沼泽时,自然会懊悔万分了。②

同时,福斯特对小说史的书写本身也提出了质疑:

时间是我们的敌人。……别把他们（案：英国小说家）视为随波逐流、瞬即消逝的人。他们是一群坐在一间象大英博物馆内的那种圆形阅览室里同时从事创作的人。他们坐在那儿决不会想:"我生活在维多利亚女皇时代；我处于安娜女皇时代；我坚持托洛普传统；我正在反对阿尔道斯·赫胥黎。"事实上,他们对手中之笔更为关注,正处于入迷状态,要将各自的哀乐用笔墨倾诉出来,他们已接近于进行创作了。当奥利弗·爱尔顿教授谈到"自1847年以后,激情小说已面目全非"时,他们压根儿就不明白他意指什么。③

……这就是我们为什么不能按年代划分小说的原因。④

但是,小说的绵延发展总是一个客观的存在。中国小说史,首先是中国文学史的一个重要分支。文学史的主体是作品的创作,然后是文学理论的指导和文学传媒的载体这两翼的支持。那么小说史的发展同样也不能脱离小说作品、小说理论与小说传播媒介这三位一体的模式。从世界小说发展的宏观背景下去展示中国小说发展轨迹,这是一个令人神往的状态,毕竟中国小说也是世界小说长河中的一个重要支流,这其中包括在创作上中国小说与世界其他地区小说的互相影响,例如域外汉文小说的创作,晚清小说叙事模式的变化,歌德等著名人物对中国小说的认识等；也包括在理论观念与小说传播中的互相对话与理解,例如中国古代小说在域外的翻译与传播,文艺复兴时期的西方小说与明代小说的比较等。但同时更要重视中国小说史自身的特质。研究中国小说史的演进,

---

① 陈平原. "新文化"的崛起与流播[M]. 北京：北京大学出版社,2015：264.
② [英]爱·摩·福斯特. 小说面面观[M]. 苏炳文,译. 广州：花城出版社,1984：3.
③ [英]爱·摩·福斯特. 小说面面观[M]. 苏炳文,译. 广州：花城出版社,1984：7.
④ [英]爱·摩·福斯特. 小说面面观[M]. 苏炳文,译. 广州：花城出版社,1984：11.

必须要着眼于中国社会特殊的文化背景,关注小说创作与小说理论和小说传播媒介这三者的结合特点。

古今的小说史家们一直力图将小说史发展历程梳理出来。小说史的核心问题就是小说的源流问题,如班固在"几可视为小说学开山之论的《汉书·艺文志》"① 中所言:

> 小说家者流,盖出于稗官,街谈巷语、道听途说者之所造也。孔子曰:"虽小道,必有可观者焉。致远恐泥,是以君子弗为。"然亦弗灭也。闾里小知者之所及,亦使缀而不忘,或如一言可采,此亦刍荛狂夫之议也。"②

对其源头进行探索,指出其在民间有着强大的传播力,因此流传不废。胡应麟对小说的源头进行了探究:

> 古今志怪小说,率以祖夷坚、齐谐。然齐谐即《庄》,夷坚即《列》耳,二书固极诙诡,第寓言为近,纪事为远。《汲冢琐语》十一篇,当在《庄》《列》前,《束皙传》云"诸国梦卜妖怪相书",盖古今小说之祖,惜今不传,《太平广记》有其目,而引用殊寡。③

胡应麟又指出:"小说者流,或骚人墨客,游戏笔端;或奇士洽人,搜罗宇外。纪述见闻,无所回忌;覃研理道,务极幽深。"④ 并对具体作品进行了小说史定位,如认为《汲冢琐语》是"盖古今纪异之祖"⑤,《山海经》是"古今语怪之祖"⑥,"《燕丹子》三卷,当是古今小说杂传之祖"⑦,"《飞燕》,传奇之首也;《洞冥》,杂俎之源也;《搜神》,玄怪之先也;《博物》,《杜阳》之祖也"⑧。胡应麟对小说作品予以界定和考辨,对内容加以分类,条理比较清晰,但他的论述只针对文言小说。此外,清代刘廷玑《在园杂志》有"历朝小说"一节,虽然比较简略,却是较早抛开文言和白话的界限而对中国小说发展轨迹进行的一次综合性梳理尝试。篇幅不长,兹录于此:

> 壬辰冬,大雪,友人数辈围炉小酌。客有惠以《说铃》丛书者,予曰:"此即古之

---

① 罗书华. 论中国小说学的基本构成 [J]. 明清小说研究, 2007 (3): 6.
② 〔汉〕班固. 汉书 [M]. 北京: 中华书局, 1964: 1745.
③ 〔明〕胡应麟. 少室山房笔丛 [M]. 北京: 中华书局, 1958: 474.
④ 〔明〕胡应麟. 少室山房笔丛 [M]. 北京: 中华书局, 1958: 375.
⑤ 〔明〕胡应麟. 少室山房笔丛 [M]. 北京: 中华书局, 1958: 377.
⑥ 〔明〕胡应麟. 少室山房笔丛 [M]. 北京: 中华书局, 1958: 412.
⑦ 〔明〕胡应麟. 少室山房笔丛 [M]. 北京: 中华书局, 1958: 415.
⑧ 〔明〕胡应麟. 少室山房笔丛 [M]. 北京: 中华书局, 1958: 375.

所谓小说也。小说至今日滥觞极矣。几与《六经》史函相垺,但鄙秽不堪寓目者居多。盖小说之名虽同,而古今之别则相去天渊。自汉、魏、晋、唐、宋、元、明以来,不下数百家,皆文辞典雅,有纪其各代之帝略官制,朝政宫帏,上而天文,下而舆土,人物岁时,禽鱼花卉,边塞外国,释道神鬼,仙妖怪异,或合或分,或详或略,或列传,或行纪,或举大纲,或陈琐细,或短章数语,或连篇成帙,用佐正史之未备,统曰历朝小说。读之可以索幽隐,考正误,助词藻之丽华,资谈锋之锐利,更可以畅行文之奇正,而得叙事之法焉。降而至于"四大奇书",则专事稗官,取一人一事为主宰,旁及支引,累百卷或数十卷者。如《水浒》本施耐庵所著一百八人,人各一传,性情面貌,装束举止,俨有一人跳跃纸上。天下最难写者英雄,而各传则各色英雄也。天下更难写者英雄美人,而其中二三传则别样英雄、别样美人也。串插连贯,各具机杼,真是写生妙手。金圣叹加以句读字断,分评总批,觉成异样花团锦簇文字。以梁山泊一梦结局,不添蛇足,深得剪裁之妙。虽才大如海,然所尊尚者贼盗,未免与史迁《游侠列传》之意相同。再则《三国演义》。演义者,本有其事,而添设敷演,非无中生有者比也。蜀、吴、魏三分鼎足,依年次序,虽不能体《春秋》正统之义,亦不肯效陈寿之徇私偏侧。中间叙述曲折,不乖正史,但桃园结义,战阵回合,不脱稗官窠臼。杭永年一仿圣叹笔意批之,似属效颦,然亦有开生面处。较之《西游》,实处多于虚处。盖《西游》为证道之书,丘长春借说金丹奥旨,以心猿意马为根本,而五众以配五行,平空结构,是一蜃楼海市耳。此中妙理,可意会不可言传。所谓语言文字,仅得其形似者也。乃汪憺漪从而刻画美人,唐突西子,其批注处,大半摸索皮毛,即《通书》之太极无极,何能一语道破耶。若深切人情世务,无如《金瓶梅》,真称奇书。欲要止淫,以淫说法;欲要破迷,引迷入悟。其中家常日用,应酬世务,奸诈贪狡,诸恶皆作,果报昭然。而文心细如牛毛茧丝,凡写一人,始终口吻酷肖到底,掩卷读之,但道数语,便能默会为何人。结构铺张,针线缜密,一字不漏,又岂寻常笔墨可到者哉!彭城张竹坡为之先总大纲,次则逐卷逐段分注批点,可以继武圣叹,是惩是劝,一目了然。惜其年不永,殁后将刊板抵偿凤逋于汪苍孚,苍孚举火焚之,故海内传者甚少。嗟乎!四书也,以言文字,诚哉奇观,然亦在乎人之善读与不善读耳。不善读《水浒》者,狠戾悖逆之心生矣。不善读《三国》者,权谋狙诈之心生矣。不善读《西游》者,诡怪幻妄之心生矣。欲读《金瓶梅》,先须体认前序,内云:"读此书而生怜悯心者,菩萨也;读此书而生效法心者,禽兽也。"然今读者多肯读七十九回以前,少肯读七十九回以后,岂非禽兽哉。近日之小说若《平山冷燕》《情梦柝》《风流配》《春柳莺》《玉娇梨》等类,佳人才子慕色慕才,已出之非正,犹不至于大伤风俗,若《玉楼春》《宫花报》,稍近淫佚,与《平妖传》之野,《封神传》之幻,《破梦史》之僻,皆堪捧腹,至《灯月圆》《肉蒲团》《野史》《浪史》《快史》《媚史》《河间传》《痴婆子传》,则流毒无尽。更甚而下者,《宜春香质》《弁而钗》《龙阳逸史》,悉当斧碎枣梨,遍取已印行世者,尽付祖龙一炬,庶快人心。然而作者本寓劝惩,读者每至流荡,岂非不善读书之过哉。天下不善读书者,百倍于善读书者。读而不善,不如不读。欲人不读,不如不存。康熙五十三年礼臣钦奉上谕云:"朕惟治天下,以人心风俗为本,而欲正人心,厚风俗,必崇尚经学,而严绝非圣之书,此不易之理也。近见坊肆间多卖小说淫词,荒唐鄙俚,渎乱正理,不但诱惑愚民,即缙绅子弟未免游目而盅心焉。败俗伤风所系非细,应即通行严禁"等谕,九卿议奏通行直省各官,现在严查禁止。大哉王言,煌煌纶綍,臣下自当实力奉行,不独矫枉一时,洵可垂训万禩焉。①

这段文字中,刘廷玑重点对四大奇书的特点做了描述。他对中国小说发展的描述,突出从内容芜杂却又笔法丰富的古小说到四大奇书的发展过程,评价还是很客观的。

现代的小说史书写所遵循的方式一般以鲁迅《中国小说史略》为代表,按照历史朝代的发展来展示中国小说发展轨迹。这种方式容易过分重视不同历史阶段的社会状态,而忽视中国小说本身的发展特点。另一种方式则是范烟桥《中国小说史》的思路。他在认可班固所言"小说者流,盖出于稗官,街谈巷语、道听途说者之所造也"的源头后,进一步指出:

而后民间已有一部分势力,文人亦喜撷拾闻见,自为述作,于是不必有专设之官,而小说之刊汗牛充栋。盖一则抒其才思;一则供后世之参证,几与其他文学之著,同其宏富矣。

惟自西方文明,浸淫中土,文学之潮流既壮,小说之地位亦随之而高。于是小说非复旧时之面目,别有一种界说。则称"小说者,文学之倾于美的方面之一种也"。

恽铁樵云:"小说之体,记社会间一人一事之微者也。小说之用,有惩有扬。观政治教化,具体而微,而为之补助者也。"是则小说当为文化构成中不可少之一物也。②

范烟桥从中西方不同文化背景下去审视中国小说的发展,这是值得重视的。

小说作为一种文学形式,它的产生、发展、完善,需要一定的社会历史环境,而其中的哲学、宗教、经济、社会阶级、科学技术诸种因素都对这种文学形式的定型,起着或多或少,甚或是关键性的作用。人情各种的前因后果,来龙去脉,对了解文学的发展规律,了解某种文学形式的形成过程,是十分有趣而又有益的。③

---

① 〔清〕刘廷玑. 在园杂志 [M]. 北京:中华书局,2005:82-85.
② 范烟桥. 中国小说史 [M]. 苏州:苏州秋叶社,1927:1-2.
③ 〔美〕伊恩·P. 瓦特. 小说的兴起 [M]. 高原,董红钧,译. 北京:生活·读书·新知三联书店,1992:译者序.

他的小说史将中国小说视为一个有机整体，按照其发展特点分为不同时期，即"小说混合时期——周秦之际"，"小说独立时期——汉、魏及六朝"，"小说演进时期——唐及五代、宋、元、明"，"小说全盛时期——清、最近之十五年"。这种描述固然清晰，但是又未免有一刀切的嫌疑，因为小说的发展并非是一条直线，而是充满波折的。例如被视为全盛时期的清代小说作品并非都是精品。这样看来，其描述就未必公允了。两者相比较，还是《中国小说史略》的书写方式相对客观。

不过，对《中国小说史略》书写方式的批评也不少，例如何满子认为"鲁迅之作诚为经典，但当时限于大量资料尚未出世，且为略史，后来者应有发挥的余地"[1]。而且，"小说史开山时期因条件的限制，鲁迅未及注意而待后人开拓的若干方面。比如，未曾在世界小说的宏观背景下展示中国小说的演进及其特性——当然这属于比较文学的范畴，但在中国小说的论述中也有展示其轮廓的必要。又如，对中国小说和戏剧发展的纽结难分的关系也必须作有分量的论述，这对中国小说的艺术特点关系非轻"[2]。龚鹏程也批评鲁迅有着"偏畸的阅读习惯"，缺乏宏观审视的角度，具体表现为"比较意识也很薄弱"，"论文学时，绝少比较各体文，也绝少参会着讲。那就是因为他其实并没有参会或比较的知识基础，故亦无此视域，以致放过了许多可以比较或参会的论题"[3]。龚鹏程进一步指出鲁迅"切开了整体文学史，孤立地谈小说。在谈小说时，往往也是孤立地谈那一类小说"[4]。龚鹏程指出"中国小说的特征乃是说唱文学，整个小说均应放在这个说唱传统中去理解"[5]，但鲁迅却有意识地"规避了一个中国小说明显的特征：韵散间杂"[6]，"把所有名为词话的东西几乎全都撇开了"[7]，"谈《三国》而不说三国戏，谈《水浒》也不说水浒戏，谈《西游记》仍不说西游戏，谈《红楼梦》还是不说它跟戏曲的关系"。龚鹏程认为"鲁迅《中国小说史略》优点固多，然此正为其膏肓之所在"[8]。

鲁迅《中国小说史略》中的确是存在缺陷的，但不能强求其完美。小说史不是条理

---

[1] 何满子. 《小说史方法论八讲》题记[C]//何满子. 千年虫. 广州：广东人民出版社，2000：242.
[2] 何满子. 《小说史方法论八讲》题记[C]//何满子. 千年虫. 广州：广东人民出版社，2000：242.
[3] 龚鹏程. 鲁迅对中国小说史的诠释个案研究——小说文学学科建立的精神史[C]//龚鹏程. 中国小说史论. 北京：北京大学出版社，2008：336.
[4] 龚鹏程. 鲁迅对中国小说史的诠释个案研究——小说文学学科建立的精神史[C]//龚鹏程. 中国小说史论. 北京：北京大学出版社，2008：337.
[5] 龚鹏程. 鲁迅对中国小说史的诠释个案研究——小说文学学科建立的精神史[C]//龚鹏程. 中国小说史论. 北京：北京大学出版社，2008：338.
[6] 龚鹏程. 鲁迅对中国小说史的诠释个案研究——小说文学学科建立的精神史[C]//龚鹏程. 中国小说史论. 北京：北京大学出版社，2008：337.
[7] 龚鹏程. 鲁迅对中国小说史的诠释个案研究——小说文学学科建立的精神史[C]//龚鹏程. 中国小说史论. 北京：北京大学出版社，2008：339.
[8] 龚鹏程. 鲁迅对中国小说史的诠释个案研究——小说文学学科建立的精神史[C]//龚鹏程. 中国小说史论. 北京：北京大学出版社，2008：339.

清楚的，而是多种复杂因素混杂在一起的。鲁迅之所以称其著作为《中国小说史略》，固然有谦虚成分，其实也可以理解为鲁迅的一种书写策略。他不直接称自己的著作为《中国小说史》，是因为尚未把这个发展轨迹全面描述出来，而且是教材，无法进行太多学术辨析，再加上许多材料不全，所以称为史略。"我们应该从一个全面宏观的角度来看待鲁迅《中国小说史略》的著述。这部著作不是单纯的学术著作，而首先是一份供教学使用的讲义，虽然后来有过比较认真的修订，但其供教学之用的特点还是很清楚的，书中浓重的口语化表述色彩就是明证。可以说，这是一部带有浓厚学术性的教材。其著述必须要符合课堂教学要求，顾及受众群体、课堂环境和教学时间，不能求全、求大，只要能够清晰地梳理出中国小说的发展线索，并能够自圆其说，从而使学生受到一定的启发并进而领悟创作技巧。而鲁迅显然是做到了这一点。"①

中国小说创作是一个客观存在，不同时期的存在虽然有其不同的发展痕迹，但总是要有其客观的内在驱动力，小说史书写的任务就在于把这个内在驱动力描述出来。不同的小说史书写，关注的对象各有侧重，本书关注的是小说创作主体和创作内容，即谁来创作，以怎样的视角来表现社会人生。

先秦小说的创作主体是具有相当文化程度的士人，他们往往从精英视角以积极进取的态度来表现天下家国之情怀，《墨子·公输》和《庄子·说剑》如此，作为杂史杂传小说先驱的《穆天子传》也是如此；汉代小说则往往将历史著名人物放入日常生活环境中，从民间视角表现其平凡人的一面，其创作主体是"街谈巷语、道听途说者"，有文化的小说家们只是对其加以整理改编，将民间意识传达给君王，同时借此来表达自身情怀，精英情怀与民间意识合作，这是中国小说史的一个重要变化；魏晋小说的创作主体当然是具有浓重家国天下情怀的文人，但其创作内容，无论是志人小说还是志怪小说同样都是"街谈巷语、道听途说者"，因此依然可以看作精英情怀与民间意识的合作；唐人小说的一个重要特点是"有意为小说"②，这个"有意为"具体来说是文人的"有意为"，此时，民间的"街谈巷语、道听途说者"已经被宴乐雅集的文人话语所代替，创作主体和创作内容都具有浓重的文人精英色彩，注重文采与匠心，这是中国小说真正成熟的开始，也是中国小说史的又一次大变化，不过，其作品中并没有浓重的天下家国情怀，更多的倒是情爱、豪侠神怪等具有"街谈巷语、道听途说者"色彩的内容，可以说这是文人在俯就市井，"街谈巷语、道听途说者"并未消失，只是换了一副面孔，具有了更多的文气；宋元小说的内容具有浓重的市井色彩，而且大大丰富起来，其表现空间也更加广泛，其表达方式也活泼多样。这主要是从经济方面考虑来顾及民间意识，而其创作者是具有一定文化修养的艺人和具有较高文化修养的文人，其作品和唐人小说一

---

① 赵旭. 龚鹏程对《中国小说史略》批评之探析[J]. 海南师范大学学报，2015（3）：71.
② 鲁迅. 中国小说史略[M]. 北京：人民文学出版社，1973：54.

样,是文人在俯就市井,"街谈巷语、道听途说者"的文气并没有淡化;明清时期的小说作者们则是以绝对的精英视角来表达天下家国的情怀,其表现内容更加丰富,但其态度却少了先秦的积极进取,少了唐宋的轻松娱乐,更多的则是对社会人生的反思与批判,责任与救赎,从而将中国古代小说推向巅峰,这是中国小说史的又一次大变化。

总的来看,根据创作主体和创作内容这两个基本点来梳理中国小说史,可以看到从先秦到近代,中国小说创作经历了三次大的变化:充满积极进取的精英意识的先秦小说到精英与民间意识合作的汉代小说的转变,这标志着中国小说从萌芽状态进入独立状态;唐宋元小说凸显了文人对市井意识的俯就,同时更加注重文采,将文人精英情怀与民间世俗情怀有机结合,并突出了小说的娱乐功能,这标志着中国小说的成熟;而明清小说更加重视作品的社会功能,创作内容极大丰富,凸显了强烈的批判精神和反思意识,从而将中国小说推向了巅峰。值得强调的是,围绕着创作主体和创作内容,将其发展轨迹客观地描述出来,这是中国小说史书写的一个重要途径。

第一章　萌芽状态的先秦小说

先秦典籍文史哲不分，对于小说而言，其文体概念尚未产生，因此也不会"有意为"小说，但中国小说的源头在先秦，这是不争的事实。不过，中国小说产生于何时，则是存在争议的。刘勇强认为，小说的起源问题"其实涉及了三个方面的问题，一是小说观念的起源，一是小说化叙事的起源，一是小说的起源。三者有交错，也有重叠"[①]。

真正的小说作品在先秦就已经存在了，只是因为年代久远，很多作品流传不广泛而逐渐散佚了，所以是存而不显的状态。学界将先秦小说视为"古小说"的重要部分。所谓"古小说"，有学者认为"古小说相对于近古的通俗小说而言，或称为子部小说，或称为笔记小说，内容非常繁杂"，"相对于白话小说，不仅时代较早，而且文体较古"[②]，有学者明确指出它们是"专指以文言撰写之旧小说而言，实即史官与传统目录学家于子部小说家类所列各书"[③]，还有学者认为"古小说本来就是无意识的产物，当我们说它是小说或者是准小说时纯粹是从其实际表现出的小说特征上说的"[④]。这些观点值得进一步商榷。对于"古小说"的定位，从范围上看，不宜过于宽泛；从艺术特点上看，真正文体意义上的古小说尽管在篇幅和具体表达方式上与通俗小说有差别，但其创作本质是一致的，即绪论中所指出的，小说是为了传达作者的某种价值理念，用散文形式写作，以虚构方式着力塑造形象，情节结构相对完整的叙事文学体裁。就是说，"古小说"首先应该是真正的小说作品。

[①] 刘勇强. 中国古代小说史叙论 [M]. 北京：北京大学出版社，2007：40.
[②] 程毅中. 古小说简目：凡例 [M]. 北京：中华书局，1981.
[③] 袁行霈，侯忠义. 中国文言小说书目：凡例 [M]. 北京：北京大学出版社，1981.
[④] 李剑国，陈洪. 中国小说通史 [M]. 北京：高等教育出版社，2007：86.

中国小说在先秦产生并存在的同时，其他文类中也存在很多小说要素，在叙事方式、形象塑造、题材等方面对小说有着重要的影响。中国小说产生之后，能够接受其他文类中小说要素的影响，并积极吸收其长处，不断促进自身的发展，这是先秦小说史的发展态势。

第一节　散居各体的小说因素

与西方文学理论范畴体系稳定、界限分明的特点相比，中国古代文论范畴则是"约定俗成"和"用而不论"的，不同范畴之间往往相互渗透，当然"这是思维方式和理论形态方面的因素所致。由表述风格和习惯、汉语言文字功能特点又带来范畴内涵的模糊性、伸缩性以及交叉、兼及、互换的用法"[①]，具有鲜明的民族特点。小说这个范畴也不例外。在古代，"小说"是一个不断发展的理论范畴，以开放的态度去吸收其他有益的因素而不断发展起来，不同阶段的小说观念存在着差异。先秦时期文史哲不分，只能从语言形式上分为诗歌和散文二体。对小说的起源，见仁见智：或谓出于稗官，或云源于子史，或称渊源神话，或言本自虞初，尚无定论。与诗文相比，中国小说起步比较晚，但这恰恰更有利于其博采众长。就先秦文学而言，歌谣和神话，以《诗经》、楚辞为代表的诗歌，史传和诸子散文，它们都为小说的诞生和发展提供了养分。作品的艺术形式虽然混淆在一起，具有小说因素的作品往往孕育于其他文体之中，并非是独立的形态，但是，随着时代前进，其小说特征则渐趋明显。以现代小说观念审视先秦典籍，不难发现诸多文学体裁中确实具有了后世小说的一些因素，对孕育后世小说的艺术形式具有重要意义。例如后世志怪小说和神魔小说中的神怪形象往往以神话传说中的神怪形象为原型，再如历史演义和英雄传奇中的英雄形象，帝王将相、谋臣说客、游侠刺客等，也多见于历史散文和诸子散文，而且呈现出逐渐远离史传文学的实录而向小说的典型虚构发展的趋势。尤其到了战国时期，这些孕育在其他文体之中的"小说"幼儿已发育完全。所以，要探求中国小说独特的具有民族风格的形式特点和艺术特点的根源，梳理其诞生与发展的过程，就必须对这些孕育在各种母体中的"小说"因素给予充分的重视，把握中国小说与其相关母体之间的关系。

一、上古歌谣

上古歌谣是先民集体创作，属于民间文学范畴，起源于"杭育杭育"之类的劳动号子，本来是口头创作，没有文字记录，现存文献中所保存的比较接近原始形态或较为可

[①] 涂光社. 中国美学范畴发生论 [M]. 北京：人民教育出版社，1999：3.

信的上古歌谣，包括《弹歌》《伊耆氏蜡辞》《神北行》《候人歌》及甲骨卜辞和《周易》里的一些卦爻辞所保存的歌谣等。歌谣本来以抒情为目的，而随着人类思维能力和语言能力的发展，它的语义内涵逐渐丰富起来，并由直接抒情向叙事性描述发展，而通过叙事性的描述，也有助于情感的抒发和表达。在许多歌谣中，叙事结构比较完整，而且能够比较真实地表现当时的社会面貌，如载于《吴越春秋》的《弹歌》：

  断竹，续竹，飞土，逐宍。①

  这是一首表现当时打猎内容的歌谣，全景再现了先民制造狩猎工具并进行射猎的整个过程，用词非常考究而且富于形象感。"断"和"续"是制作弓箭的细节描述，而"飞"则是围猎时的壮观场面描述，一个"逐"字则洋溢着先民的自豪和喜悦之情。通过这样细致的叙事描述，能够凸显出他们对获取更多猎物的热切渴望。

  再如被认为是作于"帝尧之世，天下太和，百姓无事"背景下的《击壤歌》：

  日出而作，日入而息。凿井而饮，耕田而食。帝力于我何有哉！②

  这首歌谣用凝练的语句描述了百姓的日常生活，在此基础上有力地表达了对自身力量的充分认可。载于《风土记》中的《越谣歌》：

  君乘车，我戴笠，他日相逢下车揖。君担簦，我跨马，他日相逢为君下。③

  这首歌谣描述了日常生活中两个不同的场景，通过主人公身份的变换，肯定了以礼相待在人际交往中的重要性。再如《灵宝谣》：

  吴王出游观震湖，龙威丈人山隐居。北上包山入灵墟，乃入洞庭窃禹书。天地大文不可舒，此文长传百六初，若强取出丧国庐。

  按照《灵宝要略》的记载："吴王阖闾出游包山，见一人，自言姓山名隐居。阖闾扣之，乃入洞庭，取素书一卷呈阖闾。其文不可识，令人赍之问孔子，孔子曰'丘闻童谣云云'。"④ 这首歌谣完整地叙述了吴王强取禹书的过程，同时也对未来做出了预言和

---

① 〔清〕沈德潜. 古诗源 [M]. 长沙：岳麓书社，1998：15.
② 〔清〕沈德潜. 古诗源 [M]. 长沙：岳麓书社，1998：1.
③ 〔清〕沈德潜. 古诗源 [M]. 长沙：岳麓书社，1998：13.
④ 〔清〕沈德潜. 古诗源 [M]. 长沙：岳麓书社，1998：13.

暗示，特别是这种情节上的预言和暗示，在后世小说创作中经常出现，起到了推动情节发展的作用。

《周易》中很多卦爻辞的描述也极有形象感，如《屯·六二》：

屯如邅如，乘马班如。①

这首歌谣描述了上古时代抢婚的场面，尽管对其表达的文化内涵还存在不同的解读，但其对挣扎纠结场面的描述的确是很传神的。再如《归妹·上六》：

女承筐无实，士刲羊无血。②

这首歌谣虽然仅有十个字，却形象地描绘出一个很有情趣的场面：小伙子杀羊，却根本没有伤到羊；姑娘端着筐盛放，可筐里却空空如也。原因何在呢？这首略带有戏谑性味道的歌谣，形象地表现出青年男女因为两情相悦，在劳动中因为注意力过于集中在对方身上而心不在焉的情景，没有过多的言语描述，却把两人含蓄而浓郁的情感表现得生动有趣。再如表现战争的《中孚·六三》：

得敌，或鼓，或罢，或泣，或歌。③

这首歌谣的场面描写富有动态感：取得战争胜利后，有的人在敲着战鼓庆祝胜利，有的在休整体力，有的在为失去战友亲人而哭泣，有的在歌唱以鼓舞士气。短短十字，却照顾到大战过后的诸多侧面，描述功力十足。再如《同人》爻辞：

伏戎于莽，升其高陵，三岁不兴。乘其墉，弗克敌。同人先号咷而后笑。④

这首歌谣记录了一次相对完整的战斗过程：首先埋伏在丛林草莽之中，然后冲上高高的丘陵，经过反复争夺，先败而后胜。大家也是先悲而后喜。这些绘声绘色的场面描写对后世的小说创作有一定影响。

还有的歌谣表现了人与神之间的交流，强调万物有灵，这对后世的神魔小说创作具有启发意义。如载于《礼记·郊特牲》中的《伊耆氏蜡辞》是一首"合聚万物而索飨

---

① 〔宋〕朱熹. 周易本义 [M]. 北京：中国书店，1994：24.
② 〔宋〕朱熹. 周易本义 [M]. 北京：中国书店，1994：92.
③ 〔宋〕朱熹. 周易本义 [M]. 北京：中国书店，1994：100.
④ 〔宋〕朱熹. 周易本义 [M]. 北京：中国书店，1994：39.

之"的咒语式祭歌：

> 土，反其宅，水归其壑。昆虫毋作，草木归其泽。①

这首祭歌以奇特的想象，表现了先民幻想指挥自然服从自己的愿望；载于《山海经·大荒北经》中的《神北行》与之类似："神北行！"② 这是在黄帝击败蚩尤之后，为了驱逐曾立下大功却因不得其位而愤懑的天女魃的咒语式祭歌。这些作品中表现的人神交流方式对后世小说创作颇有影响。

上古歌谣源于生活，又直接表现生活，是现实主义创作精神的源头之一，同时，它塑造的诸多奇异的形象以及表现人神交流的作品中也有着浓厚的浪漫主义色彩。在创作手法上，既有如《弹歌》这样的作品用赋的方式叙述整个过程，也有《周易·归妹·上六》这样注重意象环境的渲染。这些对后世小说创作都具有一定的影响。

二、神话传说

神话传说是生产力和认识水平低下时期，先民通过幻想以一种不自觉的艺术方式对自然现象和社会生活进行描述和解释的产物，是口头集体创作，传达的是初民淳朴的宇宙观和世界观。两者的表现主体是不同的，神话侧重于表现神祇，"大抵以一'神格'为中枢，又推演为叙说，而于叙说之神、之事，又从而信仰敬畏之"③，而传说则侧重于表现杰出的人物，"殆神话演进，则为中枢者渐进于人性"，"传说之所道，或为神性之人，或为古英雄，其奇才异能神勇为凡人所不及，或由于天授，或有天相者"④。而相信万物有灵，则是神话传说得以创作的共同的心理前提；崇拜图腾，信仰巫术，这是神话传说得以流行的共同的现实表现。在神话传说中，自然现象和某些社会存在被看成是有生命的，被赋予人的特点，同时又具有超自然的能力。这对于以虚构方式着力塑造艺术形象为主要目的的小说创作具有重要的启发意义。当然，口头集体创作的神话传说属于民间文学，和小说创作并不在一个范畴，这和后世文人收集整理的民间文学文本是不一样的。后世文人搜集整理改写的神话、传说的文本，属于民间文学变异的产物，"已成了个人创作，不算民间文学了"⑤，其中的一部分可以归入小说范畴。这里的神话传说主要指唐宋以前典籍中所记载的作品。由于神话传说多为口头流传，特别是占社会主流意

---

① 〔清〕沈德潜. 古诗源 [M]. 长沙：岳麓书社，1998：1.
② 袁珂. 山海经校注 [M]. 上海：上海古籍出版社，1980：430.
③ 鲁迅. 中国小说史略 [M]. 北京：人民文学出版社，1973：7.
④ 鲁迅. 中国小说史略 [M]. 北京：人民文学出版社，1973：8.
⑤ 段宝林. 民间文学教程 [M]. 北京：高等教育出版社，2006：15.

识的儒家观念崇尚实用，"不语怪、力、乱、神"①，再加上在社会发展过程中历史、宗教等因素，如统治者为巩固政权，有意识地对神话传说加以篡改，使之无法得到完整系统的记录和保存，留下来的往往也经受了"神话历史化"处理，即把神话传说当作史实看待，将天神下降为人类始祖，构成一些虚幻的始祖及其发展谱系。幸存的作品主要保存在《诗经》《庄子》《韩非子》《山海经》《楚辞》《吕氏春秋》《淮南子》《风俗通义》和《列子》等典籍中，尤以《山海经》为多，而且接近上古神话传说的原貌。

神话传说对后世小说创作影响是巨大的。其一，神话传说为后世小说创作提供了大量丰富题材，如明代周游所著《开辟衍绎通俗志传》就是从盘古开天辟地说起的。而"精卫填海"所表达的复仇意识对后世小说创作也有着深远的影响。

其二，神话传说中关于异域奇国、怪人神物的描述，想象奇特，表现出积极浪漫主义创作精神，为后世小说创作拓展了表现空间，特别对神魔小说的创作具有深远的影响。如《镜花缘》中所描述的奇异国度显然从神话传说中得到了诸多启示；《山海经·大荒南经》中"人面鸟喙，有翼，食海中鱼，杖翼而行"②的"驩头"，很容易让人联想到《封神演义》中的雷震子；《海外西经》中"一臂三目"③的奇肱国民则容易和三只眼的二郎神产生联系；而《山海经·大荒南经》中"其民皆生卵"的"卵民之国"④对后世小说中英雄出世的情节启示尤其巨大，例如《封神演义》中哪吒降生时就是个肉蛋，"这种神性英雄出生时是个肉蛋蛋的故事，都可以看成卵生人故事的变异形态"⑤，此外一些少数民族神话中对猴祖源于肉蛋的描述也和卵生神话关系密切，如瑶族"其洪水遗民传说：兄妹结婚后生下肉块，肉块切碎变成猴，猴再变成人"⑥。

其三，神话传说中塑造的大量的艺术形象，特别是英雄形象，为后世小说创作提供了范例。开天的盘古、补天的女娲、逐日的夸父、射日的后羿、治水的鲧禹、填海的精卫、怒触不周山的共工和挥舞干戚的刑天，他们不仅直接成为后世许多小说的主人公，而且表现出了为人生、以人的生存为中心的英雄主义和悲剧精神，对后世小说创作影响尤为突出，如对盘古之死的描述：

  首生盘古，垂死化身，气成风云，声为雷霆。左眼为日，右眼为月，四肢五体为四极五岳，血液为江河，筋脉为地理，肌肉为田土，发髭为星辰，皮毛为草木，齿骨为金

---

① 〔宋〕朱熹. 大学集注. 中庸集注. 论语集注. [M]. 上海：上海古籍出版社，1987：29.
② 袁珂. 山海经校注 [M]. 上海：上海古籍出版社，1980：92.
③ 袁珂. 山海经校注 [M]. 上海：上海古籍出版社，1980：212.
④ 袁珂. 山海经校注 [M]. 上海：上海古籍出版社，1980：368.
⑤ 张开焱. 世界祖宗型神话——中国上古创世神话源流与叙事类型研究 [M]. 北京：中国社会科学出版社，2016：95.
⑥ 王小盾. 汉藏语猴祖神话的谱系 [J]. 中国社会科学，1997（6）：151.

石，精髓为珠玉，汗流为雨泽，身之诸虫，因风所感，化为黎氓。①

昔盘古氏之死也，头为四岳，目为日月，脂膏为江海，毛发为草木。秦汉间俗说："盘古氏头为东岳，腹为中岳，左臂为南岳，右臂为北岳，足为西岳。"先儒说："盘古氏泣为江河，气为风，声为雷，目瞳为电。"古说："盘古氏喜为晴，怒为阴。"吴楚间说："盘古氏夫妻，阴阳之始也。今南海有盘古氏墓，亘三百里。俗云后人追葬盘古之魂也。桂林有盘古祠，今人祝祀。②

作为开天辟地的始祖，盘古的死同样具有横绝一世的气概，其身体各部分所化世间万物同样具有创世的味道。此后，盘古的形象被后世不断强化和丰满。例如盘古开天并没有使用大斧，在神话中使用大斧的第一勇士是"舞干戚"的刑天。但在明代《开辟衍绎通俗志传》中大斧已经成为盘古的开天工具：

（案：盘古）将身一伸，天即渐高，地便坠下。而天地更有相连者，左手执凿，右手持斧，或用斧劈，或以凿开，自是神力。久而天地乃分。二气升降，清者上为天，浊者下为地，自此而混沌开矣。③

下面这段文字源于徐整《三五历纪》中盘古开天辟地的描述：

天地浑沌如鸡子，盘古生其中，万八千岁。天地开辟，阳清为天，阴浊为地。盘古在其中，一天九变，神于天，圣于地。天日高一丈，地日厚一丈，盘古日长一丈。如此万八千岁，天数极高，地数极深，盘古极长。④

将大斧赋予盘古，一方面因为斧子是日用的生活工具，将之放大成为开天辟地的工具，体现了日益发展的生产力对大自然的征服意识；另一方面则体现了民间对盘古的敬仰，挥动大斧开天辟地，力量感十足，更加体现了这位中华第一英雄的神武气势。后世小说作品中的诸多以勇猛著称的形象，如李逵和程咬金，他们也都以大斧为武器，从中不难感受到盘古的强悍遗风。再如《山海经·北山经》中对精卫的塑造：

---

① 〔清〕马骕. 绎史 [M] //景印文渊阁四库全书：史部一二三：纪事本末类. 台北：商务印书馆，1986：69.
② 〔梁〕任昉. 述异记 [M]. 北京：中华书局，1985：1.
③ 〔明〕周游. 开辟衍绎通俗志传 [M]. 古本小说集成本. 上海：上海古籍出版社，1994：6-7.
④ 〔唐〕欧阳询. 艺文类聚：上 [M]. 上海：上海古籍出版社，1965：2-3.

> 又北二百里，曰发鸠之山，其上多柘木。有鸟焉，其状如乌，文首、白喙、赤足，名曰精卫，其鸣自詨。是炎帝之少女名曰女娃，女娃游于东海，溺而不返，故为精卫，常衔西山之木石，以堙于东海。漳水出焉，东流注于河。①

对精卫"文首、白喙、赤足"外貌的描述，既是对其"炎帝之少女名曰女娃"身份的照应，又含有对这个柔弱而美丽的少女命运的惋惜，同时与其"常衔西山之木石，以堙于东海"的壮举形成对比，对其挑战命运的行为予以肯定。而其复仇行为，对后世小说的影响更是不容忽视的。再如《海外北经》对夸父的描述：

> 夸父与日逐走，入日。渴欲得饮，饮于河渭；河渭不足，北饮大泽。未至，道渴而死。弃其杖，化为邓林。②

夸父对太阳的追逐是主动的行为，其动机或是源于农业文明对太阳运行规律的求索，或是源于对大自然的挑战与征服的愿望，此外也有学者认为夸父"是一个具有光明神性的云神"③，"夸父追日的神话，在相当意义上，可以看成一个推原神话，即讲述邓林（即桃树）来源的神话"④。这些解读自然有其道理，但从文学形象上看，夸父追日则表现为一种英雄主义使命感的驱动。其饮水的气势极其雄壮，其死后"弃其杖，化为邓林"的场面是可以想象出其宏大的。而对"邓林"的理解，无论是将其视为"云霞的神化形态"⑤，还是说它是长寿的标志、不死药的重要原材料，从文学形象上看，它都象征着生生不息的奋斗意识，后世小说中对桃木所赋予的辟邪降魔的文化情怀，恐怕也能从这里找到渊源。再如《大荒北经》中对黄帝和蚩尤之战的描述：

> 有系昆之山者，有共工之台，射者不敢北向。有人衣青衣，名曰黄帝女魃。蚩尤作兵伐黄帝，黄帝乃命应龙攻之冀州之野。应龙蓄水，蚩尤请风伯雨师，纵大风雨。黄帝乃下天女曰魃，雨止，遂杀蚩尤。魃不得复上，所居不雨。叔均言之帝，后置之赤水之北。叔均乃为田祖。魃时亡之。所欲逐之者，令曰："神北行！"先除水道，决通沟渎。⑥

---

① 袁珂. 山海经校注 [M]. 上海：上海古籍出版社，1980：92.
② 袁珂. 山海经校注 [M]. 上海：上海古籍出版社，1980：238.
③ 张开焱. 世界祖宗型神话——中国上古创世神话源流与叙事类型研究 [M]. 北京：中国社会科学出版社，2016：270.
④ 张开焱. 世界祖宗型神话——中国上古创世神话源流与叙事类型研究 [M]. 北京：中国社会科学出版社，2016：269.
⑤ 张开焱. 世界祖宗型神话——中国上古创世神话源流与叙事类型研究 [M]. 北京：中国社会科学出版社，2016：274.
⑥ 袁珂. 山海经校注 [M]. 上海：上海古籍出版社，1980：430.

这段文字是前文所引歌谣《神北行》的背景资料，所涉及的情节和场面是非常复杂而生动的。女魃所居住的共工之台，"射者不敢北向"一句足以渲染其神秘可怖；蚩尤与应龙大战时请风伯雨师"纵大风雨"的雷霆万钧的气势更是如在目前。"黄帝女魃"这个形象尤其值得注意。她居住在神秘的共工之台，青衣，略带邪气。但是当蚩尤发动势不可挡的攻势时，应龙束手无策，她被黄帝请下山来一举击败蚩尤，立下大功。可是她在战后并没有得到应有待遇，最后还被叔均向黄帝进言而远放到赤水之北，成为"赤水女子魃"①。"时亡之"足见其对不公正待遇的抗争，却又时时遭到驱逐，《神北行》之歌就是她被不断驱逐的证据。她为什么立下大功反而被驱逐？是因为桀骜不驯的性格，还是丑陋凶恶的外表？这些都增加了形象表现的空间。而这样一个立下大功却受到不公正待遇，进而导致其内心扭曲而不断抗争的形象，在后世小说中是很多的。

此外，源于先秦的神话传说在很大程度上融入了道家思想体系，并对后世小说发展产生一定的影响，造成中国古代小说中具有一定的道家色彩，拓展了创作的表现空间。《三国演义》中的诸葛亮，其神机妙算，借东风和七星灯借命的行为，都有着道家气息；《水浒传》中九天玄女授天书给宋江，36天罡和72地煞构成108将，这也是道家框架；《西游记》中的三教同源，道家色彩更为明显；《红楼梦》中的太虚幻境，更是道家之洞天，而渺渺真人和空空道长则是作品中"具有超出具体情节乃至单一作品的文化共性"，其艺术意义"不在于这些形象本身，很大程度上只是为了满足叙事的需要"②的超情节人物。

有些叙事性很强的神话传说文本本身就具有浓厚的小说色彩，不过，这些神话传说的文本并不具备独立的地位。它们或者是作为诸子说理的论据，或者是从事"巫医厌祝"的方士"用以敬神、决疑、治病。他们为了显示自己能通乎神明，未卜先知，就必须说一些他们所知的历史、地理、博物的知识，说一些神仙故事，或把民间故事夸大虚饰，以取信于人"，"他们所讲说的故事性的、知识性的内容被记录下来"③而成为资料性的汇编，都是些片段，而并没有明确的小说创作意识，缺乏整体构思的匠心，因此不能算真正意义上的小说。例如全书31 000多字的《山海经》，主要记录了四方八荒的山川神灵、异国异人，为后世小说创作贡献了大量丰富的形象原型，而且具有"极为丰富的幻想和比较明显的叙事性"，"确实具备了许多小说的特性"④，因此胡应麟称之为"古今语怪之祖"⑤，《四库全书总目》把它从地理类改入小说家类，并置之"异闻"之

---

① 袁珂.山海经校注 [M].上海：上海古籍出版社，1980：434.
② 刘勇强.一僧一道一术士——明清小说超情节人物的叙事学意义 [J].文学遗产，2009（2）：104.
③ 胡士莹.话本小说概论 [M].北京：中华书局，1980：3.
④ 李剑国，陈洪.中国小说通史 [M].北京：高等教育出版社，2007：86.
⑤〔明〕胡应麟.少室山房笔丛 [M].北京：中华书局，1958：412.

首，认为它"实则小说之最古者尔"①。但"《山海经》的作者们的著作本意是以古老神话材料和地理博物知识及传说反映巫观念和巫术，并无小说创作的意识"②，虽然其中也有相对成熟的具有小说色彩的叙事片段，但是这些叙事片段"绝大部分仅仅是对故事的背景和主体（地点，风景，神、人、兽的体征描述）的零散记录，而弃失了故事结构"③，因此，这样的神话传说文本虽然对中国小说贡献甚伟，但从本质来看，其并非真正意义上的小说，而"应认为我族最古之半小说体的地理书"④，或者是具有小说色彩的"准小说"⑤。

三、诗歌

先秦的诗歌以《诗经》和楚辞为代表。

《诗经》涉及婚恋、农事、征役和民族历史等多方面内容，这为小说创作提供了大量的题材和形象，如清代惺惺居士创作的《精神降鬼传》就根据《鄘风·相鼠》"相鼠有皮，人而无仪"的内涵，将"下作鬼"发往相鼠国充军；而《周南·桃夭》中对"桃"的描述，更是具有丰富的文化内涵：

> 桃之夭夭，灼灼其华。之子于归，宜其室家。⑥

生长茂盛的桃树，阳光滋润的桃花，与出嫁的女子对其夫家的益处联系在一起，从家族发展的角度看，就意味着人丁兴旺，如桃之果实繁盛。桃的文化内涵与生育和家族的繁衍有机结合起来。《诗经》在具体叙述描写技巧上也为后世小说创作提供了大量的范例。如《周南·关雎》男主人公对美丽的姑娘"寤寐思服""辗转反侧"⑦的相思之苦的描写；《郑风·将仲子》描写女主人公既深爱着"仲子"，又害怕被父兄发现，于是强压心中的柔情转而恳求爱人不要来幽会的矛盾心理。这些对后世表现男女感情纠葛的小说作品影响极大。特别是《卫风·氓》，以弃妇自述的口吻，用较长的篇幅叙述自己从恋爱、结婚到受虐待以致被弃的全过程，尤其注重表现人物性格发展变化的过程，如男主人公从"蚩蚩"到"贰其行"再"至于暴矣"的堕落，女主人公从"送子涉淇"的多情少女到为人妇"夙兴夜寐"的辛劳再到被抛弃后"亦已焉哉"⑧的果决，其形象

---

① 〔清〕永瑢，等. 四库全书总目[M]. 北京：中华书局，1965：1205.
② 李剑国，陈洪. 中国小说通史[M]. 北京：高等教育出版社，2007：86.
③ 朱大可. 神话[M]. 北京：东方出版社，2012：14.
④ 梁启超. 中国近三百年学术史[M]. 北京：东方出版社，1996：291.
⑤ 李剑国，陈洪. 中国小说通史[M]. 北京：高等教育出版社，2007：63.
⑥ 高亨. 诗经今注[M]. 上海：上海古籍出版社，1980：8.
⑦ 高亨. 诗经今注[M]. 上海：上海古籍出版社，1980：1.
⑧ 高亨. 诗经今注[M]. 上海：上海古籍出版社，1980：86.

性格的鲜明丰满，已经达到了很高的艺术水平，后世的一些同题材作品，例如《金玉奴棒打薄情郎》(《喻世明言》)，其人物形象与此相比反而显得单薄了。值得重视的还有《诗经·大雅》中的《生民》《公刘》《绵》《皇矣》和《大明》。陈平原曾感叹"中国古代没有留下篇幅巨大叙事曲折的史诗"，而"在很长时间内，叙事技巧几乎成了史书的专利"①，但这五首以粗线条较完整地勾画出周族发祥、创业、建国、兴盛的光辉历史，已经具有一定的史诗性质了。如"叙述周朝开国的历史，从王季娶太任而生文王说起，直到武王伐纣为止"的《大明》就被认为"这是一首史诗"②，所描述的"殷商之旅，其会如林"③的牧野之战，写出了大战雄伟壮观、惊天动地的场面，同时也表现出姜太公的英武形象，这对后世历史演义中战争场面的描写不无裨益。再如《秦风·黄鸟》，以子车兄弟为秦穆公殉葬这件大事作为题材，直视殉葬现场，仔细描绘了三良"临其穴，惴惴其栗"④的恐惧之态，表达了对英才的哀悼，也暗含着对殉葬制度的否定。据《左传·文公六年》所载：

  秦伯任好卒。以子车氏之三子奄息、仲行、鍼虎为殉，皆秦之良也。国人哀之，为之赋《黄鸟》⑤。

  可见，这是一首悼亡诗，内容和本事相差不远，具有时事性质；再如《齐风》中讽刺齐襄公和妹妹文姜的《敝笱》和《载驱》毫无忌讳地点了"齐子"的名；而讽刺陈灵公淫乱行为的《陈风·株林》则点了"夏南"的名；《毛诗序》所言"大夫刺幽王"⑥的《小雅·十月之交》则仔细描绘了十月之交的天象变化，并将之与当时混乱的政局结合起来，在笃信天命的时代，这也算时事。这种时事意识对明清的时事小说具有一定的启发，特别是借天地异象来暗示大事的发生，这种手法在明清小说作品中是常见的。

  战国后期，以屈原作品为代表的"楚辞"兴起。"楚辞"对后世小说创作的影响主要表现在三个方面：

  其一，保留了大量的神话传说。"楚辞"通过对神话传说的引用，虚构色彩浓郁，想象空间更加开阔，表现视野更加宽广。其与小说的关系，前人早有论述。《四库全书总目》卷一百四十论及小说的起源时说：

---

① 陈平原. 中国小说叙事模式的转变 [M]. 上海：上海人民出版社，1988：221.
② 高亨. 诗经今注 [M]. 上海：上海古籍出版社，1980：373.
③ 高亨. 诗经今注 [M]. 上海：上海古籍出版社，1980：373.
④ 高亨. 诗经今注 [M]. 上海：上海古籍出版社，1980：170.
⑤ 李学勤. 十三经注疏·春秋左传正义 [M]. 北京：北京大学出版社，1999：511.
⑥ 李学勤. 十三经注疏·春秋左传正义 [M]. 北京：北京大学出版社，1999：718.

张衡《西京赋》曰："小说九百，本自虞初。"《汉书·艺文志》载虞初《周说》，九百四十三篇，注称武帝时方士，则小说兴于武帝时矣。故伊尹说以下九家，班固多注依托也。《汉书·艺文志注》，凡不著姓名者，皆班固自注。然屈原《天问》，杂陈神怪，多莫知所出，意即小说家言。①

鲁迅进一步指出：

若求之诗歌，则屈原所赋，尤在《天问》中，多见神话与传说，如"夜光何德，死则又育？厥利惟何，而顾菟在腹？"……王逸曰，"屈原放逐，彷徨山泽，见楚有先王之庙及公卿祠堂，图画天地山川神灵琦玮谲诡及古贤圣怪物行事，……因书其壁，何而问之。"是知此种故事，当时不特流传人口，且用为庙堂文饰矣。其流风至汉不绝，今在墟墓间犹见有石刻神祇怪物圣哲士女之图。②

而纵观中国小说史，其中有大量的人神相恋的题材，更是不难从《山鬼》一类作品中找到踪迹。如《聊斋志异》中很多美丽多情的女子形象都能看到《山鬼》中女主人公的影子。

其二，采用虚构或依托人物的方式，特别是运用人物问答的形式，凸显铺叙描写的叙事成分，进而塑造出形神兼备的形象，具有明显的小说色彩。这主要表现在屈原的《渔父》及宋玉的《高唐赋》《神女赋》《登徒子好色赋》等作品中。刘知几《史通》指出：

自战国以下，词人属文，皆伪立客主，假相酬答。至于屈原《离骚》辞，称遇渔父于江渚；宋玉《高唐赋》，云梦神女于阳台。夫言并文章，句结音韵。以兹叙事，足验凭虚。而司马迁、习凿齿之徒，皆采为逸事，编诸史籍，疑误后学，不其甚邪！必如是，则马卿游梁，枚乘谮其好色；曹植至洛，宓妃睹于岩畔。撰汉、魏史者，亦宜编为实录矣。③

嵇康撰《高士传》，取《庄子》《楚辞》二渔父事，合成一篇。夫以园吏之寓言，骚人之假说，而定为实录，斯已谬矣。④

---

① 〔清〕永瑢，等. 四库全书总目[M]. 北京：中华书局，1965：1182.
② 鲁迅. 中国小说史略[M]. 北京：人民文学出版社，1973：12.
③ 〔唐〕刘知几，撰，〔清〕浦起龙，释. 史通通释[M]. 上海：上海古籍出版社，1978：521.
④ 〔唐〕刘知几，撰，〔清〕浦起龙，释. 史通通释[M]. 上海：上海古籍出版社，1978：522.

很多唐人小说从这种"虚构或依托人物"的方式中受到启发，例如《古镜记》就被视为"我国第一篇依托他人而以第一人称来叙事的小说"①，"《古镜记》的作者依托王度自述其事，这其实是词人故伎，不足深怪；后人不知其作者，遂径称'王度《古镜记》'矣。由此也可见它与辞赋的关系"②。

其三，表现出了作者鲜明的创作个性。如屈原的《离骚》，上天入地，上下求索，为寻找真理而九死不悔；《天问》以反诘的形式，一连提出170多个问题，内容涉及天文地理、神话传说、古史传闻、社会政治和个人生活等，表现出作者大胆怀疑、敢于批判旧观念和勇于探索真理的精神。这些深深地影响了后世小说家的人格境界和创作品格。

四、 历史散文

史传是中国古代小说创作的重要源头，这已经是学术界的共识。历史散文的产生比诸子散文要早。先秦的历史散文发展的趋势是，篇幅由简到繁，由片段叙述到详细生动的记言叙事，形象越来越丰满，文采也越来越受到重视，而且由于当时文史哲界限不清，历史散文带有极强的文学特色，大量神话和传说渗入史籍，具有一定的虚构色彩，历史事件故事化倾向明显，这对后世小说创作有着重要影响。也正因为这样，很多历史散文和小说的界线就有些模糊不清了。不过历史散文更注重史实的描述，其中带有夸大虚构色彩的叙事成分也是为了更好地进行史实表述，是为史实服务的。

先秦历史散文大致可分三个阶段。

第一阶段从夏朝到春秋时期，以《尚书》和《春秋》为代表，《尚书》以记言为主，《春秋》以记事为主。这个阶段的历史散文文字简洁，但很多篇章注重情节和场面的描述。如《尚书》中的《盘庚》语言描写非常生动，盘庚对臣子的训诫，以"颠木"比喻旧都，以"由蘖"比喻新都，以"星星之火"比喻眼前的危机，通过这些言语，一个威严睿智的领导人形象跃然纸上。又如《金縢》描述周成王对周公误解的形成与消解过程，叙事曲折感人。再如《顾命》对周康王即位大典场面的描写，对众多的人物，繁缛的礼节，娓娓道来，井然有序。

第二阶段从春秋末到战国初，这个阶段的作品记言与记事相融合，篇幅也有所加长，话语丰富，叙事曲折，人物形象更加生动，对后世小说影响因素较多，《左传》是这个阶段的代表作品，甚至有学者认为"我们探讨'史'对中国小说的深远影响，就必须从《左传》入手"③。《左传》善于叙事，灵活运用正叙、倒叙、补叙、插叙等方式，

---

① 李宗为. 唐人传奇 [M]. 北京：中华书局，2003：21.
② 李宗为. 唐人传奇 [M]. 北京：中华书局，2003：22.
③ 孙绿怡. 左传与中国古典小说 [M]. 北京：北京大学出版社，1992：4.

将复杂的事件线索清晰地表述出来，同时也兼顾人物形象的塑造。如对僖公二十三年重耳出亡过程的描述：

> 晋公子重耳之及于难也，晋人伐诸蒲城。蒲城人欲战，重耳不可，曰："保君父之命而享其生禄，于是乎得人。有人而校，罪莫大焉。吾其奔也。"遂奔狄。……狄人伐廧咎如，获其二女叔隗、季隗，纳诸公子。公子取季隗，生伯儵、叔刘；以叔隗妻赵衰，生盾。将适齐，谓季隗曰："待我二十五年，不来而后嫁。"对曰："我二十五年矣，又如是而嫁，则就木焉。请待子。"……出于五鹿，乞食于野人，野人与之块，公子怒，欲鞭之。子犯曰："天赐也。"稽首，受而载之。及齐，齐桓公妻之，有马二十乘，公子安之，从者以为不可。将行，谋于桑下。蚕妾在其上，以告姜氏。姜氏杀之，而谓公子曰："子有四方之志，其闻之者吾杀之矣。"公子曰："无之。"姜曰："行也。怀与安，实败名。"公子不可。姜与子犯谋，醉而遣之。醒，以戈逐子犯。
>
> 及曹，曹共公闻其骈胁，欲观其裸。浴，薄而观之。僖负羁之妻曰："吾观晋公子之从者，皆足以相国。若以相，夫子必反其国。反其国，必得志于诸侯。得志于诸侯而诛无礼，曹其首也。子盍蚤自贰焉。"乃馈盘飧，置璧焉。公子受飧反璧。……
>
> 及楚，楚子飨之，曰："公子若反晋国，则何以报不谷？"对曰："子女玉帛则君有之，羽毛齿革则君地生焉。其波及晋国者，君之余也，其何以报君？"曰："虽然，何以报我？"对曰："若以君之灵，得反晋国，晋、楚治兵，遇于中原，其辟君三舍。若不获命，其左执鞭弭、右属櫜鞬，以与君周旋。"子玉请杀之。楚子曰："晋公子广而俭，文而有礼。其从者肃而宽，忠而能力。晋侯无亲，外内恶之。吾闻姬姓，唐叔之后，其后衰者也，其将由晋公子乎！天将兴之，谁能废之。违天必有大咎。"乃送诸秦。①

这段文字围绕重耳这个中心人物，描述其拒绝蒲城人为之战斗，嘱咐妻子等待自己一定时间后可以改嫁，听从子犯的意见接受土块，体现了重耳的仁厚；而安于齐国，可以视为其性格中的缺点；接受僖负羁的食物却返还其所赠玉璧，以及和楚王关于"退避三舍"的谈话，表现其不卑不亢的性格。这样，一个有缺点的开明君主形象便完整呈现出来了。其他的配角，如鼓励丈夫"四方之志"的姜氏，轻薄无礼的曹共公，善于识人的僖负羁之妻，虽贪婪而又识大体的楚王，同样也是活灵活现的。

《左传》中人物众多，身份也很复杂，既有王侯将相，也有商贾游侠，乃至倡优和盗贼。作品在形象描述上极见功力，或在矛盾冲突中揭示人物心理与性格特征，如崔杼弑君后，晏婴的行为，既不同情庄公又不想附和崔杼的处境和复杂心情的描写；或以对比手法刻画人物，如骊姬谋害太子申生，骊姬的阴险毒辣和申生忠孝厚道两相对照，两

---

① 李学勤. 春秋左传正义［M］. 十三经注疏本. 北京：北京大学出版社，1999：409-413.

人的形象随之鲜活起来；或通过情节的补叙来强化人物性格的表现，如"郑伯克段于鄢"结尾掘地及泉的情节，武姜一句"大隧之外，其乐也泄泄"无疑是对庄公"大隧之内，其乐也融融"的反讽，一句"遂母子和好如初"，这个"如初"更是揭下了勾心斗角的母子俩脸上那层温情脉脉的面纱。最常用的方式是通过人物的话语来表现人物性格，如"曹刿论战"一节，通过曹刿的论说，充分表现了他的政治远见和智谋。《左传》中的人物语言，特别是外交辞令，有许多是脍炙人口的名篇，如屈完对齐侯、烛之武退秦师等，不同场合中不同的对话，对后世小说有着明显的影响。

《左传》对战争的描写尤为突出，特别重视描述战前准备、双方力量的对比和战略战术的运用这些决定胜负的因素，而且能够在注重背景烘托的基础上，通过表现人的谋略来突出其形象，如"崤之战""城濮之战""长勺之战"等都是如此。《三国演义》等历史演义小说对战争的描述，例如"赤壁之战"和"官渡之战"，都是受到其影响且深得其中三昧的。

第三阶段是战国中后期，以《战国策》为代表。《战国策》对后世小说的影响主要表现在两个方面：一是体现在言辞描述上。其文多为谋臣策士游说之辞，他们善于权衡利弊，根据不同对象的不同身份地位，揣摩其心理，或投其所好，以情感人，如"触龙说赵太后"；或极力渲染，气势逼人，如苏秦游说六国君主，铺张所在国的地理、物产、军事优势，以推动其联合抗秦的决心，而张仪游说山东诸侯时，则极力排列其弱点，以恐吓六国君主，使其丧失抵抗的勇气；或互相驳难，唇枪舌剑，如"鲁仲连义不帝秦"。对象不同，风格也不同，而且善于运用丰富多彩的修辞手段和寓言故事，以增强话语的力量，这也是《战国策》对后世小说创作的影响，如"狐假虎威""画蛇添足"和"惊弓之鸟"等。这些言辞的表述方式为后世的小说创作提供了范例，如我们可以在诸葛亮舌战群儒时感受到战国策士的风采。二是体现在人物形象塑造上。《战国策》善于把写人叙事紧密有机地结合起来，或以人物性格发展为中心，组织情节，安排结构，写出人物系列完整的生动事迹，如"齐人有冯谖者"刻画高傲而有智谋的冯谖；或以事件为中心，穿插人物，推动情节，在完整的事件发展叙述中，表现人物的形象和性格，如"燕太子丹质于秦亡归"写燕丹养士谋刺秦王之事。

历史散文的作者，除了正式的史官外，还有以收集"街谈巷语"为业的稗官，他们的作品虚构色彩明显，因此被称为"稗官小说"，从小说史角度看，他们的价值是不可忽视的。

五、诸子散文

春秋战国时期，王权衰落，诸侯崛起，士阶层也随之勃兴。于是，百家争鸣，处士横议，著书立说，形成了诸子散文的兴盛局面。诸子散文中有丰富的小说因素。《老子》

擅长以形象化的描述来阐释抽象的哲理，如"天之道，其犹张弓与？高者抑之，下者举之"，①"上善若水"②等。《论语》在记言记事的片段中"表现着一种诗化的倾向，不注重情节，甚至淡化情节，追求意境，追求意趣的隽永"③，直接影响了笔记小说，尤其是以《世说新语》为代表的志人小说，而在一些较长的篇章中，如《论语·微子》中子路见荷蓧丈人一节，具备一定的情节，描写也较为细致，通过对话和动作表现的形象也很生动传神，具有较浓的小说色彩；再如《论语·季氏》中孔鲤"趋而过庭"对父亲的畏惧表现，以及孔子对儿子的训诫，言谈举止都非常生动，我们甚至可以从这对父子的交流中看到《红楼梦》中贾政和贾宝玉父子的影子。诸子散文以虚构方式塑造的形象尤为生动，《庄子》中塑造的"狂狂汲汲"④的孔子形象和"横行天下，侵暴诸侯"⑤的盗跖就是其典型代表。其细节描写非常传神，如盗跖听到孔子求见时"闻之大怒，目如明星，发上指冠"⑥，见到孔子"大怒，两展其足，案剑瞋目，声若乳虎"，一个光明磊落、嫉恶如仇的大英雄形象跃然纸上；而孔子则显得猥琐一些，求见盗跖不得，就搬出盗跖的哥哥柳下季的名号来套关系，说"丘得幸于季，愿望履幕下"，见面又不吝溢美之词，大拍马屁，遭到斥责灰溜溜地离开，"再拜趋走，出门上车，执辔三失，目茫然无见，色若死灰，据轼低头，不能出气"⑦，活生生地刻画出其既内心充满恐惧，可又迂腐守礼的老夫子的可笑形象。

诸子散文引用了大量的神话传说和寓言，并对其加以改造，重新塑造出许多艺术形象。其中，以《庄子》引用的神话最多，并改造出"不知其几千里"的鲲鹏、失去玄珠的黄帝和被凿七窍的浑沌等形象。《墨子》《孟子》和《韩非子》也有不少神话的艺术改造。而《列子》《韩非子》和《吕氏春秋》还大量运用历史故事和寓言来进行议论说理，《庄子》更是"寓言十九"⑧，其内容或采自史籍或来自传说，其中多虚构成分，情节结构也相对完整，具有浓厚的小说色彩。《墨子·公输》和《庄子·说剑》这样完整的叙事篇章甚至就是真正意义上的小说作品了。从整体来看，诸子散文在创作情怀、形象塑造、情节安排和理论研讨等诸多方面对中国小说孕育诞生的贡献是最大的。

在创作情怀上，先秦诸子都具有鲜明的个性，坚持独立思考，各抒己见，放言无忌。无论是提倡仁义的孔子，主张兼爱的墨子，追求自然的庄子，推崇法势的韩非子，其所著述，都是针对当时社会问题，表达自身明确的价值理念。这种出于强烈的社会责

---

① 陈鼓应. 老子今注今译 [M]. 北京：中华书局，2003：336.
② 陈鼓应. 老子今注今译 [M]. 北京：中华书局，2003：102.
③ 石昌渝. 中国小说源流论 [M]. 北京：三联书店，1994：85.
④ 陈鼓应. 庄子今注今译 [M]. 北京：中华书局，1983：780.
⑤ 陈鼓应. 庄子今注今译 [M]. 北京：中华书局，1983：776.
⑥ 陈鼓应. 庄子今注今译 [M]. 北京：中华书局，1983：776.
⑦ 陈鼓应. 庄子今注今译 [M]. 北京：中华书局，1983：780.
⑧ 陈鼓应. 庄子今注今译 [M]. 北京：中华书局，1983：727.

任感而进行写作的意识对后世小说创作影响巨大。后世小说家们同样也有着强烈的社会情怀，《三国演义》中的重民思想，《水浒传》中的英雄情怀，《西游记》中的救赎意识，《老残游记》中的文化反思观念，都能从中感受到先秦诸子的影响痕迹。

在写作方式上，其一，先秦诸子散文塑造了大量的艺术形象，描述了大量的艺术场面，为后世小说提供了大量的艺术原型。如《庄子·逍遥游》中"水击三千里，抟扶摇而上者九万里"①的鹏直接影响了《西游记》第七十四回"长庚传报魔头狠 行者施为变化能"的那只"抟风运海，振北图南"的"云程万里鹏"②形象的塑造，特别是第七十七回"群魔欺本性 一体拜真如"的描述：

三怪见行者驾筋斗时，即抖抖身，现了本像，搧开两翅，赶上大圣。你道他怎能赶上？当时如行者闹天宫，十万天兵也拿他不住者，以他会驾筋斗云，一去有十万八千里路，所以诸神不能赶上。这妖精搧一翅就有九万里，两搧就赶过了，所以被他一把挝住，拿在手中，左右挣挫不得。③

这个"一翅就有九万里"显然就是以"抟扶摇而上者九万里"为原型，而"两搧就赶过了"则是《西游记》作者天才的发挥了。同样在《逍遥游》中"肌肤若冰雪，绰约若处子；不食五谷，吸风饮露；乘云气，御飞龙，而游乎四海之外"的藐姑射之山上的神人，其精神气质更是直接影响了当代金庸《神雕侠侣》中小龙女形象的塑造。再如《庄子》塑造的盗跖，就对水浒故事中的宋江形象有启发意义。如龚开《宋江三十六赞》序云：

余尝以江之所为，虽不得自赤，然其识性超卓，有过人者。立号既不僭侈，名称俨然，犹循轨辙，虽托之记载可也。古称柳盗跖为盗贼之圣，以其守一至于极处，能出类而拔萃。若江者，其殆庶几乎。④

张锦池也明确指出"宋江三十六人近乎'盗跖'"⑤。其中的一些具体场面对后世的小说创作也有影响，如描写盗跖休整部队时"脍人肝而餔之"⑥的场面，斥责孔子"我将以子肝益昼餔之膳"⑦的话语，我们从《水浒传》等表现江湖豪杰的英雄传奇小说中

---

① 陈鼓应. 庄子今注今译［M］. 北京：中华书局，1983：3.
② 〔明〕吴承恩. 西游记［M］. 北京：人民文学出版社，1980：902.
③ 〔明〕吴承恩. 西游记［M］. 北京：人民文学出版社，1980：931.
④ 鲁迅. 小说旧闻钞［M］//鲁迅. 鲁迅全集：第十卷. 北京：人民文学出版社，1973：22－23.
⑤ 张锦池.《水浒传》考论［M］. 北京：人民出版社，2014：13.
⑥ 陈鼓应. 庄子今注今译［M］. 北京：中华书局，1983：776.
⑦ 陈鼓应. 庄子今注今译［M］. 北京：中华书局，1983：777.

经常可以见到,如《水浒传》第十回"林教头风雪山神庙 陆虞候火烧草料场"中林冲剜出陆谦的心肝出胸中恶气,第二十六回"郓哥大闹授官厅 武松斗杀西门庆"中武松剜出潘金莲的心肝祭奠哥哥,第三十二回"武行者醉打孔亮 锦毛虎义释宋江"中王英也差点把宋江的心肝做了醒酒汤,第四十一回"宋江智取无为军 张顺活捉黄文炳"更是用大段篇幅描绘了李逵取黄文炳心肝的场面:

宋江便问道:"那个兄弟替我下手?"只见黑旋风李逵跳起身来,说道:"我与哥哥动手割这厮!我看他肥胖了,倒好烧吃!"晁盖道:"说得是。教取把尖刀来,就讨盆炭火来,细细地割这厮,烧来下酒,与我贤弟消这怨气!"李逵拿起尖刀,看着黄文炳笑道:"你这厮在蔡九知府后堂,且会说黄道黑,拨置害人,无中生有撺掇他!今日你要快死,老爷却要你慢死!"便把尖刀先从腿上割起,拣好的就当面炭火上炙来下酒。割一块,炙一块,无片时,割了黄文炳,李逵方才把刀割开胸膛,取出心肝,把来与众头领做醒酒汤。①

除了第三十二回略带喜剧性外,在这些本来非常血腥的场面中,读者却能感受到英雄好汉们行事的豪爽与畅快。此外,《封神演义》中姜子牙溪边垂钓的形象很容易让人联想到在溪水边"持竿不顾"②的庄子,当然姜子牙垂钓是为了求仕,而庄子垂钓则是反其道而为。

其二,在语言表达艺术风格上,先秦诸子散文既有逻辑严谨的缜密,又有旁征博引的炫才,更有汪洋恣肆的夸张,其中《庄子》对后世小说影响尤为突出。在《红楼梦》中,贾宝玉特别喜欢《庄子》的语言表述,甚至在第二十一回"贤袭人娇嗔箴宝玉 俏平儿软语救贾琏"还模仿《外篇·胠箧》做过一段续文:

焚花散麝,而闺阁始人含其劝矣;戕宝钗之仙姿,灰黛玉之灵窍,丧减情意,而闺阁之美恶始相类矣。彼含其劝,则无参商之虞矣;戕其仙姿,无恋爱之心矣;灰其灵窍,无才思之情矣。彼钗、玉、花、麝者,皆张其罗而穴其隧,所以迷眩缠陷天下者也。③

第一百一十三回"忏宿冤凤姐托村妪 释旧憾情婢感痴郎"中,宝玉更是因为妙玉被劫走"由是一而二,二而三,追思起来,想到《庄子》上的话,虚无缥缈,人生在

---

① 〔明〕施耐庵,〔明〕罗贯中. 水浒传 [M]. 北京:人民文学出版社,1997:546–547.
② 陈鼓应. 庄子今注今译 [M]. 北京:中华书局,1983:441.
③ 〔清〕曹雪芹,〔清〕高鹗. 红楼梦 [M]. 北京:人民文学出版社,1996:284.

世，难免风流云散，不禁的大哭起来"①。《天下》篇中这段话可以看作《庄子》语言艺术特色的注脚：

以谬悠之说，荒唐之言，无端崖之辞，时恣纵而不傥，不以觭见之也。以天下为沉浊，不可与庄语，以卮言为曼衍，以重言为真，以寓言为广。独与天地精神往来而不敖倪于万物，不谴是非，以与世俗处。其书虽瑰玮而连犿无伤也。其辞虽参差而諔诡可观。彼其充实不可以已，上与造物者游，而下与外死生无终始者为友。其于本也，弘大而辟，深闳而肆；其于宗也，可谓稠适而上遂矣。虽然，其应于化而解于物也，其理不竭，其来不蜕，芒乎昧乎，未之尽者。②

"荒唐之言"对《红楼梦》的表述影响极大。其开篇即曰：

满纸荒唐言，一把辛酸泪。都云作者痴，谁解其中味？

一方面，"荒唐言"是作者的一种表述态度，饱含着冷静的思考和睿智的观察，这是对自己著述内容的定位，即着力表现贾府的荒唐生活状态，从而表达出与当时对"功名富贵"热烈追求截然相反的价值观。这在第一回跛足道人所唱的《好了歌》及甄士隐做的注解中有突出的体现，特别是甄士隐做的注中"甚荒唐，到头来都是为他人作嫁衣裳"一句更是点题之笔。

另一方面，"荒唐言"也是在文字狱兴起的当时，对自己的一种保护手段。如第一回空空道长对《石头记》的评价：

第一件，无朝代年纪可考；第二件，并无大贤大忠理朝廷治风俗的善政，其中只不过几个异样女子，或情或痴，或小才微善，亦无班姑、蔡女之德能。③

将《石头记》再检阅一遍，因见上面虽有些指奸责佞贬恶诛邪之语，亦非伤时骂世之旨；及至君仁臣良父慈子孝，凡伦常所关之处，皆是称功颂德，眷眷无穷，实非别书之可比。虽其中大旨谈情，亦不过实录其事，又非假拟妄称，一味淫邀艳约、私订偷盟之可比。因毫不干涉时世，方从头至尾抄录回来，问世传奇。④

---

① 〔清〕曹雪芹，〔清〕高鹗. 红楼梦 [M]. 北京：人民文学出版社，1996：1518.
② 陈鼓应. 庄子今注今译 [M]. 北京：中华书局，1983：884.
③ 〔清〕曹雪芹，〔清〕高鹗. 红楼梦 [M]. 北京：人民文学出版社，1996：5.
④ 〔清〕曹雪芹，〔清〕高鹗. 红楼梦 [M]. 北京：人民文学出版社，1996：6.

这两段看似有些"此地无银三百两"的表白，实际上恰是对当时文字狱的避祸表现。其"辛酸"则是作者创作《红楼梦》的情感基调，表达了浓郁的悲剧意识。"痴"则是作者的创作态度和情感取向，不是简单的男女情爱和所谓的"补天情结"，而是一种基于自身价值理念的创作情愫的执着。"味"则是作者独特的人生体味，"谁解其中味"表现出的是深深的孤独感，与《庄子》"独与天地精神往来而不敖倪于万物"的精神气质是一致的。

其三，在结构体例上，《吕氏春秋》在十二纪、八览、六论等总目下又分为"士节""介力""淫辞""高义""情欲""功名"等小类，其结构形式、分类、篇目等与志人类笔记小说分类写人叙事的形式十分接近，为后世以《世说新语》为代表的志人类笔记小说提供了可资借鉴的结构形式。

其四，诸子散文善于运用论辩的形式来推动情节，渲染气氛，表现人物风采。先秦诸子散文纵横捭阖，擅长论辩，无论是早期的《论语》和《墨子》还是中期的《孟子》，都注重以论辩的形式来阐述价值理念，这就在客观上通过论辩使人物形象得到了更加生动的表现。例如《论语·先进》"子路、曾皙、冉有、公西华侍坐"①一节，通过对师生坐而论道的描写，每个人的性格都有了鲜明的体现。而《墨子》和《孟子》中的互相辩难场面更是用来渲染气氛，推动情节，进而凸显人物性格的典范方式，对后世小说影响巨大，《三国演义》第四十三回"诸葛亮舌战群儒 鲁子敬力排众议"中舌战江东众谋士的诸葛亮，《老残游记》第十一回"疫鼠传殃成害马 痴犬流灾化毒龙"中纵谈"北拳南革"，谈"势力尊者"的黄龙子，都有诸子雄辩的气势。

对小说理论的探讨，诸子散文也有诸多灼见。

《论语》的一些论断实际上已经在客观上涉及小说的特点了，对后世小说创作和研究都有影响。《子张》篇借子夏之口指出："虽小道，必有可观者焉，致远恐泥，故君子不为也。"②这个"小道"的范围非常广泛，不仅有"农圃医卜之属"③，也包括具有小说特点的琐言内容。子夏虽然对之持否定态度，认为这是不合正道的"小道"，但依然肯定其"可观之处"，具有吸引人的艺术魅力。不过"致远恐泥"虽然是批评之语，但也客观上体现了其所具有的影响力。而"君子不为"也深深影响了后世对小说的轻视态度，造成很多小说作者的不自信，甚至不敢在作品上署名。《阳货》篇借孔子指出"道听而途说，德之弃也"④。虽然也是否定之言，却影响了东汉班固《汉书·艺文志》对小说来源的认识，即"小说家者流，盖出于稗官，街谈巷语、道听途说者之所造也"⑤。

---

① 〔宋〕朱熹. 大学集注. 中庸集注. 论语集注［M］. 上海：上海古籍出版社，1987：47.
② 〔宋〕朱熹. 大学集注. 中庸集注. 论语集注［M］. 上海：上海古籍出版社，1987：80.
③ 〔宋〕朱熹. 大学集注. 中庸集注. 论语集注［M］. 上海：上海古籍出版社，1987：80.
④ 〔宋〕朱熹. 大学集注. 中庸集注. 论语集注［M］. 上海：上海古籍出版社，1987：75.
⑤ 〔汉〕班固. 汉书［M］. 北京：中华书局，1964：1745.

《述而》篇强调"子不语怪、力、乱、神"①，这个"怪、力、乱、神"指的是所谓"怪异勇力悖乱之事"和"鬼神造化之迹"②，实际上已经涉及了后世小说的题材，即神魔灵怪、英雄豪侠等内容。

"小说"一词最早出现于《庄子·外物》，所谓"饰小说以干县令，其于大达亦远矣"③。"小说"和"县令"是结合在一起的，学界对这段话的解释并不一致，这就影响了对"小说"性质的定位。唐代成玄英的观点对后世影响很大，他认为：

> 干，求也。县，高也。夫修饰小行，矜持言说，以求高名令问者，必不能大通于至道。字作县字，古悬字多不著心。④

也就是说"这段话以任公子在东海钓大鱼比喻'大达'，而以在田间水渠里钓小鱼比喻'小说'，说用'小说'来干求高名令问，那是离通达大道的崇高精神境界很遥远的"⑤。鲁迅则认为这段话中"小说""乃谓琐屑之言，非道术所在，与后来所谓小说者固不同"⑥；陈鼓应也认为"'县'有高义，'令'通'名'"，所以这句话的意思是"粉饰浅识小语以求高名，那和明达大智的距离就很远了"⑦。两人都把"小说"看做缺乏见识、难登大雅之堂的琐碎言论，和玄远深刻的大智慧相对，这与成玄英的观点一脉相承，很有代表性。不过鲁迅和陈鼓应并未否认"小说"的文体意义。而章太炎则认为"这所谓小说，却又指那时的小政客不能游说六国侯王，只能在地方官前说几句地方的话。这都和后世小说不同"⑧。章太炎将"小说"落实为"地方的话"，认为"干"是"游说"，而将"县令"解释为地方官。他对"县令"的解释实际是取自南宋初年马永卿《懒真子》卷三驳成玄英时提出的"县官"说，认为庄子时代已经有了县令职务，当代学者还进一步指出："考虑到《庄子》内篇以外各篇可能晚出的因素，则《外物》篇所谓'县令'，当指县长官。"⑨ 在章太炎看来，这些小政客就是苏秦、张仪一类的纵横家们，是"小说"的作者和使用者；"小说"则是纵横家们游说地方官的工具，其内容则是地方风物人情；"饰小说以干县令"就是通过对地方风物人情的描述来打动游说的对象。从相关文献中，是可以找到纵横家们这种表现的。如《战国策·秦策一》中苏秦

---

① 〔宋〕朱熹. 大学集注. 中庸集注. 论语集注 [M]. 上海：上海古籍出版社, 1987：29.
② 〔宋〕朱熹. 大学集注. 中庸集注. 论语集注 [M]. 上海：上海古籍出版社, 1987：29.
③ 陈鼓应. 庄子今注今译 [M]. 北京：中华书局, 1983：707.
④ 〔清〕郭庆藩. 庄子集释 [M]. 诸子集成本. 北京：中华书局, 1986：400.
⑤ 李剑国，陈洪. 中国小说通史 [M]. 北京：高等教育出版社, 2007：4.
⑥ 鲁迅. 中国小说史略 [M]. 北京：人民文学出版社, 1973：1.
⑦ 陈鼓应. 庄子今注今译 [M]. 北京：中华书局, 1983：707.
⑧ 章太炎. 国学概论 [M]. 上海：上海古籍出版社, 1997：6.
⑨ 陈洪. 古小说史三考 [C] // 刘世德，石昌渝，竺青. 中国古代小说研究：第二辑. 北京：人民文学出版社, 2006：279.

游说秦惠王：

> 大王之国，西有巴、蜀、汉中之利，北有胡、貉、代、马之用，南有巫山、黔中之限，东有肴、函之固，田肥美，民殷富，战车万乘，奋击百万，沃野千里，蓄积饶多，地势形便，此所谓"天府"，天下之雄国也。以大王之贤，士民之众，车骑之用，兵法之教，可以并诸侯，吞天下，称帝而治。①

在这里苏秦就是通过对秦国风物人情的夸饰来激发秦惠王以连横吞并天下之雄心的。再如《史记·平原君虞卿列传》毛遂游说楚王：

> 今楚地方五千里，持戟百万，此霸王之资也。以楚之强，天下弗能当。白起，小竖子耳，率数万之众，兴师以与楚战，一战而举鄢郢，再战而烧夷陵，三战而辱王之先人。此百世之怨而赵之所羞，而王弗知恶焉。②

毛遂也是通过对楚国风物人情的夸饰来鼓动楚王发兵的。客观来看，章太炎赋予了"小说"具体的内容，这是很有道理的，但"地方的话"稍觉狭隘；陈平原则直接认为"《庄子·外物》中已出现'小说'字眼，但并非文类概念"③，"并无文体意味"④。认为"小说""并无文体意味"的观点是值得商榷的，既然"饰小说以干县令"，这个"小说"就是一种客观存在，可以包括具有文体意义的内容，而且这种存在具有"干县令"的艺术魅力。那么"小说"的魅力是什么呢？刘勰《文心雕龙·论说》曰：

> 说者，悦也；兑为口舌，故言咨悦怿。……凡说之枢要，必使时利而义贞；进有契于成务，退无阻于荣身。自非谲敌，则唯忠与信。披肝胆以献主，飞文敏以济辞；此说之本也。⑤

要想动人，表述上就要注重修辞，内容上就要新颖奇特，特别要有吸引人的形象。先秦典籍中那些游说诸侯的文辞，都属于"说"的范畴，其艺术魅力自不待言。从《庄子》文本来看，其魅力除了博大精深的思想外，在很大程度上是依靠了"以谬悠之说，

---

① 何建章. 战国策注释 [M]. 北京：中华书局，1987：74.
② 〔汉〕司马迁. 史记 [M]. 北京：中华书局，1999：1856.
③ 陈平原. 中国散文小说史 [M]. 上海：上海人民出版社，2014：6.
④ 罗书华. 中国古代小说观的对立与同一 [J]. 社会科学研究，2000（1）：138.
⑤ 〔梁〕刘勰，著，范文澜，注. 文心雕龙注 [M]. 北京：人民文学出版社，1958：328－329.

荒唐之言，无端崖之辞，……以卮言为曼衍，以重言为真，以寓言为广"①的语言风格和新鲜奇幻的内容与形象，《说剑》这样相对独立的文字已经可以看作真正意义上的小说作品了。《庄子·外物》中的"小说"是否有"文体意味"呢？这已经查无实据了，因为没有相关文本流传下来。不过，无论是"浅识小语""琐屑之言"还是"地方的话"，只要它是为了传达作者的某种价值理念，用散文形式写作，以虚构方式着力塑造形象，情节结构相对完整的叙事文学体裁，那么就不影响其成为小说作品。李剑国、陈洪主编《中国小说通史》的观点相对客观。一方面认为"有背于大道的轻浮言论，这便是'小说'"②，另一方面又认为"'小说'的初始含义既然是对轻才讽说、小家言辞——这种言辞可以是口头的，也可以是书面的——概括，显然不是指文体……但'小说'既然是一种言辞、言说、言论，这样它的概念内涵就自然可以发展为对某一类特定著述的概括，开始具备一定的文体意义"③。当代还有学者更是明确地认为"《庄子》所谓的'讽说''小说'，都含有志怪、寓言等类型的譬喻故事在其中，而附着于这些譬喻故事的议论则是极为肤浅的"④，"《庄子》'小说'一词本身就包含着议论与譬喻故事两层含义。后一层含义的存在，应当说是具有一定的文学性文体意义的"⑤。

此外，《孟子》中也有两条很重要的观点。《万章上》提出"以意逆志"的主张，即"不以文害辞，不以辞害志。以意逆志，是为得之"⑥；《万章下》提出"知人论世"的主张，即"颂其诗，读其书，不知其人，可乎？是以论其世也"⑦。前者的提出虽然是就诗歌而言，但对小说的鉴赏解读同样适用，而后者虽然是就交友之道而言，但对小说作者生平家世的研究，对小说作品中人物形象的鉴赏把握显然也是有启发意义的。

总的来看，诸子散文直接孕育并催化了中国小说的诞生。因此，有学者干脆就把诸子散文的一些内容视为小说，例如胡适就在《论短篇小说》中认为"中国最早的短篇小说，自然要数先秦诸子的寓言了。《庄子》《列子》《韩非子》《吕览》诸书所载的'寓言'，往往有用心结构可当'短篇小说'之称的"⑧。不过，诸子散文所塑造的生动的形象，其曲折的情节，细腻的描写，往往是为说理服务的，或者作为其论据，或者为了增强论辩的气势，并不是独立的篇章。如《庄子·外物》：

---

① 陈鼓应. 庄子今注今译 [M]. 北京：中华书局，1983：884.
② 李剑国，陈洪. 中国小说通史 [M]. 北京：高等教育出版社，2007：4.
③ 李剑国，陈洪. 中国小说通史 [M]. 北京：高等教育出版社，2007：4-5.
④ 陈洪. 古小说史三考 [C] //刘世德，石昌渝，竺青. 中国古代小说研究：第二辑. 北京：人民文学出版社，2006：277.
⑤ 陈洪. 古小说史三考 [C] //刘世德，石昌渝，竺青. 中国古代小说研究：第二辑. 北京：人民文学出版社，2006：278.
⑥ 杨伯峻. 孟子译注 [M]. 北京：中华书局，1960：215.
⑦ 杨伯峻. 孟子译注 [M]. 北京：中华书局，1960：251.
⑧ 徐中玉. 中国近代文学大系：文艺理论集二 [M]. 上海：上海书店，1995：436.

任公子为大钩巨缁，五十犗以为饵，蹲乎会稽，投竿东海，旦旦而钓，期年不得鱼。已而大鱼食之，牵巨钩，䤹没而下，骛扬而奋鬐，白波若山，海水震荡，声侔鬼神，惮赫千里。任公子得若鱼，离而腊之，自制河以东，苍梧已北，莫不厌若鱼者。已而后世辁才讽说之徒，皆惊而相告也。夫揭竿累，趋灌渎，守鲵鲋，其于得大鱼难矣。①

在这段描写中，任公子钓鱼的过程堪称中国版的《老人与海》。其钓鱼的工具显然是天才的想象成果，其"旦旦而钓，期年不得鱼"的耐心甚至超过了古巴渔夫桑提亚哥。而大鱼咬钩后的挣扎更是惊天动地，"牵巨钩，䤹没而下，骛扬而奋鬐，白波若山，海水震荡，声侔鬼神，惮赫千里"，其气势也超过了与桑提亚哥搏斗了八十多天的那条鱼。文中对任公子的描述不多，但通过大鱼的侧面衬托，却增加了任公子魅力。这段文字完全符合小说创作的要求，但其本身却是作为"饰小说以干县令，其于大达亦远矣"这句结论的论据而出现的。因此，尽管这个片段式描写具有小说的所有特点，但从整体上看，并非真正意义上的小说。

第二节 存而不显的先秦小说

先秦时期已经有真正的小说作品存在了，这是客观事实，已经得到了学界的认同，但最早的小说出现在何时，这却是无法落实的。学界一般把先秦小说归入"古小说"范畴。从时代发展的角度上看，古人的小说观念相对宽泛，甚至可以说是驳杂多样的，"古小说"这个说法当然是没有问题的，但古小说与后世小说的区别主要还是体现在价值观念和表现技巧上，特别是先秦小说，它是生产力水平低下时期的产物，侧重于表现的是人对自然的敬畏，多的是对自然的猜测和想象。在形象塑造上，多是将自然神灵人情化，或将现实人物神异化。在语言表述上，少有长篇细腻的描述。但"古小说"也应该是真正意义上的小说作品，具有小说的本质特点，即为了传达作者的某种价值理念，用散文形式写作，以虚构方式着力塑造形象，情节结构相对完整的叙事文学体裁，而那些叙事片段则不宜归入小说范畴。

另外，由于先秦时代文体意识不强，一些小说作品往往与散文特别是诸子散文混杂在一起；还有一些作品虽然客观存在，并且在文学史上有较大的名声，但其是否是小说作品，还存在争议。

正因为有这么多不确定，因此，从整体上看，先秦小说只是以萌芽状态存在，而不是真正的独立状态。从现存的文本来看，先秦小说一般可以分为三个类型：

---

① 陈鼓应. 庄子今注今译 [M]. 北京：中华书局，1983：706 - 707.

一、名存实亡的疑似小说

中国小说在先秦诞生,不过,许多作品虽然以小说的名义客观存在过,却是名存实亡,只在小说史上留下了题目,作品本身却消失在时间长河中了,其是否是真正的小说已经无从可考,只能存疑。不过,《汉书·艺文志》中录有"小说家"一类,证明先秦时期已经有专门创作"小说"的人了,因此《汉书·艺文志》"首次确立了小说的独立文体地位,从小说文体和小说观念的发展上说可谓意义重大"①。《汉书·艺文志》是在西汉末年刘歆《七略》的基础上形成的,是对《七略》"删其要,以备篇籍"② 的产物。小说家属于《七略·诸子略》的最后一家。

《汉书·艺文志》著录小说十五家,一千三百八十篇,"这是目录学家提供出的第一批小说目录"③,目录后有班固的注释:

《伊尹说》二十七篇。其语浅薄,似依托也。
《鬻子说》十九篇。后世所加。
《周考》七十六篇。考周事也。
《青史子》五十七篇。古史官记事也。
《师旷》六篇。见《春秋》,其言浅薄,本与此同,似因托之。
《务成子》十一篇。称尧问,非古语。
《宋子》十八篇。孙卿道宋子,其言黄老意。
《天乙》三篇。天乙谓汤,其言非殷时,皆依托也。
《黄帝说》四十篇。迂诞依托。
《封禅方说》十八篇。武帝时。
《待诏臣饶心术》二十五篇。武帝时。
《待诏臣安成未央术》一篇。
《臣寿周纪》七篇。项国圉人,宣帝时。
《虞初周说》九百四十三篇。河南人,武帝时以方士侍郎号黄车使者。
《百家》百三十九卷。④

通过目录后班固的注释可以判断出,自《封禅方说》以后的六种是汉代作品,其余九家是先秦时期的作品。其中,《青史子》在鲁迅《古小说钩沉》中保留了三条佚文,

---

① 李剑国,陈洪. 中国小说通史 [M]. 北京:高等教育出版社,2007:6.
② 〔汉〕班固. 汉书 [M]. 北京:中华书局,1964:1701.
③ 李剑国,陈洪. 中国小说通史 [M]. 北京:高等教育出版社,2007:6.
④ 〔汉〕班固. 汉书 [M]. 北京:中华书局,1964:1744–1745.

《百家》在汉代应劭《风俗通义》的佚文中被引用了两则。从班固的解说和相关文献保存的文字来看，其内容多荒诞浅薄，不过按照真正意义上的小说标准来看，这些作品未必都能归入小说范畴。如胡应麟就认为：

> 汉艺文字（案：此"字"当为"志"之误）所谓小说，虽曰街谈巷语，实与后世博物志怪等书迥别，盖亦杂家者流，稍错以事耳。

所以，"皆非后世所谓小说也"①。清代章学诚在《校雠通义·汉志·诸子》中认为《周考》和《青史子》"其书亦不侪于小说也"②。当代也有学者认为"在十五家小说中，只有《伊尹说》《师旷》《黄帝说》《虞初周说》可能有一定小说意味"③，其中属于先秦的有三家。客观来看，因为这些作品已经散佚，无法确指，只能以名存实亡的疑似小说视之为妥当。

不过，从其残存的片段也能看出先秦小说的一个重要特点，就是关注日常生活，注重从现实生活中选取题材，或者注重运用形象通俗的方式来增加表达效果。如《伊尹说》"其所言水火之齐，鱼肉菜饭之美，真闾里小知者之街谈巷语也，虽不免于浅薄，然其书既盛行一时，未必无一言之可采"④；《青史子》所载"胎教之制，用鸡之义，皆礼法之小事也"，"其书固多街谈巷语，宜其入小说家矣"⑤；《宋子》则因为"强聒而不舍，使人易厌，故不得不与谈说之际，多为譬喻，就耳目之所及，撷拾道听涂说以曲达其情，庶几上说下教之时，使听者为之解颐"⑥。

二、混入他体的小说作品

由于先秦时代文体意识不强，一些小说作品与其他文体混杂在一起，其身份长期以来被人误解。《墨子》一书主要通过论说文体来表达墨翟的社会价值理念，但其中《公输》一篇却是完整的叙事文体。其篇幅不长，现录于此：

> 公输盘为楚造云梯之械，成，将以攻宋。子墨子闻之，起于齐，行十日十夜而至于郢，见公输盘。公输盘曰："夫子何命焉为？"子墨子曰："北方有侮臣，愿藉子杀之。"公输盘不说。子墨子曰："请献十金。"公输盘曰："吾义固不杀人。"子墨子起，再拜

---

① 〔明〕胡应麟. 少室山房笔丛 [M]. 北京：中华书局，1958：371.
② 〔清〕章学诚，著，王重民，通解. 校雠通义通解 [M]. 上海：上海古籍出版社，2009：114.
③ 李剑国，陈洪. 中国小说通史 [M]. 北京：高等教育出版社，2007：13.
④ 余嘉锡. 余嘉锡文史论集 [C]. 长沙：岳麓书社，1997：252.
⑤ 余嘉锡. 余嘉锡文史论集 [C]. 长沙：岳麓书社，1997：252-253.
⑥ 余嘉锡. 余嘉锡文史论集 [C]. 长沙：岳麓书社，1997：255.

曰:"请说之。吾从北方闻子为梯,将以攻宋。宋何罪之有?荆国有余于地,而不足于民,杀所不足,而争所有余,不可谓智。宋无罪而攻之,不可谓仁。知而不争,不可谓忠。争而不得,不可谓强。义不杀少而杀众,不可谓知类。"公输盘服。子墨子曰:"然,胡不已乎?"公输盘曰:"不可。吾既已言之王矣。"子墨子曰:"胡不见我于王?"公输盘曰:"诺。"

子墨子见王,曰:"今有人于此,舍其文轩,邻有敝舆,而欲窃之;舍其锦绣,邻有短褐,而欲窃之;舍其粱肉,邻有糠糟,而欲窃之。此为何若人?"王曰:"必为窃疾矣。"子墨子曰:"荆之地,方五千里,宋之地,方五百里,此犹文轩之与敝舆也;荆有云梦,犀兕麋鹿满之,江汉之鱼鳖鼋鼍为天下富,宋所为无雉兔狐狸者也,此犹粱肉之与糠糟也;荆有长松、文梓、楩楠、豫章,宋无长木,此犹锦绣之与短褐也。臣以三事之攻宋也,为与此同类,臣见大王之必伤义而不得。"王曰:"善哉!虽然,公输盘为我为云梯,必取宋。"

于是见公输盘,子墨子解带为城,以牒为械,公输盘九设攻城之机变,子墨子九距之,公输盘之攻械尽,子墨子之守圉有余。公输盘诎,而曰:"吾知所以距子矣,吾不言。"子墨子亦曰:"吾知子之所以距我,吾不言。"楚王问其故,子墨子曰:"公输子之意,不过欲杀臣。杀臣,宋莫能守,可攻也。然臣之弟子禽滑厘等三百人,已持臣守圉之器,在宋城上而待楚寇矣。虽杀臣,不能绝也。"楚王曰:"善哉!吾请无攻宋矣。"

子墨子归,过宋,天雨,庇其闾中,守闾者不内也。故曰:"治于神者,众人不知其功,争于明者,众人知之。"①

700余字的《公输》是《墨子》书中较完整的叙事文,虽然还是以墨子和公输盘及楚王的辩论为主,但其叙事线索清晰,情节结构完整,正气凛然的墨子,虚伪狡诈的公输盘,略显无赖的楚王形象都活灵活现。杨义在比较西方和中国的叙事区别时指出"西方人讲叙事,西方的小说、神话和史诗,叙事总是从一人一事一景开始","而中国人的叙事总是从一个巨大的时空框架开始"②,"对中国人来说,一个过于具体的东西看来可能莫名其妙",因此需要"把它意译过来,译成一个大时空的东西,一个有意喻的,有历史的,有伦理的定位的东西。这就是东西方思维的第一个关注点和顺序的不同,跟我们整个叙事文学都有关系"③。而值得注意的是,《公输》这个题目就是直接以人物名称命名,是从公输盘这个人的行为讲起的,而并非"从一个巨大的时空框架开始"的,作为中国小说史的早期作品,这个特点是值得注意的。此外,其尾声处的补叙尤具神韵,

---

① 周才珠,齐瑞端,译注. 墨子全译 [M]. 贵阳:贵州人民出版社,1995:606-610.
② 杨义. 中国叙事学的文化阐释 [J]. 广东技术师范学院学报,2003 (3):30.
③ 杨义. 中国叙事学的文化阐释 [J]. 广东技术师范学院学报,2003 (3):31.

为宋国立下大功的墨子经过宋国，遇到大雨，却不被宋国人所接纳，进一步塑造了墨子助人而不彰显自身的品行。总的来看，《墨子·公输》是中国小说史上较早出现的一部比较完整的小说作品。

《庄子》中也有很多具有小说色彩的内容，不过，其叙事内容或者是作为论说的论据而存在，或者围绕某个主题而将一些情节上无甚关联的片段拼凑在一起。例如，《山木》篇的九个部分，第一个写庄子由伐木和杀雁之事而悟道，第八个写庄子见异鹊而悟道，这两个部分情节相对完整，人物形象塑造比较鲜明，具有明显的小说色彩，但从整体上看却是和其他七个部分共同围绕"写人世多患，并提出免患之道"①的宗旨而组合在一起的，因此这只是两个没有独立地位的片段，不能算真正的小说作品。再如《盗跖》，这篇共三个部分，第一个部分写孔子见盗跖的过程及其对话，环境渲染、情节安排和形象塑造都极为出色，小说色彩浓郁，但它也同样是不具备独立地位的片段，和其他两个部分组合在一起为证明"尊重自然的情性"②主旨而服务。真正具有小说地位的则是《说剑》。这是《庄子》叙事结构和情节较完整的一篇，其篇幅不长，现录于此：

> 昔赵文王喜剑，剑士夹门而客三千余人，日夜相击於前，死伤者岁百余人，好之不厌。如是三年，国衰，诸侯谋之。
>
> 太子悝患之，募左右曰："孰能说王之意止剑士者，赐之千金。"左右曰："庄子当能。"
>
> 太子乃使人以千金奉庄子。庄子弗受，与使者俱，往见太子曰："太子何以教周，赐周千金？"
>
> 太子曰："闻夫子明圣，谨奉千金以币从者。夫子弗受，悝尚何敢言！"
>
> 庄子曰："闻太子所欲用周者，欲绝王之喜好也。使臣上说大王而逆王意，下不当太子，则身刑而死，周尚安所事金乎？使臣上说大王，下当太子，赵国何求而不得也！"
>
> 太子曰："然。吾王所见，唯剑士也。"
>
> 庄子曰："诺。周善为剑。"
>
> 太子曰："然吾王所见剑士，皆蓬头突鬓垂冠，曼胡之缨，短后之衣，瞋目而语难，王乃说之。今夫子必儒服而见王，事必大逆。"
>
> 庄子曰："请治剑服。"治剑服三日，乃见太子。太子乃与见王，王脱白刃待之。庄子入殿门不趋，见王不拜。王曰："子欲何以教寡人，使太子先？"曰："臣闻大王喜剑，故以剑见王。"
>
> 王曰："子之剑何能禁制？"曰："臣之剑，十步一人，千里不留行。"

---

① 陈鼓应. 庄子今注今译 [M]. 北京：中华书局，1983：497.
② 陈鼓应. 庄子今注今译 [M]. 北京：中华书局，1983：775.

王大说之，曰："天下无敌矣！"

庄子曰："夫为剑者，示之以虚，开之以利，後之以发，先之以至。愿得试之。"

王曰："夫子休就舍，待命设戏请夫子。"

王乃校剑士七日，死伤者六十余人，得五六人，使奉剑於殿下，乃召庄子。王曰："今日试使士敦剑。"

庄子曰："望之久矣！"

王曰："夫子所御杖，长短何如？"

曰："臣之所奉皆可。然臣有三剑，唯王所用，请先言而后试。"

王曰："愿闻三剑。"

曰："有天子之剑，有诸侯之剑，有庶人之剑。"

王曰："天子之剑何如？"曰："天子之剑，以燕溪石城为锋，齐岱为锷，晋卫为脊，周宋为镡，韩魏为夹；包以四夷，裹以四时，绕以渤海，带以恒山；制以五行，论以刑德；开以阴阳，持以春夏，行以秋冬。此剑，直之无前，举之无上，案之无下，运之无旁，上决浮云，下绝地纪。此剑一用，匡诸侯，天下服矣。此天子之剑也。"

文王芒然自失，曰："诸侯之剑何如？"

曰："诸侯之剑，以知勇士为锋，以清廉士为锷，以贤良士为脊，以忠圣士为镡，以豪杰士为夹。此剑，直之亦无前，举之亦无上，案之亦无下，运之亦无旁；上法圆天以顺三光，下法方地以顺四时，中和民意以安四乡。此剑一用，如雷霆之震也，四封之内，无不宾服而听从君命者矣。此诸侯之剑也。"

王曰："庶人之剑何如？"

曰："庶人之剑，蓬头突鬓垂冠，曼胡之缨，短後之衣，瞋目而语难，相击于前，上斩颈领，下决肝肺。此庶人之剑，无异于斗鸡，一旦命已绝矣，无所用于国事。今大王有天子之位而好庶人之剑，臣窃为大王薄之。"

王乃牵而上殿。宰人上食，王三环之。庄子曰："大王安坐定气，剑事已毕奏矣！"

于是文王不出宫三月，剑士皆服毙其处也。①

其题目虽然以"说"为名，但大段论说却是发自作品中人物之口，却并非论说文体的论据片段。而且情节结构比较完整，谦虚明达的太子和当仁不让的庄子形象也比较鲜明，其"剑士皆服毙其处也"的尾声补叙处理也很有韵味，把那些剽悍的剑士性格比较丰满地表现出来。从其整体看，这也是一篇完整的小说作品。

---

① 陈鼓应．庄子今注今译［M］．北京：中华书局，1983：806—812．

三、 一息尚存的独立小说

随着时间的流逝,先秦文学中很多作品已经湮没不可闻了,但在现存作品中有一些独立小说的身份还是可以确认的。例如列在《四库全书总目》"小说家"类"异闻"第二篇的《穆天子传》和被胡应麟称为"古今纪异之祖"①与"古今小说之祖"②的《汲冢琐语》。

《穆天子传》西晋时于河南新乡的汲冢出土。出土时有五篇,原题为《周王游行》,为小篆,后经西晋时的荀勖等人校订,改为隶书,并改题为《穆天子传》。今传本为六卷,在原有五篇的基础上增加了一篇《周穆王美人盛姬死事》,全书共六千六百余字。对于这部书,也有人认为是游记,例如朱偰《越南受降日记》中就把它和法显《佛国记》、玄奘《大唐西域记》和李志常《长春真人西游记》并列为"历代旅行家的游记、行记"③。

周穆王是西周第五代天子,性喜出游。荀勖《穆天子传序》说:

《春秋左氏传》曰:"穆王欲肆其心,周行于天下,将皆使有车辙马迹焉。"此书所载,则其事也。王好巡守,得盗骊、騄耳之乘,造父为御,以观四荒。北绝流沙,西登昆仑,见西王母,与太史公同。④

这段文字肯定其"与太史公记同"的史书性质。此后,陈振孙《直斋书录解题》列为起居注类,晁公武《郡斋读书志》列为传记类,《文献通考》列为别史类。直到《四库全书总目》此书才被列入小说家类。《四库全书总目》一方面承认其具有"近实"的特点:"此书所记,虽多夸言寡实,然所谓西王母者,不过西方一国君;所谓县圃者,不过飞鸟百兽之所饮食,为大荒之圃泽,无所谓神仙怪异之事。所谓河宗室者,亦仅国名,无所谓鱼龙变见之说,较《山海经》《淮南子》尤为近实。"另一方面又把《穆天子传》排在《山海经》之后,在案语中指出:"《穆天子传》旧皆入起居注类,徒以编年纪月,叙述西游之事,体近乎起居注耳。实则恍惚无征,又非《逸周书》之比,以为古书而存之可也,以为信史而录之,则史体杂,史例破矣。"为了"义求其当,无庸以变古为嫌也"⑤,所以将其归入小说家类,这是很有见地的。

周穆王的事迹在先秦文献中多有描述,而且相关文献对周穆王的评价并不一致。《国语》记载周穆王不听祭公谋父的劝告,执意征讨犬戎,结果"得四白狼,四白鹿以

---

① 〔明〕胡应麟. 少室山房笔丛 [M]. 北京:中华书局,1958:377.
② 〔明〕胡应麟. 少室山房笔丛 [M]. 北京:中华书局,1958:474.
③ 朱偰. 越南受降日记 [M]. 北京:中华书局,2017:230.
④ 王根林,黄益元,曹光甫. 汉魏六朝笔记小说大观 [M]. 上海:上海古籍出版社,1999:5.
⑤ 〔清〕永瑢,等. 四库全书总目 [M]. 北京:中华书局,1965:1205.

归。自是荒服者不至"①，这里的周穆王是个刚愎自用、穷兵黩武者形象。而《左传·昭公十二年》记载了楚国右尹子革的言论：

  昔穆王欲肆其心，周行天下，将皆必有车辙马迹焉。祭公谋父做《祈招》之诗，以止王心。王是以获没于祇宫。②

  这段文字中周穆王则是听取了祭公谋父的意见，因此得了善终。而《列子·周穆王》记述周穆王曰：

  王大悦。不恤国事，不乐臣妾，肆意远游。命驾八骏之乘……驰骋千里，至于巨蒐氏之国……已饮而行，遂宿于昆仑之阿，赤水之阳。别日升昆仑之丘，以观黄帝之宫，而封之，以诒后世。遂宾于西王母，觞于瑶池之上。西王母为王谣，王和之，其辞哀焉。乃观日之所入，一日行万里。王乃叹曰："於乎！予一人不盈于德而谐于乐，后世其追数吾过乎！"穆王几神人哉！③

  《列子》中的周穆王虽然也表现出玩物丧志的一面，但在与西王母应和歌谣之时，"其辞哀焉"，表现出极强的人情味，而且在周游之后，还能够有所反省，有自知之明，表现出一些悔意。而后人对周穆王不但没有过多批评，反而视之为神人，颇有些羡慕之意。还有人将周穆王的西征视为英雄之举加以赞颂，如杨义指出："战国人并非把周穆王当神仙来描写，却有些类乎周人作'颂'，以'美盛德之形容'的方式，把他当作传说中国的英雄。"④对周穆王的歌颂，是一种典型的英雄崇拜心理。

  《穆天子传》与《山海经》《淮南子》等作品有一个显著的不同，就是它的关注视角已经转向了人间，将人间帝王作为作品的主角来进行描述，并以之为线索人物展开情节。从《穆天子传》中能够看出，中国小说从诞生时就对人间内容予以关注。它将天子拉下神坛，将高高在上的人间帝王放在现实生活中予以表现，展示其普通人性的一面，塑造出一个生动鲜明的艺术形象，这是一个崭新的角度。这种写法显然受到了史传文学的影响，而且影响到之后《汉武帝内传》等以汉武帝为主人公的小说，对唐传奇中"更注意于人物形象的刻画，对主要人物的叙述比较完整，常在故事前后扼要介绍主要人物的出处及归宿，又是在文末还针对主要人物加上论赞式的议论"⑤的"传"类作品乃至

---

① 尚学锋，夏德靠，译注. 国语 [M]. 北京：中华书局，2007：7.
② 王守谦，金秀珍，王凤春，译注. 左传全译 [M]. 贵阳：贵州人民出版社，1990：1223.
③ 王强模，译注. 列子全译 [M]. 贵阳：贵州人民出版社，1993：71.
④ 杨义. 中国古典小说史论 [M]. 北京：人民出版社，1998：57.
⑤ 李宗为. 唐人传奇 [M]. 北京：中华书局，2003：37.

明清时事小说的创作也有启发意义。

作品中的西王母形象也是一个生动的艺术形象。西王母在《山海经》中本是神怪形象，共有三处描述：

> 又西三百五十里，曰玉山，是西王母所居也。西王母其状如人，豹尾虎齿而善啸，蓬发戴胜，是司天之厉及五残。① （《山海经·西次三经》）

> 西王母梯几而戴胜杖，其南有三青鸟，为西王母取食。在昆仑虚北。② （《山海经·海内北经》）

> 西海之南，流沙之滨，赤水之后，黑水之前，有大山，名曰昆仑之丘。有神——人面虎身，有文有尾，皆白——处之。其下有弱水之渊环之，其外有炎火之山，投物辄然。有人，戴胜，虎齿，有豹尾，穴处，名曰西王母。③ （《山海经·大荒西经》）

在这些描述中，西王母是人与兽的结合体，而且喜欢长啸。按照郭璞的解释，西王母是"主知灾厉五刑残杀之气"④ 的凶神，而且按照袁珂的解释，"三青鸟"也是"非宛转依人之小鸟，乃多力善飞之猛禽也"⑤。这种描述表现的是原始思维，如果从民俗学的角度看，也许这种凶恶的样貌是一种带有原始宗教仪式色彩的文身和面具装饰，而在文献记载中西王母就具有了神怪色彩。在《列子》中，西王母也有与周穆王在瑶池唱和的行为，但形象并不鲜明。而在《穆天子传》中，西王母有了显著的变化。西王母和周穆王会面的一段描述非常传神：

> 吉日甲子，天子宾于西王母。乃执白圭玄璧以见西王母，好献锦组百纯，□组三百纯。西王母再拜受之。□乙丑，天子觞西王母于瑶池之上。西王母为天子谣曰："白云在天，山䧢自出。道里悠远，山川间之。将子无死，尚能复来。"天子答之曰："予归东土，和治诸夏。万民平均，吾顾见汝。比及三年，将复而野。"天子遂驱升于弇山，乃纪其迹于弇山之石，而树之槐，眉曰"西王母之山"。⑥

在这段文字中，诗歌赠答的场面既增加了文采，同时又将西王母与周穆王的王者身份与风度强化了，通过诗文来展示形象，这种写作方式对后世的小说创作影响很大。在

---

① 袁珂. 山海经校注［M］. 上海：上海古籍出版社，1980：50.
② 袁珂. 山海经校注［M］. 上海：上海古籍出版社，1980：306.
③ 袁珂. 山海经校注［M］. 上海：上海古籍出版社，1980：407.
④ 袁珂. 山海经校注［M］. 上海：上海古籍出版社，1980：51.
⑤ 袁珂. 山海经校注［M］. 上海：上海古籍出版社，1980：306.
⑥ 王根林，黄益元，曹光甫. 汉魏六朝笔记小说大观［M］. 上海：上海古籍出版社，1999：14.

《穆天子传》中,"所谓西王母,不过西方一国君"①,她从原来的神怪落实到了人间,具有了浓厚的人性,这是一种主动的艺术创造思维,是以虚构的方式着力塑造形象,从神怪到情意绵绵的人物,《穆天子传》是至关重要的一个环节。而且这个形象也对后世小说有了重要的影响。《汉武帝故事》中的西王母形象就继承了《穆天子传》的人间色彩,并在此基础上具有了神性的庄严,而后来的《西游记》乃至董永和七仙女故事中的王母形象,则凸显了这种人情味的世俗性色彩。

《汲冢琐语》被视为"最早的杂史体志怪小说"②,更确切地说,它是一部志怪小说集,原名为《琐语》,因与《穆天子传》等同出汲冢,又称《汲冢琐语》;因为原简是用战国古文字写成,所以又称为《古文琐语》。出土时共11卷,后来有所损益。其主要内容如《晋书·束皙传》所言:"《琐语》十一篇,诸国卜梦妖怪相书也。"③卜筮占梦内容为主体,也有少数与卜梦妖怪无关的历史故事等。从体例上看,《汲冢琐语》以记事为主,假借历史人物和历史故事,却贯注以浓郁的志怪虚构色彩,开《汉武帝故事》等杂史小说先河,为志怪小说的产生和发展奠定了坚实的基础,对唐传奇中"相对来说比较侧重于故事情节的奇幻怪诞,对人物形象注意较少,较多地保留了志怪小说的形式并大多荟萃成集"④的"记"类作品有较大影响。从形式上看,"琐语"即琐屑之语,属于杂记短书,形式灵活,叙事比较简洁,情节也很生动,特别注重营造特定环境氛围并通过人物的言行来表现形象性格特征。例如"晋治氏女徒"一节:

晋治氏女徒病,弃之。舞嚻之马僮饮马而见之。病徒曰:"吾良梦。"马僮曰:"汝奚梦乎?"曰:"吾梦乘水如河汾,三马当以舞。"僮告舞嚻,自往视之。曰:"尚可活,吾买汝。"答曰:"既弃之矣,犹未死乎?"舞嚻曰:"未。"遂买之。至舞嚻氏,而疾有间。而生荀林父。⑤

这是一段有关占梦的故事。荀林父本来是晋国的重要人物,曾经是城濮之战中晋国的著名将领,而他的出身却很悲惨。他的母亲是个女奴,因病而被主人抛弃,在走投无路的时候,幸亏遇到了舞嚻的马僮,她便把自己做过的梦讲给马僮听,并因此得到了舞嚻的搭救,并生下了自己的孩子荀林父。女徒的讲述是满含期待与情感的,读来非常感人而富有形象感。而舞嚻的豪爽仗义形象,治氏的残忍毒辣形象,也都通过其各自的话语"尚可活,吾买汝"和"既弃之矣,犹未死乎"而生动活现地表现出来了。

---

① 〔清〕永瑢,等. 四库全书总目 [M]. 北京:中华书局,1965:1205.
② 李剑国,陈洪. 中国小说通史 [M]. 北京:高等教育出版社,2007:74.
③ 〔唐〕房玄龄,等. 晋书 [M]. 北京:中华书局,2000:949.
④ 李宗为. 唐人传奇 [M]. 北京:中华书局,2003:37.
⑤ 李剑国. 唐前志怪小说辑释 [M]. 上海:上海古籍出版社,1986:2.

第二章 独立状态的两汉魏晋六朝小说

第一节 脱离母体的汉代小说

先秦时期已经有了成型的小说作品,这是不争的事实。不过先秦小说是和其他文学体裁纠缠在一起的,在很多方面还有些含混。与先秦小说那种"存而不显"的萌芽状态不同,汉代小说已经有了独立的文学史地位。它脱离了母体,以独立的姿态出现了,具有明确的小说观念和具体的小说作品。

一、 汉代文学对中国古代小说的影响

两汉文学对中国古代小说的影响是显而易见的。

以叙事为主体的乐府民歌,如《陌上桑》《十五从军征》和《上山采蘼芜》等,有相对完整的情节,有具体可感的环境,更有通过对话和白描塑造的丰满的形象,除了运用韵语表述外,几乎就可以看成微型小说了;而《孔雀东南飞》的结构就更加完整了。以《淮南子》为代表的两汉诸子散文,常常运用大量的神话传说来议论说理,对杂史小说和轶事笔记类小说有很大的影响。

赋是汉代文学的主要体裁,其对小说的影响也很大。汉赋对小说的影响主要体现在两个方面:

其一,赋在内容上假设其事,在结构上以主客问答形式构建全篇的写作方式对小说创作的影响是很大的。如王瑶认为:

赋本身最初即是属于俳优性质的，是供帝王消遣的东西。所以作者们在铺张那些夸饰的言辞时，也常常假设客主，互相唯诺，使它带有故事的性质。中国"小说"一词的意义本来很广，《汉志》所谓"街谈巷语，道听途说者之所造"，自然亦可包括乌有先生和亡是公问答的赋体。而且如《西京杂记》《博物志》《世说新语》等书，传统皆认为是小说，则赋的内容实际还要比较更接近些。所以在当时人的眼中看起来，赋中所托的古人本来即不必实有其事，自然在叙述中也不必力求与史传相合，这只是一种"俳优小说"，并不是历史的实录。①

王瑶在《中古文学史论·拟古与作伪》引用浦江清的观点，认为"所谓'俳优小说'就是《洛神赋》《七启》之类文字，诚是确见"②；胡士莹也认为曹植"'诵俳优小说数千言，可能就是用赋体来诵的'"③；在唐代传奇小说创作中，"首先在小说结构上作了革新"④ 的《梁四公记》"实际上是采用问答铺陈的汉大赋的结构形式来连缀六朝《神异经》《十洲记》和《博物志》那样一类的志怪小说而成。所以它同后来的《古镜记》一样，形同长篇而实仍短制。在文字上此文在直陈其事的志怪体散文中又夹杂了一些骈俪语，也可见其有意仿效赋体的痕迹"⑤；张鷟《游仙窟》"从它的内容和形式看，它是一篇吸收了杂赋和民间赋的某些形式和内容写成的小说，是张鷟继《梁四公记》之后在小说领域里所作的另一种革新实践"，"所描写的内容、其骈俪的文字及杂用五言诗的结构，都显示了它与杂赋和俗附的承接关系"⑥。

其二，赋铺张华丽的行文、对偶和排比等辞格的运用，韵散结合的语言形式，这些对后世小说创作也有一定的启示意义。胡士莹《话本小说概论》指出：

赋是在民间语言艺术发达的基础上产生的，它证明了民间说话艺术在当时已经有了带说带唱的形式；而赋这种韵散结合的文体的大发展，反过来也影响了说话艺术和后世的小说。⑦

文人赋虽然失去了歌唱的特色，增加了格律、对仗等精雕细琢的东西，但在文体上、语言上、描写的技巧上，对说话艺术产生了影响。我们从文学发展来看，赋是由口头文学向书面文学转变的重要途径之一。它在中国文学史上的地位相当重要，因为它善

---

① 王瑶. 中古文学史论 [M]. 北京：北京大学出版社，1986：205 - 206.
② 王瑶. 中古文学史论 [M]. 北京：北京大学出版社，1986：205.
③ 胡士莹. 话本小说概论 [M]. 北京：中华书局，1980：9.
④ 李宗为. 唐人传奇 [M]. 北京：中华书局，2003：16.
⑤ 李宗为. 唐人传奇 [M]. 北京：中华书局，2003：17.
⑥ 李宗为. 唐人传奇 [M]. 北京：中华书局，2003：18 - 19.
⑦ 胡士莹. 话本小说概论 [M]. 北京：中华书局，1980：8.

于用华丽的字句、铿锵的声调,细腻地客观地描写各式各样的大小事件,而又富于想象(指较优秀的作品而言),最能起刻画的作用,所谓"写物图貌,蔚似雕画"。所以,它不但丰富了说话艺术,对其他种类的文学作品的影响也很显著。唐代传奇小说的委曲婉丽的作风,是从赋里汲取养料的。宋代话本小说和元明以来的章回小说中,遇到描写人物的服装体态行动或环境时,也往往采用赋体来丰富它的语言和风格。①

以《史记》为代表的历史散文对小说创作的影响更是巨大,主要表现在以下三个方面:

其一,确立了以人物为中心的纪传体结构,这与之前的叙事文学以叙事为主不同,对中国小说特别是短篇小说的艺术形式具有启发意义,特别是对唐传奇中"传"类作品影响巨大。

其二,构建了生动丰满的艺术形象体系。"本纪""世家""列传"以塑造历史人物形象为主,有些还是与作者同时代的人物,如司马迁笔下的李广、李陵,这些形象大多具有典型性,而且身份涉及社会各个阶层,辐射面极其广阔。在人物塑造上,注重细节的刻画,在细节小事中凸显人物精神性格。这对后世历史演义和时事小说创作影响很大。特别是《史记·游侠列传》中所塑造的那些"其行虽不轨于正义,然其言必信、其行必果,已诺必诚,不爱其躯,赴士之厄困"②的侠客形象,对唐传奇武侠题材小说、以《水浒传》为代表的英雄传奇小说乃至当代武侠小说创作,都具有重要的启示意义。

其三,通过各种描写手段,特别是精彩的场面描写,表现典型环境中的典型形象。如蔺相如携和氏璧赴秦,在朝堂之上面对秦王君臣慷慨陈词,大义凛然,令秦王让步;归国后,面对廉颇的步步紧逼,却能识大体,感化廉颇,表现出一代名相的赤诚肝胆。再如项羽,面对秦始皇车驾的傲然,降服章邯的勇武,坑降卒、杀义帝的冷酷,和虞姬生离死别的儿女情长,垓下一战杀透重围的英雄气,不愿过江东的自尊,临死高喊"天亡我"的不服输,这些事件结合起来构成一个丰满的西楚霸王形象。而在对鸿门宴会的描述上,太史公更是注重对当时环境氛围的渲染,通过对项羽和刘邦一席的描述,以小见大,将当时紧张而一触即发的场面凸显出来,而双方各色人等的性格表现也都跃然纸上。

总的来看,在这个时期,汉代的小说还显得非常稚嫩,还不足以与其他文学体裁平起平坐,在创作实践上,虽不乏想象与虚构,但依然要依傍着历史,多为杂史杂传小说,主动创作意识并不强烈,上承先秦小说的萌芽状态,下启魏晋南北朝的志人志怪小说,具有明显的过渡性质。不过,汉代小说毕竟已经有了自己独立的地位,作者有了明

---

① 胡士莹. 话本小说概论 [M]. 北京:中华书局,1980:10.
② 〔汉〕司马迁. 史记 [M]. 北京:中华书局,1999:2413.

确的价值理念，以虚构的方式塑造形象，结构和情节相对完整了，这和先秦那种与其他文学体裁混在一起的萌芽状态有着本质的不同。在理论观念上，汉代小说已经引起史家的重视，在史志和目录学著作中有了自己的地位，从创作实践上看，汉代小说已经具有了独特的艺术形式。所以说，汉代小说使中国小说史进入独立阶段了。

二、汉代的小说观念

汉代已经有了明确的"小说"和"小说家"的观念。西汉末年，刘向、刘歆父子校阅秘书并写成了《七略》，将小说归入诸子类，并对"小说"和"街谈巷议"的关系以及"小说家"的内涵进行了论述，"小说"在此时已作为一种明确的文体概念被提出来了。

桓谭是"第二个给予小说以专门论述"① 的人。江淹《李都尉 从军 陵》李善注中引用了桓谭作于光武帝时期的《新论》，其对"小说"和"小说家"有所论述：

若其小说家，合丛残小语，近取譬论，以作短书，治身理家，有可观之辞。②

桓谭的观点实际上是对《论语·子张》中"虽小道，必有可观者焉，致远恐泥，故君子不为也"观点的修正与超越。桓谭将小说家的表现内容称为"丛残小语"，其与"街谈巷语、道听途说"的关系，余嘉锡认为：

丛残小语，即所谓"街谈巷语，间里小知者之所及"也。不云出于稗官者，桓谭因泛论学术，涉笔及之，与刘班著录，务穷流别，本自不同耳。③

表达方式不同，本质却是一致的，所以"桓子之言，与汉志同条共贯，可以互相发明也"④。当代也有学者指出："'丛残小语''街谈巷语'是'道听途说者'所造。"⑤并且进一步认为：

小说家所合"丛残小语"有两个来源：一是来自贵族、贤士的精英文化产物，如《春秋事语》《国语》《琐语》《语丛》等；二是来自平民百姓的通俗文化产物，如《韩

---

① 李剑国，陈洪. 中国小说通史 [M]. 北京：高等教育出版社，2007：6.
② 〔梁〕萧统. 文选 [M]. 上海：上海古籍出版社，1986：1453.
③ 余嘉锡. 余嘉锡文史论集 [C]. 长沙：岳麓书社，1997：251.
④ 余嘉锡. 余嘉锡文史论集 [C]. 长沙：岳麓书社，1997：251.
⑤ 陈洪. 古小说史三考 [C] //刘世德，石昌渝，竺青. 中国古代小说研究：第二辑. 北京：人民文学出版社，2006：282.

非子》内外储说诸篇、齐谐、《说苑》和《风俗演义》等记载的"街谈巷语""志怪"。这两类"丛残小语"作为叙述的基本素材，它们可以被编进史书，也可以成为诸子书中的譬论，还可以成为小说家编造故事的法宝。①

"丛残小语"经小说家整合之后，其可观之处具体化为"治身理家"，这对后世的世情小说创作是有所启发的。例如被视为中国古代小说巅峰之作的《红楼梦》表达的主题之一就是家族问题，之前的《金瓶梅》《醒世姻缘传》和后来的《儿女英雄传》显然也是由此一脉而来的。而"合丛残小语"的"合"，对后世小说，如《水浒传》那种将若干独立短篇整合而形成长篇的创作方式，也是有一定影响渊源的。

班固《汉书·艺文志》中的小说观念是在刘向、刘歆《七略》的基础上形成的，"这是现存最早的小说专论"②，"几可视为小说学开山之论"③，其对"小说"和"小说家"的观点是：

小说家者流，盖出于稗官，街谈巷语、道听途说者之所造也。孔子曰："虽小道，必有可观者焉。致远恐泥，是以君子弗为。"然亦弗灭也。闾里小知者之所及，亦使缀而不忘，或如一言可采，此亦刍荛狂夫之议也。"④

其所言"小说家者流，盖出于稗官"的"稗官"，颜师古的注为"小官"，这个说法没有问题，但未免有些含糊；而如淳的注则具体一些："《九章》：'细米为稗。'街谈巷说，其细碎之言也。王者欲知闾巷风俗，故立稗官。"⑤ 余嘉锡《小说家出于稗官说》对如淳的注并不赞成，他认为稗官是"所谓士传言者，传庶人之谤言也。庶人贱，不得进言于君，先王惧不闻己过，故使士传叙其语以察民之所好恶焉"⑥，"小说家所出之稗官，为指天子之士，信而有征，无可复疑也"⑦，而且"稗官为小说家之所自出，而非小说之别名"⑧。但余嘉锡的观点和如淳的观点并不存在矛盾。"稗官"的主要责任是搜集民间"街谈巷语、道听途说"一类琐碎言论，并将之加以整理向君主汇报。"稗官"在整理民间言论向天子传言的过程中，以之为题材进行创作者就成了"小说家"。可见，

---

① 陈洪. 古小说史三考[C]//刘世德，石昌渝，竺青. 中国古代小说研究：第二辑. 北京：人民文学出版社，2006：285.
② 李剑国，陈洪. 中国小说通史[M]. 北京：高等教育出版社，2007：5.
③ 罗书华. 论中国小说学的基本构成[J]. 明清小说研究，2007（3）：6.
④〔汉〕班固. 汉书[M]. 北京：中华书局，1964：1745.
⑤〔汉〕班固. 汉书[M]. 北京：中华书局，1964：1745.
⑥ 余嘉锡. 余嘉锡文史论集[C]. 长沙：岳麓书社，1997：246-247.
⑦ 余嘉锡. 余嘉锡文史论集[C]. 长沙：岳麓书社，1997：248.
⑧ 余嘉锡. 余嘉锡文史论集[C]. 长沙：岳麓书社，1997：258.

"街谈巷语、道听途说"经过文人的加工整理，不仅包括小说内容，而且也是小说家的创作形式，这是对《论语·阳货》"道听而途说，德之弃也"的发展，班固并没有对小说加以否定，反而认定其有"可采"之处，这是对小说地位的提升和肯定，认为"刍荛狂夫之议"也是对小说家的肯定。将小说和小说家与"街谈巷语、道听途说"联系起来，的确是灼见。不仅中国小说如此，西方的一些小说作品，例如文艺复兴时期的《坎特伯雷故事集》和《十日谈》运用的就是"街谈巷语、道听途说"的形式，表现的也是"街谈巷语、道听途说"的内容。《汉书·艺文志》所列出的十五家"小说家"作品中，属于汉代的有六家，但从相关记载上看，它们的内容又很难被看做真正的小说作品。按照蔡铁鹰的观点，这些作品都和道家有关系，"十五家中已知有十一家可能与道家（或史官）、方士有关"。在此基础上，蔡铁鹰针对"班固何以要集中诸多与道家有关的著述而另成一'小说'家"的问题，认为"只能根据道教的形成来加以解释"。他认为：

    从汉武帝到班固生活的时期，正是方士活动极盛并逐步依托道家向道教转化的时期，也正是一些介于道家与神仙家、阴阳家之间的著述（包括伪托之作在内）大量出现的时期。这些著述既有一定政治影响，又无法按正统的诸子学说归类（道家、阴阳家、神仙家已分别为《汉书·艺文志》著录），于是班固乃根据"小说"之为杂说的本义，另辟一门著录。其所谓"小说"，实质上主要是指正统道家（包括阴阳家、神仙家）经籍之外的方士们的其他杂说。三国人薛综注《文选·西京赋》："'小说'九百，始自虞初。"云："小说，医巫厌祝之术。"他的说法，似较近是。①

蔡铁鹰所指出的现象是客观存在的，但是并不能由此得出"《汉书》'小说'只是汉代这一特定时期的产物，仅仅具有内容方面的分类意义，并非带有文体特征的概念"②这个结论。《汉书》中的"小说"当然是汉代特定时期的产物，其内容上与道家有密切关系，但其十五家一千三百八十篇作品却曾客观存在过，不容忽视。因其已经散佚，无法看到原貌，也无法确认其是否符合现代小说文体的要求，但《汉书·艺文志》所言"小说"的文体范畴却是应该予以确认的。此外，东汉的张衡在《西京赋》中也说："匪唯玩好，乃有秘书。小说九百，本自虞初。从容之求，实俟实储。"③ 这也进一步证明了"小说"在汉代已经取得了独立的文体地位。

此外，还有学者认为"小说家者流，盖出于稗官"的论断是对庄子"饰小说以干县

---

① 蔡铁鹰.《汉志》"小说家"试释[J]. 南京师大学报：社会科学版，1988(3)：64.
② 蔡铁鹰.《汉志》"小说家"试释[J]. 南京师大学报：社会科学版，1988(3)：64.
③ 〔梁〕萧统. 文选[M]. 上海：上海古籍出版社，1986：68.

令"的继承。如陈洪指出：

> 在《庄子》看来，"饰小说"这都是些才智浅薄的人，所以写出来的多是些议论肤浅，侈谈惊怪故事的东西，所以这些人至多能求得县令之类的小官。此说正是后世所谓"小说出于子书"的由来。而班固则认为小说来自民间闾里的"街谈巷语"，所以借"街谈巷语"以合小说的人，必然也是地位不高的、能够时常接触市井百姓的小官。这其实是班固对"饰小说以干县令"一语进一步世俗化的表述，也是他鄙视小说的具体体现。这样一来，以《庄子》为代表的先秦的"小说出于子书"说，实质上被转换成了"小说源于世俗"说。这一变化不仅标志着小说观念的一次重要变更，而且也意味着西汉末以来小说在创作内容和创作主体上的巨大转变：即从以理论性的譬论为主，变成以故事性的叙事为主；从以士人创作为主，变成以市井百姓传言为主（小说家只起"合"、编采的作用）。关于这一点，验诸小说史，则前者可以以《说苑》《新序》为代表，后者可以以《笑林》《搜神记》《世说新语》为代表。①

这个看法是从求仕的角度把"饰小说以干县令"的"干"字理解为谋求，其论断尚有值得商榷之处，但将庄子的论断和班固的论断联系起来进行比较考量，这对于考察小说史发展的流变是很有意义的一个途径。

客观来看，无论是"合丛残小语"还是"街谈巷语、道听途说者之所造"，都体现出汉代小说观念中"有意为"的特点，但汉代小说的"有意为"与唐人的"有意为小说"② 相比还只是一种局部的、浅层次的表现。以题材为例，唐人小说是全方位的"有意为"，神怪、情爱、豪侠和政史全面进行，表现空间更为广大，创作自由度更高；而汉代小说的题材虽然较先秦已经相对丰富，"封禅、养生、医巫、厌祝之术皆入焉，盖至是其途始杂，与古之小说家、如青史子、宋子者异矣"③，但从整体来看，其表现内容仍较唐人小说狭窄，其作品更多地局限于对史料的有意虚构，这也是汉代小说虽然独立却不算真正成熟的一个重要原因。还应该看到的是，汉代在小说理论观念上虽然已经有了"小说"和"小说家"的概念内涵，但刘向、班固等人仍然将其列于诸子之末，并把"小说家"视为稗官之流，认为其创作更多地是对历史的推衍生发，而主动的创作意识不强，这也是汉代小说刚刚独立而并不完全成熟的特点，与尚显稚嫩的小说创作是一致的。

---

① 陈洪. 古小说史三考 [C] //刘世德, 石昌渝, 竺青. 中国古代小说研究：第二辑. 北京：人民文学出版社，2006：281–282.
② 鲁迅. 中国小说史略 [M]. 北京：人民文学出版社，1973：54.
③ 余嘉锡. 余嘉锡文史论集 [C]. 长沙：岳麓书社，1997：257.

三、汉代的小说创作

有了专业的小说家，有了明确的有意虚构的创作意识，有了文体意义上的小说作品，可以说，中国古代小说在汉代已经进入独立创作状态。当然，汉代的小说创作依然与历史有着密切的关系，表现出较浓重的"史"的意识。不过，汉代小说在尊重历史的同时，也很重视日常现实生活，重视"街谈巷语""丛残小语"。因此，汉代小说的主人公多为历史上有影响力的人物，或为帝王，或为名臣，总体上也没有改变历史进程，但在细节处理上则有意虚构来表现其平凡的一面，把本来高高在上的帝王将相拉到人间，表现其日常生活的状态，从而使显赫的形象具有了人情味，这一点在先秦的《穆天子传》中已经有所体现，而在汉代小说中进一步发扬了。

从先秦神话传说中那种朦胧的"史"的意识开始，中国的叙事书写就具有浓重的"史"的积淀。但历史的表述在客观上又存在诸多空白，这种空白的填补或者依靠合理的推测，或者依靠主观的虚构。对于前者而言，这是"以文运事"，是可以被接受为信史的，而后者则是"因文生事"，属于小说的范畴。历史书写空白的存在，为小说创作提供了用武之地，使之在文学史上拥有了自己的空间。中国小说作品总是或多或少地表现其历史背景，这可以看做小说对历史的致敬。而以独立姿态出现的汉代小说也受到了史传文学的巨大影响，其对历史题材，特别是杂史杂传尤为重视，其作品也多为杂史杂传小说。鲁迅在《中国小说的历史的变迁》中指出："从神话演进，故事渐进于人性……这些口传，今人谓之'传说'。由此再演进，则正事归为史；逸史则变为小说了。"① 鲁迅所言可变为小说的"逸史"就是所谓杂史杂传。所谓杂史杂传是与正史相对而言的。战国之后，一些文人虽无史官之职，却往往出于责任感或出于个人兴趣而主动收集史实并进行著述，成一家之言，于是形成了与正史相对的杂史杂传。在写作方法上，杂史杂传对史实和传闻并重，对于存在的史料空白常常采用通达的处理方式，合理的推测与主观的虚构并存，甚至在正史之外又掺杂了虚诞怪妄之说，如《文心雕龙·史传》所言：

俗皆爱奇，莫顾实理。传闻而欲伟其事，录远而欲详其迹，于是弃同即异，穿凿傍说，旧史所无，我书则传，此讹滥之本源，而述远之巨蠹也。②

刘知几《史通·采撰》也对此有所论述：

---

① 鲁迅. 中国小说史略［M］. 北京：人民文学出版社，1973：270.
② 〔梁〕刘勰，著，范文澜，注. 文心雕龙注［M］. 北京：人民文学出版社，1958：287.

是知史文有阙，其来尚矣。自非博雅君子，何以补其遗逸者哉？盖珍裘以众腋成温，广厦以群材合构。自古探穴藏山之士，怀铅握椠之客，何尝不征求异说，采摭群言，然后能成一家，传诸不朽。观夫丘明受经立传，广包诸国，盖当时有《周志》《晋乘》《郑书》《楚杌》等篇，遂乃聚而编之，混成一录。向使专凭鲁策，独询孔氏，何以能殚见洽闻，若斯之博也？马迁《史记》，采《世本》《国语》《战国策》《楚汉春秋》。至班固《汉书》，则全同太史。自太初已后，又杂引刘氏《新序》《说苑》《七略》之辞。此并当代雅言，事无邪僻，故能取信一时，擅名千载。

但中世作者，其流日烦，虽国有册书，杀青不暇，而百家诸子，私存撰录，寸有所长，实广闻见。其失之者，则有苟出异端，虚益新事，至如禹生启石，伊产空桑，海客乘槎以登汉，姮娥窃药以奔月。如斯踳驳，不可殚论，固难以污南、董之片简，霑班、华之寸札。而嵇康《高士传》，好聚七国寓言，玄晏《帝王纪》，多采《六经》图谶，引书之误，其萌于此矣。①

《列女传》《越绝书》和《蜀王本纪》等是这类杂史杂传的代表。杂史杂传以史实为基础，主要的情节、形象、时间和地点都有历史的依据，但同时又不完全受历史的局限，或广搜逸闻琐事，或在史实的基础上加以合理的推测生发，对具体的历史事件和历史形象加以细节上的想象性描述。当作者为了表达政治主张、情感诉求和审美趣味而对形象塑造更加用心，乃至虚构性的成分比重占了上风，开始有意地以虚构性方式塑造形象时，这就逐渐演变成为杂史杂传小说的创作了，如鲁迅所言："则正事归为史；逸史则变为小说了。"② 同时，杂史和杂传又各自有所侧重，"杂史偏重对事实的记录，而杂传偏重对人物的传写"③。杂史杂传小说对唐人小说的创作具有重要的意义，和魏晋六朝小说共同构成了唐人小说的创作源头。唐人小说受其影响，分"传"与"记"两大类，其中的"传"类侧重与杂传小说相对应，而"记"类则侧重与杂史小说相对应。

汉代小说中影响较大的作品是《燕丹子》与以汉武帝为主人公的《汉武故事》《汉武帝内传》和《汉武帝洞冥记》，这些作品都是以当代人物为表现对象，对后世时事小说创作具有一定的启示意义。

《燕丹子》表现的是燕太子丹遣荆轲刺秦王事，被胡应麟誉为"古今小说杂传之祖"④，在《隋书·经籍志》中归于小说家类。被鲁迅《中国小说史略》视为"汉前之

---

① 〔唐〕刘知几，撰，〔清〕浦起龙，释.史通通释［M］.上海：上海古籍出版社，1978：115-116.
② 鲁迅.中国小说史略［M］.北京：人民文学出版社，1973：270.
③ 熊明.汉魏六朝杂传研究［M］.沈阳：辽海出版社，2004：32.
④ 〔明〕胡应麟.少室山房笔丛［M］.北京：中华书局，1958：415.

《燕丹子》"①，实际上"恐怕还应当把汉初这段时间包括进去"②，这部小说应为创作于秦汉之间的作品。当然也有学者认为其"为南朝江淹之拟作，其用意则在借古讽今"③，姑备一说。有学者将《燕丹子》与《史记》加以比较，力图梳理两者之间的承袭关系，其实不管孰前孰后，两者在内容上有较大差别，显著的不同就是《史记》将《燕丹子》中所有带有虚构色彩的内容如"天雨粟，马生角"等都删掉了，并明确指出"世言荆轲，其称太子丹之命，'天雨粟，马生角'也，太过。又言荆轲伤秦王，皆非也。始公孙季功、董生与夏无且游，具知其事，为余道之如是"④。对某些细节的合理推测与对历史事件和历史人物的虚构性生发，这应该是史传和小说的本质区别，《燕丹子》显然是小说。作品成功塑造了太子丹和荆轲这两个鲜明的形象，对太子丹的塑造主要是通过其言行来表现的。在秦国做人质时处境窘迫，秦王以"乌白头、马生角"作为放归条件，太子丹"仰天叹，乌即白头，马生角"⑤，"仰天叹"形象地表现出太子丹英雄气短、无路可走的愤懑，这也是其归国后极力复仇的动因。归国后，他的师傅鞠武批评其"贵匹夫之勇，信一剑之任，而欲望功"⑥的短视行为，提出了稳妥的对策，太子丹却赌气似地"睡卧不听"，鞠武松口让他去找田光商量，他马上又"敬诺"⑦了，这种近乎孩子气的固执倔强为其失败埋下了伏笔。此后，与田光和荆轲交往，太子丹都是前恭而后疑，对田光"三时进食，存问不绝，如是三月"⑧，之后却以一句"此国事，愿勿泄之"⑨送了田光的命；对荆轲更是"黄金投龟，千里马肝，姬人好手，盛以玉槃"⑩，但此后却"恐轲悔"，用"先遣舞阳"⑪的话来敲打荆轲。太子丹所表现出的性格弱点也注定了后面的失败。总的来看，作品对太子丹是持同情和肯定态度的，但并没有避讳其性格上的缺陷，这样的艺术表现张力使太子丹形象更具艺术魅力。对于荆轲的塑造，主要是通过侧面烘托的方式进行的。首先是通过田光之口赞美荆轲是"神勇之人，怒而色不变。为人博闻强记，体烈骨壮，不拘小节，欲立大功"⑫，然后借夏扶等人的问难表现荆轲见识的高明，再通过太子丹对荆轲的礼遇表现荆轲的稳重与冷静，毕竟田光之死已经让荆轲对太子丹多疑的性格有了一定的了解，他对太子丹的礼遇表现得非常淡定，目

---

① 鲁迅. 中国小说史略 [M]. 北京：人民文学出版社，1973：12.
② 李剑国，陈洪. 中国小说通史 [M]. 北京：高等教育出版社，2007：98.
③ 张海明.《燕丹子》与《史记·荆轲传》之关系 [J]. 北京师范大学学报：社会科学版，2012 (6)：37.
④ 〔汉〕司马迁. 史记 [M]. 北京：中华书局，1999：1975.
⑤ 王根林，黄益元，曹光甫. 汉魏六朝笔记小说大观 [M]. 上海：上海古籍出版社，1999：35.
⑥ 王根林，黄益元，曹光甫. 汉魏六朝笔记小说大观 [M]. 上海：上海古籍出版社，1999：36.
⑦ 王根林，黄益元，曹光甫. 汉魏六朝笔记小说大观 [M]. 上海：上海古籍出版社，1999：37.
⑧ 王根林，黄益元，曹光甫. 汉魏六朝笔记小说大观 [M]. 上海：上海古籍出版社，1999：38.
⑨ 王根林，黄益元，曹光甫. 汉魏六朝笔记小说大观 [M]. 上海：上海古籍出版社，1999：39.
⑩ 王根林，黄益元，曹光甫. 汉魏六朝笔记小说大观 [M]. 上海：上海古籍出版社，1999：42.
⑪ 王根林，黄益元，曹光甫. 汉魏六朝笔记小说大观 [M]. 上海：上海古籍出版社，1999：42.
⑫ 王根林，黄益元，曹光甫. 汉魏六朝笔记小说大观 [M]. 上海：上海古籍出版社，1999：38-39.

的是考验太子丹的决心和意志，以求增加成功的把握。其中秦舞阳对荆轲的性格起到的衬托作用最为突出，两人出发后，"行过阳翟，轲买肉争轻重，屠者侮之，舞阳欲击，轲止之"①，而到了秦王朝堂之上，"舞阳大恐，两足不能相过"，荆轲则"顾舞阳前，谢曰：'北方蛮夷之鄙人，未见天子。愿陛下少假借之，使得毕事于前'"②，两相对照，荆轲小事不计较，大事不慌乱的气度跃然纸上。此外，作品中稳重的鞠武和倔强的田光虽然是配角，也依然有其风采。

　　以汉武帝为主人公的小说是当时求仙风气的产物。战国时期的齐威王和燕昭王就曾派人入海求仙，秦始皇统一六国后也曾遣方士入海寻仙山灵药，而到了汉武帝时期"第三次入海求灵药的浪潮又一次兴起，且规模、人数都要大于秦始皇时"，"重用方士，耗费巨资，大规模地寻仙祀神，各地方士争先恐后地来到京城，莫不自言'有禁方，能神仙'"③。以汉武帝为主人公的小说创作显然也受到了当时活跃的神仙方术活动之影响，其内容也多表现出寻仙求灵药的虚幻色彩。《汉武故事》《汉武帝内传》和《汉武帝别国洞冥记》这些作品的题目具有明显的虚构味道，郭宪所作的《汉武洞冥记自序》明确有"今藉旧史之所不载者，聊以闻见，撰《洞冥记》四卷，成一家之书，庶明博君子该而异焉"④的记载。收集史书之外的材料，结合个人见闻，借一定的故事题材表达个人见解，这种撰述方法实际上就是在进行小说创作。在这类小说中，汉武帝只是形式上的主角，作品着力塑造的却是西王母和东方朔的形象。在《汉武故事》中，西王母出场时还只是"乘紫车，玉女夹驭，载七胜，履玄琼凤文之舄"⑤，在此基础上完成的《汉武帝内传》对西王母描绘得更加细腻："乘紫云之辇，驾九色斑龙，别有五十天仙，侧近鸾舆，皆身长一丈，同执彩毛之节，配金刚灵玺，戴天真之冠，咸住殿前。王母唯扶二侍女上殿，年可十六七，服青绫之袿，容眸流眄，神姿清发，真美人也。王母上殿，东向坐，著黄锦袷襦，文采鲜明，光仪淑穆。带灵飞大绶，腰分头之剑。头上大华结，戴太真晨婴之冠，履元琼凤文之舄。视之可年卅许，修短得中，天资掩蔼，容颜绝世，真灵人也。"⑥与《穆天子传》相比，汉代小说中西王母更加庄重优雅，雍容大度，这是与汉代社会审美趋势相一致的，而且拨开其神仙的面纱，人性的特点反而更加鲜明，因此《汉武帝内传》中"真美人"的赞叹先于"真灵人"；此外，西王母还表现出爱讲道好说教的特点，这也是与当时的社会风气相一致的。后出的《汉武帝别国洞冥记》中西王母形象则比较朦胧，"驾玄鸾，歌春归乐，谒乃闻王母歌声而不见其形"⑦。东方朔形

---

① 王根林，黄益元，曹光甫. 汉魏六朝笔记小说大观［M］. 上海：上海古籍出版社，1999：43.
② 王根林，黄益元，曹光甫. 汉魏六朝笔记小说大观［M］. 上海：上海古籍出版社，1999：44.
③ 顾宏义，黄国荣. 中国方术史话［M］. 北京：中国国际广播出版社，2010：27.
④ 王根林，黄益元，曹光甫. 汉魏六朝笔记小说大观［M］. 上海：上海古籍出版社，1999：123.
⑤ 王根林，黄益元，曹光甫. 汉魏六朝笔记小说大观［M］. 上海：上海古籍出版社，1999：173.
⑥ 王根林，黄益元，曹光甫. 汉魏六朝笔记小说大观［M］. 上海：上海古籍出版社，1999：141–142.
⑦ 王根林，黄益元，曹光甫. 汉魏六朝笔记小说大观［M］. 上海：上海古籍出版社，1999：125.

象在《汉武故事》中是和王母"三千年一作子"的仙桃结合在一起的，巨灵揭发他"此儿不良，已三过偷之"①，西王母称他"此儿好作罪过，疏妄无赖"②，再加上其"于朱鸟牖中窥母"③ 的顽皮表现，很有些后世西游故事中孙悟空的影子。如《大唐三藏取经诗话》"入王母池之处第十一"就有猴行者的自述："我师且行，前去五十里地，乃是西王母池。""我八百岁时，到此中偷桃吃了；至今二万七千岁，不曾来也。""我因八百岁时，偷吃十颗，被王母捉下，左肋判八百，右肋判三千铁棒，配在花果山紫云洞。至今肋下尚痛。我今定是不敢偷吃也。"④ 此后在《西游记》中其偷桃的情节就更加丰富生动了，直至成为孙悟空大闹天宫的导火线。《汉武帝别国洞冥记》则对东方朔的身世进行了比较详细的介绍，强调他有骑虎化龙之能的同时，突出其游历诸多奇异国度，接触了许多奇异的事物，其描绘的奇物奇事，对后世小说颇具启示意义，如描述鸟哀国的"蹑空草"，"有掌中芥，叶如松子。取其子置掌中，吹之而生，一吹长一尺，至三尺而止，然后可移于地上。若不经掌中吹者，则不生也。食之能空中孤立，足不蹑地"⑤。清代"以小说见才学"⑥ 的李汝珍《镜花缘》第九回"服肉芝延年益寿 食朱草入圣超凡"写唐敖在东口山食用蹑空草：

只见唐敖忽在路旁折了一枝青草，其叶如松，青翠异常。叶上生著一子，大如芥子。把子取下，手执青草道："舅兄才吃祝余，小弟只好以此奉陪了。"说罢吃入腹内。又把那个芥子，放在掌中，吹气一口，登时从那子中生出一枝青草，也如松叶，约长一尺；再吹一口，又长一尺；一连吹气三口，共有三尺之长。放在口边，随又吃了。林之洋笑道："妹夫要这样狠嚼，只怕这里青草都被你吃尽哩。这芥子忽变青草，这是甚故？"多九公道："此是'蹑空草'，又名'掌中芥'。取子放在掌中，一吹长一尺，再吹又长一尺，至三尺止。人若吃了，能立空中，所以叫作'蹑空草'。"⑦

这段文字中对"蹑空草"的描述几乎将《汉武帝别国洞冥记》中的描述整体挪用过来了。

---

① 王根林，黄益元，曹光甫. 汉魏六朝笔记小说大观 [M]. 上海：上海古籍出版社，1999：173.
② 王根林，黄益元，曹光甫. 汉魏六朝笔记小说大观 [M]. 上海：上海古籍出版社，1999：174.
③ 王根林，黄益元，曹光甫. 汉魏六朝笔记小说大观 [M]. 上海：上海古籍出版社，1999：174.
④ 朱一玄，刘毓忱.《西游记》资料汇编 [M]. 郑州：中州书画社，1983：50.
⑤ 王根林，黄益元，曹光甫. 汉魏六朝笔记小说大观 [M]. 上海：上海古籍出版社，1999：132-133.
⑥ 鲁迅. 中国小说史略 [M]. 北京：人民文学出版社，1973：211.
⑦〔清〕李汝珍. 镜花缘 [M]. 北京：中国盲文出版社，2000：34.

第二节　自觉成长的魏晋六朝小说

鲁迅《魏晋风度及文章与药及酒之关系》称魏晋六朝是"文学的自觉时代"①。汉末以来，品题之风已经在文士中兴起，到了魏晋六朝时期，随着社会动荡加剧，文人的自我意识进一步强化，冲破了汉代以来儒家思想大一统局面，形成了自春秋战国以来的又一次思想解放，特别是文学价值得到更明确的认同，"文章经国之大业"和"诗赋欲丽"的文学观兴起，文人产生了更大的创作热情；残酷的政治斗争，也促使文人远离对仕途的追求，主动进入文学创作领域，构成了庞大而复杂的作者队伍，其中既有曹丕、刘义庆等皇族文士，也有干宝、颜之推等官员文士，还有葛洪等隐逸文士。在这样热烈的文学氛围中，小说在文学理论家那里最初并没有得到重视，即使刘勰也只在《文心雕龙·谐隐》中称"然文辞之有谐隐，譬九流之有小说。盖稗官所采，以广视听"②，对小说的功能和特点一带而过。

与理论的沉寂相比，魏晋六朝小说的创作则取得了较高的成绩。一方面，复杂的社会生活，为小说创作提供了丰富的题材；另一方面，文人对文学自觉意识的提高，特别是大量社会上层人物的爱好和直接参与，为小说创作主体的出现提供了可能，这促使魏晋小说的创作得到了长足的发展。李剑国、陈洪的《中国小说通史》指出：

经过战国秦汉漫长时间的经验积累和逐渐发展，古小说从魏晋开始进入兴盛时期。作品层出不穷，品种多样。小说创作以小说集为主，单篇杂传小说较少。在艺术上虽还不够成熟，多为记录，但在题材开拓、语言表达等方面都富有创造性。③

随着创作实践的深入，小说理论也有所发展。其一，对小说的性质有了更加清晰的认识。《三国志》卷二十一裴松之注引《魏略》曰：

太祖遣淳诣植。植初得淳甚喜，延入座，不先与谈。时天暑热，植因呼常从取水自澡讫，傅粉。遂科头拍袒，胡舞五椎锻，跳丸击剑，诵俳优小说数千言讫，谓淳曰："邯郸生何如耶？"于是乃更著衣帻，整仪容，与淳评说混元造化之端，品物区别之意，然后论羲皇以来贤圣名臣烈士优劣之差，次颂古今文章赋诔及当官政事宜所先后，又论

---

① 鲁迅. 鲁迅全集：第三卷 [M]. 北京：人民文学出版社，1973：491.
② 〔梁〕刘勰，著，范文澜，注. 文心雕龙注 [M]. 北京：人民文学出版社，1958：272.
③ 李剑国，陈洪. 中国小说通史 [M]. 北京：高等教育出版社，2007：157.

用武行兵倚伏之势。乃命厨宰，酒炙交至，坐席默然，无与伉者。及暮，淳归，对其所知叹植之材，谓之"天人"。①

邯郸淳所撰笑话集《笑林》的内容被鲁迅《古小说钩沉》所辑录，"俳优小说"也具有笑话性质，而且与表演艺术有密切的关系。曹植面对邯郸淳诵"俳优小说"，并征询其意见，这是两人之间在进行技艺切磋；曹植"整仪容"是对邯郸淳的尊重，同时邯郸淳也被曹植所折服，表现出两者惺惺相惜。可见，当时的小说被冠之以"俳优"的定语，并且诵之以娱乐，凸显了当时的小说具有娱乐性特点。

其二，对小说的文体有了更加明确的界定。余嘉锡在《殷芸小说辑证》中说：

史通杂说篇云："刘敬叔异苑称：晋武库失火，汉高祖斩蛇，剑穿屋而飞，其言不经，梁武帝令殷芸编为小说。"姚振宗曰："案此殆是梁武作通史时凡不经之说为通史所不取者，皆令殷芸别集为小说，是小说因通史而作，犹通史之外乘。"见隋书经籍志考证卷三十二。其说是矣。②

其中，刘敬叔与殷芸是同时代人，其所记述当不至有误；同时，殷芸之书直接命名为《小说》，可见当时小说的文体观念是明确的，而且这个时候的"小说"已经和历史有着较为清晰的界线，其重要标准就是"其言不经"，"凡不经之说为通史所不取者"的内容。此外，按照余嘉锡的考证，"古人著书，名为小说者，除殷芸外，隋志有小说五卷，不著撰人，两唐志有刘义庆小说十卷，宋志及书录解题有刘㰱小说三卷，郡斋读书志有林罕小说三卷"，但这些以"小说"命名的著作，或者已经无从查考，或者"乃小学家书"，或者"疑其书名及撰人或不免有混淆讹误"，"若夫宋以前人所引，凡只称小说而不著姓名者，以他书参互考之，往往即是殷芸之书"③，可见后世对其"小说"性质的认同。干宝《搜神记序》进一步论述了小说文体的虚实的关系："虽考先志于载籍，收遗逸于当时，盖非一耳一目所亲闻睹也，亦安敢谓无失实者哉！"④明确承认自己的作品难免"失实"，然后以"卫朔失国，二传互其所闻；吕望事周，子长存其两说"为例，指出绝对真实的困难，公开声明："今之所集，设有承于前载者，则非余之罪也；若使采访近世之事，苟有虚错，愿与先贤前儒分其讥谤。"⑤ 因此，《晋书·干宝传》在肯定干宝"其书简略，直而能婉，咸称良史"的同时，又认为《搜神记》"博采异同，遂混

---

① 〔晋〕陈寿，著，〔宋〕裴松之，注．三国志 [M]．北京：中华书局，1997：162．
② 余嘉锡．余嘉锡文史论集 [C]．长沙：岳麓书社，1997：259．
③ 余嘉锡．余嘉锡文史论集 [C]．长沙：岳麓书社，1997：261．
④ 〔晋〕干宝，著，黄涤明，译注．搜神记全译 [M]．贵阳：贵州人民出版社，1991：559．
⑤ 〔晋〕干宝，著，黄涤明，译注．搜神记全译 [M]．贵阳：贵州人民出版社，1991：559．

虚实",这正是干宝在小说创作及理论方面的贡献,是小说区别于史籍的主要特征。可见,魏晋六朝,一部分作者,特别是志怪小说作者已经清楚地认识到小说与史传的不同,已经开始进行"有意为"小说的尝试了。

其三,小说的艺术表现更加注重华美的形式。如梁代萧绮《拾遗记序》从形式方面对小说创作提出要求:"若其道业远者,则辞省朴素;世德近者,则文存靡丽;编言贯物,使宛然成章。"① 这与当时整个文学界作品形式追求华美的大趋势相一致。

魏晋六朝小说的发展是与其社会时代特点密切相关的。社会的动荡,秩序的缺失,命运的不可掌控感,促使人们向两个方向去寄予期待,以对抗严酷的现实:一是寄希望于外界的神秘力量,渴望其对动荡的现实有所匡正;二是寄希望于内心的修养,渴望求得心灵的慰藉与平衡以对抗现实的恐慌。这两种倾向体现在小说创作上,就有了与之相对应的希望"明神道之不诬"②的志怪小说和"俱为人间言动"③的志人小说。

这个阶段的小说作品更加贴近人间现实,力图对人生现象加以解释。所谓"发明神道之不诬"之"神道"也是被纳入现实生活中来加以"发明"的;"志怪"的"怪"表现的也包括现实生活中之"怪"事和"怪"物,如《搜神记·宋定伯卖鬼》写少年宋定伯斗鬼获胜,"得钱千五百乃去"后,又借当时名人石崇之口加以证实"定伯卖鬼,得钱千五"④,这种以实证虚的写法直接影响到唐代传奇小说的创作,如李公佐《南柯太守传》结尾以作者自己为见证人曰:

公佐贞元十八年秋八月,自吴之洛,暂泊淮浦,偶觌淳于生棼,询访遗迹,翻覆再三,事皆摭实,辄编录成传,以资好事。虽稽神语怪,事涉非经,而窃位著生,冀将为戒。后之君子,幸以南柯为偶然,无以名位骄于天壤间云。⑤

"志怪"如此,"俱为人间言动"的志人小说更注重历史人物的个人生活细节。需要明确的是,志怪和志人作品集,如《搜神记》和《世说新语》,并非每一篇作品都是小说,如《世说新语》中"阮籍虎牢之叹"就算不上小说,因为没什么情节,只是一个片段。而且,如章太炎指出的那样:"刘宋时有《世说新语》一书,所记多为有风趣的魏晋人的言行,但和正史不同的地方,只时日多颠倒处,事实并非虚构。"⑥ 称其为小说只是就其整体上表现出小说创作特色而言。

---

① 丁锡根. 中国历代小说序跋集 [M]. 北京:人民文学出版社,1996:59.
② 〔晋〕干宝,著,黄涤明,译注. 搜神记全译 [M]. 贵阳:贵州人民出版社,1991:559.
③ 鲁迅. 中国小说史略 [M]. 北京:人民文学出版社,1973:45.
④ 〔晋〕干宝,著,黄涤明,译注. 搜神记全译 [M]. 贵阳:贵州人民出版社,1991:447.
⑤ 汪辟疆. 唐人小说 [M]. 上海:上海古籍出版社,1978:90.
⑥ 章太炎. 国学概论 [M]. 上海:上海古籍出版社,1997:6.

一、"发明神道之不诬"的志怪小说

所谓"志怪",就是记录怪异,如异域的山川物产、神仙方术、鬼怪灵异等。"志怪"源于原始宗教和神话传说,是巫鬼观念、阴阳五行学说及宗教崇拜的产物。先秦典籍中已经具有这类小说因素了,在《汲冢琐语》和《山海经》中表现尤为显著,因此前者被称为"古今纪异之祖",后者则被称为"古今语怪之祖";秦汉以来,谶纬之学和神仙方术盛行,特别是佛道两家勃兴,士大夫也喜谈因果,为"发明神道之不诬"提供了动力,而杂史杂传的发展,也促进了"志怪"的进一步发展;魏晋六朝时期,志怪小说真正成熟起来,干宝《搜神记》是其代表作。

鲁迅在《中国小说史略》中论及神鬼志怪书时说:

> 其书有出于文人者,有出于教徒者。文人之作,虽非如释道二家,意在自神其教,然亦非有意为小说,盖当时以为幽明虽殊途,而人鬼乃皆实有,故其叙述异事,与记载人间常事,自视固无诚妄之别矣。①

这从总体上讲概括了志怪小说的创作特点,但"非有意为小说"的论断还需要商榷,志怪作品尽管还没有明确的小说创作意识,但为了"发明神道之不诬"的目的,为了能够让人信服,在题材的选择和写作手法的运用上还是"有意为"的。

志怪小说在魏晋时期的繁荣不是偶然的。其一,魏晋南北朝是中国历史上一个混乱的时代,政权更迭频繁,道德观念混乱,恐惧、绝望和失落情绪在社会上弥漫,特别是文人的进仕之路受到阻塞,使其对自身前途缺少了掌控感,在影响其生活方式的同时也影响了他们的思想观念。这为志怪小说的繁荣提供了适宜的土壤。其二,传统的巫鬼观念与神仙学说乃至中国与域外文化之间的交互影响,在意识形态上为志怪小说的创作提供了参照系。例如吴均《续齐谐记》中"阳羡鹅笼之记","此类思想,盖非中国所故有,段成式已谓出于天竺"②,其中女子偷情的情节甚至与《一千零一夜·引子》中舍赫亚尔国王和他的兄弟沙赫泽曼遇到魔鬼匣子里女郎并与之偷情的情节有相似之处。这种丰富多彩的状况,正如鲁迅《中国小说史略》所言:"中国本信巫,秦汉以来,神仙之说盛行,汉末又大畅巫风,而鬼道愈炽;会小乘佛教亦入中土,渐见流传。凡此,皆张皇鬼神,称道灵异,故自晋迄隋,特多鬼神志怪之书。"③ 其三,社会上层人士对"志怪"之风的爱好也有助于志怪小说创作氛围的形成。魏晋六朝时期,上至王公大臣,

---

① 鲁迅. 中国小说史略 [M]. 北京: 人民文学出版社, 1973: 29.
② 鲁迅. 中国小说史略 [M]. 北京: 人民文学出版社, 1973: 36.
③ 鲁迅. 中国小说史略 [M]. 北京: 人民文学出版社, 1973: 29.

下至文人儒士，他们创作的志怪作品可考者达数十种，较为重要的作品有曹丕《列异传》、张华《博物志》、干宝《搜神记》、陶潜《搜神后记》、刘义庆《幽明录》、任昉《述异记》和吴均《续齐谐记》等。

干宝的《搜神记》是魏晋六朝志怪小说的代表作。干宝，字令升，新蔡（今属河南）人。晋元帝时曾任始安太守、散骑常侍等职。有史才，有《晋纪》等著作，"直而能婉，咸称良史"①，又"性好阴阳术数"，故被同时代的刘惔称为"鬼之董狐"②。他著《搜神记》的动机如《晋书·干宝传》所言：

> 宝父先有所宠侍婢，母甚妒忌，及父亡，母乃生推婢于墓中。宝兄弟年小，不之审也。后十余年，母丧，开墓，而婢伏棺如生，载还，经日乃苏。言其父常取饮食与之，恩情如生。在家中吉凶辄语之，考校悉验，地中亦不觉为恶。既而嫁之，生子。又宝兄尝病气绝，积日不冷，后遂悟，云见天地间鬼神事，如梦觉，不自知死。宝以此遂撰集古今神祇灵异人物变化，名为《搜神记》，凡三十卷。③

干宝著《搜神记》的一个重要目的是其"足以明神道之不诬"④，力求以客观的态度表现怪异之事，借神异超人之力量树立秩序，在一定程度上对当时动荡的社会有所救治，这固然是一种史家态度，因此被视为"鬼之董狐"；这同时也是《周易·观·彖》所谓"以神道设教"⑤的方法，"通过祭祀'神道'以光扬'人道'"，"浅层面视之，是'神道描写'，深层面视之，是'人道描写'"⑥，因此鲁迅在《且介亭杂文二集·六朝小说和唐代传奇文有怎样的区别》中认为"武断地说起来，则六朝人小说，是没有继续神仙或鬼怪的，所写的几乎都是人事"⑦，而这也"是中国文学主题学中的一大传统主题，也是中华民族民族精神的一大呈现"⑧，对后世的诸多小说如《三国演义》《水浒传》和《西游记》都有重要的影响。在创作方式上，《搜神记》也是"博采异同，遂混虚实"⑨，如其自序所言，题材虽然是"考先志于载籍，收遗逸于当时"，但同时也承认"非一耳一目之所亲闻睹也，亦安敢谓无失实者"，同时他也希望自己的这部作品"幸将来好事之士录其根体，有以游心寓目而无尤焉"。可见《搜神记》的创作在主观上也具

---

① 〔唐〕房玄龄，等. 晋书[M]. 北京：中华书局，2000：1433.
② 〔唐〕房玄龄，等. 晋书[M]. 北京：中华书局，2000：1433.
③ 〔唐〕房玄龄，等. 晋书[M]. 北京：中华书局，2000：1433.
④ 〔唐〕房玄龄，等. 晋书[M]. 北京：中华书局，2000：1434.
⑤ 〔宋〕朱熹，注. 周易本义[M]. 北京：中国书店，1994：48.
⑥ 张锦池.《水浒传》考论[M]. 北京：人民出版社，2014：224.
⑦ 鲁迅. 鲁迅全集：第六卷[M]. 北京：人民文学出版社，1973：321.
⑧ 张锦池.《水浒传》考论[M]. 北京：人民出版社，2014：157.
⑨ 〔唐〕房玄龄，等. 晋书[M]. 北京：中华书局，2000：1433.

有"游心寓目"的目的。刘知几《史通·杂说》曾记载：

> 应劭《风俗通》载楚有叶君祠，即叶公诸梁庙也。而俗云孝明帝时有河东王乔为叶令，尝飞凫入朝。及干宝《搜神记》，乃隐应氏所通，而收流俗怪说。①

刘知几的本意是为了批评"学未该博，鉴非详正，凡所修撰，多聚异闻。其为踳驳，难以觉悟"②的现象，不过，却由此表明以干宝为代表的晋人已经出现了"有意为小说"的苗头。

作为志怪类小说代表的《搜神记》，不仅题材丰富，而且立意角度广阔。如《韩凭妻》在歌颂韩凭夫妇忠贞爱情的同时，批判矛头直指荒淫的宋康王；《三王墓》在歌颂莫邪子反抗暴君、侠客舍生取义的同时，也批判了楚王的残酷无道，"三首俱烂，不可识别"③地混在一起，形象地肯定了不可止息的抗争精神；《李寄斩蛇》在肯定李寄机智勇敢的同时，也对百姓的懦弱进行了批判。此外，《搜神记》中还保存了大量的神话传说和民间故事，如《董永》《嫦娥奔月》等，这些内容题材对后来的小说、戏曲创作都有重要的影响。在理论观念和艺术技巧方面，《搜神记》也对两汉小说有了很大的超越，这主要表现在以下方面：

其一，小说观念更加明确了。在创作方式上，如干宝自序所言，《搜神记》固然是"考先志于载籍，收遗逸于当时"，但同时又"博采异同，遂混虚实"，承认作品具有虚构的特点，"游心寓目"④也是其创作目的之一，这使《搜神记》与史传散文划清了界限，"鬼之董狐"的称号恰恰将创作志怪小说的干宝与表现人间实事的史家区分开来了。

其二，《搜神记》虽然有很多作品是"粗陈梗概者"⑤，只是勾勒成篇，并不注重叙述情节的逻辑因果，却注重表现事物本身的奇异特性，如《韩友驱魅》（卷三）驱怪之布囊"大胀如吹"⑥，《紫玉韩重》（卷十六）紫玉鬼魂见吴王后"夫人闻之，出而抱之，玉如烟然"⑦，《蛇入人脑》（卷十七）之蛇"盘其头中"⑧，这些虽然也是"街谈巷语、道听途说"的题材，但在描述上以细节凸显事物神韵，提高了作品的艺术特质，这种写法对后世小说颇多启示。如《聊斋志异·藏虱》：

---

① 〔唐〕刘知几，撰，〔清〕浦起龙，释．史通通释［M］．上海：上海古籍出版社，1978：480.
② 〔唐〕刘知几，撰，〔清〕浦起龙，释．史通通释［M］．上海：上海古籍出版社，1978：480.
③ 〔晋〕干宝，著，黄涤明，译注．搜神记全译［M］．贵阳：贵州人民出版社，1991：297.
④ 〔晋〕干宝，著，黄涤明，译注．搜神记全译［M］．贵阳：贵州人民出版社，1991：559.
⑤ 鲁迅．中国小说史略［M］．北京：人民文学出版社，1973：54.
⑥ 〔晋〕干宝，著，黄涤明，译注．搜神记全译［M］．贵阳：贵州人民出版社，1991：95.
⑦ 〔晋〕干宝，著，黄涤明，译注．搜神记全译［M］．贵阳：贵州人民出版社，1991：450.
⑧ 〔晋〕干宝，著，黄涤明，译注．搜神记全译［M］．贵阳：贵州人民出版社，1991：482.

乡人某者，偶坐树下，扪得一虱，片纸裹之，塞树孔中而去。后二三年，复经其处，忽忆之，视孔中纸裹宛然。发而验之，虱薄如麸。置掌中审顾之。少顷，掌中奇痒，而虱腹渐盈矣。置之而归。痒处核起，肿痛数日，死焉。①

虱子被纸裹起来放在树孔里两三年后还能致人死命，这的确诡异，但"虱薄如麸""虱腹渐盈"和"痒处核起"这样的形象化细节却给读者以更高的艺术审美感受。《搜神记》中的一些作品可以视为其先导者。此外，《搜神记》中的许多题材对后世作品也颇有影响，如《梦入蚁穴》（卷十）之于李公佐《南柯太守传》，《落头民》（卷十二）之于《西游记》中车迟国斗胜情节。再如《蟛蜞》（卷十三）中"蟛蜞，蟹也。尝通梦于人"②的描述，经《喻世明言·闹阴司司马貌断狱》加工后，直接成为司马貌断彭越受冤而死的证据：

某当时大怒，将来使拷打，说出真情，乃大梁王彭越之肉也。某闻言凄惨，便把手指插入喉中，向江中吐出肉来，变成小小螃蟹。至今江中有此一种，名为"蟛蜞"，乃怨气所化。③

其三，《搜神记》中的许多作品篇幅较之前同类题材有很大增长，更加重视情节的曲折性，注重气氛的渲染和悬念的设置。如《三王墓》（卷十一）和《李寄斩蛇》（卷十九）都突破了两汉小说"丛残小语"的格局；《相思树》（卷十一）中韩凭夫妻因情不屈而死后，"宿昔之间，便有大梓木生于二冢之端，旬日而大盈抱，屈体相就，根交于下，枝错于上。又有鸳鸯，雌雄各一，恒栖树上，晨夕不去，交颈悲鸣，音声感人"④，这显然是化用了《孔雀东南飞》结尾的诗意，用在这里更好地渲染了悲凉气氛，凸显了韩凭夫妻的痴情和抗争，增添了作品的神韵。

其四，形象塑造更加生动鲜明。《搜神记》中的很多形象都是现实生活中的人物，其性格特点或通过外貌描写、动作描写和对话描写直接展现，如《三王墓》（卷十一）中莫邪子"眉间广尺"⑤的外貌表现其英武性格；或在矛盾冲突环境中加以凸显，如《三王墓》（卷十一）中"将子头与剑来，为子报之"⑥的侠客和"即自刎，两手捧头与剑奉上，立僵"⑦的莫邪子，他们虽然有《燕丹子》中荆轲和自刭后"头坠背后，两目

---

① 〔清〕蒲松龄，著，朱其铠，主编. 全本新注聊斋志异［M］. 北京：人民文学出版社，1989：1050.
② 〔晋〕干宝，著，黄涤明，译注. 搜神记全译［M］. 贵阳：贵州人民出版社，1991：372.
③ 〔明〕冯梦龙. 喻世明言［M］. 北京：北京十月文艺出版社，1994：528.
④ 〔晋〕干宝，著，黄涤明，译注. 搜神记全译［M］. 贵阳：贵州人民出版社，1991：326.
⑤ 〔晋〕干宝，著，黄涤明，译注. 搜神记全译［M］. 贵阳：贵州人民出版社，1991：296.
⑥ 〔晋〕干宝，著，黄涤明，译注. 搜神记全译［M］. 贵阳：贵州人民出版社，1991：296.
⑦ 〔晋〕干宝，著，黄涤明，译注. 搜神记全译［M］. 贵阳：贵州人民出版社，1991：296－297.

不瞑"①樊於期的影子，但在作品中更显英雄气，再如《宋定伯卖鬼》（卷十六）开篇写宋定伯与鬼对话："鬼曰：'我是鬼。'鬼问：'汝是谁？'定伯诳之，言：'我亦鬼。'"②话不多，气氛却是恐怖的，试想，夜行逢物，直言"我是鬼"，然后反问"汝是谁"，人处其中，毛骨悚然。而宋定伯坦然应对，且能"诳之"，人物的机智和胆气跃然纸上。

二、"俱为人间言动"的志人小说

所谓"志人"，就是记录人物形象的逸闻琐事，同时兼及典章制度、风俗人情和传说故事，侧重截取只言片语和神情举止，注重传神写意来表现人物个性特质。志人小说的产生可以追溯到先秦两汉的历史散文和诸子散文，其特点是注重人物的日常表现，通过人物的逸闻琐事，特别于生活细节中表现其精神特质，从而寄托自身的价值理念。因此，鲁迅称其"或者掇拾旧闻，或者记述近事，虽不过丛残小语，而俱为人间言动，遂脱志怪之牢笼也"③。从内容来看，志人小说或如《世说新语》那样借日常生活琐事表现人物性格神采，或如邯郸淳《笑林》那样主要讲述日常生活中社会下层小人物的诙谐幽默故事，但就人物表现而言，《笑林》"实《世说》之一体"④。

在先秦历史散文和诸子散文中，已经有丰富的志人小说因素。《战国策》中有不少表现人物生活、言行举止的片段；《论语》的"侍坐章"中"各言尔志"的孔门弟子言行举止充分展示了其个性特点；两汉史传文学从题材和体例上对志人小说有着重要的启发。魏晋六朝时期的志人小说就是在这个文学传统基础上成熟起来的。从社会特点看，志人小说充分体现了"魏晋风度"。当时，社会动乱，政权频繁更迭，在思想得到释放的同时，人际关系也变得错综复杂，个人命运沉浮荣辱变化无常，各色人等性格都充分体现在社会舞台上，这些都有助于丰富充实志人小说的题材。同时，如鲁迅所言："汉末士流，已重品目，声名成毁，决于片言。"⑤魏晋时期，玄学兴盛，对人物的品评越发强调其主体意识，强调其谈吐举止、风度气质和个性特点，这种品评人物的标准对志人小说的创作有极大的影响。特别是当时的士人为了避祸全身，不敢过多议论时政，转为清谈，展示狂放疏达的个性、内在的风格神采，追求高雅的气度和敏捷的才思，因此在志人小说中也形成了"记言则玄远冷俊，记行则高简瑰奇"⑥的风格，但内容则"俱为人间言动"⑦。

---

① 王根林，黄益元，曹光甫. 汉魏六朝笔记小说大观 [M]. 上海：上海古籍出版社，1999：43.
② 〔晋〕干宝，著，黄涤明，译注. 搜神记全译 [M]. 贵阳：贵州人民出版社，1991：447.
③ 鲁迅. 中国小说史略 [M]. 北京：人民文学出版社，1973：45.
④ 鲁迅. 中国小说史略 [M]. 北京：人民文学出版社，1973：50.
⑤ 鲁迅. 中国小说史略 [M]. 北京：人民文学出版社，1973：45.
⑥ 鲁迅. 中国小说史略 [M]. 北京：人民文学出版社，1973：47.
⑦ 鲁迅. 中国小说史略 [M]. 北京：人民文学出版社，1973：45.

在艺术表现方式上，张锦池曾将"小小说"与"志人小说"进行比较，认为"中国小说发展史上之有'小小说'犹如诗歌发展史上之有四言诗，作为一种文学样式是源远流长的，志人和志怪小说便是它的两种主要形态，而尤以志人小说最为典型"①。茅盾在《短篇小说的丰收和创作上的几个问题》一文中描述"小小说"的特点：

> 这些作品的素材是每时每刻发生在我们的灿烂沸腾生活中的真人真事，然而它们又不同于主要根据真人真事的特写。这是比较一下就显而易见的。其一，"小小说"的故事极简单，有的乃至竟可以没有故事，而只有人物在一定场合中的片段行动。其二，可是这样的"镜头"却勾勒出人物的风采及其精神境界。从它们的故事并非全然虚构这一点说，它们和短篇小说的创作过程并不一样；但是从它们的人物之并非真人的写照而比真人的写照更多些概括性这一点说，它们和一般的"特写"也不一样。②

茅盾所描述的"'小小说'的两大特点也就是《世说新语》一类志人小说的基本特点"③。

志人小说在中国小说史上的地位诚如张锦池所言，一方面"它是史传文学的源头活水之一"④，"史传文学取资于志人小说"，另一方面"它又是唐人传奇、宋元话本、明清拟话本、元人杂剧、明清传奇，以及历史小说等长篇小说的题材来源之一"⑤，同时，其创作技法，特别是在人物形象塑造上简洁的语言功力对后世小说创作具有很大的影响，"发言则玄远冷峻，记事则高简瑰奇"⑥不仅是《世说新语》的特点，而且也可以看作志人小说的整体特点。例如殷芸《小说》引《冲波传》中"子路取水"一段：

> 孔子尝游于山，使子路取水，逢虎于水所，与共战，揽尾得之，内怀中；取水还，问孔子曰："上士杀虎如之何？"子曰："上士杀虎持虎头。"又问曰："中士杀虎如之何？"子曰："中士杀虎持虎耳。"又问："下士杀虎如之何？"子曰："下士杀虎捉虎尾。"子路出尾弃之。因恚孔子曰："夫子知水所有虎，使我取水，是欲死我。"乃怀石盘，欲中孔子。又问："上士杀人如之何？"子曰："上士杀人使笔端。"又问曰："中士杀人如之何？"子曰："中士杀人用舌端。"又问："下士杀人如之何？"子曰："下士杀人怀石盘。"子路出而弃之，于是心服。⑦

---

① 张锦池. 三国演义考论 [M]. 北京：人民出版社，2016：212-213.
② 茅盾. 茅盾全集：第二十五卷 [M]. 北京：人民文学出版社，1984：375-376.
③ 张锦池. 三国演义考论 [M]. 北京：人民出版社，2016：213.
④ 张锦池. 三国演义考论 [M]. 北京：人民出版社，2016：243.
⑤ 张锦池. 三国演义考论 [M]. 北京：人民出版社，2016：244.
⑥ 鲁迅. 中国小说史略 [M]. 北京：人民文学出版社，1973：47.
⑦ 王根林，黄益元，曹光甫. 汉魏六朝笔记小说大观 [M]. 上海：上海古籍出版社，1999：1023.

这段文字没有过多的动作和肖像描写，写子路打虎，只用"与共战，揽尾得之"七个字，却足以引发读者对那一场恶战的丰富想象。打虎的场景如果展开描写，当可与武松打虎相媲美，而子路揽虎尾的威风似乎还要在武松之上。对孔子师徒的形象塑造主要通过两个人充满机锋的对话来表现，没有强烈的情感流露，却能够让读者通过子路的步步紧逼感受到浓烈的杀气；作品没有过多的旁白解释，子路怨恨的心理描写是情节发展的必需，所以加了一笔，而其他地方如孔子对子路"捉虎尾"的心理判断描写则一概省略，描述简洁，却依然能够形象地将孔子的从容睿智和子路的自负憨直跃然纸上，"发言则玄远冷峻，记事则高简瑰奇"的语言风格得以凸显。这个特点在当代小说创作中也有体现，例如古龙《小李飞刀》第六十七回上官金虹和李寻欢决斗前的对话：

李寻欢道："你的环呢？"
上官金虹道："环已在。"
李寻欢道："在哪里？"
上官金虹道："在心里！"
李寻欢道："心里？"
上官金虹道："我手中虽无环，心中却有环！"
李寻欢的瞳孔突然收缩。①
……
上官金虹道："好，请出招！"
李寻欢道："招已在！"
上官金虹不由自主，脱口问道："在哪里？"
李寻欢道："在心里，我刀上虽无招，心中却有招。"
上官金虹的瞳孔也突然收缩！②

上官金虹的"龙凤双环"在江湖"兵器谱"排名第二，李寻欢的"小李飞刀"则排名第三。通过对话，上官金虹先声夺人，李寻欢则随后扳回一局，两位绝顶高手并未出手，却通过机锋话语表现出伯仲之间的水平。随后，第六十八回中排名第一的天机老人出现，又是一番颇具道家机锋的话语，讲说"无环无我，环我两忘"，"说到这里，李寻欢和上官金虹面上也不禁变了颜色"③。古龙这种语言风格，很有些魏晋志人小说的神韵。

---

① 古龙. 小李飞刀；风云第一刀 [M]. 珠海：珠海出版社，1995：796.
② 古龙. 小李飞刀；风云第一刀 [M]. 珠海：珠海出版社，1995：797.
③ 古龙. 小李飞刀；风云第一刀 [M]. 珠海：珠海出版社，1995：802.

志人小说的代表作是刘义庆的《世说新语》。刘义庆（403—444），袭封临川王，好文学。《世说新语》为刘义庆及其门下共同编辑而成。取材多为汉代至晋代的逸闻琐事，按其内容分类编排，有《德行》《言语》《政事》《文学》等三十六类。《世说新语》思想内容丰富，涉及范围十分广泛，与主要表现社会下层人物生活的《笑林》不同，它主要表现的是东汉末年经三国至两晋时期士人阶层的生活和思想，通过人物的逸闻轶事和生动言谈，具体形象地反映了当时的社会风貌，尤其是士族阶层的生活状况、人生态度和审美趣味。如《任诞》载王子猷雪夜访戴安道，"经宿方至"，却"造门不前而返。人问其故，王曰：'吾本乘兴而行，兴尽而返，何必见戴'？"①《言语》记王子敬之言曰："从山阴道上行，山川自相映发，使人应接不暇。若秋冬之际，尤难为怀！"② 这些都充分表现出当时的士人文化风貌。

《世说新语》对人物形象塑造极为生动。书中涉及形形色色人物五六百个，通过人物的言谈举止，表现出人物独特的性格。如《忿狷》通过吃鸡蛋的细节，绘声绘色地刻画出王蓝田的性急；《任诞》记刘伶的脱衣裸行、纵酒放达；此外还有《汰侈》中石崇的穷奢极欲、嗜杀成性以及大将军王敦的残忍冷酷等。《世说新语》通过人物富有个性的语言来塑造形象、表现其性格特点的方式最为突出，如《言语》中记桓温事迹："桓公北征经金城，见前为琅邪时种柳，皆已十围，慨然曰：'木犹如此，人何以堪！'攀枝执条，泫然流泪。"③ 这里，简练的语言不仅记述了事件，还将桓温的神采和内心情感形象地表现出来。《任诞》第九条对阮籍丧母的描述则与本传并不完全一致，从中可以看到小说与史书的不同。我们甚至可以从鲁迅《孤独者》中魏连殳哭坟的场面中感受到阮籍的风采遗响。

需要强调的是，《世说新语》分为三十六类，人物言行分散于多类，这是按照形象的性格特点为标准划分的，如果要全面审视人物整体性格特点，需要将散落于各类中的人物表现加以整合，才得出客观全面的判断。以阮籍为例，《世说新语》正文中涉及他的内容为十三类二十一条，以阮籍为主人公的涉及六类十四条，即《德行》第十五条，《文学》第六十七条，《栖逸》第一条，《贤媛》第十一条，《任诞》第一、二、五、七、八、九、十一、十三、五十一条，《简傲》第二条，《排调》第四条。其中《任诞》最多，但其他篇中对阮籍的性格描述也有诸多表现，当综合审视，才能更加完整地把握阮籍的形象特点。

---

① 〔南朝宋〕刘义庆，著，余嘉锡，笺疏. 世说新语笺疏 [M]. 北京：中华书局，1993：759.
② 〔南朝宋〕刘义庆，著，余嘉锡，笺疏. 世说新语笺疏 [M]. 北京：中华书局，1993：145.
③ 〔南朝宋〕刘义庆，著，余嘉锡，笺疏. 世说新语笺疏 [M]. 北京：中华书局，1993：114.

第三章 成熟状态的唐宋元小说

所谓"成熟状态"是就唐宋元小说"有意为"① 的创作状态而言的。无论是以文言写作为主的唐代小说还是以白话写作为主的宋元小说,都是有意塑造形象,有意构建情节,有意营造环境,以虚构的方式来表达个人的见解和主张,这种"有意为"的小说创作与之前的小说创作相比有了很大发展。其中,作为"六朝志人、杂事小说的余绪"的唐人笔记小说也有了明显的"有意为"色彩,如章太炎指出的那样:"唐人始多笔记小说,且有因爱憎而特加揄扬或贬抑者,去事实稍远。《新唐书》因《旧唐书》所记事实不详备,多采取此等笔记。"② 这里既明确指出唐人笔记小说对历史散文的补充作用,也明确指出其"因爱憎而特加揄扬或贬抑"的有意虚构特点。唐传奇小说更是如此,如浦江清《论小说》所言:"小说到了唐人传奇,在体裁和宗旨两方面,古意全失。"③ 这种新旧"反复"与"羼杂"并存的状态,恰恰是鲁迅在《中国小说的历史的变迁》中所言的"中国进化"④ 的小说史发展态势。从唐人以文言"有意为小说"⑤ 开始,小说创作更加注重文采,注重对读者情感的触动,如洪迈所言:

　　唐人小说,不可不熟,小小情事,凄婉欲绝,洵有神遇而不自知者,与诗律可称一

---

① 鲁迅. 中国小说史略 [M]. 北京:人民文学出版社,1973:54.
② 章太炎. 国学概论 [M]. 上海:上海古籍出版社,1997:6.
③ 浦江清. 浦江清文录 [M]. 北京:人民文学出版社,1989:186.
④ 鲁迅. 中国小说史略 [M]. 北京:人民文学出版社,1973:268.
⑤ 鲁迅. 中国小说史略 [M]. 北京:人民文学出版社,1973:54.

代之奇。①

其创作风格对后世的小说创作具有开拓性的意义,如何满子所言:

唐代作家因主体意识的觉醒,遂能开始小说这一叙事文学的最高形式的文体,其规制包括意象和形象均已与现代的小说概念相合;而唐以前类似小说的志怪、志人谈片,大致尚只是这一文体的雏型,其现象可称为"小说前史",唐人小说才正式开启了小说史的第一页。宋明以后小说的演进莫不受唐人小说创作经验的制约。②

其作品比较符合现代小说的评价标准,如陈平原所言:"依今人眼光,唐人讲求文采与意想,才是真正意义上的小说。"③ 到了宋代,随着商业经济的发展,市民阶层的迅速崛起,白话小说也随之成熟发展起来,"有意为小说"的特点更加突出。文言和白话虽然有着不同的渊源和传统,但其成熟状态却是一致的。

第一节　文言小说的成熟——唐代传奇小说

唐代小说,既有脱胎于说话艺术的用白话写作的话本小说,也有用文言写作的传奇小说、志怪小说和笔记小说。"其中志怪和传奇是主体,这不仅是从数量上来说,更是从它们本身所具备的小说特征而言的。"④ 就艺术水平而言,则以传奇小说成就最高。李宗为指出"志怪"和"传奇"的区别在于"志怪的创作主要是一种宗教活动,而传奇创作则主要是一种审美活动,因此,我们说志怪是小说,其实是迁就了我国古代的'小说'概念,倘以现代'小说'概念而言,二者中只有传奇才称得上是小说"⑤。唐代传奇小说标志着文言小说进入成熟状态。

唐代传奇小说结构完整,情节曲折,语言富有文采,在散文叙述中常常有机穿插诗歌,使形象的描绘与环境的渲染富于艺术神韵。需要指出的是,唐代传奇小说集中并非每一篇作品都是"有意为"的传奇小说,也有不少与魏晋六朝小说一脉相承的作品。曾有学者认为,唐代传奇小说和魏晋六朝小说的重要区别是传奇小说"注意细节描写"⑥,

---

① 侯忠义. 中国文言小说参考资料 [M]. 北京:北京大学出版社,1985:21.
② 何满子. 十年辛苦不寻常——谈《全唐五代小说》这一文化工程 [C] //何满子. 千年虫. 广州:广东人民出版社,2000:190.
③ 陈平原. 中国散文小说史 [M]. 上海:上海人民出版社,2014:218.
④ 李剑国,陈洪. 中国小说通史 [M]. 北京:高等教育出版社,2007:402.
⑤ 李宗为. 唐人传奇 [M]. 北京:中华书局,2003:13.
⑥ 李宗为. 唐人传奇 [M]. 北京:中华书局,2003:16.

但魏晋六朝小说中《韩凭之妻》和《三王冢》这样的作品同样也有精彩的细节描写！从整体来看，两者的重要区别还是在"有意为"的创作态度上。诚如胡应麟所指出的那样：

> 凡变异之谈，盛于六朝，然多是传录舛讹，未必尽幻设语。至唐人，乃作意好奇，假小说以寄笔端。如《毛颖》《南柯》之类尚可，若《东阳夜怪》称成自虚，《玄怪录》元无有，皆但可付之一笑，其文气亦卑下亡足论。宋人所记，乃多有近实者，而文彩无足观。①

魏晋六朝小说虽然具有独立于其他文学类型的特点，但还不能视为成熟状态，其原因就在于这个时期的小说在创作观念上还依附于史传。只有到了唐代，才是"作意好奇，假小说以寄笔端"，真正地"有意为小说"。所谓"小说亦如诗，至唐代而一变，虽尚不离于搜奇记逸，然叙述宛转，文辞华艳，与六朝之粗陈梗概者较，演进之迹甚明，而尤显者乃在是时则始有意为小说"②。唐人"始有意为小说"的文学史意义正如刘勇强所指出的那样：

> 一个文学史命题的意义，也许不在于它揭示了确凿的真理，而在于它是引导我们探究真理的路标。"唐人始有意为小说"也许就是小说史研究中一个这样的路标，循着这一路标，我们发现的可能不只是唐人是否"有意为"小说，而是他们在怎样"为"，即怎样创作小说或创作了怎样的小说。③

而且，这个"有意为小说"的"有意为"不能单纯地理解为虚构，更要强调其有意注重文采，利用各种文学方式来塑造生动的形象，构建曲折的情节，营造丰富的氛围环境等全方位的小说创作方式。

一、唐代传奇小说的兴起

唐代传奇小说的兴起，与其社会发展特点是密切相关的。政治安定，经济繁荣，社会生活丰富，这些推动了市民阶层的兴起，其审美情趣和生活方式为传奇小说创作提供了题材，民间对神异之术的兴趣和佛道宗教观念的盛行也极大地激发了传奇小说的创作热情。而当时科举制度的兴盛更是使唐代传奇小说的创作具有浓郁的文人色彩。

---

① 〔明〕胡应麟. 少室山房笔丛 [M]. 北京：中华书局，1958：486.
② 鲁迅. 中国小说史略 [M]. 北京：人民文学出版社，1973：54.
③ 陈文新，程国斌，刘勇强. "唐人始有意为小说"对吗 [N]. 光明日报，2016-4-27（16）.

科举制度的完善为传奇小说培养了具有较高文学修养的创作群体,保证了小说作品的文采,特别是文人团体的涌现,从各方面推动了唐代传奇小说创作的发展,如小南一郎所指出的:"中唐时期传奇小说的创作,主要以白居易(新乐府运动集团)、韩愈(古文运动集团)及其周边的文人团体为中心。"① 从创作动机上看,唐代传奇小说的创作主要是温卷和文人的闲谈宴饮所需。宋代赵彦卫曰:

唐之举人,先藉当世显人,以姓名达之主司,然后以所业投献;逾数日又投,谓之温卷,如《幽怪录》《传奇》等皆是也。盖此等文备众体,可以见史才、诗笔、议论。至进士则多以诗为贽看,今有《唐诗》数百种行于世者是也。②

这里提到唐代传奇小说的创作兼有表现个人才华以得到赏识的实用功能和"文备众体"的艺术特点。赵令畤《侯鲭录·元微之崔莺莺商调蝶恋花词》论元稹的《莺莺传》也说:

夫传奇者,唐元微之所述也,以不载于本集而出于小说,或疑其非是。今观其词,自非大手笔,孰能与于此。至今士大夫极谈玄幽,访奇述异,无不举此以为美话。至于倡优女子,皆能调说大略。③

这里肯定了传奇小说的文采,指出了传奇小说雅俗共赏的艺术特点,也指出传奇小说的实用功能,即士大夫的谈资与宴乐时助兴之用。小南一郎指出:"唐代传奇小说形成的基础是:士大夫阶层的人或于公务之暇,或在旅途之中,时间充裕之际举行的叙谈。"④

从创作内容上看,作品表现的都是文人的审美倾向。唐代早期的传奇小说如《古镜记》和《游仙窟》,其主人公都是文人,表现的也是文人情趣。《古镜记》中的鹦鹉,虽然是狸精,但与魏晋六朝小说如《搜神记》中的诸多妖魅形象相比,她更具有温柔的一面,所谓"变形事人,非有害也"⑤,甚至遇到残暴的丈夫也无力反抗,完全是一个弱女子,毫无法力可言,特别是临死时还要"尽一生之欢","大醉,奋衣起舞而歌"⑥,体现着文人情趣的鹦鹉是中国小说史上一个塑造得非常丰满生动的妖精形象;与《幽明

---

① [日]小南一郎. 唐代传奇小说论 [M]. 童岭,译. 北京:北京大学出版社,2015:1-2.
② 〔宋〕赵彦卫. 云麓漫钞 [M]. 北京:中华书局,1996:135.
③ 〔宋〕赵令畤. 侯鲭录 [M]. 北京:中华书局,2002:135.
④ [日]小南一郎. 唐代传奇小说论 [M]. 童岭,译. 北京:北京大学出版社,2015:7.
⑤ 汪辟疆. 唐人小说 [M]. 上海:上海古籍出版社,1978:4.
⑥ 汪辟疆. 唐人小说 [M]. 上海:上海古籍出版社,1978:4.

录》中的刘晨与阮肇入天台遇仙的神异色彩相比，以男女艳遇为题材的《游仙窟》则更多地表现出文人放荡不羁的特点，一个"窟"字已消解了"仙"气，作品中还颇多男女主人公借诗歌互相调笑的描述：

> ……遂舞，著词曰："从来寻绕四边，忽逢两个神仙。眉上冬天出柳，家中旱地生莲。千看千种妩媚，万看万种娉妍。今宵若其不得，剩命过与黄泉。"又一时大笑。舞毕，因谢曰："仆实庸才，得陪清赏，赐垂音乐，惭荷不胜。"十娘咏曰："得意似鸳鸯，乖情若胡越。不向君边尽，更知何处歇！"十娘曰："儿等并无可收采，少府公云：'冬天出柳，旱地生莲'，总是相弄也。"下官答曰："十娘面上非春，翻生柳叶。"十娘应声答曰："少府头中有水，那不生莲华？"下官笑曰："十娘机警，异同著便。"十娘答曰："得便不能与，明年知有何处。"……①

这样的对话充分表现出当时文人的放浪情态。其"以文采取胜，而骈散出之"②，甚至被视为后世鸳鸯蝴蝶派小说的"始作俑者"。

唐代小说观念的发展也推动了唐代传奇小说创作。突出表现就是"小说从子部转移到史部，列为史书的一个旁支，地位就有所变化。不少文人开始以史传体来写小说了"③。魏徵《隋书·经籍志》在小说家类中著录了二十五种作品，《燕丹子》列于篇首。尽管小说家类的内容还很驳杂，但"儒、道、小说，圣人之教也，而有所偏"④，将小说与儒、道并列，视为圣人之教，可见当时对小说地位和性质的认识程度有了提高。刘知几《史通·杂述》指出小说性质是"史氏流别"，"是知偏记小说，自成一家。而能与正史参行，其所从来尚矣"，并详细分析了小说的类型："其流有十焉：一曰偏记，二曰小录，三曰逸事，四曰琐言，五曰郡书，六曰家史，七曰别传，八曰杂记，九曰地理书，十曰都邑簿。"⑤ 对每一类小说的历史渊源、基本特征都做了较为全面的分析和论述。其意义如程毅中所言："唐代人开始把子部的小说和史部的杂传合并，就是从《史通》开始的。这是唐代小说观的一大发展。"⑥ 此外，许多唐代小说作品开头或结尾处的相关论述也能够清晰体现出当时对小说的理论认识。如李公佐《南柯太守传》篇末曰："虽稽神语怪，事涉非经，而窃位著生，冀将为戒。后之君子，幸以南柯为偶然，无以

---

① 汪辟疆. 唐人小说 [M]. 上海：上海古籍出版社，1978：28.
② 郑逸梅. 状元女婿徐枕亚 [C] //郑逸梅 著，杨庆辰 编. 世说人语. 哈尔滨：北方文艺出版社，2009：241.
③ 程毅中. 唐代小说史话 [M]. 北京：文化艺术出版社，1990：4.
④ 〔唐〕魏徵. 隋书 [M]. 北京：中华书局，2000：702.
⑤ 〔唐〕刘知几，撰，〔清〕浦起龙，释. 史通通释 [M]. 上海：上海古籍出版社，1978：273.
⑥ 程毅中. 唐代小说史话 [M]. 北京：文化艺术出版社，1990：4.

名位骄于天壤之间云。"① 这段文字对小说的社会教育功能有着明确的认识；沈既济《任氏传》篇末曰："嗟乎，异物之情也有人焉！遇暴不失节，殉人以至死，虽今妇人，有不如者矣。惜郑生非精人，徒悦其色而不征其情性。向使渊识之士，必能揉变化之理，察神人之际，著文章之美，传要妙之情，不止于赏玩风态而已。"② "揉变化之理，察神人之际，著文章之美，传要妙之情"清晰地表现出作者对形象的塑造与赏鉴的高超见解。

在文学积淀上，志怪小说和史传文学都为传奇小说的创作提供了可供借鉴的艺术形式。早期的传奇小说如《古镜记》《补江总白猿传》和《游仙窟》都是以史传的形式来表现志怪内容的；在题材上，唐代小说有不少记录怪异之事的志怪内容，如《任氏传》"写的狐仙故事仍带着六朝以来志怪小说的印迹"③；同时，也有不少作品取材于现实生活，特别是写人的作品，如白行简《李娃传》、元稹《莺莺传》、李公佐《谢小娥传》和蒋防《霍小玉传》等，都表现出浓郁的文人审美倾向。《李娃传》开头说："汧国夫人李娃，长安之倡女也。节行瑰奇，有足称者，故监察御史白行简为传述。"④ 李公佐在《谢小娥传》中称："知善不录，非春秋之义也。故作传以旌美之。"⑤ 这些作品多以"传"名篇，显然受到了史传文学的影响，如程毅中《唐代小说史话》所言：

从小说史上看，小说与杂传合流，或者说把杂传归并入小说，就更多地发扬了传记文学的传统。唐人用传记体写小说，或者说用小说手法写传记，就把小说的艺术性提高了一步。小说吸收了史传的写作手法，才进一步走向文学的领域。⑥

总体来看，随着唐代社会政治经济的发展，特别是科举制度的完善，文人在前代文学积淀的基础上借作品表现个人才华以求得到赏识的需要和具有娱乐色彩的叙谈行为，这些都对唐代传奇小说的创作具有重要的意义，为文言小说的成熟创造了必要条件。唐代传奇小说在充分吸收志怪和史传养分的同时，通过关注社会现实生活得以脱离志怪与史传的束缚，以丰富的内容题材和优美的文笔来抒发表现文人自我的情志，最终形成了唐代传奇小说构思精巧、形象生动、语言优美且富有生活气息的特点，从而标志着中国古代小说在文言创作上进入了成熟阶段。

---

① 汪辟疆. 唐人小说 [M]. 上海：上海古籍出版社，1978：90.
② 汪辟疆. 唐人小说 [M]. 上海：上海古籍出版社，1978：47-48.
③ 周绍良. 唐传奇笺证 [M]. 北京：人民文学出版社，2000：19.
④ 汪辟疆. 唐人小说 [M]. 上海：上海古籍出版社，1978：100.
⑤ 汪辟疆. 唐人小说 [M]. 上海：上海古籍出版社，1978：95.
⑥ 程毅中. 唐代小说史话 [M]. 北京：文化艺术出版社，1990：5.

二、唐代传奇小说的内涵和特点

最初的"传奇"并非真正意义上的文体概念,"对于后人归入传奇类的作品,唐人则与志怪等一起泛称为'传记''记传'或'杂传'"①。从文学史的角度来看,"传奇"一词的内涵非常丰富,除了作品的名称,它还"是从一个内容题材上的分类名称发展到包括了小说和戏曲的所有故事题材而演变成文学体裁的名称"②。胡应麟曰:

> 传奇之名,不知起自何代。陶宗仪谓唐为传奇,宋为戏诨,元为杂剧,非也。唐所谓传奇,自是小说书名,裴铏所撰。中如蓝桥等记,诗词家至今用之。然什九妖妄寓言也。裴晚唐人,高骈幕客。以骈好神仙,故撰此以惑之。其书颇事藻绘,而体气俳弱,盖晚唐文类尔。然中绝无歌曲乐府,若谓戏剧者,何得以传奇为唐名。或以中事迹相类,后人取为戏剧张本,因展转为此称不可知。范文正记岳阳楼,宋人讥曰传奇体,则固以为文也。③

抛开对作品名称"传奇"发明者的辨析,这段文字相对客观地描述了"传奇"范畴的发展过程,即从小说集的名称到艺术风格表现再到文学体式。对于"传奇"的内涵,大体可以从三个角度来考察。其一,从作品名称角度看,它本是元稹《莺莺传》的原名,按周绍良的考证:

> 元稹写过一篇莺莺故事,它的名字有人题作《会真记》,其实这名字起得很晚,大概直到明代才有的。……原来这篇作品是存在《太平广记》中的,标题作《莺莺传》。按《太平广记》当时编制体例,篇名一般均用篇中人名,所以《莺莺传》之名,显然是编者所加,并不是元稹原文本名。④
>
> 根据宋曾慥所编《类说》,才知道元稹这篇作品是收在唐陈翰编《异闻集》中的,《太平广记》当从《异闻集》辑入。这篇作品在《异闻集》上标题就是《传奇》,从一些旁证,也说明是的。⑤

---

① 李宗为. 唐人传奇 [M]. 北京:中华书局,2003:1.
② 李宗为. 唐人传奇 [M]. 北京:中华书局,2003:10.
③ 〔明〕胡应麟. 少室山房笔丛 [M]. 北京:中华书局,1958:555.
④ 周绍良. 唐传奇笺证 [M]. 北京:人民文学出版社,2000:5.
⑤ 周绍良. 唐传奇笺证 [M]. 北京:人民文学出版社,2000:6.

而且"莺莺故事保持《传奇》的标题,一直到元代"①。此后,"传奇"又成为"对后世小说戏曲影响最大的唐人传奇集"②裴铏《传奇》的名字,而且由于裴铏《传奇》的名气更大一些,因此后世就把作品名称"传奇"的发明权给了裴铏。其二,从表现内容来看,起初是侧重表现男女情感恋爱题材的,因为男女情感纠葛本身就有奇异的特点,如《莺莺传》中张生与莺莺的情感经历就让其友人"闻之者,莫不耸异之"③,而宋代说话家数"小说"中也有表现男女情感内容的"传奇"一类。此后"传奇"逐渐扩大范畴,"到最后竟囊括了烟粉、灵怪、公案等等当时小说及戏曲的所有内容题材。这一现象出现在元代"④,其原因在于"人世恋爱故事题材之受人欢迎,因而在说话、戏曲中比重扩大……正是由于'传奇'题材比重的扩大、影响的提高使'烟粉''灵怪'等名称渐渐湮没不彰,最后到元代终于完全销声匿迹,而本来分属于它们的各种故事情节也一并被称为'传奇'了。此外,各类故事尽管异趣,但都以奇为归,这也是'传奇'之称可以包举各类故事,而其他诸称不能代之而兴的原因之一"⑤。随着"传奇"表现内容范围的扩大,泛指一切奇异的人与事,"传奇"既可以读成"chuánqí",即传述奇异之事;也可以读成"zhuànqí",即为奇异之人作传。不过,"传奇"表现男女情感恋爱题材这个意义在后世还是被认可的,甚至清代还有把《红楼梦》称为传奇的现象,如张问陶诗《赠高兰墅鹗同年传奇〈红楼梦〉八十回后俱兰墅所补》就明确把高鹗所补的《红楼梦》称为"传奇",此外,孙荪意《贺新凉·题红楼梦传奇》、王猗琴《读红楼梦传奇口占》、王素琴《读友兰姐题红楼梦传奇诗偶成》和谢桐仙《读红楼梦传奇漫成七绝六首并柬呈猗琴姐妹霞裳寿萱两女史》也都是把《红楼梦》视为"传奇",这正是着眼于"传奇"表现男女情感的内容,也正是从这个角度,汉代伶玄《赵飞燕外传》才被称为"传奇之首"⑥。其三,从文学体式来看,它最早指的就是唐代的一种文言短篇小说样式,即传奇小说。如周绍良指出的那样:

"传奇"之名是由元稹的小说篇名来的,但把这类创作称之为"传奇"应该还是到宋朝才有,尹师鲁所说"《传奇》体耳","传奇"二字下加一"体"字,说明当时把这一种创作形式与原来"小说"区分开了。⑦

唐代中期之后,文艺形式已经不能满足当时的需要,原有体裁也不能适应和容纳新

---

① 周绍良. 唐传奇笺证 [M]. 北京:人民文学出版社,2000:6.
② 李宗为. 唐人传奇 [M]. 北京:中华书局,2003:137.
③ 汪辟疆. 唐人小说 [M]. 上海:上海古籍出版社,1978:139.
④ 李宗为. 唐人传奇 [M]. 北京:中华书局,2003:4.
⑤ 李宗为. 唐人传奇 [M]. 北京:中华书局,2003:5—6.
⑥ [明] 胡应麟. 少室山房笔丛 [M]. 北京:中华书局,1958:375.
⑦ 周绍良. 唐传奇笺证 [M]. 北京:人民文学出版社,2000:7.

的思想意识,在提倡古文运动和市民文学的兴起这两重动力压力之下,为适应新的需要,新的问题就产生出来了,在旧的小说的老枝上长出一个新芽,这就是"传奇"文学,它是综合了过去一些小说体裁而产生的。①

后世也有用来指称戏曲的,"元末明初的学者们也曾将元杂剧称为'传奇'","自从宋元南戏在明代规格化、文雅化、声腔化和全国化后,由南戏所升格的传奇便渐渐成为不包括杂剧在内的明清中长篇戏剧的总称"②,代表作如著名的《宝剑记》《鸣凤记》《浣纱记》和《牡丹亭》等。

作为一种文体类型的传奇小说其总体特点如周绍良所提出的那样:

一、具有一定内容的奇情故事,并且故事是想象中可能有的,但其情节曲折,又不是一般的发展和结果。

二、故事内容上要有一定的真实性,但同时也带有一些理想和虚构。

三、不同于只是客观的记事和述异、志怪,但又不是寓言、神仙传说一类东西,它是创作,而不是纪录或报导。

四、较深刻地表达出当时的社会背景和现实面貌,客观地描绘出人物内心活动。

五、在一定程度上突出作者本人思想、认识和看法。

六、有丰富的词藻和文采,有时虽带有当时流行的骈俪词句,但多半具有新兴的散文风格,并且有较长的篇幅。③

这是对唐代传奇小说特点比较全面的概括,但还可以在此基础上增加一条,就是传奇小说注重使用诸多艺术手段着力塑造形象,为中国小说史贡献了众多精彩鲜明的艺术形象。其人物非常丰富,有文人如郑生(《李娃传》)、柳毅(《柳毅传》)和李益(《霍小玉传》)等,有侠客如黄衫客(《霍小玉传》)、磨勒(《昆仑奴》)和古押衙(《无双传》)等,有神怪如鹦鹉(《古镜记》)、钱塘君(《柳毅传》)和任氏(《任氏传》)等。其中女性尤为突出,谢小娥、莺莺、霍小玉和聂隐娘都是中国古代小说史上光彩夺目的女性形象。唐代传奇小说中的众多形象对后世小说创作具有很大的影响,例如《杜十娘怒沉百宝箱》中"杜十娘"之名恐怕就来自于《游仙窟》中的"十娘";有的形象更是为后世小说提供了原型,《古岳渎经》中"火眼金睛"的无支祁是孙悟空形象发展的重要一环,猪八戒也有《郭元振》中乌将军的影子,《古镜记》中美丽的鹦鹉和《任氏

---

① 周绍良. 唐传奇笺证 [M]. 北京:人民文学出版社,2000:3.
② 黄霖,袁世硕,孙静. 中国文学史:第四卷 [M]. 北京:高等教育出版社,2005:91.
③ 周绍良. 唐传奇笺证 [M]. 北京:人民文学出版社,2000:3-4.

传》中多情的任氏对《聊斋志异》中众多仙狐精怪形象也有着重要的启示。其中，白蛇形象的演变值得关注，作为艺术形象，白蛇最早可追溯到《史记·高祖本纪》中刘邦斩于剑下的白帝子，但其只是作为秦朝的象征符号存在的，而真正成为小说形象的白蛇则是在唐代，谷神子《博异志·李黄》（《太平广记》卷458）中"绰约有绝代之色"的"白衣之姝"①，却充满恐怖色彩，与之交往的人"有腥臊气异常"②，且"身渐消尽"，"空注水而已，唯有头存"③。宋代《西湖三塔记》和明代《警世通言·白娘子永镇雷峰塔》将白蛇形象进一步丰富和发扬光大，最终白蛇成为有情有义的正面形象，至今仍活跃在众多文艺作品中。在白蛇形象演变过程中，还有一个复仇者形象。明代双峰堂余文台《万锦情林》"卷之三·上层"有《卖妇化蛇记》一篇，叙述秀水人张鉴负心卖妻，其妻不堪受辱，卧病而死。死后化白蛇复仇。这段描写很传神：

　　一日，忽长吁而逝，黑气弥漫，上有巨蛇跃出，居人甚骇，买棺贮而瘗之。时遇医入经其处，草际见蛇蜕一条，腮红鳞白，异而收与囊，将为药饵之料。是夜即梦少妇，拜于前曰："妾秀水人也，被夫卖至此地，不愿忍辱偷生，已至况珠碎玉。但关山迢递，冤气越趄。今公有龙舌之游，妾敢效骥尾之托，万弗疑拒为幸。"言讫大恸，医人遂觉。反复思之，莫晓梦妇所谓。至嘉兴都栅外，少憩白莲寺前，药笼中闻阁阁之声，极力不能举。怪而起之，见蛇蜕化为白蛇，奋迅越湖而去。伫望间，隔岸车水人，倏然拥沸。急往其处，则蛇将一人噬其咽喉，绞结而难脱。久之，人蛇俱死矣。审知其人，即张鉴。昔尝卖妻于江南，其地即龙舌头上。始知梦妇变幻之灵，报复之速。呜呼，可不惧哉。④

　　在这篇作品中，张鉴的妻子因一腔怨气先是化为巨蛇，而且黑气弥漫，渲染了恐怖气氛。然后化为蛇蜕，"腮红鳞白"的美好，既点明了其白蛇形象，同时又表现出对这个苦命女子的同情。此后，蛇蜕又化成白蛇，越湖寻仇，"噬其咽喉，绞结而难脱"，与背叛了自己的丈夫同归于尽。这三次变化，形象塑造比较丰满，与之前鬼气阴森的白蛇和后来温柔多情的白蛇都不一样。此外，唐代中外交流广泛，小说中也有不少外国人形象，例如苏鹗《杜阳杂编》就有《日本王子》（《太平广记》卷228），描述顾师言与日本王子较量围棋以"镇神头"取胜之事，这不仅可作为中日围棋交流史的一段轶事资料，而且日本王子的憨厚和顾师言的谨慎以及鸿胪的机敏也都形象表现出来了。

　　从表现对象来看，传奇小说可分为二体：一是以《古镜记》《枕中记》等为代表的

---

① 〔宋〕李昉，等. 太平广记 [M]. 北京：中华书局，1961：3751.
② 〔宋〕李昉，等. 太平广记 [M]. 北京：中华书局，1961：3751.
③ 〔宋〕李昉，等. 太平广记 [M]. 北京：中华书局，1961：3752.
④ 肖风，陈景华. 中华孤本小说 [M]. 北京：中国戏剧出版社，2002：132.

"记"体传奇。"取名为'记'(包括'志''录'等)的,相对来说比较侧重于故事情节的奇幻怪诞,对人物形象注意较少,较多地保留了志怪小说的形式并大多荟萃成集"①,侧重于奇异的故事,从这个角度理解"传奇",就是传述奇异事件;二是以《任氏传》《李娃传》等为代表的"传"体传奇,"更注意于人物形象的刻画,对主要人物的叙述比较完整,常在故事前后扼要介绍主要人物的出处及归宿,有时在文末还针对主要人物加上论赞式的议论"②,侧重于奇异的人物,从这个角度理解"传奇",就是为奇特人物做传。

从题材角度看,南宋洪迈《容斋随笔》卷十五有"唐诗人有名不显者"云:"大率唐人多工诗,虽小说戏剧,鬼物假托,莫不宛转有思致,不必顷门名家而后可称也。"③明确指出了唐传奇假托鬼物的题材特征和"宛转有思致"的艺术特色。《唐人说荟·凡例》则引用过洪迈的论述:"唐人小说,不可不读,小小情事,凄婉欲绝,洵有神遇而不自知者,与诗律可称一代之奇。"④洪迈指出传奇小说既要有"情事",又要具有强烈的艺术感染力。此外,汪辟疆在《李章武传》的考语中说:"此文叙述婉曲,凄艳感人。蒲氏《志异》,专学此种。"⑤不过,对男女情爱婚恋题材的凸显只是唐代传奇小说创作兴盛时期的特点,之后则是以侠义题材为主,而且,从对后世的影响来看,也是侠义题材影响更大一些。

三、唐代传奇小说的分期

金庸在《谈武侠小说》中指出:"唐人传奇主要有三种:一种讲武侠,一种讲爱情,另一种讲神怪妖异。"⑥客观看,唐代传奇小说题材以情爱、侠义为主,此外还有神怪和涉及政史的内容。不同题材的传奇小说在不同时期的发展情况也不一致。

按照李宗为的观点,唐初到代宗朝是传奇小说的发展初期。这个阶段的小说作品并未完全摆脱六朝窠臼,但"小说作者已渐渐不满足于'丛残小语'式的六朝笔记体的小说,不断地摸索闯出旧藩篱的新途径,最后终于走上了传奇体的道路"⑦。这个阶段的传奇小说创作侧重于故事情节的描述而较少人物形象的塑造,而且少有人世间题材,反映男女情感的内容也不多。比较出色的作品有王度《古镜记》、无名氏《补江总白猿传》、张鷟《游仙窟》和陈玄佑《离魂记》等。《补江总白猿传》的创作时间存在争议,如李宗为认为"早在其他传奇作品出现之前数十年的太宗贞观年间就产生出这样较为成熟的

---

① 李宗为. 唐人传奇 [M]. 北京:中华书局,2003:37.
② 李宗为. 唐人传奇 [M]. 北京:中华书局,2003:37.
③ 〔宋〕洪迈. 容斋随笔 [M]. 北京:中华书局,2005:194.
④ 侯忠义. 中国文言小说参考资料 [M]. 北京:北京大学出版社,1985:21.
⑤ 汪辟疆. 唐人小说 [M]. 上海:上海古籍出版社,1978:59.
⑥ 金庸. 谈武侠小说 [C] // 黄子平,编选. 寻他千百度. 北京:中华书局,2014:323.
⑦ 李宗为. 唐人传奇 [M]. 北京:中华书局,2003:14.

传奇作品，那实在是难以想象的"①，故将之定为玄宗朝的作品。其"用史家人物传记的格式来撰写志怪类故事"，使"盛唐文人在开创小说新体上四面冲突、多方探索，至此终于找到了一个正确的方向"②。《古镜记》被认为是"现存最早的初步具备了传奇主要特征的唐人小说之一"③，其作者目前尚有争议，但一般认为是唐初诗人王绩之兄王度。作品以一面具有强大法力的古镜为中心，以王度对往事的回顾展开叙述，将许多小故事串联成篇。"将固有的传说，结合自己的人生感悟，加以挥发、点染，虚实相间，取得了全新的艺术效果。作家的主体意识在文中时时闪现，发出'王室如毁，生涯何地'的哀叹，感慨天下大乱"④。作品的故事性很强，塑造的神怪形象尤为生动，"其中某些妖精的形象也已初具个性、接近人世，不再像以往志怪中的妖精那样徒以怪诡取胜"⑤，如鹦鹉，她本是"华山府君庙前长松下千岁老狸"，但并未有害人的行为，甚至还被人收为义女，嫁人为妻，有过一段不和谐的婚姻，还被粗暴的李无傲裹胁数年，最后被王度无意中伤害了性命。这个有变化之能的千年狸精更多地呈现出一个弱女子的样貌，其临终之时，因"久为人形，羞复故体"，愿"尽醉而终"：

婢顷大醉，奋衣起舞而歌曰："宝镜宝镜！哀哉予命！自我离形，于今几姓？生虽可乐，死必不伤。何为眷恋，守此一方！"歌讫，再拜，化为老狸而死。一座惊叹！⑥

这段描述中，包含着鹦鹉对生之留恋，对死之通达，对命运的不甘与感叹，个性鲜明，人情味十足。后来的《任氏传》中狐精任氏就有其影子。张𬸘《游仙窟》以第一人称角度叙述自己旅途中与五嫂和十娘两个女子宴饮嬉戏之事，描写细腻，行文中穿插诗文，又杂俚语俗谚，在表现浓重文人情趣的同时，也体现出传奇小说对市民生活、市井情态的关注，这对后世小说创作也有着重要的影响。

德宗到敬宗朝为传奇小说的发展盛期，"作者云兴，佳作霞蔚，奠定了唐人传奇在后世与唐诗被并称为'一代之奇'的地位"⑦。这一时期表现爱情题材的作品兴盛，"作者所着重渲染的都是恋爱双方中女性一方，因而使我国的小说创作初次涌现出一批形象生动，性格鲜明，以不同形式热烈追求自由恋爱的女子形象"⑧。沈既济《任氏传》是较早表现狐女与人恋爱的传奇小说作品，这篇小说"一反历来的传说为向来名声不佳的

---

① 李宗为. 唐人传奇 [M]. 北京：中华书局，2003：23.
② 李宗为. 唐人传奇 [M]. 北京：中华书局，2003：25.
③ 李宗为. 唐人传奇 [M]. 北京：中华书局，2003：19.
④ 胡胜. 神怪小说简史 [M]. 太原：山西人民出版社，2005：38.
⑤ 李宗为. 唐人传奇 [M]. 北京：中华书局，2003：20.
⑥ 汪辟疆. 唐人小说 [M]. 上海：上海古籍出版社，1978：4.
⑦ 李宗为. 唐人传奇 [M]. 北京：中华书局，2003：93.
⑧ 李宗为. 唐人传奇 [M]. 北京：中华书局，2003：97.

狐精做翻案文章"①，塑造了任氏这样一个聪明美丽又坚贞多情的狐女形象，对后世小说创作颇多启示，尤其"与千年后《聊斋志异》中那些美好的狐精形象遥相辉映，开启了后世小说戏曲中常赋予妖精以美好形象的风气"②；元稹《莺莺传》则是文学团体友人之间唱和讲说的产物，虽然叙述的是张生与崔莺莺的恋爱故事，其实却是元稹的作者自诉，其塑造的温柔多情的莺莺形象与张生所传达的"善补过"与"忍情"观念，看似矛盾，却客观体现了当时部分文人的审美情趣，而且"在唐人爱情类传奇中首先完全取材于现实生活"③，对后世小说创作具有很大影响；白行简《李娃传》一般认为取材于民间说话，叙述了妓女李娃与荥阳公子饱经磨难的情感经历，最终得以结合并获得封诰，作者在以喜剧性的结局表达对李娃的同情与赞美的同时，着力表现了李娃果决的主见和高尚的人品，这个形象对后世小说创作颇有影响力，从杜十娘和玉堂春身上不难看到李娃的影子；蒋防《霍小玉传》描述了追求真挚爱情的倡门女子霍小玉被情人李益抛弃后病恨而亡，最终化为鬼魂向李益复仇的经历。作品对人物形象的塑造极为成功，霍小玉痴情而又清醒，八年之约很有分寸，"我死之后，必为厉鬼，使君妻妾，终日不安"的誓言又相当决绝，而当李益"为之缟素，且夕哭之甚哀"时又有"愧君相送，尚有余情"④的感叹，《聊斋志异·窦氏》中因被抛弃而亡并最终进行复仇的女主人公很有些霍小玉的影子，却没有霍小玉形象丰满鲜明。小说中的李益也是个鲜明的形象，他虽然是"在我国的小说创作中首先塑造出一个薄幸男子的典型形象"⑤，但他却对霍小玉有着不可掩饰的真情，与《窦氏》中那位始乱终弃、薄情寡幸的南三复是完全不同的。而且，作为现实人物，大历年间的著名诗人，李益被写进小说，蒋防的创作动机固然有其政治意图，即因为"与元稹、李绅友善的蒋防自然对令狐楚身边的李益也不抱好感"，"令狐楚左迁为地方官时，以排斥李益为目的"⑥，但在具体创作时，"人们并不满足于仅仅是谴责引起悲剧的主人公，而是会反思这种悲剧的产生及其中所含有的人际关系和社会一般观念，读者的深刻省察会转向自己的内心"⑦，从而"作品的本质部分已经大大地超越了政治性的动机，作品的目光已投向了更深层次的问题上。这些对于更深层次问题的关注，正是唐代传奇小说作为文学作品享有无与伦比地位的基石"⑧。此外，作品中还塑造了一位黄衫侠客，这个形象虽然是配角，但仍然很生动，尤其是那一袭黄衫非常醒目，当代武侠小说家梁羽生《七剑下天山》中那位黄衫少年侠客桂仲明形象的塑造当

---

① 李宗为. 唐人传奇 [M]. 北京：中华书局，2003：44.
② 李宗为. 唐人传奇 [M]. 北京：中华书局，2003：44—45.
③ 李宗为. 唐人传奇 [M]. 北京：中华书局，2003：61.
④ 汪辟疆. 唐人小说 [M]. 上海：上海古籍出版社，1978：81.
⑤ 李宗为. 唐人传奇 [M]. 北京：中华书局，2003：87—88.
⑥ [日] 小南一郎. 唐代传奇小说论 [M]. 童岭，译. 北京：北京大学出版社，2015：165.
⑦ [日] 小南一郎. 唐代传奇小说论 [M]. 童岭，译. 北京：北京大学出版社，2015：160.
⑧ [日] 小南一郎. 唐代传奇小说论 [M]. 童岭，译. 北京：北京大学出版社，2015：166.

得益于此。除情爱题材外，这个阶段的传奇小说在政史、侠义和神怪等方面也颇有成就。如沈既济《枕中记》和李公佐《南柯太守传》借梦境写人世官场的变幻无常，具有很强的讽时喻世意义；李公佐《古岳渎经》则突出水神无支祁的猴状，使之成为后世《西游记》孙悟空形象发展的一个重要环节，即"移其神变奋迅之状于孙悟空"①；李朝威《柳毅传》原名《洞庭灵姻传》，描述了落第文人柳毅仗义挺身，为受到夫婿凌辱的龙女到洞庭湖传书，钱塘君一怒而战救侄女还家，经过一番曲折后柳毅和龙女结为夫妇，小说成功塑造了柳毅这样一位颇具侠气的文人形象，而洞庭君的厚道、龙女的多情也同样出色，刚猛重义的钱塘君更是对后世小说中的豪侠形象具有影响意义。

　　穆宗至懿宗朝为传奇小说的发展中期。这个阶段单篇传奇小说创作势头减弱，传奇集则大量出现，裴铏《传奇》、牛僧孺《玄怪录》和袁郊《甘泽谣》都是这个时期创作的，"传奇创作以传奇集的形式仍然处于十分繁荣兴旺的状况。并且这一盛况持续时间之长久、作品数量之繁多以及题材之多样，都超过了传奇创作的兴盛期"②。在创作题材上，表现情爱的题材呈现衰落趋势，"即使是涉及男女关系的，其所强调的也常是人与神鬼妖精遇合的奇异，对爱情的描写则较为贫弱"③，其原因是"晚唐日益为统治者推重的封建礼法扼杀了真正的爱情，也同时铲除了爱情题材得以滋生的土壤"④。与此同时，"随着晚唐社会矛盾的急剧激化，寄托着人们除暴安良、扭转乾坤幻想的仙侠、义士，反映着社会秩序崩溃的侠盗等等都络绎参加进来，侠的形象不断丰富，不断演变，豪侠类题材也在传奇创作中蔚为大国"⑤。侠义题材随之盛行起来，对此，将在下一节详述。

　　僖宗到唐末为传奇小说的发展晚期。此时的社会矛盾趋于激化，社会弊病进一步凸显，表现在传奇小说创作上则是神怪题材盛行，讽刺色彩也更强烈了，"对爱情的描写进一步减少，鬼神故事沿着讽刺和说教这两个方向发展到了极点"⑥。除了李隐《大唐奇事记》和柳祥《潇湘录》这样借神怪题材以讽世的作品外，侠盗题材和冤狱题材作品也有了发展，这对后世的侠义和清官题材的小说创作具有一定的影响和启示。与此同时，作为文人游宴谈资与温卷显才之用的传奇小说也逐渐表现出其局限，即"忽略了许多现实生活中看来平凡普通的活生生的素材，这就使本来已相当狭窄的表现范围更形局促"⑦。因此，从整体来看，这个时期的传奇小说创作"反映了传奇样式的分化瓦解，宣

---

① 鲁迅. 中国小说史略 [M]. 北京：人民文学出版社，1973：69.
② 李宗为. 唐人传奇 [M]. 北京：中华书局，2003：157.
③ 李宗为. 唐人传奇 [M]. 北京：中华书局，2003：166.
④ 李宗为. 唐人传奇 [M]. 北京：中华书局，2003：168.
⑤ 李宗为. 唐人传奇 [M]. 北京：中华书局，2003：168－169.
⑥ 李宗为. 唐人传奇 [M]. 北京：中华书局，2003：184.
⑦ 李宗为. 唐人传奇 [M]. 北京：中华书局，2003：190.

告了传奇创作的衰微没落"①。但是,唐代传奇小说所取得的艺术成就与经验被民间说唱文学艺术所继承和发展,从而在后来的白话小说创作中得到了发扬。

四、唐代传奇小说中的侠客形象

相对来看,唐代传奇小说中的政史因素往往作为背景存在,神怪则更多地成为解决矛盾和难题的手段,对后世具有重要影响的主要是情爱和侠义这两个题材,而后者影响更大,以《忠义水浒传》为代表的英雄传奇小说就是对其进一步的承袭与发展,武侠小说更是将其视为来源之一,如金庸所言:"总括来说,中国武侠小说有三个传统:一、诗歌;二、唐人小说;三、宋人话本。"②

唐代侠义题材的传奇小说突出的成就是创造了一大批夺目耀眼的侠客形象,特别是出现了一批英姿勃发的女侠形象。他们继承了前代作品中"侠义"传统,同时又被赋予了新的时代特征与内涵,形象更加丰满,为后世武侠小说中的侠客形象塑造开辟了道路。

中国的侠义观念可谓源远流长。韩非子在《五蠹》说"儒以文乱法,侠以武犯禁"③,"其带剑者,聚徒属,立节操,以显其名,而犯五官之禁"④,在《六反》中又说:"行剑攻杀,暴憿之民也,而世尊之曰'磏勇之士'。活贼匿奸,当死之民,而世尊之曰'任誉之士'。"⑤这里明确行侠者的特点是有一定的武力,同时能够保持自身的相对独立地位,敢于冲破世俗法律的束缚,这些特点在唐传奇小说的侠客身上都有明显的表现。韩非之前的墨子也颇具"侠"之气质,他为了救宋国百姓免遭战火,只身赴楚,以高超的防御本领击败公输般,又以禽滑厘等三百弟子作为强大后盾迫使楚王罢兵。墨子表现出了"侠"的另一个特点——"重义",即追求正义。司马迁《史记·游侠列传》指出:"今游侠,其行虽不轨于正义,然其言必信,其行必果,已诺必诚,不爱其躯,赴士之阨困,既已存亡死生矣,而不矜其能,羞伐其德,盖亦有足多者焉。"⑥凸显了侠客"守信""解困"和"不居功"的特点,这些在唐人小说中的侠客身上表现得也很明显。许慎《说文解字》对"侠"的阐述是"侠,俜也"⑦,"俜,使也"⑧,"使,伶

---

① 李宗为. 唐人传奇 [M]. 北京:中华书局,2003:187.
② 金庸. 谈武侠小说 [C] //黄子平,编选. 寻他千百度. 北京:中华书局,2014:324.
③ 〔战国〕韩非,著,张觉,译注. 韩非子全译 [M]. 贵阳:贵州人民出版社,1992:1042.
④ 〔战国〕韩非,著,张觉,译注. 韩非子全译 [M]. 贵阳:贵州人民出版社,1992:1061.
⑤ 〔战国〕韩非,著,张觉,译注. 韩非子全译 [M]. 贵阳:贵州人民出版社,1992:960.
⑥ 〔汉〕司马迁. 史记 [M]. 北京:中华书局,1999:2413.
⑦ 〔汉〕许慎. 说文解字 [M]. 北京:中华书局,1963:164.
⑧ 〔汉〕许慎. 说文解字 [M]. 北京:中华书局,1963:164.

也"①,"伶,弄也"②,"弄,玩也,从廾持玉"③,"玩,弄也"④。许慎对"侠"的解释,采用的是"互训"方法。刘师培《转注说》曰:"盖互训之起,由于义不一字,物不一名,其所以一义数字,一物数名者,则以方俗语殊,各本所称以造字。"⑤ 其中"侠""傅"和"使"属于"同部互训"⑥的"转注",与"玩"和"弄"可以"左右相注,即彼此互释"⑦,"侠"的内涵与"傅""使""玩"和"弄"是相通的。而《说文解字》只对"弄"有明确的解释,即"从廾持玉",而这个"廾"的意思是"竦手也"⑧。"从廾持玉"拉近了"侠"与统治阶层的关系,进一步丰富了其内涵。

唐代文学中的侠客首先在诗歌里亮相,如王维《少年行》、崔颢《游侠篇》、钱起《逢侠者》和孟郊《游侠行》等。李白诗作中的侠客尤其多,也更加任侠使气,如"笑尽一杯酒,杀人都市中"(《结客少年行》),武功也高超,能"十步杀一人,千里不留行"(《侠客行》)。盛唐开疆拓土的战事为侠客提供了机会,以"立功名"为主题,使侠义行为合法化,将侠客塑造成"从来幽并客,皆向沙场老"(王昌龄《塞下曲》)的勇士,实际上却是借侠客来寄托自己的理想。陈平原说唐代文人们是借侠客形象来满足他们"潜在的英雄梦"⑨,可谓一语中的。这些都丰富了传奇小说中侠客精神的内涵。

侠客初上小说舞台的时候,还有些先天不足,形象并不丰满。例如在被称为"传奇兴起期的第一篇作品"⑩的《古镜记》中,主人公以一面宝镜,在江湖间纵横往来,所向披靡,除妖灭怪,但又不失仁义心肠。在程雄家遇狸精鹦鹉,听她讲述不幸遭遇又表白自己"变形事人,非有害也"后,主动提出"欲舍汝",又满足了她临终"尽一生之欢"的愿望。有强大实力又如此仗义之人,很有些侠客的味道。但形象太单薄,从全文看,"盖综合六朝以来有关纪镜怪异之集大成者"⑪,尚未摆脱志怪的影响。

中晚唐时期传奇小说中的侠客形象得到进一步完善,其表现出以下特点:

其一,侠客形象经历了由配角向主角发展的过程。在前期作品中,他们经常作为配角出现。如蒋防《霍小玉传》中的黄衫客,许尧佐《柳氏传》中的许虞侯,还有李朝威《柳毅传》中的钱塘君。他们出场不多,却是解决矛盾推动情节发展的关键手段,而且他们中许多人性格鲜明,形象生动,决不亚于主角。如薛调《无双传》中的古押衙,其

---

① 〔汉〕许慎. 说文解字 [M]. 北京:中华书局,1963:165.
② 〔汉〕许慎. 说文解字 [M]. 北京:中华书局,1963:165.
③ 〔汉〕许慎. 说文解字 [M]. 北京:中华书局,1963:59.
④ 〔汉〕许慎. 说文解字 [M]. 北京:中华书局,1963:12.
⑤ 刘师培. 清儒得失论 [M]. 北京:中国人民大学出版社,2004:153.
⑥ 刘师培. 清儒得失论 [M]. 北京:中国人民大学出版社,2004:154.
⑦ 刘师培. 清儒得失论 [M]. 北京:中国人民大学出版社,2004:152.
⑧ 〔汉〕许慎. 说文解字 [M]. 北京:中华书局,1963:59.
⑨ 陈平原. 千古文人侠客梦 [M]. 北京:新世界出版社,2002:14.
⑩ 侯忠义. 中国文言小说史稿 [M]. 北京:北京大学出版社,1990:207.
⑪ 侯忠义. 中国文言小说史稿 [M]. 北京:北京大学出版社,1990:207.

心思之缜密，其手段之毒辣，令男主角王仙客黯然失色。《柳毅传》是"把灵怪、侠义、爱情三者结合在一起的成功的作品"①，其中的主角柳毅虽有侠气，但并没有高强的武功，而配角钱塘君却颇有侠客本色。且看他的怒：

　　俄有赤龙长千余尺，电目血舌，朱鳞火鬣，项擎金锁，锁牵玉柱，千雷万霆，激绕其身，霰雪雨雹，一时俱下。乃擘青天而飞去。②

　　为救侄女，他杀生六十万，伤稼八百里，钱塘君武力可谓强矣，其性可谓烈矣。但在受柳毅斥责时却又"逡巡致谢"③，两下对照，烘托出一个豪放豁达又讲道理的侠客形象。到了裴铏、袁郊等人的笔下，聂隐娘、昆仑奴、红线、陈鸾凤、郭元振等响当当的大侠客都成了主角，其中的女侠形象更是耀眼夺目。同时，侠客们活动的江湖背景也被进一步强化了。因为"当你把'侠客'置于宫廷之中，或将淑女放在'江湖'之上时，总给人不伦不类的感觉。也就是说，'江湖'属于'侠客'；或者反过来说，'侠客'只能生活在'江湖'之中"④。唐朝以前的侠客分类是很宽泛的，但最生动最具"侠气"的却是生活在江湖中的"布衣之侠"和"闾巷之侠"。唐传奇小说中，江湖与侠客结合得更加紧密了。它是侠客们仗剑纵横的自由天地。这种不受世俗约束，富有神秘色彩的江湖背景，有力地映衬了侠客的鲜明形象，利于他们个性的尽情展现，从而巩固了侠客在作品中的主体地位。

　　其二，唐人小说中的侠客形象经历了从"人侠"向"神侠"演进的过程。唐人小说前期的侠客多为现实生活中的饮食男女，他们的言行愿望也都是世俗化的，表现的是正常人的情感。如想逐鹿天下的虬髯客，仗义救人的许虞侯和古押衙，莫不如此，不过是多了一副侠义心肠，添了高超本领罢了。这种形象更容易引起人们的认同与共鸣，如在《柳氏传》结尾对许虞侯的评价："许俊以才举，则曹柯渑池之功可建。夫事由迹彰，功待事立。惜郁湮不偶，义勇徒激，皆不入于正。"⑤ 这其实是所有怀才不遇者的共同心声。有些作品虽然有神怪色彩，但并不影响主人公作为"人侠"的形象，如为大家的利益勇斗雷神的陈鸾凤（《陈鸾凤》）表现的是"人定胜天"的思想。郭元振（《郭元振》）在历史上实有其人，他"落拓不拘小节，常常劫富济贫，海内与他通声气的，达千万人，是一个游侠的典型"⑥，而在唐人小说中他则成了为民除害的大英雄。这些侠客

---

① 侯忠义．中国文言小说史稿[M]．北京：北京大学出版社，1990：224．
② 汪辟疆．唐人小说[M]．上海：上海古籍出版社，1978：64．
③ 汪辟疆．唐人小说[M]．上海：上海古籍出版社，1978：66．
④ 陈平原．千古文人侠客梦[M]．北京：新世界出版社，2002：135．
⑤ 汪辟疆．唐人小说[M]．上海：上海古籍出版社，1978：53．
⑥ 冯至．杜甫传[M]．北京：人民文学出版社，1980：105．

身上有着浓重的世俗中人的色彩，与现实社会有着紧密的联系。其后出现的是"隐侠"形象。他们可以看成是"人侠"到"神侠"的过渡阶段。这些侠客身上的奇异色彩更加浓重，他们常隐居于市井中，武功高强，却不愿轻易展示，只在关键时刻出手，又如长空电闪，点到为止，不见具体招数。一旦显露行止，马上又飘然而去，可谓神龙见首不见尾，如懒残（《懒残》）和兰陵老人（《兰陵老人》）。他们的形象又直接影响到"神侠"的产生。神侠们的"神"首先体现在他们神奇的武功上。他们的武器不仅有长剑、弹弓，还有可"开脑后"而藏的羊角匕首，以及可化尸体的药水。他们的剑术已经与仙法紧密结合了起来。如红线，出入戒备森严的帅府如入无人之境（《红线》）；摩勒能在"攒矢如雨"① 的弓箭中飞腾而去，毫发无伤（《昆仑奴》）；至于那空空儿更是"能从空虚而入冥，善无形而灭影"②（《聂隐娘》）。这样的轻功已非常人所能有，而红线去魏郡时"额上书太乙神名"③，更令人觉得仙气十足。其搏击之术更是具有奇幻色彩，如《聂隐娘》中写聂隐娘和精精儿斗法："是夜明烛，半宵之后，果有二幡子，一红一白，飘飘然相击于床四隅。"④这种武功已近乎神魔了。其次，他们的行止比"隐侠"更具神奇色彩。例如聂隐娘，她学到了能在闹市"刺其首来，无使知觉"⑤ 的本领，和师傅定下"后二十年，方可一见"⑥ 之约，在立下大功后，便行隐退，"自此寻山水访至人"，"后渐不知所之"⑦。其后却又现身，见到刘昌裔的儿子，献灵药，又劝其抛官避祸，俨然是个能预知未来的神仙。

中国的侠客形象在唐传奇小说中已经发展成熟，不仅为后代武侠小说的发展奠定了诸多路数，而且对神魔小说的创作如斗法场面的描写渲染等也具有一定的影响。同时，侠客形象真正成熟之后，对唐人小说自身的发展也形成了很大的推动作用。神秘的江湖世界，三教九流的社会背景，精彩绝伦的打斗场面的描写，曲折动人的情节的设置，虚实相间的叙述手法的运用，以及那摇曳多姿的结构，都表现出与前朝志怪及史传文学迥然不同的新特点。在中国古代小说发展过程中，唐代传奇小说中的侠客们真正表现出了的他们的英雄本色。而且，"传奇"表现男女情爱婚恋的意义在侠义题材中也有所发展，特别是众多英姿勃发的女侠形象的出现，为后世侠义小说增加了情爱因素，不仅为《儿女英雄传》这样的"情侠小说"开辟了道路，而且对当代武侠小说的创作也具有重要的启示意义。

---

① 汪辟疆. 唐人小说 [M]. 上海：上海古籍出版社，1978：269.
② 汪辟疆. 唐人小说 [M]. 上海：上海古籍出版社，1978：272.
③ 汪辟疆. 唐人小说 [M]. 上海：上海古籍出版社，1978：261.
④ 汪辟疆. 唐人小说 [M]. 上海：上海古籍出版社，1978：271.
⑤ 汪辟疆. 唐人小说 [M]. 上海：上海古籍出版社，1978：270.
⑥ 汪辟疆. 唐人小说 [M]. 上海：上海古籍出版社，1978：271.
⑦ 汪辟疆. 唐人小说 [M]. 上海：上海古籍出版社，1978：272.

第二节　白话小说的成熟——宋元话本小说

　　太平兴国二年，李昉受命监修大型类书《太平广记》，共 500 卷，按题材分为 92 类，"此书是搜集自汉至宋初的琐语小说，共五百卷，亦可谓集小说之大成"①，保存了大量古小说资料，其价值如鲁迅在《中国小说的历史的变迁》中所言："替我们留下了古小说的林薮。"② 这是对中国文言小说的第一次大规模整理，既包括原有的小说，也包括混杂于其他典籍中的小说作品，这是中国小说史上的一件大事。小说理论也有了新的发展，欧阳修、宋祁《新唐书·艺文志》将《列异传》等原归入史部的作品归入小说家，裴铏《传奇》与《补江总白猿传》也归入小说类，此外，宋末，刘辰翁对《世说新语》的评点涉及众多小说概念，他注意到小说的思想内容和写作技巧，注意从小说语言的角度来分析人物的个性。

　　与唐代相比，宋元文言小说创作呈现出通俗化特点，主要表现在两个方面：其一是创作队伍的文化层次和社会地位较唐代有所下降。如胡应麟《少室山房笔丛》曰："小说，唐人以前，纪述多虚，而藻绘可观；宋人以后，论次多实，而彩艳殊乏。盖唐以前出文人才士之手，而宋以后率俚儒野老之谈故也。"③ 其二是一些文言小说作品在体式上受到同时代的通俗小说影响明显，如鲁迅所言："说话既盛行，则当时若干著作，自亦蒙话本之影响。北宋时，刘斧秀才杂辑古今稗说为《青琐高议》及《青琐摭遗》，文辞虽拙俗，然尚非话本，而文题之下，已各系以七言，……皆一题一解，甚类元人剧本结末之'题目'与'正名'，因疑汴京说话标题，体裁或亦如是，习俗浸润，乃及文章。"④ 这类作品在后世学者眼中也被视为"准话本"，即"那些可作话本看待的非话本类作品"⑤，可以"作为话本文本的母体'基因'在创作题材上也必然和话本有着相通相生的'血缘'关系"，"不仅其标题和形式对话本产生了直接的影响，而且其中的许多故事也为话本的作者产生了直接的影响"⑥。

　　宋代的传奇小说散失较多，后世所见不多，正如程毅中所言：

可能因为反对骈俪藻饰的顾问贾和崇尚纪实的史学家，从不同方面对传奇体小说加

---

① 鲁迅. 中国小说史略 [M]. 北京：人民文学出版社，1973：286.
② 鲁迅. 中国小说史略 [M]. 北京：人民文学出版社，1973：287.
③ 〔明〕胡应麟. 少室山房笔丛 [M]. 北京：中华书局，1958：375.
④ 鲁迅. 中国小说史略 [M]. 北京：人民文学出版社，1973：96.
⑤ 张兵. 话本小说简史 [M]. 太原：山西人民出版社，2005：17.
⑥ 张兵. 话本小说简史 [M]. 太原：山西人民出版社，2005：19.

以贬斥，正如清人纪昀那样鄙视"才子之笔"而提倡"著书者之笔"，所以比较艳丽和比较通俗的作品大量地散失了。除了《青琐高议》里保存的几篇宋人传奇，以及一部幸而硕果仅存的选本《云斋广录》之外，还有几篇残帙也值得注意。①

程毅中所说的"残帙"主要是指苏舜钦的《爱爱》、胡微之的《芙蓉城传》以及《王魁传》等。宋元时期的文言小说虽然有所发展，但"宋一代文人之为志怪，既平实而乏文彩，其传奇，又多托往事而避近闻，拟古且远不逮，更无独创之可言矣"②。

从整体来看，宋元小说成就最显著的是话本小说，宋元话本小说标志着白话小说进入成熟阶段。

一、话本的内涵

"由话本加工而成的，可称话本小说，模拟话本而创作的，可称拟话本小说。"③ 那么，何谓"话本"？这个"话"，小南一郎认为是"口头的故事，以及表现故事的行为"④。所谓"口头的故事"是指"知识人集座而谈的故事，多被记作'话'"⑤。在此基础上又指"说话"行为，这是一种以讲故事、说笑话为主的活动，属于表演艺术范畴，也包括文人之间带有娱乐性质的叙谈活动，但并非文学创作范畴。"说话"艺术对话本小说的产生与发展有着极其重要的意义。早在秦汉之际的文献中就有了宫廷里俳优侏儒这样"以娱乐为目的的、职业化的说故事的人"⑥，这种说故事的人走出宫廷后，面对的是文人和市民阶层，其表演的娱乐目的更强，语言更加通俗，结构更加完整，题材多为日常生活内容，情节更加曲折，塑造的形象也更加生动丰满，同时也在表演中表现出对现实政治经济生活的参与意识。隋唐之际的文人集会与市井中已经存在"说话"艺术了。《隋书·侯白传》中"好学有捷才，性滑稽，尤辩俊"，"好为诽谐杂说，人多爱狎之，所在之处，观者如市"⑦的侯白就是一个擅长"说话"的人物，但他"原本并非优伶之辈，而是以秀才入官，并受隋文帝之名参与修撰国史。他虽然身为儒林郎，并有官职，但更突出的才能似乎不是为官，而是善讲故事"⑧。《太平广记·诙谐四》载侯白"才出省门，即逢素子玄感，乃云：'侯秀才，可以玄感说一个好话。'白被留连，不获

---

① 程毅中. 宋人传奇拾零[J]. 文学遗产，1995（1）：84.
② 鲁迅. 中国小说史略[M]. 北京：人民文学出版社，1973：87.
③ 胡世莹. 话本小说概论[M]. 北京：中华书局，1980：156.
④ [日]小南一郎. 唐代传奇小说论[M]. 童岭，译. 北京：北京大学出版社，2015：15.
⑤ [日]小南一郎. 唐代传奇小说论[M]. 童岭，译. 北京：北京大学出版社，2015：13.
⑥ 胡世莹. 话本小说概论[M]. 北京：中华书局，1980：2.
⑦ [唐]魏徵. 隋书[M]. 北京：中华书局，2000：953.
⑧ 李剑国，陈洪. 中国小说通史[M]. 北京：高等教育出版社，2007：825.

已,乃云:'有一大虫……'"①,在这段描述中,杨玄感要求侯白以自己为题说个故事,侯白不得已,现场抓哏,编了一个老虎和刺猬的故事,暗含着让杨玄感不要挡路的笑点。唐代"知识人闲暇时进行的叙谈,当时大多称之为'话'。若是在夜里举行,则称之为'夜话'。作为'话'虽然是在莫逆的朋友之间进行的,但是却不采用对话方式,而是由特定的叙述者,讲述和自己有关系的、具有一定长度的故事"②。元稹《酬翰林白学士代书一百韵》诗"翰墨题名尽,光阴听话移"句下注:"乐天每与予游从,无不书名屋壁。又尝于新昌宅听《一枝花》话,自寅至巳,犹未毕词也。"③《一枝花》话就是李娃的故事,《醉翁谈录》癸集卷一《李亚仙不负郑元和》中有"李娃,长安娼女也,字亚仙,旧名一枝花"④ 的记载可证。李商隐《骄儿诗》有"或谑张飞胡,或笑邓艾吃"⑤ 的句子,通过上下文可知这是描述其子在模仿一种表演形式,这种表演形式很可能就是说话,至少证明唐代已经有了讲述三国故事的艺术形式。而敦煌千佛洞中《韩擒虎画本》《庐山远公话》等文献的发现,更是证明了唐代话本的存在,这些话本显然属于白话小说范畴,其中"《庐山远公话》是敦煌文献中唯一在标题上注明'话'的小说,乃唐话本存世的可靠资料"⑥,而《韩擒虎画本》"是我国最早的讲史话本"⑦。宋元时代,随着城市经济的发展,市民阶层的壮大,"说话"这种适应市民娱乐要求的表演艺术更是取得了突飞猛进的发展,有专业的表演场所,即瓦舍勾栏,所谓瓦舍,又称瓦肆,是综合性的公共娱乐场所,其含义如灌圃耐得翁《都城纪胜·瓦舍众伎》所言是"瓦者,野合易散之意也"⑧,吴自牧《梦粱录》"瓦舍"条进一步指出:"瓦舍者,'谓来时瓦合、去时瓦解'之义,易聚易散也。"⑨ 所谓勾栏就是"以栏杆或绳索围出一块地方来,作为演出场所"⑩,强调的都是演出的便捷性。其演出兴盛状况,如孟元老《东京梦华录》"东角楼街巷"条所载:

  街南桑家瓦子,近北则中瓦,次里瓦,其中大小勾栏五十余座。内中瓦子莲花棚、牡丹棚,里瓦子夜叉棚、象棚最大,可容数千人。⑪

---

① 〔宋〕李昉,等. 太平广记 [M]. 北京:中华书局,1961:1920.
② 〔日〕小南一郎. 唐代传奇小说论 [M]. 童岭,译. 北京:北京大学出版社,2015:11.
③ 中华书局编辑部点校. 全唐诗:增订本 [M]. 北京:中华书局,1999:4531.
④ 〔宋〕罗烨. 新编醉翁谈录 [M]. 沈阳:辽宁教育出版社,1998:83.
⑤ 中华书局编辑部点校. 全唐诗:增订本 [M]. 北京:中华书局,1999:6299.
⑥ 张兵. 话本小说简史 [M]. 太原:山西人民出版社,2005:9.
⑦ 张兵. 话本小说简史 [M]. 太原:山西人民出版社,2005:10.
⑧ 〔宋〕灌圃耐得翁. 都城纪胜 [M]. 上海:古典文学出版社,1956:95.
⑨ 〔宋〕吴自牧. 梦粱录 [M]. 上海:古典文学出版,1956:298.
⑩ 李剑国,陈洪. 中国小说通史 [M]. 北京:高等教育出版社,2007:827.
⑪ 〔宋〕孟元老,等. 东京梦华录 [M]. 上海:古典文学出版,1956:14.

说话艺人的队伍也非常庞大，身份各异，甚至还有僧人和女性，并且有了行会组织"雄辩社"；同时，"有一支较为固定的创作队伍——书会才人"①。孟元老《东京梦华录》、灌圃耐得翁《都城纪胜》、吴自牧《梦粱录》和周密《武林旧事》等著作中有大量当时"说话"盛况的记载。

　　再说话本的"本"。这可以从两个角度来理解：其一，是"根本"，即"说话"的主要内容。说话艺术的"本"可以是前代神话传说和历史事迹，也可以是当代时事和市井百态，说话人会主动收集这些内容，有助于平时揣摩以提高技艺，也有助于在表演中增强现场效果，这与"道听途书，街谈巷议"的小说传统有着承袭关系，所以这个"本"也可以理解为"故事"，很多白话小说末尾处"话本说彻"就可以理解为"本次说话中的故事讲完了"；其二，是文本，即依托"说话"而形成的文本。本书所言的"话本小说"就是针对"文本"而言的。关于说话的文本，可以从三个层次而言。其一是说话表演者的故事底本，主要由说话人将收集到的资料记录下来，供自身在表演中参考使用，这种文本"大多被当做秘本，其流传仅靠师徒间的私下暗授"②，但随着说话人在表演和师徒传授过程中技能不断提升，文本的内容也不断得到丰富，说话者为了进一步提高表演的艺术效果和影响力会主动对文本做进一步文学加工，即"话本小说是'说话'艺术的文学底本"③；其二是在故事底本基础上的艺术加工整理文本，一方面是听众为更好地回味和理解说话的内容出于个人兴趣而根据说话的现场情况做的整理本，就像当代利用网络对热播影视节目进行回放，另一方面则是出于经济利益由书坊主"出资请文士们对收集到的话本进行加工整理"④而成；其三则是随着印刷技术的提高，出于商业目的或者个人兴趣，由书商组织或者文人自己模仿说话表演和相关文本的特点进行的文学创作，这种"由文人模拟话本的艺术形式而写成的白话短篇小说"⑤又被称为"拟话本"，它和前面两种文本"都是话本，属同一体裁"⑥。

　　1965年，日本学者增田涉提出了另一种看法。他在《论"话本"的定义》一文中反对把话本解释为说话人的底本。他认为："事实上'话本'一词根本没有'说书人的底本'的意思。""'话本'有'故事'，但是却没有'说话（人）的底本'的意思。"⑦通过对相关资料的梳理，增田涉认为："'话本'一词，参较以'话本说彻'之用例，应解释为故事之意，而不是写定的底本。"⑧"所谓'话本'并不仅是说话人或者白话小

---

① 萧相恺. 宋元小说简史 [M]. 太原：山西人民出版社，2005：25.
② 张兵. 话本小说简史 [M]. 太原：山西人民出版社，2005：14.
③ 胡士莹. 话本小说概论 [M]. 北京：中华书局，1980：1.
④ 张兵. 话本小说简史 [M]. 太原：山西人民出版社，2005：14.
⑤ 张兵. 话本小说简史 [M]. 太原：山西人民出版社，2005：78.
⑥ 傅承洲. 艺人话本与文人话本 [C] //傅承洲. 明代文人与文学. 北京：中华书局，2007：186.
⑦ [日] 增田涉. 论"话本"的定义 [J]. 古典文学知识，1988 (2)：147.
⑧ [日] 增田涉. 论"话本"的定义 [J]. 古典文学知识，1988 (2)：148.

说的用语。这词语也见于明初文言小说的《剪灯新话》中的《牡丹灯记》"①，认为"'话本''话文'，或'说话'都是指故事"②，并强调"'话本'不是'说话人的底本'，而是'说话'，跟'话文'或'小说'具有相同的意思"③，明确"'话本'也可以解释为'故事'"，"'话本'也可以改为'话文''说话'或'小说'等含故事之意的抽象语"④。增田涉的观点姑备一说。不过，如前面所述，"话本"中的"本"就可以解释为"故事"了。

"说话"对中国古代小说影响极大。小南一郎认为："唐代传奇小说以当时知识人举行'话'的场合为基础。有的作品就是收集那样场合下叙述的故事，并且汇而作成如今所见的文字记录型故事。"⑤ 即部分唐代传奇小说是对文人"说话"场合记录的产物，是"雅化"的文学创作；而金庸认为，相对于唐代传奇而言，"宋人话本则是平民的，街头巷尾说书的场合讲的故事，有人记录下来，是'俗'的文学"⑥。相对于唐人的传奇小说而言，宋元话本小说的兴盛开辟了中国古代小说的一条新路。唐人的传奇小说更多的是在文人群体小范围地流传阅读，或是家族内部，或是同人聚会，因此其作品颇多文采，甚至有大段的环境氛围渲染和细腻的心理细节描写；而宋元话本小说则是由市井"说话"发展而来，体现了现场听说的特点，除了开头的入场诗外，整体上更注重通过曲折的故事情节来塑造鲜明的形象，注重语言的痛快淋漓，更注重传神写意，点到为止，而舍弃了相对文绉绉的大段环境和心理描述，这种写法在后世白话小说创作中有着明显的体现，例如《忠义水浒传》中写林冲火烧草料场时一句"那雪正下得紧"，以现场说书的情景而论，足以凸显当时书场的紧张气氛，远比大段炫才式的雪景描写更能吸引听众。

话本小说是随着说话艺术的兴盛而成熟起来的，包括说书人的表演底本、听众或文人的艺术加工整理文本和文人拟话本。话本小说的创作源于市井娱乐，表现市井生活题材和市民阶层的审美倾向，口语化色彩鲜明。不过，因为说话艺术是口头讲说，表演的精彩程度与现场感密切相关。如罗烨《醉翁谈录·小说开辟》所言：

说国贼怀奸从佞，谴愚夫等辈生嗔；说忠臣负屈衔冤，铁心肠也须下泪。说鬼怪令羽士心寒胆战；论闺怨遣佳人绿惨红愁；说人头厮挺，令羽士快心；言两阵对圆，使雄夫壮志；谈吕相青云得路，遣才人着意群书；演霜林白日升天，教隐士如初学道；喧发

---

① [日] 增田涉. 论"话本"的定义 [J]. 古典文学知识，1988（2）：150.
② [日] 增田涉. 论"话本"的定义 [J]. 古典文学知识，1988（2）：150.
③ [日] 增田涉. 论"话本"的定义 [J]. 古典文学知识，1988（2）：152.
④ [日] 增田涉. 论"话本"的定义 [J]. 古典文学知识，1988（2）：152.
⑤ [日] 小南一郎. 唐代传奇小说论 [M]. 童岭，译. 北京：北京大学出版社，2015：15.
⑥ 金庸. 谈武侠小说 [C] //黄子平，编选. 寻他千百度. 北京：中华书局，2014：324.

迹话，使寒门发愤；讲负心底，令奸汉包羞。①

而相关文本就缺乏现场口头表演时的这种神韵，即使进行了艺术再加工，当现场表演的说话转变成案头阅读的话本时，其艺术魅力也会打一定的折扣，因为"在没有留声机、录音机的时代，任何说唱文学的文本，无论是抄本或刻本，都不可能是场上演出的实况录音"②。而且，作为表演艺术副产品的话本小说，几经过录后，也很难保持原貌了。以小说话本为例，尽管目前已经发现了《新编红白蜘蛛小说》的元刻本残页，但绝大部分都是冯梦龙"三言"那样的明代刻本，即使注明了"宋人小说"或"古本"；如《西山一窟鬼》(《警世通言》卷十四为"一窟鬼癞道人除怪")和《错斩崔宁》(《醒世恒言》卷三十三为"十五贯戏言成巧祸")，但这些刻本已经不止一次地进行过修改和增补了，所以有学者指出"这些所谓的宋元小说话本世界上没有一种是靠得住的"③，故此，对于这样的作品，应针对其主体内容，文化特点，不必纠结于细枝末节。

"宋元话本最初大概以抄本流传为主。元代刻本渐多，现存的平话，大多刻印于元代，一般都比较粗糙"④，结构散乱，情节时断时续，形象不够鲜明，错字也很多，例如讲史话本《全相平话三国志》中写吕布在杀掉董卓之后，被吴子兰驱逐一段：

吕布遂辞王允归于宅内，门人报曰："殿前太尉吴子兰引军一万，围了宅也。"吕布自思，长安不可久住。点八健将同三万军，夺东门而出。吴子兰赶上，前有万军拦住，乃至死者董卓四元帅李傕、郭汜、樊稠、张济所骂"家奴"，无言可对。⑤

门人能够如此清楚地掌握军情已经很诡异了，而吕布宅邸被围还能从容点齐军队更是奇怪，最不能理解的是吕布三万大军竟然被吴子兰一万人马驱逐。其错讹可见一斑，相关文字的缺落也是客观存在的。但是，"我们研究话本，常以宋元连称，就因为许多作品传承自宋代而或经元人修订，大多数刻印于元代或其后"，而且在话本基础上形成的《三国演义》《水浒传》和《西游记》都是在元代大致形成或"在元代已经有了相当规模的祖本"⑥。元代话本对中国古代白话小说的贡献于此可见。

---

① 〔宋〕罗烨. 新编醉翁谈录 [M]. 沈阳：辽宁教育出版社，1998：4.
② 程毅中. 宋元小说家话本集 [M]. 北京：人民文学出版社，2016：前言5.
③ 傅承洲. 宋元小说话本志疑 [C] // 傅承洲. 明代文人与文学. 北京：中华书局，2007：178.
④ 程毅中. 宋元小说家话本集 [M]. 北京：人民文学出版社，2016：前言23.
⑤ 钟兆华. 元刊全相平话五种校注 [M]. 成都：巴蜀书社，1990：392.
⑥ 程毅中. 宋元小说家话本集 [M]. 北京：人民文学出版社，2016：前言26.

二、"说话"的家数和话本小说的题材

金庸认为:"宋朝流行说书讲故事,内容大致可分为六种,包括历史、佛教故事、神怪、爱情故事、公案(侦探故事),还有一种就是武侠故事。"① 事实上,宋代说话的内容要比这丰富得多,而话本小说的题材与说话家数密切相关。北宋时期,说话就已经有了家数门类,如《东京梦华录·京瓦伎艺》所载:

孙宽、孙十五、曾无党、高恕、李教详,讲史。李慥、杨中立、张十一、徐明、赵世亨、贾九,小说。……毛详、霍伯丑,商谜。吴八儿,合生。张山人,说诨话。……霍四究,说《三分》。尹常卖,《五代史》。②

这段记载表明北宋时期东京汴梁城里"说话"已经有了"讲史""小说""说三分""五代史"和"说诨话"等门类,并且有了霍四究和尹常卖等有一定名气的说书人。

南宋时期,"说话"的家数更加规整和精细。灌圃耐得翁在《都城纪胜·瓦舍众伎》中首先明确地将"说话"分为四家:

说话有四家:一者小说,谓之银字儿,如烟粉、灵怪、传奇。说公案,皆是搏刀赶棒,及发迹变泰之事。说铁骑儿,谓士马金鼓之事。说经,谓演说佛书。说参请,谓宾主参禅悟道等事。讲史书,讲说前代书史文传、兴废争战之事。最畏小说人,盖小说者能以一朝一代故事,顷刻间提破。合生与起令、随令相似,各占一事。商谜,旧用鼓板吹《贺圣朝》,聚人猜诗谜、字谜、戾谜、社谜,本是隐语。③

但后世对这"四家"的内容归属颇多争议,甚至还有学者认为"'说话有四家'之说不过是耐得翁、吴自牧的一己看法,是他们对当时'说话'的粗略分类"④,认为"将宋人小说分为三家更符合当时的实情,也更为科学。这三家是:一为'讲史'。又分说'三分'、说汉书、说《五代史》等科,艺人有乔万卷、许贡士、张解元等,还有专讲'三分'的霍四究,专说《五代史》的尹常卖;二为'小说',也叫'银字儿',分烟粉、灵怪、传奇、公案、铁骑儿等科;三为'说经'。含'说诨经''说参请'"⑤。也有学者认为"说话四家并不等于小说四家","属于小说类的实际上只有讲史与银字儿

---

① 金庸. 谈武侠小说 [C] //黄子平,编选. 寻他千百度. 北京:中华书局,2014:324.
② [宋] 孟元老,等. 东京梦华录 [M]. 上海:古典文学出版社,1956:30.
③ [宋] 灌圃耐得翁. 都城纪胜 [M]. 上海:古典文学出版社,1956:98.
④ 萧相恺. 宋元小说简史 [M]. 太原:山西人民出版社,2005:29.
⑤ 萧相恺. 宋元小说简史 [M]. 太原:山西人民出版社,2005:30.

（小说）两家；按南宋末的分类，能真正称谓小说的只有银字儿"①。从概念内涵上去探究小说体裁性质，这种观点很有启发意义，但从客观上看，"说话四家"的观点是有明确出处的，更具可信性。除了灌圃耐得翁，吴自牧《梦粱录》"小说讲经史"条进一步明确说：

  说话者谓之"舌辩"，虽有四家数，各有门庭。且小说名"银字儿"，如烟粉、灵怪、传奇、公案朴刀杆棒发发踪参之事，有谭淡子、翁三郎、雍燕、王保义、陈良甫、陈郎妇、枣儿余二郎等，谈论古今，如水之流。谈经者，谓演说佛书。说参请者，谓宾主参禅悟道等事，有宝庵、管庵、喜然和尚等。又有说诨经者，戴忻庵。讲史书者，谓讲说《通鉴》、汉、唐历代书史文传，兴废争战之事，有戴书生、周进士、张小娘子、宋小娘子、邱机山、徐宣教；又有王六大夫，元系御前供话，为幕士请给讲，诸史俱通，于咸淳年间，敷演《复华篇》及中兴名将传，听者纷纷，盖讲得字真不俗，记问渊源甚广耳。但最畏小说人，盖小说者，能讲一朝一代故事，顷刻间捏合，与起令随令相似，各占一事也。商谜者，先用鼓儿贺之，然后聚人猜诗谜、字谜、戾谜、社谜，本是隐语。②

  说话"四家"的归属之所以有争议，其中一个原因是"合生"和"商谜"等条目的干扰。事实上，"说经""讲史"和"小说"都有具体"说"的内容，而"合生"与"商谜"只是"既可作为小说、讲史、说经的穿插，也可以其独特的趣味，自成一体而独立演出"的"小型伎艺"③，虽然与说话的家数关系密切，但不应该归入"四家"，这也就是灌圃耐得翁《都城纪胜》用"最畏小说人，盖小说者能以一朝一代故事，顷刻间提破"一句将"合生""商谜"等与"说经""讲史"和"小说"等家数隔开的原因；同时，吴自牧《梦粱录》沿用了《都城纪胜》的"说话有四家"的观点但又结合自己的见闻而加以修正，所以他在"最畏小说人，盖小说者，能讲一朝一代故事，顷刻间捏合"一句后根本没有提"合生"，而是直接将"合生"的特点"与起令随令相似，各占一事也"用来形容小说。

  关于"说话有四家"的内容归属，胡士莹的观点相对客观，他通过分析耐得翁话语的句式，认为"耐得翁的一段话，貌似混乱，其实却有其严整之处，四家数的分解，亦显然在焉。问题就在一个'事'字上"④，"耐得翁的分法，是从最根本的因素——内

---

① 鲁德才. 古代白话小说形态发展史论 [M]. 天津：南开大学出版社，2002：15.
② 〔宋〕吴自牧. 梦粱录 [M]. 上海：古典文学出版社，1956：313.
③ 张锦池. 宋人"说话四家数"考论——试论宋人"说话四家数"的分类标准 [C] //张锦池.《水浒传》考论. 北京：人民出版社，2014：236.
④ 胡士莹. 话本小说概论 [M]. 北京：中华书局，1980：107.

容，亦即反映生活的范围出发的。他着重在某一家数说什么'事'"①。据此，胡士莹将"说话有四家"的内容明确为："1. 小说（即银字儿）——烟粉、灵怪、传奇、说公案，皆是朴刀杆棒及发迹变泰之事。2. 说铁骑儿——谓士马金鼓之事。3. 说经——演说佛书；说参请——宾主参禅悟道等事；说诨经。4. 讲史书——讲说前代书史文传兴废争战之事。"② 这种划分的标准是符合实际情况的，但毕竟还是存在着模糊之处，例如"说经"与"说参请"和"说诨经"的关系。这个原因在很大程度上是因为"古人著书不加标点，致令近人和今人聚讼纷纭"③。对相关文献重新标点，会有新的认识，如灌圃耐得翁《都城纪胜》记述"说话有四家"这一段也可以这样标点：

说话有四家：一者小说，谓之银字儿，如烟粉、灵怪、传奇、说公案，皆是搏刀赶棒及发迹变泰之事；说铁骑儿，谓士马金鼓之事；说经，谓演说佛书、说参请，谓宾主参禅悟道等事；讲史书，讲说前代书史文传、兴废争战之事。

此处对"说经"的描述，两个"谓"应该是并列的，第一个"谓"是强调"演说佛书"和"说参请"都属于"说经"的范畴，第二个"谓"是进一步强调一下"说参请"的内容，因为毕竟"说参请"不如"演说佛书"好理解。而吴自牧《梦粱录》中对"谈经"的描述就更清晰了：

谈经者，谓演说佛书。说参请者，谓宾主参禅悟道等事，有宝庵、管庵、喜然和尚等。又有说诨经者，戴忻庵。

此处"谈经者，谓演说佛书"是总述，所以没有举出说话人的名字，而"说参请者"和"说诨经"则是分述，都举出了说话人的名字。可见，"谈经"的地位高于"说参请"和"说诨经"，是包含的关系，"说诨经"属于说经中的"滑稽说笑的成分，不严肃、甚至有些低级趣味的内容也属'诨'之范围"，"说诨经与说参请的区别，恐主要在于前者原非对话，后者则是"④。这样"说话有四家"就可以明确为说经、铁骑儿、讲史和小说，而话本小说的题材也就是相应的这四类。

"说经"与唐代佛门的"俗讲"有着渊源关系。所谓俗讲，就是为了宣传教义的需要，将相对复杂的佛学内容用通俗易懂的语言表达出来，"甚至有意把佛经故事化、形

---

① 胡士莹. 话本小说概论 [M]. 北京：中华书局，1980：108.
② 胡士莹. 话本小说概论 [M]. 北京：中华书局，1980：107.
③ 萧相恺. 宋元小说简史 [M]. 太原：山西人民出版社，2005：26.
④ 胡士莹. 话本小说概论 [M]. 北京：中华书局，1980：118.

象化"①。"俗讲"走出寺院面向瓦肆勾栏，就成为"说经"，有的说话人还保留着和尚的法名。"说经"类话本小说内容"取材于佛教的经籍或史籍，借其一点生发开去以弘扬佛法者"②，而且"不单指佛家的经典，但凡记载佛教经典及佛教人物、佛菩萨故事等的书皆在其中"，"通过敷衍佛教经典及与此相关人物的故事，使之形象化、文学化，以达到弘扬、宣传佛理的目的"，"纯是佛家的领地"③。"说经"类话本小说作品存世不多，最晚定型于南宋后期的《大唐三藏取经诗话》是其代表作。"这是今存最早的以唐玄奘取经为题材的文学作品"④，表现唐玄奘和猴行者师徒的取经历程，对后世《西游记》的成书有着重要的意义。"说经"类小说中涉及的因果报应内容对世情小说势必有所影响，而降魔斗法情节则应该对神魔小说有所影响。

"说铁骑儿"的具体内容已经不可确考，但从现存点滴记载中还可以看出，"所说的却是'本朝'的'事'"⑤，唐代变文中表现收复河陇州郡英雄的《张义潮变文》《张淮深变文》"完全是民间说话人的口吻风度，是南宋'说铁骑儿'的前驱"⑥。"说铁骑儿"的一部分内容是经过官方认可定论的当代史题材，如《中兴名将传》（张、韩、刘、岳）"以及参加抗辽抗金的各种义兵，直至农民起义的队伍"⑦，说书人没有太大的个性发挥的空间；还有一些是以"刚刚结束或正在发生的重大政治事件"⑧作为题材，如《复华篇》，乃南宋时廖莹中为鼓吹当时权相贾似道的功劳而作，后得御前供话王六大夫之力，使之在咸淳年间得以流行。其实真相是，宋理宗开庆元年（1259），元军进攻鄂州，贾似道密请称臣纳贡，元军退后，诈称大捷，并由此而得到提拔，权倾一时。曾有人做《乱华编》以抨击之，而"廖莹中《福华编》盖即对《乱华编》而作，谓贾似道御房之功造福于中华也。王六大夫所讲当即廖书，乃为贾似道作民间宣传，《梦粱录》作《复华篇》者，字之讹也"⑨。可见，在贾似道尚未倒台的时候，就围绕他出现了两部针锋相对的作品，《乱华编》虽已不可见，却无疑是就发生在当时的重大事件对当时的重要人物贾似道进行直接的抨击，也很讲究时效性，显然已经具备时事小说的雏形，而《复华篇》虽然在内容上不够真实，但也是在演述时事。到了元代，"它的思想内容又极其与当时的统治者发生尖锐矛盾，'铁骑儿'便不能不和'讲史'合流，成为'讲

---

① 萧相恺. 宋元小说简史 [M]. 太原：山西人民出版社，2005：106.
② 张锦池. 宋人"说话四家数"考论——试论宋人"说话四家数"的分类标准 [C]//张锦池. 《水浒传》考论. 北京：人民出版社，2014：232.
③ 萧相恺. 宋元小说简史 [M]. 太原：山西人民出版社，2005：106.
④ 萧相恺. 宋元小说简史 [M]. 太原：山西人民出版社，2005：108.
⑤ 胡士莹. 话本小说概论 [M]. 北京：中华书局，1980：108.
⑥ 陈汝衡. 宋朝说书史 [M]. 上海：上海文艺出版社，1979：15.
⑦ 胡士莹. 话本小说概论 [M]. 北京：中华书局，1980：113.
⑧ 赵旭. 明清时事小说特征之辨析 [J]. 辽宁大学学报：哲学社会科学版，2008（3）：45.
⑨ 胡士莹. 话本小说概论 [M]. 北京：中华书局，1980：267.

史'的一部分"①。直到明末清初才又焕发生机，推动了时事小说的发展。

"讲史""所讲的是'前代'的史"②，"所写系关乎国家兴废大事是讲史类小说的最大特点，否则虽为前代之事，也算不得'讲史'"③。讲史话本也称之为"平话"和"评话"，被视为"最早诞生的两种平话"④的《三国志平话》和《五代史平话》在北宋时期就已经定型了，而且也有了专门说"三分"的霍四究和说《五代史》的尹常卖，但是现存最早的版本却都是元代刊刻的，特别是《三国志平话》，与《武王伐纣书》《乐毅图齐七国春秋平话后集》《秦并六国平话》和《前汉书平话续集》一起为元代至治年间建安虞氏刊刻，并称为"全相平话五种"。对于元代，当代作家祝勇笔下有一段充满诗意的描述：

那是一个人类历史上空前绝后的庞大帝国，最睿智的人也不知它的尽头在哪里。飞奔的骏马使蒙古人拥有其他民族所没有的时空感，在他们的视野中，没有东西南北，而只有前方。⑤

与其庞大的疆域版图相适应，元代话本小说也向长篇章回体演进，讲史类话本在元代也得到了用武之地。忽必烈之后，元代帝王变得昏庸与无所作为，元代社会逐渐失去其权威，成为一个"没有理性、没有权威的王朝"，而"八十年不开科举，使当时那些接受了儒家思想传统，并怀有拯物济世理想的文人的心灵受到伤害"⑥，从精神追求、社会层次、政治地位乃至生计手段上都产生了巨大的落差，"在这个失去权威的时代里，文人们的心灵更加无以依附"⑦，对娱乐的追求在这个阶段得到了强化，"'说话'至元代已至巅峰，明清时代流行的说唱弹词等，实为它的变种"⑧，"元代的'说话'比起宋代来，对艺人的要求显然更为严格得多"⑨。同时，在文人心中，他们也亟待新的社会秩序的树立，而忠义观念就是这种追求的集中体现。随着元末动荡的政局和人们自我意识的觉醒，特别是那豪壮的战争场面，还有对重建社会秩序的渴望，文人的创作动机也更加明确与强烈。这种意识在元代讲史话本中得到了凸显，最终推动着《三国演义》这样的章回体长篇小说在元末明初登上了中国古代小说的历史舞台，并使章回体长篇小说在

---

① 胡士莹. 话本小说概论 [M]. 北京：中华书局，1980：114.
② 胡士莹. 话本小说概论 [M]. 北京：中华书局，1980：108.
③ 萧相恺. 宋元小说简史 [M]. 太原：山西人民出版社，2005：32.
④ 萧相恺. 宋元小说简史 [M]. 太原：山西人民出版社，2005：36.
⑤ 祝勇. 纸天堂 [M]. 北京：生活·读书·新知三联书店，2011：5.
⑥ 么书仪. 元代文人心态 [M]. 北京：文化艺术出版社，1993：6.
⑦ 么书仪. 元代文人心态 [M]. 北京：文化艺术出版社，1993：250.
⑧ 张兵. 话本小说简史 [M]. 太原：山西人民出版社，2005：52.
⑨ 张兵. 话本小说简史 [M]. 太原：山西人民出版社，2005：53.

此后的中国小说发展史中担任了主角。不过讲史还是"最畏小说人,盖小说者,能讲一朝一代故事,顷刻间提破",或者如《梦粱录》所言"能讲一朝一代故事,顷刻间捏合"。那么"小说"话本的魅力体现在哪里呢?

"小说"主要表现的是尘世间的人情百态,所谓"银字儿"则是伴奏的乐器,两者联系在一起是因为"南宋勾栏瓦舍的小说说话人,因为他们说唱烟花粉黛一类故事,就吹奏带有哀艳腔调的'银字笙'或'银字觱篥',作为吸引听众的一种手段,也可能在故事告一段落,或休息中间,吹起这种银字管乐来。这就是小说名'银字儿'的由来"①。所谓"最畏小说人"主要是对其题材处理和语言表述方面而言的,"'提破'是指叙述方始而主意已明,'捏合'是'忽而相牵,转入本事'","大意实不过在说,'小说'的题材,虽也可以是任何一个朝代的故事,但由于作者善于把它和实际挂起钩来,因而具有鲜明的现实性和极强的针对性"②;从语言表述上看,"提破"和"捏合"能够纵横古今,跨越时空,将繁复的材料为我所用,"在艺术上的穿插敷衍,把故事说唱得更好听,更动人,因此,讲史书的说话人就害怕他们"③,而且"讲史书的说话人多少要依傍史书,至少要有些根据,听众当中也不乏读书人"④,"小说艺人不需要那样要求严格,因而他们面对听众,也无须那样紧张。讲史艺人说错了,会引起极大麻烦,小说艺人东拉西扯,就不算一回事。进一步说,小说是短篇平话,它们故事虽属新奇耸听,或者顽艳动人,说话人纵然'卖关子',但很快就被说破,说明白(提破),而且它们故事的内容和题材,俯拾即是,随时可以自出心裁,巧制关目(捏合)。两相比较,讲史书多么呆板,说唱小说又是何等的轻松自由!前者有被听众喝倒彩的危险,因为颠倒史实,免不了遭受文士们的讥嘲,而小说的听众,反转过来正喜爱内容的新奇变化"⑤。当然,"讲史"在感受到"小说"艺术压力的同时,也从中得到借鉴,促进了自身的发展。"小说"不仅在艺术表现上"继承了古代说书艺术、魏晋小说和唐代传奇的现实主义传统,直接奠定了明清白话短篇小说的基础"⑥,在题材内容上涵盖面也非常广,罗烨《醉翁谈录·小说开辟》曰:"有灵怪、烟粉、传奇、公案,兼朴刀、捍棒、妖术、神仙。"⑦后面还分类列举了107种"话"的名称。但并不能据此而认为"小说"类话本只有这八类内容,我们从罗烨这段话中那个"兼"字能看出"灵怪、烟粉、传奇、公案"与"朴刀、捍棒、妖术、神仙"这两部分不是简单的并列关系,而是相对独立基础上互相交融的关系;灌圃耐得翁在《都城纪胜·瓦舍众伎》中认为"小说"内容则是

---

① 陈汝衡. 宋朝说书史 [M]. 上海:上海文艺出版社,1979:161.
② 萧相恺. 宋元小说简史 [M]. 太原:山西人民出版社,2005:66.
③ 陈汝衡. 宋朝说书史 [M]. 上海:上海文艺出版社,1979:161.
④ 陈汝衡. 宋朝说书史 [M]. 上海:上海文艺出版社,1979:161.
⑤ 陈汝衡. 宋朝说书史 [M]. 上海:上海文艺出版社,1979:162.
⑥ 谈凤梁. 宋元小说话本的艺术特点 [J]. 南京师大学报:社会科学版,1978(2):69.
⑦ 〔宋〕罗烨. 新编醉翁谈录 [M]. 沈阳:辽宁教育出版社,1998:3.

"烟粉、灵怪、传奇、说公案，皆是搏刀赶棒，及发迹变泰之事"，"灵怪、烟粉、传奇、说公案"与"搏刀赶棒，及发迹变泰"也不是简单的并列关系，甚至前一部分从题材上是归属于后者的，同时还多了"发迹"和"变泰"；吴自牧《梦粱录》对"小说"内容则是做了简单化处理，"如烟粉、灵怪、传奇、公案、朴刀、杆棒发发踪参（发迹变泰）之事"，将其并列，但一个"如"字表明"小说"中并不限于这些内容，而且与罗烨相比，《梦粱录》也多了"发迹变泰"。可见，"小说"的内容决不限于八类，要探究其面貌，应该尽量全面地对相关条目进行探析。总体来看，"小说"中条目应该是根据所表现的对象特点来划分的：灵怪，表现的是鬼怪妖异的故事，如《西山一窟鬼》；神仙，表现神仙度化的事，"这是道家、道教的世界"①，与灵怪一起都对后世的神魔小说发生影响；烟粉，表现的是人与女鬼之间的恋情，如《碾玉观音》；传奇，从元稹《莺莺传》最初的名字《传奇》而来，表现的是普通人男女之间的恋情；公案，表现的是官员勘案断狱的事，其中"包公"形象在后世小说中得到了极大丰富，而《勘皮靴单证二郎神》表现了细致的勘察案情过程，"成了中国通俗小说史上侦探小说的开山之作。也创造了中国公案小说的又一种结构模式"②；妖术，表现的是人使用旁门左道之术的事；朴刀、杆棒，表现的都是江湖侠义快意恩仇之事，对后世英雄传奇小说具有影响力，内容差别不大，主要根据"'话'中主人所使用的武器来分类的"③，所以两者总是结合在一起；那么什么是"发迹变泰"？欧阳健认为"'发迹变泰'充分道出了市民作为一个阶级改善自己的经济地位和政治地位的心声"，"'变泰'，就是要求挣脱封建枷锁的羁縻，向着通畅安宁的境界转化；'发迹'，就是通过自己的顽强奋斗，在经济上富起来，在政治上贵起来"④。实际上，"发迹"更侧重于政治地位的提升，即从卑贱到高贵，而且主人公一般是历史上的名人，如《喻世明言》卷二十一《临安里钱婆留发迹》写的就是钱镠从普通百姓成为吴越王的故事；"变泰"中的"泰"是《易经》中的一卦，是指从窘迫的处境向畅通顺达的处境转变，在具体作品中则凸显经济上的改善，即从贫穷到富有，例如《初刻拍案惊奇》卷一《转运汉遇巧洞庭红 波斯胡指破鼉龙壳》写的就是文若虚由贫转富的故事。此外，还有一些作品本身体现了不同门类之间相互渗透的特点，如体现"灵怪"和"传奇"相融合的《白娘子永镇雷峰塔》；还有一些作品尚不能做出归属，如《快嘴李翠莲记》等。这些恰恰表明了"小说"类内容之多，涵盖之广。

---

① 萧相恺. 宋元小说简史 [M]. 太原：山西人民出版社，2005：87.
② 萧相恺. 宋元小说简史 [M]. 太原：山西人民出版社，2005：100.
③ 萧相恺. 宋元小说简史 [M]. 太原：山西人民出版社，2005：83.
④ 欧阳健. "三言""二拍"中"发迹变泰"主题新说 [J]. 文史哲，1985（3）：51.

三、 话本小说的结构布局和艺术体制

鲁迅《中国小说史的历史变迁》认为话本小说的出现"实在是小说史上的一大变迁"①。宋元话本小说在中国小说史上第一次将白话作为小说主要的创作语言，通俗简明，具有浓郁的生活气息；在叙述模式上，宋元话本小说采取的是在"说话"的场景里展开故事的方式，这样的叙述模式也成为后世白话小说的重要叙述方式；在形象塑造上，宋元话本小说以市井小人物为主，个性鲜明，如《碾玉观音》中的崔宁，因咸安郡王一句"待秀秀满日，把来嫁与你"而"却也痴心"②，但秀秀主动向其示爱，他却"叉着手，只应得'诺'"，到了秀秀步步紧逼时，他才说："告小娘子，要和崔宁做夫妻不妨，只一件，这里住不得了，要好趁这个遗漏人乱时，今夜就走开去，方才使得"③，等到和秀秀生活了一年多之后被咸安郡王捉回，崔宁却将责任全部推到秀秀身上，说自己"不得已，只得与他同走，只此是实"④。在这段描述里，一个多情又保守、有谋略又缺乏责任感的小人物形象跃然纸上。宋元话本小说中的女性形象塑造得尤其出色，如《快嘴李翠莲记》中"凡向人前，说成篇，道成溜，问一答十，问十答百"⑤的李翠莲、《碾玉观音》中的大胆主动的璩秀秀等。宋元话本小说中所表现出的平民化、底层化趋势，对后世小说创作极有影响。

但是，毕竟我们已经无法看到太多原汁原味的宋元话本了，分析形象和语言总是不够透彻，而从相关的文献中倒是能够比较全面地把握宋元话本小说的结构布局特点和艺术体制。

叶庆炳在《短篇话本的常用布局》中指出：

> 由于话本本是说话人的底本，因之撰写之时，势必从多方面注意现场宣讲时的效果——也就是听众的反应。其中最重要的，就是如何吸引住听众的兴趣，使听众从开讲到结束始终听得津津有味，欲罢不能。这样，说话人才有较高的收入。要做到这般地步，所说的故事必须曲折动人，高潮迭起。换句话说，说书人必须在布局上多下功夫。比较晚起的话本虽然已由说话人的底本转变为文人仿照话本写作供读者阅读的文字，但无论命题立意口吻布局，都和早期的话本没有什么不同。⑥

---

① 鲁迅. 中国小说史略 [M]. 北京：人民文学出版社，1973：287.
② 程毅中. 宋元小说家话本集 [M]. 北京：人民文学出版社，2016：181.
③ 程毅中. 宋元小说家话本集 [M]. 北京：人民文学出版社，2016：182.
④ 程毅中. 宋元小说家话本集 [M]. 北京：人民文学出版社，2016：185.
⑤ 程毅中. 宋元小说家话本集 [M]. 北京：人民文学出版社，2016：352.
⑥ 叶庆炳. 短篇话本的常用布局 [C] //刘世德. 中国古代小说研究——台湾香港论文选辑. 上海：上海古籍出版社，1983：30.

而所谓话本作品的常用布局，叶庆炳认为"是把正篇话本故事清楚地划分成几个阶段，每一个阶段都包括进展、阻碍、完成三个部分"。这种布局"的确能收到曲折动人、高潮迭起的效果，但是这种布局也有无可避免的缺点。举例来说，由于'高潮迭起'，因此到了最后的高潮，就欲振无力。这种情形犹如水库的水尚未贮满就一放再放，水势当然不及贮满后一次放水来得壮大动人。又由于故事的每一阶段都要安排阻碍，因此在人物处理上难免出现需要时招之即来，不需要时挥之即去的现象。所以说，短篇话本的常用布局在说话现场虽达到了引听众入胜使听众欲罢不能的要求，在文学批评上却留下了受人诟病的话柄"①。

叶庆炳指出在《京本通俗小说》中，除了《拗相公》外都遵循这个常用布局。这恰恰表明，宋元话本所体现出的"说话"对听众反映的重视。因为《拗相公》讲述的是王安石这个著名人物的故事，主人公本身就具有吸引人的魅力，所以《拗相公》突出人物形象即可，而其他篇章则突出的是情节结构布局。这是"说话"对现场听众的适应表现。等到供案头阅读"拟话本"小说出现，则更多地对人物形象予以关注了。这是从对现场听众到案头读者的关注点发生变化了。

话本小说的形成与当时盛行的说话表演艺术是密不可分的，在一定程度上说，最初的话本就是对当时说话艺术的一个简要的现场表演记录。因此话本小说在艺术体制上与说话表演程序是一致的。"有了相对固定的演出场所和时间，听众也逐渐养成了爱好和习惯。于是'说话'的体制（构成形式）便也同时固定下来"②，而话本小说也就有了与之相适应的艺术体制，基本上包括题目、篇首、入话、头回、正话和篇尾。

题目，根据话本的主要内容来确定，能够提纲挈领地将主要内容表现出来，往往醒目地写在招牌上，起到广告宣传作用，以招揽听众，获得经济收入。

篇首，通常以诗词来概括作品大意，或者渲染意境，同时也有炫耀才华以提升作品文化档次的意味。这样的诗词可多可少，有时候就是一首，有时候则是多首，如《碾玉观音》就有 11 首。其中一个重要目的在于拖延正式演出的时间，等待更多的听众到来，以获得更高的收入。

入话，这是在篇首诗词后对其加以解释的语言，目的在于对前面的诗词做个小结，特别是给后到的听众一个交代提醒，唤起听众注意，然后言归正传，开始进入"说话"表演，所以称为"入话"。有时候"入话"二字也会在诗词之前直接标出来，如《快嘴李翠莲记》，这就是将诗词作为"入话"的一部分，直入正题开讲了；而《宋四公大闹禁魂张》则是在篇首诗之后，接着诗中"试览石家金谷地，于今荆棘昔楼台"直接说

---

① 叶庆炳. 短篇话本的常用布局［C］//刘世德. 中国古代小说研究——台湾香港论文选辑. 上海：上海古籍出版社，1983：32.

② 胡士莹. 话本小说概论［M］. 北京：中华书局，1980：134.

"话说晋朝有一人，姓石，名崇，字季论……"①，这是将"入话"和"头回"合二为一了。

头回，又称为"得胜头回"或"笑耍头回"，有时出现在"入话"和"正话"之间，能够独立成篇，如《三国志平话》的"头回"后来就演变成《喻世明言》中的独立篇章《闹阴司司马貌断狱》了。"头回"与"正话"内容也有一定的联系，其目的是方便听众更好地理解"正话"，更主要的还是为了拖延演出时间，等待更多的听众到来，这一点和"篇首"诗词的作用类似，但毕竟诗词说多了会让听众觉得单调，讲一个小故事会有更好的效果。

正话，这是话本的主体，又称为"正传"或者"正题"。一般是韵散相间的形式，以散文为主，在叙述过程中常常夹杂着说话人的口吻，如"话说""花开两朵，各表一枝"等。

篇尾，正话结束后，常常以诗词的形式进行收尾，或者先以说话人口吻加以评价劝诫，再加上诗词。这样篇尾与篇首前后照应，话本的结构也就更加严谨匀称了。

话本的艺术体制是与说话表演程序相一致的，但我们今天看到的刊刻的话本未必是"说话"的唯一版本，这也是由"说话"的现场性质决定的。"说话"表演程序会随着现场观众情况而有所变化，"话本"的各部分内容也会有所变化，例如入话，就类似于今日评书中的所谓"把点开活"，要求能够见景生情，灵活应对，面对不同的听众采用不同的讲说方式。如评书表演艺术家连丽如所言：

什么是把？用眼睛看叫把。把就是看，点就是观众。评书演员都得会把点开活。说书不能傻说，不管遇见什么观众，都"当当当当"老是这一套，不行，必须把点开活。如关云长温酒斩华雄，今天我这样说；明天给大学教授讲课，我得把他们都说住，又换一种说法；后天出国了，我得把外国人说住，又换一种说法。这种说法的变化，就叫把点开活。这要求评书演员具有丰厚的阅历、知识和演出经验。②

但作为话本小说，其艺术体制的基本情况又是相对固定的。晚清时期的美国传教士明恩溥在《中国人的气质》中这样描述中国的说书艺术：

一个出色的中国说书人，常常被茶馆老板雇来吸引并留住顾客，他会使人想起丁尼生的某部"口若悬河"的作品。客人们来了又走，可他却"永远存在"。……中国人的杂耍要是表演出色的话，是极其智慧、非常幽默的，但是这些杂耍有一个致命的缺点——开场

---

① 程毅中. 宋元小说家话本集 [M]. 北京：人民文学出版社，2016：137.
② 连丽如. 评书三国演义：汉末风云 [M]. 北京：中华书局，2007：155-156.

之前总要对观众讲上一通啰里啰嗦的废话，这段话如此之长，会使得一位外国观众在杂耍结束之前就已经开始后悔到场了。①

　　明恩溥这段文字是批评中国人"漠视时间"的缺点而提出的所谓证据，其中当然有着文化误读，但也客观描述了"说话"艺术的特点，即程序的相对固定。作为"讲述体的文学"②，话本小说的艺术体制也是相对固定的，这对后世的小说创作有着深远的影响，例如通行本的《三国演义》，从杨慎《临江仙》词作为篇首开始，以"后人有古风一篇"做篇尾，这种模式几乎成了章回体长篇小说的通例。

---

①　[美] 明恩溥. 中国人的气质 [M]. 刘文飞，刘晓旸，译. 北京：东方出版社，2014：33.
②　萧相恺. 宋元小说简史 [M]. 太原：山西人民出版社，2005：31.

第四章　众体毕备的明代小说

明代从1368年朱元璋在应天称帝开始，至1644年崇祯皇帝自缢终结，共计276年，之后的南明政权应归入清代为宜。对于明代小说的分期，学界的意见并不统一。例如，陈大康将之分为五段，即"明初的小说创作（洪武至洪熙四朝1368—1425）""萧条与复苏（宣德至正德七朝1426—1521）""嘉靖、隆庆朝的小说创作（嘉靖、隆庆二朝1522—1572）""繁华与危机的双重刺激（万历、泰昌朝1773—1620）"和"明末的小说创作（天启、崇祯及南明弘光朝1621—1645）"①。齐裕焜将其分为三段，即"明前期小说"，"从洪武至成化（1368—1487）"；"明代中后期小说"，"从弘治至万历（1488—1620）"②；"明末小说"，"指泰昌、天启、崇祯年间（1620—1644）"③。本书取齐裕焜的三段分法，但为了行文方便，将三段分为"明代前期小说"（洪武至成化，1368—1487）、"明代中期小说"（弘治至万历十年，1488—1582）和"明代后期小说"（万历十一年至崇祯，1583—1644）。

明代小说是在承袭唐代传奇小说和宋元话本小说的基础上丰富发展起来的，其内容题材和语言体式非常丰富。就内容题材来看，历史演义小说、英雄传奇小说、神魔小说、世情小说和时事小说都是在明代成熟起来的。如黄霖和杨红彬所言：

> 如果在比较宽泛的意义上理解"历史演义""神魔小说""世情小说""公案小说"

---

① 陈大康. 明代小说史 [M]. 上海：上海文艺出版社，2000.
② 齐裕焜. 明代小说史 [M]. 杭州：浙江古籍出版社，1997：140.
③ 齐裕焜. 明代小说史 [M]. 杭州：浙江古籍出版社，1997：312.

等等名目,可以说,这些题材类型在宋元说话中就出现了。事实上,明代小说都经过一个整理、改编宋元旧作的阶段,题材上的继承性是不言而喻的。另一方面,随着社会生活的变化,也由于小说艺术自身的发展规律,明代小说在题材领域也有所拓展和挖掘。①

从语言体式上看,明代小说可谓众体毕备,既有承袭唐代传奇小说创作传统的文言小说,如以瞿祐《剪灯新话》为代表的"剪灯"系列小说,又有由宋元话本小说发展而来的白话小说。白话小说在明代占有着极为重要的地位,正如刘勇强指出的那样:

> 白话小说从本质上说,是适应新的社会生活与文化需求产生的,它从不同的角度展现了传统诗文所没有或不屑表现的各个阶层,特别是庶民阶层的原生态的生活场景,成为飞速发展的时代的动态写照……白话小说在文学史上值得予以更多的关注,也因为它在文体上表现了更大的开放性、兼容性,可以从总体上代表文学发展的成熟。我们知道,小说在文体上有一个很突出的特点,就是所谓"文备众体"。明代白话小说中,也是诗、词、曲、赋、尺牍、奏章等各种文体无所不包,它们构成了小说文体的有机组成部分。白话小说中的这些文体有时可以与它们的发展保持同步,如《警世通言》中的《唐解元一笑姻缘》就纳入了唐寅等明人的诗;有时又可能具有某种实验性,如《西游记》中的诗歌,句式活泼,节奏明快,甚至突破了古代诗歌的形式。虽然我们不必抬高白话小说中其他文体的艺术水平,但如果说它们多少可以折射出各体文学的面貌,也不为过。②

明代的白话短篇小说有较大发展。文人一方面对宋元话本小说加以整理润饰,另一方面又有意识地模拟宋元话本小说的形式创作出拟话本小说。从话本到拟话本,由供讲唱之用的口头文学记录文本发展到供人阅读的案头文学的创作文本,对此,傅承洲提出了一对新概念,"艺人话本和文人话本。这对概念既可表明两者之间的联系,即它们都是话本,属同一体裁,又能说明两者之间的差异,作者身份与欣赏方式的不同"③。

明代小说的主力则是长篇章回体白话小说。"章回小说是我国古典长篇小说的唯一形式。"④ "'章'与'回'即小说的基本段落和单元,我国小说称'回',西方小说用'章','章回'的连称乃是基于对中西长篇小说的结构单元的比较和认同。"⑤ "'章回'之'章'即是小说中一个相对完整的组成部分或者单元、段落。它既可指'回',也可以是'卷''则'或'节'。" 而 "'回'也隐含了某件事情完成,可成一段落之意,正

---

① 黄霖,杨红彬. 明代小说 [M]. 合肥:安徽教育出版社,2001:15.
② 刘勇强. 白话小说在明代文学史上的地位 [N]. 光明日报,2017-6-26 (13).
③ 傅承洲. 艺人话本与文人话本 [C] //傅承洲. 明代文人与文学. 北京:中华书局,2007:186.
④ 游国恩,等. 中国文学史:四 [M]. 北京:人民文学出版社,1980:13.
⑤ 罗书华. 章回小说的命名和前称 [J]. 明清小说研究,1999 (2):21.

是有了这层含义,它被用作表示某段时间或某个事件单元的量词。在这个意义上,'回'与'章'基本等值,都是指向小说由若干个相对完整的单元、段落组成的这个特点"①。章回小说的起源很早,"约略可推溯到宋元间"②,"也就等于说'章回'的形制来源于宋元讲史、话本"③。如胡适《论短篇小说》指出:"宋朝是'章回小说'发生的时代。如《宣和遗事》和《五代史平话》等数,都是后世'章回小说'的始祖。"④但章回小说的定名却是近代的事了。从文体角度来看,"夏曾佑可能是试图澄清小说概念,从而提出'章回'体小说的第一人"⑤。他在《小说原理》中指出:

曲本、弹词之类,亦摄于小说之中,其实与小说之渊源甚异。小说始见于《汉书·艺文志》,书虽散佚,以魏、晋间之小说例之,想亦收拾遗文,隐喻托讽,不指一人一事言之,皆子史之支流也。唐人《霍小玉传》《刘无双传》《步非烟传》等篇,始就一人一事,纤徐委备,详其始末,然未有章回也。章回始见于《宣和遗事》,由《宣和遗事》而衍出者为《水浒传》,由《水浒传》而衍出者为《金瓶梅》,由《金瓶梅》而衍出者为《石头记》,于是六艺附庸,蔚为大国,小说遂为国文之一大支矣。⑥

夏曾佑通过文体的比较和源流发展,明确了章回小说的独立地位。

关于中国古代章回小说的性质和特点,罗书华认为:

首先,它与院本、弹词、传奇等文体具有相同的性质,但又与它们的代言体、韵叙体相区别,它是一种散叙体文艺;其次,章回小说具有通俗文学性质,是一种白话语体小说,文言小说,哪怕是形式上采用章回体制,亦不属于典范的章回小说范畴;在形制上,它有相当的长度,内涵上有相当的阔度,可以容纳丰富、复杂的社会生活,而且以章回为结构单元,单元之间一般是顺时相连,在这点上,它体现了中国长篇小说的民族特色;在最后一个层次上,它与短篇小说相区别,这种区别甚至不止是形制上的,正如文言小说加上章回的套子,未必能成为真正的章回小说一样,短篇小说简单地拉长篇幅,也未必可以成为章回。⑦

章回体长篇白话小说成书大体上分为文献记载、民间讲唱和文人加工三个阶段,内

---

① 罗书华. 章回小说之"章回"考察[J]. 齐鲁学刊,1999(6):64.
② 罗书华. 章回小说的命名和前称[J]. 明清小说研究,1999(2):19.
③ 罗书华. 章回小说之"章回"考察[J]. 齐鲁学刊,1999(6):64.
④ 徐中玉. 中国近代文学大系:文艺理论集二[M]. 上海:上海书店,1995:441.
⑤ 罗书华. 章回小说的命名和前称[J]. 明清小说研究,1999(2):20.
⑥ 徐中玉. 中国近代文学大系:文艺理论集二[M]. 上海:上海书店,1995:254.
⑦ 罗书华. 章回小说的命名和前称[J]. 明清小说研究,1999(2):22.

容极为广泛。以《三国演义》为代表的历史演义小说和以《水浒传》为代表的英雄传奇小说在明代前期盛行；以《西游记》为代表的神魔小说和以《金瓶梅》为代表的世情小说在明代中期商品经济发展时代大受欢迎；而随着明代后期社会政治危局的加剧，文人更加关注时事，于是源于宋元"说铁骑儿"话本、表现当代重大政治题材如魏忠贤乱政的时事小说也随之发展起来。

第一节　明代前期小说

明代初年，文言小说出现了复兴的态势，瞿佑22卷的《剪灯新话》是其代表作。此书表现爱情的内容最多，其次是或借用历史题材，或以神怪幻化的形式表现文人的抱负与追求，一些内容还被后世小说戏曲所吸收借鉴；《剪灯新话》的文辞优美，常常借用诗词来推动情节或渲染气氛，对后世文言小说的创作影响较大，效仿的作品数量很多，形成了所谓"剪灯"类小说，较为出名的有李昌祺的《剪灯余话》，此外还有万历年间邵景詹的《觅灯因话》。"剪灯"意象出于李商隐《夜雨寄北》"何当共剪西窗烛，却话巴山夜雨时"，既表现出对家人亲情与爱情的和谐关系之向往，又体现着"悠然"与"闲情"的文人审美心态。这一类文言小说在唐代传奇小说和蒲松龄《聊斋志异》之间处于承上启下的地位。

明代前期小说创作的真正主力是章回体长篇小说。经过元末明初动荡的政局，人心思治，渴望建立稳定的社会秩序，而且，元代曾经的赫赫武功依然存留在人们的记忆里，这种心态在小说作品中的反映，就是英雄人物成为小说作品的主角，"这类形象大量出现在当时文坛，不可看成一个孤立的文学现象，它反映了在元末明初社会动乱、群雄争霸的历史条件下，英雄人物在历史中的突出地位及其在人们心目中的强烈印象"[①]。于是，历史演义小说和英雄传奇小说率先登上了中国章回体长篇小说的历史舞台，并在此后小说发展史中长时间地占据了主体地位。史书的记载，民间的讲唱，话本的发展，这些都为章回体长篇小说的成熟奠定了基础，做了充分的准备，随着特定时期内某些天才文人的出现，最终促成了《三国志通俗演义》和《忠义水浒传》这样经典的章回体长篇小说定型，再经过后世诸多文人的不断润色打磨，才有了位列"四大奇书"和"四大名著"的《三国演义》和《水浒传》通行的文本。

关于第一部章回体长篇小说，有的学者认为是《水浒传》，如清代章学诚就认为"其书（案：《三国演义》）似出《水浒传》后"[②]，王钟麒《中国历代小说史论》认为

---

① 黄霖，杨红彬. 明代小说［M］. 合肥：安徽教育出版社，2001：89.
② ［清］章学诚. 乙卯札记. 丙辰札记. 知非日札［M］. 北京：中华书局，1986：89.

"章回体以施耐庵之《水浒传》为先声"①；也有学者认为是《三国演义》，如游国恩等主编的《中国文学史》认为"《三国演义》不仅是我国章回小说中的开山作品，也是我国最有成就的长篇历史小说"②，袁行霈主编的《中国文学史》也认为"《三国志演义》是我国第一部长篇章回小说，也是历史演义小说的开山之作"③。这两部小说诞生时间孰先孰后尚无定论，但其共同主题都是对"忠义"的强调。《水浒传》早期版本都题为《忠义水浒传》自不待言，《三国志通俗演义》卷之一中"曹操起兵伐董卓"，曹操召集义兵，也是"竖起招兵白旗一面，上书'忠义'二字"④。对此，张锦池有比较透彻的论述：

其一，两部小说的文化意蕴似相异而实相类，写乱世忠义之甫离草泽即奋志匡扶社稷，视为《三国志通俗演义》中的蜀汉英雄；写乱世忠义之被逼啸聚山林而尤谋"顺天护国"，是为《水浒传》中的英雄好汉。二者虽题材不同，在蒙受江湖文化的影响上亦有轻重之分，而创作宗旨则一，即"意主忠义，而旨归劝惩"。其二，两部小说的忠义观念似相左而实相成。虽都"意主忠义"，而侧重点不同。《三国志通俗演义》的侧重点是在"义"，在"下安黎庶"，即"为民"，作者是以"忠"济"义"写之；《水浒传》的侧重点是在"忠"，在"上报国家"，即"为国"，作者是以"义"济"忠"写之。论民本主义思想，《三国志通俗演义》实更充沛些；论爱国主义激情，《水浒传》实更浓烈些。其三，两部小说的结构模式似相异而实同。二者皆以"忠"与"不忠"、"义"与"不义"、"仁"与"不仁"的忠奸对立的二维模式为其结构的基本模式。其结论当是：两大名著相映成辉，成为歌颂忠义的英雄谱。⑤

这两部作品表达主题的角度不同，但殊途同归，都表现出对元明之际社会状况的关切与主张，民本思想与爱国之情也是融为一体的，"二者相映成辉，遂使这两部忠义小说成为各具特色而相得益彰的姊妹篇"⑥。因此，不一定非要分出谁是第一部章回体长篇小说，在没有具体确证之前，将两部作品同时作为中国章回体长篇小说登场的双星是没有问题的。《三国演义》和《水浒传》都充分贯彻着对忠义观念的诉求，"两大名著相映成辉，成为歌颂忠义的英雄谱"，此言恰如其分。

---

① 徐中玉. 中国近代文学大系：文艺理论集二 [M]. 上海：上海书店，1995：380.
② 游国恩，等. 中国文学史：四 [M]. 北京：人民文学出版社，1980：14.
③ 袁行霈. 中国文学史：第四卷 [M]. 北京：高等教育出版社，2005：21.
④ 〔明〕罗贯中. 三国志通俗演义 [M]. 上海：上海古籍出版社，1980：40.
⑤ 张锦池. 三国演义考论 [M]. 北京：人民出版社，2016：前言.
⑥ 张锦池. 三国演义考论 [M]. 北京：人民出版社，2016：前言.

一、《三国志通俗演义》及其影响下的历史演义小说

（一）关于"历史演义"

"演义"一词最早见于《后汉书·周党传》："党等文不能演义，武不能死君。"① 其含义，就是相关理念的推广演变。而历史演义，"就是用通俗的语言，将争战兴废、朝代更替等为基干的历史题材，组织、敷演成完整的故事，并以此表明一定的政治思想、道德观念和美学理想"②。这个"演"包含虚构的特点，使"演义"成为小说有了可能。评书表演艺术家连丽如从其演出实践出发，对"演义"进一步加以阐述：

> 我说的是评书《三国演义》，不是历史。刚才我跟一位听众老杜聊天儿，就聊到这个：历史书没有心理描写，演义书才有心理描写。历史书，秦始皇当时是怎么想的，把心理描写出来，那就不是历史了，谁也不可能知道当时秦始皇是怎么想的。而一有了心理描写，就叫演义了。所以我都说的是《三国演义》，有些地方就无可考证了。③

连丽如强调了"演义"不同于历史的虚构特点。此后，嘉靖本《三国志通俗演义》开始以"演义"来称呼历史小说，后世甚至有人将"演义"视为小说的代名词，如天许斋《古今小说识语》曰"本斋购得古今名人演义一百二十种"④，就是用"演义"指代小说。

历史演义最突出的特点就是对题材虚实关系的处理，最有影响的说法是"七分实事，三分虚构"，此言出自清代章学诚《丙辰札记》：

> 《三国演义》固为小说，事实不免附会。然其取材，则颇博赡。如武侯班师泸水，以面为人首，裹牛羊肉以祭厉鬼，正史所无，往往出于稗史，亦不可尽以小说无稽而斥之也。演义之最不可训者桃园结义，甚至忘其君臣而直称兄弟，且其书似出《水浒传》后，叙昭烈、关、张、诸葛，俱以《水浒传》中萑苻啸聚行径拟之。诸葛丞相生平以谨慎自命，却因有祭风及制造木牛流马等事，遂撰出无数神奇诡怪，而于昭烈未即位前君臣寮寀之间，直似《水浒传》中吴用军师，何其陋耶！张桓侯，史称其爱君子，是非不知礼者，演义直以拟《水浒》之李逵，则侮慢极矣。关公显圣，亦情理所不近。盖编演义者本无知识，不脱传奇习气，固亦无深责，却为其意欲尊正统，故于昭烈、忠武颇极

---

① 〔宋〕范晔，撰，〔唐〕李贤，等，注. 后汉书 [M]. 北京：中华书局，1999：1865.
② 袁行霈. 中国文学史：第四卷 [M]. 北京：高等教育出版社，2005：21.
③ 连丽如. 评书三国演义：汉末风云 [M]. 北京：中华书局，2007：181.
④ 丁锡根. 中国历代小说序跋集 [M]. 北京：人民文学出版社，1996：774.

推崇，而无如其识之陋尔。凡演义之书，如《列国志》《东西汉》《说唐》及《南北宋》，多纪实事，《西游》《金瓶》之类，全凭虚构，皆无伤也。惟《三国演义》则七分实事，三分虚构，以致观者往往为所惑乱，如桃园等事，学士大夫直作故事用矣。故演义之属，虽无当于著述之伦，然流俗耳目渐染，实有益于劝惩。但须实则概从其实，虚则明著寓言，不可虚实错杂，如《三国》之淆人耳。①

其一，章学诚认为"演义"是对历史的生发，可以有所附会虚构，但不可以违背基本道德伦常。因此，他否定桃园结义行为，认为这违背了君臣之礼；其二，"演义"可以在细节上加以生发，但不应该违背历史的真实，特别不应该任意改变人物性格特点，因此对《三国演义》中关羽、张飞和诸葛亮等形象的塑造颇有微词；其三，章学诚把历史演义小说和神魔小说与世情小说区分开，指出历史演义应符合历史事实，而神魔小说和世情小说则"全凭虚构，皆无伤也"。在此基础上提出的"七分实事，三分虚构"实际上是对《三国演义》的批评，认为这样"虚实错杂"而"以致观者往往为所惑乱"，"淆人"。章学诚的批评源于对道德伦常的维护，但他也认同了历史演义小说的价值，"流俗耳目渐染，实有益于劝惩"，也承认了《三国演义》的艺术魅力。所以，章学诚"七分实事，三分虚构"的评价，在今天成为评价历史演义小说处理题材虚实关系的标准。

历史演义这种小说样式源于宋代讲史话本，《三国演义》是其代表作。它虽然一开始就表现出迅猛势头，甚至到了历代正史都有演义作品相配套的程度，如明代可观道人《新列国志叙》所言："有《夏书》《商书》《列国》《两汉》《唐书》《残唐》《南北宋》诸刻，其浩瀚几与正史分签并架。"② 但《三国演义》一经问世就登上了中国古代小说的高峰，之后的历史演义作品却难以为继。《三国演义》之后少有佳作，其水平如明代可观道人《新列国志叙》所言："悉出村学究杜撰，么麽碔砆，识者欲呕。"③ 其原因，除了作者本人的艺术修养不够外，还有其着眼点只是注重对历史知识的通俗表述，而缺少强烈的人文关怀意识，即使是《东周列国志》这样比较优秀的作品也未能避免。

（二）《三国演义》的成书

《三国演义》属于世代累积型小说，主要经过了文献记载、民间艺人讲唱和文人艺术加工这三个阶段，是典籍文献与讲唱艺术相结合、民间智慧和文人审美相结合的产物。

1. 晋代陈寿《三国志》和裴松之的注是创作《三国演义》依据的主要史料，特别

---

① 〔清〕章学诚. 乙卯札记. 丙辰札记. 知非日札 [M]. 北京：中华书局, 1986: 89-90.
② 丁锡根. 中国历代小说序跋集 [M]. 北京：人民文学出版社, 1996: 864.
③ 丁锡根. 中国历代小说序跋集 [M]. 北京：人民文学出版社, 1996: 864.

是裴松之引用的材料中有很多来自野史、传说。刘义庆《世说新语》也记载了相关的趣闻轶事，如《容止》篇曹操捉刀立床头见匈奴使者而自显英雄气等。

2. 至迟在晚唐，三国故事已在民间广泛流传，李商隐《骄儿》诗中有"或谑张飞胡，或笑邓艾吃"的句子，从中可见三国故事的普及程度。在宋代说话"讲史"一家中，已有专门演说三国故事的行当，称为"说三分"，并有"霍四究"这样的专门说话人，而且已经形成了"闻刘玄德败，颦蹙有出涕者；闻曹操败，即喜唱快"这样尊刘贬曹的情感倾向。元代至治年间刊印的《全相三国志平话》和内容大致相同的《三分事略》，是宋元讲史话本的写定本，已粗具规模，为《三国演义》的创作提供了故事轮廓和基本框架。同时，三国故事还被大量搬上戏曲舞台，仅元杂剧中见于著录的三国戏就有几十种。

3. 元、明之际，在丰富的史料和民间文学积累的基础上，一般认为是罗贯中这个天才文人对三国故事进行了整理与艺术再创作。关于罗贯中，其生平材料不多，但其文学才能却是显著的，田汝成《西湖游览志馀》说他曾编辑小说几十种，存世的作品除了《三国志通俗演义》和杂剧《赵太祖龙虎风云会》外，还有长篇小说《隋唐两朝志传》《残唐五代史演义传》与《三遂平妖传》，而且他还可能是《水浒传》的编写者之一。对于三国故事，他熔铸了自己的生活经验和思想感情，融汇了激荡的时代精神，兼顾历史真实与艺术真实，最终完成了《三国志通俗演义》。而《三国演义》的真正成熟则是明代中期以后的事，如浦安迪所言，自弘治至万历中期，"开始以它们最完整的形式流传于世"①。到清代康熙年间，毛宗岗又对全书的回目、情节和文字做了全面的加工润色，进一步提高了作品的艺术水平，形成了最流行的本子。

（三）《三国演义》的思想内涵

《三国演义》的思想内涵相当丰富，从整体上看，主要体现了以下几点：

1. 对乱臣贼子之痛恨。小说开篇就从宦官乱政这个问题写起，这和《水浒传》乱自上作的思路是一致的，扰乱朝纲的十常侍、刚愎自用的何进与霸道骄横的董卓都是乱臣贼子的典型。书中借许邵之口对曹操"治世之能臣，乱世之奸雄"②的评价也体现了这个特点。对其"奸雄"的一面，如"宁教我负天下人，休教天下人负我"③的人生哲学，凶残暴虐、杀戮百姓的行径（如第十回在徐州的暴行），奸诈狡猾的待人处事（如第十七回借王垕之头安定军心、第三十回对许攸谈军粮问题），作者当然是予以猛烈抨击的；但是，对其才华，如对何进的忠告、刺杀董卓的勇气、失败后的韧性、求才若渴的心胸、对军纪的维护（如第十七回因践踏麦田而割发代首）则是予以肯定的。这样的

---

① ［美］浦安迪. 明代小说四大奇书［M］. 沈亨寿，译. 北京：生活·读书·新知三联书店，2006：1.
② ［明］罗贯中. 三国演义［M］. 北京：人民文学出版社，1973：8.
③ ［明］罗贯中. 三国演义［M］. 北京：人民文学出版社，1973：38.

纠结，很好地深化了主题，增强了思想表现张力。

2. 对仁君贤臣之渴慕。金庸曾指出"中国的古典小说基本上是反权威的"，并举《三国演义》为例认为其"基本主题是'义气'而不是'正统'"①。但事实上看，《三国演义》的主题之一恰恰就是渴望权威，推崇"正统"。这是作者从儒家的政治道德观念出发而表现出来的。其中刘备是仁君的典范，作者肯定他仁政爱民、礼贤下士的政治品质，三顾茅庐访诸葛亮，新野逃亡而不舍弃百姓，是其人格亮点；特别是通过与曹操的对比，作者对刘备寄予了理想。如第六十回"张永年反难杨修 庞士元议取西蜀"中刘备和庞统讨论益州的一段话：

统曰："荆州东有孙权，北有曹操，难以得志。益州户口百万，土广财富，可资大业。今幸张松、法正为内助，此天赐也。何必疑哉？"玄德曰："今与吾水火相敌者，曹操也。操以急，吾以宽；操以暴，吾以仁；操以谲，吾以忠：每与操相反，事乃可成。若以小利而失信义于天下，吾不忍也。"②

此外，诸葛亮的鞠躬尽瘁、足智多谋，关羽的义薄云天、勇武绝伦等，也表现出作者对贤臣之"忠义"观念和"智勇"才能的肯定。

3. 对传统道德之反思。《三国演义》诞生于元末明初这样一个混乱的时代，传统道德受到了功利主义的巨大冲击。曹操坦言"休教天下人负我"就是这样一种典型体现。而陈宫离曹操而去，也是对其道德品格的失望表现，最终被曹操俘虏，坚决不肯低头，也是对其道德品格不屑的决绝，但是，陈宫因此而死，也是一种悲剧。对曹操这样一个人物，其"能臣"色彩的弱化，其奸雄一面的增强，同样也是作者思考的问题，这同样是道德的悲剧。在作者抨击奸恶的同时，也充溢着遗憾和失望。作者满腔热情地歌颂代表公道正义一方的蜀汉集团，刘备、诸葛亮、关羽等主要人物，都体现了作者的政治理想、道德理想和人格理想，作者在此还特别强调了"火德"意识。《三国演义》中有多处对"火"的描述，这其中包含着丰富的文化内涵，特别是体现了"用天道来解释政治和历史变化""以五行相生的次序来解释政治历史变化的新五德终始理论"③观念。"在新五德终始理论的框架下刘向推衍出了汉德为火。"④如《汉纪·高祖皇帝纪》所言：

及至刘向父子，乃推五行之运，以子承母，始自伏羲，以迄于汉，宜为火德。⑤

---

① 金庸. 韦小宝这小家伙 [C] //黄子平，编选. 寻他千百度. 北京：中华书局，2014：266.
② 〔明〕罗贯中. 三国演义 [M]. 北京：人民文学出版社，1973：520.
③ 杨权. 新五德理论与两汉政治——"尧后火德"说考论 [M]. 北京：中华书局，2006：11.
④ 杨权. 新五德理论与两汉政治——"尧后火德"说考论 [M]. 北京：中华书局，2006：139.
⑤ 张烈，点校. 两汉纪 [M]. 北京：中华书局，2002：2.

而东汉建立以后,"火德制就成为在东汉王朝一以贯之的政治制度,而'汉为火德'说也从此成为人们根深蒂固的观念"①。《三国演义》中多次表现诸葛亮以火胜敌的场景,其中显然包含着对蜀汉集团道德正统的肯定。但他们在与反面势力的斗争中,还是走向了失败,甚至以"火德"正统自居的刘备最终也败在了"火"中,这里显然也是有着一种悖反的力量,对汉朝的灭亡表达了一种深刻的思考。这就造成了一种悲剧态势,表现出作者对传统道德的理想幻灭与价值错位的思考。

(四)《三国演义》的艺术成就

《三国演义》是中国古代小说发展史上的一个里程碑,它在艺术上取得的成就也是多方面的:

1. 形象极具神采。《三国演义》中的形象在一定程度上具有类型化倾向,即突出形象的某方面特点,强调其性格的主要特征,不惜浓墨重彩加以描述,甚至将这一特征发展到极致,鲁迅所言"欲显刘备之长厚而似伪,状诸葛之多智而近妖"②就是对这种倾向的批评。但从整体上看,其形象塑造还是比较出色的,作品常常采用传奇性的情节来凸现人物的性格特征,如关羽温酒斩华雄和张飞长坂桥三声大喝吓退曹军;还善于通过特定的情势和氛围表现人物的精神状态,如长坂坡之战中赵云之神勇和煮酒论英雄中刘备之谨慎。

作品善于表现人物性格的多样性和现实性。曹操尽管有"宁教我负天下人,休教天下人负我"的话,但其横槊赋诗仍显其文采洒脱,其献刀董卓显其机智多谋。特别是对曹操几次战败狼狈逃脱的描述,濮阳战吕布被画戟击盔,潼关战马超遭割袍断须,赤壁之战中的大笑与痛哭,其狼狈、洒脱与清醒都清晰地表现出来,呈现出一个真实而全面的曹操形象;诸葛亮形象常因"祭风"的情节被人诟病,不仅是"状诸葛之多智而近妖",而且是"作者想把诸葛亮写得更高明却又感到力竭智穷的表现","诸葛亮的形象就从一个以智慧战胜一切的人物,降低到乞灵于鬼神的茅山道士",甚至进而指出"诸葛亮这种不谐调的二重形象,到了《水浒传》里就干脆分成了两个人,一个是智多星吴用,一个是入云龙公孙胜,而公孙胜这个人物形象也正是《水浒传》中的败笔"③。但是,这并不能掩盖诸葛亮形象之光辉。舌战群儒,表现其智谋;哀悼周瑜,表现其情义;六出祁山,表现其忠勇。挥泪斩马谡时表现其浓重的人情,五丈原禳星时凸显其有心无力的苦涩,而这个活生生的诸葛亮更具艺术魅力。关羽的形象对后世影响尤其大,所谓"即穷荒僻壤,凡有血气口莫不建祠宇以格其神,以达其尊"④,甚至,"在稍远一

---

① 杨权. 新五德理论与两汉政治——"尧后火德"说考论 [M]. 北京:中华书局,2006:264.
② 鲁迅. 中国小说史略 [M]. 北京:人民文学出版社,1973:107.
③ 林庚. "赤壁之战"分析 [C] //林庚. 西游记漫话. 北京:人民文学出版社,1990:123.
④ 重修关帝庙碑记:清康熙二十八年 [C] //沈阳市文物考古研究所. 沈阳碑志. 沈阳:辽海出版社,2011:67.

些的内地,战神关羽似乎更多地被当作雨神来崇拜了"①。关羽的本色是忠义,千里走单骑,华容道放曹操,都突出了这一点,后世对关羽的敬仰,最主要的原因也是其忠义精神。如沈阳城中《重修中心庙碑记》所言"在文,中心为忠,庙名中心,不外地当制垣中心之义。于中心之地祀忠灵万古之神"②。清代,尚武的统治者更是修建了很多关帝庙,供奉关羽像,以示敬意。以先后成为清代都城和陪都的沈阳为例,从现存的碑志来看,其天佑门外、小西边门外、小西门外、揽军屯和沈北新区石佛寺乡、康平县文庙、新民前当铺镇章京堡子村以及大民屯都有专门的关帝庙,甚至在沈阳故宫北墙外还有一座"远在明清、枢纽全城、历史悠久"③的中心庙供奉关羽。而《三国演义》在表现其忠义的同时并没有神化他,例如杀华雄当然是其勇冠三军的表现,但其后的三英战吕布则表现其技不如人的一面,此后杀颜良则有取巧的一面。但关羽这样一个并不完美的英雄形象反而更加立体地呈现出来了。

不仅是刘备、曹操、诸葛亮和关羽这样的主要形象,就是配角也很丰满,例如陈宫,在诸葛亮没有出世之前,他是独领风骚的智者,而且还是能够独当一面的文武双全的将领,在《三国演义》中,陈宫这个形象同样凸显出对忠义的追求与信守。他知道曹操残忍却又不愿杀掉曹操,他知道吕布的无谋却又不愿离开吕布,这都是其重义的体现,特别是陈宫之死,"成了'忠义之士'舍生取义的壮烈举动,成了《三国演义》这部'忠义'英雄颂歌中的一个激越的音符"④,他与诸葛亮一样,同样表现出英雄无力回天的痛苦和对文人无力独立支配自己命运的悲叹。从这个角度看,陈宫虽然是个配角,但作者对其寄托甚多,他和诸葛亮共同营造了《三国演义》的悲剧氛围。这个悲剧,是英雄的悲剧,也是文人的悲剧。

2. 题材处理得当。《三国演义》确立了历史演义小说虚实结合的艺术范例,即"七分实事,三分虚构"。其具体表现是《三国演义》能够充分尊重历史,尽管在细节上充分运用各种艺术手法腾挪跌宕,使情节更加曲折,场面更加宏大,但在整体上并没有依据自己的道德立场去改变历史进程,对蜀汉政权,尽管将之树为正统,但并没有让其统一天下,这显然比其续书《后三国石珠演义》那样"神魔杂出,变幻莫测,已偏离了历史演义创作的正轨"⑤的基调要高明得多。

3. 战争描写生动。《三国演义》写了大大小小上百次战争,对战争的表现极有特色。其一,善于凸显不同战役的特点,充分展示出战争的复杂性和多样性,即使写同类战争,也能同中显异,避免雷同,例如火攻,火烧新野、火烧赤壁、火烧连营、火烧藤

---

① [美]明恩溥. 中国人的气质 [M]. 刘文飞,刘晓旸,译. 北京:东方出版社,2014:266.
② 重修中心庙碑志:1938 [C] //沈阳市文物考古研究所. 沈阳碑志. 沈阳:辽海出版社,2011:387.
③ 重修中心庙碑志:1938 [C] //沈阳市文物考古研究所. 沈阳碑志. 沈阳:辽海出版社,2011:387.
④ 沈伯俊. 论陈宫 [J]. 许昌师专学报,1988 (2):63.
⑤ 胡胜. 同源而异质:试析《三国演义》的两部续书 [J]. 明清小说研究,2003 (3):70.

甲兵和火烧葫芦谷，表现得各有风采；其二，善于表现战前双方实力对比和战略安排，突出智慧谋略在战争中的决定性作用；其三，善于在写战争时兼写其他活动，或作为战争的前奏和余波，或作为战场上的调剂和穿插（如曹操在赤壁逃亡中的几次大笑场面），从而使战争描写既紧张激烈，又张弛有度，富有节奏感。

4. 结构匀称合理。全书围绕魏、蜀、吴三个集团之间既斗争又合作的表现来构建整体框架，又以魏、蜀两大集团的矛盾斗争为主干，重点突出蜀汉集团，特别是把诸葛亮的活动作为表现的中心，使全书成为一个既宏大壮阔而又细密精巧的艺术整体。

（五）其他题材的历史演义小说

《三国演义》开创了章回体历史演义小说一路，对后世影响很大。从题材来看，影响较大的历史演义小说题材主要有以下几种：

1. 列国题材。最早讲述列国故事的是宋元讲史话本《武王伐纣平话》《七国春秋平话》和《秦并六国平话》等；明代中叶余邵鱼编撰了《列国志传》，在叙述了商纣灭亡到秦并六国长达八百年历史的同时还穿插进很多民间故事；明代后期冯梦龙又将其进行增减润色，改写为《新列国志》，篇幅大大增长，年代则集中在春秋战国，使其名副其实；清代乾隆年间，蔡元放又对《新列国志》予以润色修订并加以评点，名为《东周列国志》，成为流行的文本，但过分拘泥史实，是其不如《三国演义》之处。

2. 隋唐题材。题名罗贯中的《隋唐两朝志传》和熊大木编撰的《唐书志传通俗演义》都以李世民作为中心人物，是较早出现的隋唐题材小说；之后有齐东野人的《隋炀帝艳史》和袁于令的《隋史遗文》，《隋炀帝艳史》依据宋人小说并参照有关史料，着重写隋炀帝的荒淫，以此作为隋唐换代的原因。《隋史遗文》则着重表现在改朝换代的大动乱背景下以秦琼为代表的草莽英雄之命运，从而将帝王发迹史演变为乱世英雄传，从叙述历史事件转向塑造英雄形象，体现出从历史演义小说向英雄传奇小说转变的趋势，开辟了此类题材小说发展的新方向；至清代康熙朝，褚人获将相关隋唐题材作品加以整理剪裁，连缀形成100回的《隋唐演义》，"将历史演义、英雄传奇、才子佳人小说等笔法熔为一炉"①，成为隋唐题材系统中最为流行的文本。此后还有《说唐演义全传》，这已经是真正意义上的英雄传奇小说了。

相对而言，隋唐题材的小说艺术水平并不高，但其中的英雄故事却在民间广为流传，秦琼、程咬金、李元霸等形象更是脍炙人口，对后世文学作品和评论也颇具影响，例如鲁迅《我们现在怎样做父亲》一文中提倡"自己背着因袭的重担，肩住了黑暗的闸门，放他们到宽阔光明的地方去"②的形象，便很有些《说唐演义全传》中雄阔海托起千斤闸的悲情色彩。夏济安在论述鲁迅"黑暗的闸门"意象时也引用了《说唐演义全

---

① 袁行霈. 中国文学史：第四卷 [M]. 北京：高等教育出版社，2005：31.
② 鲁迅. 鲁迅全集：第一卷 [M]. 北京：人民文学出版社，1973：117.

传》的情节："隋炀帝时,李世民召集各路好汉造反,结果事情败露,只好逃走。隋兵想用一个铁闸门把他关住,这时一个侠客用身体把铁闸挡住,让好汉们都逃走,自己反被这个铁闸轧死了。"① 他所说的这个侠客就是雄阔海,事实上称之为英雄更为合适。《说唐演义全传》第四十一回"勇罗成力抢状元魁 雄阔海压死千金闸"这样表现雄阔海:

> 众反王都有些知觉,防有不测之变,一齐上马,飞的一般俱奔到城下。忽听一声炮响,城上放下千斤闸来。那雄阔海刚刚来到城门口,只见上边放下闸来,忙下马,一手抱住,大叫一声,众王应道:"城内有变。"雄阔海道:"既然有变,你等要出城者,趁我托住千斤闸在此,快走!"那十八家王子与各路一齐争出城来,一个个都走脱了。雄阔海走了一日一夜,肚中饥饿,身子已乏,跑到就托了这半日千斤闸,上边又有许多人狠命的推下来。他头上手一松,扑挞一响,压死在城下。②

场面描写虽然简单,甚至还有些粗糙,但雄阔海托住千斤闸,牺牲自己救出众人的气概却是非常感人的。而鲁迅用"黑暗的闸门"这个意象更是将雄阔海的勇敢悲壮升华了。

二、《水浒传》及其影响下的英雄传奇小说

所谓传奇,最初强调的是男女情感纠葛,后来不再限于单纯表现日常生活中普通的人和事,而更注重奇人奇事,于是英雄豪杰便逐渐成为传奇的主角。英雄传奇和历史演义的共同点在于"主要人物和题材都有一定的历史根据"③,但和历史演义相比,英雄传奇的主人公主要生活在市井江湖,而非朝堂战场,即使有所谓的历史背景,也相对弱化,人物的活动有了更多的自主性。英雄传奇将历史上的英雄拉进民间,使其更加贴近生活,故而其题材更喜闻乐见,受到市民阶层的欢迎。英雄豪杰形象在唐代"侠义类"传奇小说中已经有了一定的成就,在宋代小说话本中的"说公案""朴刀""杆棒""发迹""变泰"中有了更多的发展,而在晚清"为市井细民写心"④ 的《三侠五义》和表现文化救赎的《儿女英雄传》那里获得了新的内涵,在现代还珠楼主等人开拓的新派武侠小说中更是获得了进一步的提升。而《水浒传》无疑是英雄传奇小说最杰出的代表。

---

① 许子东. 许子东现代文学课 [M]. 上海:上海三联书店,2018:62.
② 〔清〕鸳湖渔叟,校订. 说唐演义全传 [M]. 古本小说集成本. 上海:上海古籍出版社,1994:732.
③ 袁行霈. 中国文学史:第四卷 [M]. 北京:高等教育出版社,2005:38.
④ 鲁迅. 中国小说史略 [M]. 北京:人民文学出版社,1973:250.

(一)《水浒传》的成书

章太炎指出:"最和现在小说相近的是宋代的《宣和遗事》,彼记宋徽宗游李师师家,写得非常生动,又有宋江等三十六人,大约水浒传即脱胎于此书。"① 其实《水浒传》同样也是历代累积型作品,同样也大体经历了文献记载、民间艺人讲唱和文人艺术加工润色这三个阶段。

1. 关于宋江起义的史实,《宋史》中的《徽宗本纪》《侯蒙传》和《张叔夜传》中都有零星的记载。

2. 水浒故事的丰富和发展是由民间讲唱艺术推动起来的。罗烨《醉翁谈录》记载了南宋时许多以水浒故事为题材的"说话"名目,且多为朴刀、杆棒类;宋末元初的龚开《宋江三十六人赞》完整地记录了三十六人的姓名和绰号;元代戏曲舞台上也出现了大量"水浒戏";而《大宋宣和遗事》的出现则表明了水浒故事开始从相对独立的短篇向连缀一体的长篇发展的趋势。

3. 元末明初,在民间传说和艺人讲唱的基础上,一般认为是施耐庵对相关内容进行了天才的再创造,产生了《水浒传》这部杰作;此外,也有把罗贯中视为作者的说法,而金圣叹在《第五才子书水浒传》中认为施耐庵完成了《水浒正传》70回,罗贯中又做了《续水浒传》30回,清代俞万春就是在金圣叹观点的基础上创作了《荡寇志》,又名为《结水浒全传》,"结耐庵之《前水浒传》,与《后水浒》绝无交涉也"②。关于《水浒传》的成书,也有学者通过书中的一些现象,如用白银交易、腰刀和子母炮等武器的使用等,把"《水浒传》成书时间的上限划定在了正德、嘉靖之交","成书时间的下限当不会晚于嘉靖十九年"③,姑备一说。

(二)《水浒传》的思想内涵

《水浒传》在成书过程中吸收了丰富的资料,其主题思想也呈现出多元化特点。突出表现为以下几点:

1. 与《三国演义》相比,《水浒传》的"忠义"观念更加突出。其一,《水浒传》早期的本子都题为《忠义水浒传》,例如明人高儒《百川书志》中所题"施耐庵的本,罗贯中编次"的《忠义水浒传一百卷》就被视为其祖本;其二,在作品中,作者在很多情节中凸显了"忠义"观念。特别是第六十回宋江初作梁山泊主便下命令"聚义厅今改为忠义堂"④,并将"替天行道"绣在杏黄旗上,确定为梁山义军的纲领。对此,张锦池认为:

---

① 章太炎. 国学概论 [M]. 上海:上海古籍出版社,1997:6.
② 〔清〕俞万春. 荡寇志 [M]. 北京:人民文学出版社,1981:1.
③ 石昌渝.《水浒传》成书于嘉靖初年考 [J]. 上海师范大学学报,2001(5):68.
④ 〔明〕施耐庵,〔明〕罗贯中. 水浒传 [M]. 北京:人民文学出版社,1997:799.

《水浒传》有两大标志：一是忠义堂，标志着梁山好汉皆忠义之士；一是杏黄旗，标志着梁山好汉皆仁德之人。二者的结合，而一以贯之以"宗宋情结"，是谓"梁山精神"。这一"梁山精神"，一则反映为当时华夏民众对反宋农民起义的不认可，遂有梁山好汉的同心同德征方腊；一则反映为当时华夏民众对辽金元异族政权的不认同，遂使"统豺虎、御边幅"成为宋江的不二心志。是故，可视之为宋元明三朝的华夏民众之心史的写照。①

"忠义堂"和绣着"替天行道"的杏黄旗使梁山起义具有了合理性，而志在推翻朝廷的方腊则成了大逆不道的叛逆，这充分显示出作者对忠义思想的推崇，这种忠义观念，不仅仅是传统"忠"和"义"的内涵阐释，其中也体现出当时整体民众对正统和安定社会的渴求。作品中，对接受正统招安的主动追求并不是宋江的专利，在宋江提出受招安之前，林冲就已经明确了这个思路，第二十回"梁山泊义士尊晁盖 郓城县月夜走刘唐"中林冲火并王伦，自明心迹时就说过将来要"剪除君侧元凶首恶"②。而在宋江眼里，带领大家接受招安更是一条对大家都有好处的正路。

其三，最能体现忠义思想创作宗旨的是宋江这一形象。作者从传统的伦理道德出发，塑造出宋江身上忠与义既矛盾又统一的复杂性格，他既是不违父教的孝子，又是仗义疏财的义士，早期的"孝义黑三郎"就是很好的概况。同时，他又是心忧社稷、专图报国的忠臣，他参加农民起义队伍只是"权居水泊，暂时避难"，最终目的是谋求招安，改邪归正，为国尽忠竭力。受招安后，宋江打着"顺天护国"的旗号，率领义军攘外安内，临死时还表白"我为人一世，只主张忠义二字，不肯半点欺心。今日朝廷赐死无辜，宁肯朝廷负我，我忠心不负朝廷"③，可谓是作者心中的忠义双全之人。张锦池指出：

宋江形象的演化过程，就是其忠义思想不断发展和深化的过程。其反映于宋江何以会"落草为寇"，则由《宣和遗事》中的"直奔梁山"投那晁盖哥哥，到元人杂剧中的为晁盖哥哥"救上梁山"，到《水浒传》中的"逼上梁山"；其反映于宋江何以会"把寨为头"，则由《宣和遗事》中的"有意为之"，到元人杂剧中的"自然晋职"，到《水浒传》中的众头领"三次相请"；其反映于宋江何以会"接受招安"，则由《宣和遗事》中的为张叔夜所劝，到元人水浒故事中的主动谋求，到《水浒传》中的一意招安，专图报国；其反映于宋江接受招安的结局，则由《宣和遗事》中的平方腊有功被封为节度

---

① 张锦池.《水浒传》考论[M]. 北京：人民出版社，2014：前言.
② 〔明〕施耐庵,〔明〕罗贯中. 水浒传[M]. 北京：人民文学出版社，1997：248.
③ 〔明〕施耐庵,〔明〕罗贯中. 水浒传[M]. 北京：人民文学出版社，1997：1302.

使,到《水浒传》中的怀抱"统豺虎,御边幅"之志而遇害。是故,"忠烈义济"是作者施耐庵给他笔端心爱的主人公的盖棺论定。①

其四,满腔忠义的英雄被不忠不义的社会所吞噬,贯穿全书的忠奸斗争以忠义一方的失败而告终,传统的忠义道德在残酷的社会现实面前竟然无能为力,这也正是作者思想的矛盾和困惑之处。《水浒传》是一部忠义思想的悲歌。对于作者而言,受招安回归正统是其最可取的一条道路,但从客观上又表现出受招安是没有出路的,这种矛盾与纠结凸显了《水浒传》的悲剧性,同时也强化了《水浒传》的艺术表现张力。

2.《水浒传》形象地展现了北宋末年政治腐败、民怨沸腾的社会面貌,揭示出起义的社会根源在于"乱自上作""官逼民反",肯定了英雄好汉们"撞破天罗归水浒,掀开地网上梁山"②的正义性。作者赞赏梁山好汉所营造出的"八方共域,异姓一家"③的理想世界,肯定英雄好汉们的理想追求。在这些英雄好汉身上,凸显了以义气和勇气为核心的道德观,即"禅杖打开危险路,戒刀杀尽不平人"④。他们都有超群的本领和满腔义气,抱打不平,除恶务尽,又光明磊落,恩怨分明,同时又能够坦然面对"论秤分金银,异样穿绸锦,成瓮吃酒,大块吃肉"⑤的物质享受,表现出浓重的市民意识。同时,《水浒传》也体现了民间侠义文化特点。这种民间侠义文化可以说是自"汉代出现的侠客交友论"⑥的延续和发展,对传统儒家的交友观有着明显的突破,"言必信、行必果,是孔子所说的交友以信;但其'不爱其躯',就非孔子所曾道及了"⑦。《水浒传》中的侠义在一定程度上也突破了"正义"的范畴,而表现为"答应友人便须做到的信义。此信义生于意气感荡之间,其实没什么道德理性可说"⑧。甚至说"君臣父子兄弟夫妇诸伦有亏,都是可以原谅的或可商量的,但若是伤了朋友之义,却再也不能立足"⑨。根据这个观念,就能够很好地解释作品中的一些现象,例如"孙二娘伤了多少人性命,开黑店做人肉包子;'一丈青'扈三娘,不能为父兄报仇,都无碍其梁山英雄";而"领导这个侠义团体的,更是武功本领低微的宋江。只因宋江外号'及时雨',以广交游、讲义气著称"⑩;此外,梁山好汉们在江州为了救宋江和戴宗,"不问军官百姓,杀得尸横遍野,血流成渠",特别是李逵"火杂杂地抡着大斧,只顾砍人",不分青红皂白地"一斧

---

① 张锦池.《水浒传》考论[M]. 北京:人民出版社,2014;前言.
② 〔明〕施耐庵,〔明〕罗贯中. 水浒传[M]. 北京:人民文学出版社,1997;492.
③ 〔明〕施耐庵,〔明〕罗贯中. 水浒全传[M]. 长沙:岳麓书社,1988;575.
④ 〔明〕施耐庵,〔明〕罗贯中. 水浒传[M]. 北京:人民文学出版社,1997;492.
⑤ 〔明〕施耐庵,〔明〕罗贯中. 水浒传[M]. 北京:人民文学出版社,1997;190.
⑥ 龚鹏程. 华人社会学笔记[M]. 北京:东方出版社,2015;146.
⑦ 龚鹏程. 华人社会学笔记[M]. 北京:东方出版社,2015;146.
⑧ 龚鹏程. 华人社会学笔记[M]. 北京:东方出版社,2015;148.
⑨ 龚鹏程. 华人社会学笔记[M]. 北京:东方出版社,2015;149.
⑩ 龚鹏程. 华人社会学笔记[M]. 北京:东方出版社,2015;149.

一个，排头儿砍将去"①，却并不伤害其英雄形象，为了凸显信义和友情，此时所杀的只是一种符号式的象征，而不是能够引起感官反映的活生生的人。

（三）《水浒传》的艺术成就

《水浒传》是英雄传奇小说的典范之作，甚至有学者认为在"如何创造人物与如何机构全局"方面，"《水浒》比《红楼梦》强些"②，这是有一定道理的。

1. 《水浒传》最突出的艺术成就是成功地塑造出梁山好汉的英雄群像。其一，善于把人物置身于特定的社会现实环境中，紧扣其身份、教养、经历和遭遇来刻画其性格，塑造出典型环境中的典型形象。茅盾在《谈〈水浒〉的人物和结构》中认为"善于从阶级意识去描写人物的立身行事，是《水浒》的人物描写的最大一个特点"③，这个"阶级意识"当然也是在特定的社会现实环境中形成的。如第十五回写吴用和三阮的谈梁山，阮小五在咒骂官府"一处处动掸便害百姓。但一声下乡村来，倒先把好百姓家养的猪羊鸡鹅，尽都吃了，又要盘缠打发他"后，便感叹梁山之人"他们不怕天，不怕地，不怕官司，论秤分金银，异样穿绸锦，成瓮吃酒，大块吃肉，如何不快活"，这番话完全符合一个切身感受到官府欺压的社会底层小人物的性格和心理特点。再如林冲，当他是林教头时，表现是温和宽厚的，即使在野猪林还要宽容地对待董超和薛霸，在柴进庄子上对洪教头也是百般谦让，但他在第十回一怒之下杀掉陆谦等人后，已经彻底没有了退路，环境变了，作为八十万禁军教头时那种儒雅、谦和甚至隐忍的特点也都没有了，所以才有在柴进庄上抢酒喝的表现，一开始还客气地要花钱买，说"与小人荡寒"，人家不给，便动手将人家打走，然后得意地说"都走了，老爷快活吃酒"④，此外，几乎从未跟人动过武的宋江在第三十七回于揭阳镇上面对穆春竟然"要和他放对"⑤，这显然也和其身份与境遇的变化有关。人物性格随着环境的转换而变化，这样有利于更加立体形象地展示形象特点；其二，善于将人物置于尖锐激烈的情景中，通过言行来表现人物特征。如第二十三回武松在景阳冈看到官府榜文，知道真有老虎，想要回去又怕被人耻笑，"存想了一回，说道：'怕甚么鸟，且只顾上去，看怎地！'"⑥体现出其艺高人胆大的特点。而武松打虎前手中是提着哨棒的，而且文中还多次提及此哨棒，似乎在暗示其将发挥重要作用，但在关键时刻却是"正打在枯树上，把那条哨棒折做两截"⑦。再如第二十六回武松在狮子楼斗西门庆，本来拿着刀，却被西门庆轻易踢飞。这些其实都是作

---

① 〔明〕施耐庵，〔明〕罗贯中. 水浒传［M］. 北京：人民文学出版社，1997：534.
② 茅盾. 茅盾全集：第二十四卷［M］. 北京：人民文学出版社，1984：142.
③ 茅盾. 茅盾全集：第二十四卷［M］. 北京：人民文学出版社，1984：139.
④ 〔明〕施耐庵，〔明〕罗贯中. 水浒传［M］. 北京：人民文学出版社，1997：142.
⑤ 〔明〕施耐庵，〔明〕罗贯中. 水浒传［M］. 北京：人民文学出版社，1997：479.
⑥ 〔明〕施耐庵，〔明〕罗贯中. 水浒传［M］. 北京：人民文学出版社，1997：294.
⑦ 〔明〕施耐庵，〔明〕罗贯中. 水浒传［M］. 北京：人民文学出版社，1997：295.

者巧妙设置的激烈的冲突情境，其作用正如金庸所言：

> 哨棒折为两段，武松只得空手打虎。武松如果自恃勇力。不拿武器，那是莽夫行径；然而在危急之中，不得不徒手打死老虎，这愈显他的神威。在狮子楼也是这样，武松力足杀虎，搏一西门庆何足道哉，但他偏要带一把"尖长柄短背厚刃薄的解腕刀"。在冲上楼时，又被西门庆一脚踢去刀子。带刀，是武二的精细，空手把西门庆打下楼，是武二的神威。①

其三，作品既注重对英雄好汉的传奇行为进行夸张性表现，也注意用富于生活气息的细节表现其普通人的一面，使这些英雄形象更加丰满而又真实可信。如第三回鲁提辖三拳打死镇关西后，想到的却是"洒家须吃官司，又没人送饭，不如及早撤开"②，考虑的确实是现实问题。第十五回，吴用和三阮在酒馆吃完饭要付账，阮小二忙说"那里要教授坏钱，我们弟兄自去整理，不烦恼没对付处"，但吴用坚持拿出钱后，他又对店主人说"我的酒钱一发还你"③，表现出一个好汉既要脸面又人穷志短的现实处境。再如第二十三回，武松打虎之后，"使尽了气力，手脚都疏软了，动掸不得"④，更是符合现实情况。

2.《水浒传》的结构以排座次为界，分为两部分。之前是由一系列相对独立的英雄传奇短篇故事组成，类似梁山好汉们的列传或合传，前一个人物引出新人物后就暂时退开，让新人物有充分的展示，每个人物的经历几乎都可以单独成篇，因此，如茅盾指出的那样，"从一个人物的故事看来，《水浒》的结构是严密的，甚至也是有机的"⑤；在各路英雄聚义梁山之后，就主要以群体性的战争板块为主，依照时间顺序，表现两赢童贯、三败高俅，破大辽、捉田虎、平王庆、讨方腊等重大的军事行动，每次行动也是相对独立的。但整体情节则由被逼上梁山到主动效力朝廷这条线索贯穿而成，条理清楚，主次分明。

3.《水浒传》在语言上最突出的特点则是人物语言的个性化，可以从说话看出人的性格来，不同的人物有不同的语言风格，反映了各自的性格特点。如第十五号，吴用对三阮说了晁盖久仰他们的大名，要请他们商量大事，阮小二有家室且年长，因此话说得周全，而阮小五和阮小七年轻且没有家室牵挂，所以直接就"把手拍着颈项道：'这腔

---

① 金庸. 谈《狮子楼》[C]//黄子平，编选. 寻他千百度. 北京：中华书局，2014：216.
② 〔明〕施耐庵，〔明〕罗贯中. 水浒传 [M]. 北京：人民文学出版社，1997：50.
③ 〔明〕施耐庵，〔明〕罗贯中. 水浒传 [M]. 北京：人民文学出版社，1997：189.
④ 〔明〕施耐庵，〔明〕罗贯中. 水浒传 [M]. 北京：人民文学出版社，1997：296.
⑤ 茅盾. 茅盾全集：第二十四卷 [M]. 北京：人民文学出版社，1984：140.

热血,只要卖与识货的'"。① 再如李逵,初上梁山就发出豪言"放着我们有许多军马,便造反怕怎的!晁盖哥哥便做了大皇帝,宋江哥哥便做了小皇帝,吴先生做个丞相,公孙道士便做个国师,我们都做个将军,杀去东京,夺了鸟位,在那里快活,却不好!不强似这个鸟水泊里",戴宗喝止后,他又说:"嗳也!若割了我这颗头,几时再长的一个出来?我只吃酒便了。"② 这两种风格完全不同的言论却和谐地集中在了李逵这个直率而天真的人物口中。

(四) 其他题材的英雄传奇小说

1. 杨家将题材。宋代话本中就有不少杨家将题材作品,如罗烨《醉翁谈录》中的《杨令公》《五郎为僧》等名目;元明杂剧中也有不少杨家将题材的剧目,如《昊天塔孟良盗骨》;明代万历朝有《杨家府演义》,这是杨家将题材小说的代表作,此书是在宋元话本、元明杂剧及民间传说的基础上加工而成,描述了杨继业、杨六郎、杨宗保、杨文广和杨怀玉一门忠烈五代抵御外寇、保家卫国的英勇事迹,颂扬了杨家前赴后继、世代忠勇的爱国精神,特别是塑造了英姿飒爽、驰骋疆场的杨门女将形象,这不仅为《杨家府演义》这本小说增添了色彩,也为中国小说史增添了靓丽的一笔。作品也描写了朝廷内部的忠奸斗争,鞭挞了潘仁美、王钦等卖国求荣、嫉贤妒能的佞臣。小说在艺术上比较粗糙,但其浓郁的传奇色彩,在民间具有较大的影响力,如形容友情的"孟不离焦、焦不离孟"就是从书中孟良与焦赞而来。其结尾"怀玉举家上太行"中"朝廷听信谗言,我屡屡被害,辅之何益?且佞臣何代无之"③ 的感叹,满怀英雄的悲愤,表达了和《水浒传》一样的无奈和失望之情;但直言"非臣等负朝廷,乃朝廷负臣家也"④,对皇帝与周王的一再召回则表现了"只付之一笑,亦不辩论短长"⑤ 的态度,则表现了更加清醒的认识。此外,明代有《北宋志传》,清代还有《万花楼杨包狄演义》《五虎平西前传》和《五虎平南后传》等小说。

2. 说岳题材。宋代说话"说铁骑儿"中有王六大夫讲说的《中兴名将传》,其中包括岳飞抗金的内容;元明戏曲中也有《精忠记》等剧目;明代熊大木编撰的《大宋中兴通俗演义》是现存最早的说岳题材小说,此书对相关资料中的岳飞故事加以整合,构建了说岳题材的基本框架,着重刻画了岳飞的性格特征,富有民间生活气息。明代还有于玉华《岳武穆精忠报国传》和邹元标《岳武穆精忠传》等。清代康熙朝(一说乾隆朝)钱彩、金丰的《说岳全传》则是说岳题材的集大成之作,在尊重历史的基础上,突出了英雄传奇色彩。说岳题材小说在后世具有很大的影响,如张作霖就将岳飞和关羽并举,

---

① 〔明〕施耐庵,〔明〕罗贯中. 水浒传 [M]. 北京:人民文学出版社,1997:192.
② 〔明〕施耐庵,〔明〕罗贯中. 水浒传 [M]. 北京:人民文学出版社,1997:552.
③ 〔明〕无名氏. 杨家府演义 [M]. 上海:上海古籍出版社,1980:298.
④ 〔明〕无名氏. 杨家府演义 [M]. 上海:上海古籍出版社,1980:300.
⑤ 〔明〕无名氏. 杨家府演义 [M]. 上海:上海古籍出版社,1980:301.

认为"古之名将其可弁冤军人永垂祀典者断推关壮穆侯与岳忠武王矣",故"民国建设之三年国家崇将忠义,特以合祀,著为令"①。

3. 明代英烈题材。这是表现朱元璋建立明王朝以及开国元勋英雄事迹的小说。郭勋《英烈传》是这个题材的代表作,此书又名《云合奇踪》《皇明开运英武传》,以朱元璋为中心人物,叙述了明代开国历史和开国元勋的发迹史,塑造了朱元璋、徐达、常遇春、胡大海和刘基等开国英烈的形象。此外还有《续英烈传》和《真英烈传》等作品。

第二节　明代中期小说

明代中期,白话短篇小说有所发展,话本小说被有意识地汇集起来,加以编辑刊印作为案头阅读之用。其中,嘉靖时期洪楩编辑的《清平山堂话本》是目前所知最早的话本小说集,分为6集12卷,共60种,故又称之为《六十家小说》,现存29种,内容比较丰富,涉及公案、神怪和爱情等诸多题材。此外,熊龙峰也刊印过话本小说,现存四种,即《熊龙峰小说四种》,包括《张生彩鸾灯传》《苏长公章台柳传》《冯伯玉风月相思小说》和《孔淑芳双鱼扇坠传》,均为男女爱情题材。这些话本小说集在很大程度上保存了宋元话本的基本面貌,对"三言""二拍"具有很大的启示意义。但是,这些编辑的作品,"并未以纯话本体白话小说为限",如熊龙峰刊行的小说中,《冯伯玉风月小说》就是"明人仿话本体的传奇文","通篇文言,与说话关系不大"②,而《六十家小说》也"间杂话本体传奇文"③。这个阶段,中篇传奇小说的创作也颇具特色,其篇幅增长,多达万言,文辞华丽,且多为单行本,著名的有弘治初年的《钟情丽集》等。这类作品"即是古代小说由短篇向长篇过渡的一个重要环节,同时也影响着后起的白话世情小说的叙事模式和审美走向"④。但总的来看,明代中期小说的主力仍然是以《西游记》和《金瓶梅》为代表的章回体长篇小说。

从嘉靖到万历初年,在西方视野中,这个阶段被视为"探索和发现的时代"⑤;对中国小说而言,这也是章回体长篇小说的黄金时期。历史演义、英雄传奇、神魔小说、世情小说和时事小说各种题材都已出现并渐趋成熟,其中"四大奇书"就是在这个阶段定

---

① 奉天关岳庙碑记:1924 [C] //沈阳市文物考古研究所. 沈阳碑志. 沈阳:辽海出版社,2011:335.
② 马幼垣. 熊龙峰所刊短篇小说四种考释 [C] //刘世德. 中国古代小说研究——台湾香港论文选辑. 上海:上海古籍出版社,1983:64.
③ 马幼垣. 熊龙峰所刊短篇小说四种考释 [C] //刘世德. 中国古代小说研究——台湾香港论文选辑. 上海:上海古籍出版社,1983:65.
④ 李剑国,陈洪. 中国小说通史 [M]. 北京:高等教育出版社,2007:1213.
⑤ [英] 彼得·弗兰科潘. 丝绸之路:一部全新的世界史 [M]. 邵旭东,孙芳,译. 杭州:浙江大学出版社,2016:204.

型的。正如浦安迪所言：

　　大约相当于西历16世纪这段时间里，中国古典小说中最脍炙人口的四部作品开始以它们最完整的形式流传于世。这四部书——《三国志通俗演义》《忠义水浒传》《西游记》和《金瓶梅词话》经过后来某些修订，就成了我们今天阅读的同名小说。……这四部16世纪的版本没有一部属于崭新的文学创作，而是都经历了对原始素材、先行故事和并行修订本的长期演变，逐步臻于完善的地步……我们目前看到的这四部16世纪版本都代表了这一演化过程的最重要阶段，即标志这一过程的最终完成，并将各自的故事内容提高到了自觉进行艺术构思的水准。①

　　"四大奇书"之名首次出现于康熙已未醉耕堂本《三国演义》，该书称为"四大奇书第一种"。署"康熙岁次已未十有二月，李渔笠翁氏题于吴山之层园"的《古本三国志序》曰：

　　昔弇州先生有宇宙四大奇书之目：曰《史记》也，《南华》也，《水浒》与《西厢》也。冯犹龙亦有四大奇书之目：曰《三国》也，《水浒》也，《西游》与《金瓶梅》也。两人之论各异。愚谓书之奇，当从其类。《水浒》在小说家，与经史不类。《西厢》系词曲，与小说又不类。今将从其类以配其奇，则冯说为近是。然野史类多凿空，易多逞长。若《三国演义》，则据实指陈，非属臆造，堪与经史相表里。此是观之，奇又莫奇于《三国》矣……②

　　其《三国志演义序》又言：

　　尝闻吴郡冯子犹赏称宇内四大奇书，曰《三国》《水浒》《西游》及《金瓶梅》四种。余亦喜其赏称为近是。③

　　按照李渔的观点，将《三国演义》《水浒传》《西游记》和《金瓶梅》并称为"四大奇书"是冯梦龙的功劳，但"四大奇书"之名为谁所定，还有待考证，不过，这四部作品在明代中期定型却是不争的事实，而且，"上述这四种修订本一问世，便立即成为

---

①　[美]浦安迪. 明代小说四大奇书 [M]. 沈亨寿，译. 北京：生活·读书·新知三联书店，2006：1.
②　丁锡根. 中国历代小说序跋集 [M]. 北京：人民文学出版社，1996：899.
③　[清]李渔. 李笠翁批阅三国志：上 [M] // [清]李渔. 李渔全集：第五卷. 杭州：浙江古籍出版社，1992：1.

随后长篇小说（国外汉学通常称作传统中国的'novel'）发展的范本"①，"正是这四部书，给明、清严肃小说的形式勾画出了总的轮廓"②。

一、《西游记》及其影响下的神魔小说

如鲁迅所言："奉道流羽客之隆重，极于宋宣和时，元虽归佛，亦甚崇道，其幻惑故遍行于人间，明初稍衰，比中叶而复极显赫。"③ 神魔小说的兴起正是与明代中叶崇仙奉道的风气相一致的。其内涵主旨凸显的则是儒释道三教同源，"历来三教之争，都无解决，互相容受，乃曰'同源'，所谓义利邪正善恶是非真妄诸端，皆混而又析之，统于二元，虽无专名，谓之神魔，盖可赅括矣"④；其艺术特点，如胡胜先生所言，"它多半是侈谈神怪，以呼风唤雨、变化莫测的神魔斗法为主"，"自由驰骋想象于耳目之外的无何有之乡，虽'事无可稽'，然'情有可信'"⑤。其题材发展，虽然以明代初年的《三遂平妖传》为开先河之作，但明中叶的《西游记》却是其真正意义的扛鼎之作，使"这一流派以其独特的艺术魅力征服了读者。《西游记》的空前成功，开辟了神魔小说创作的新纪元"⑥。近年来，要求建立"西游学"的呼吁更是在学界得到了较大反响，"《西游记》俨然成为名副其实的重要学术领域，影响力直逼红学"⑦。

（一）《西游记》的成书

1. 唐宋时期西游取经由历史事实向民间讲唱演变。唐代玄奘和尚西行取经的确是佛教史上的一件大事。玄奘西行的目的是为了"求教于圣贤之士，以澄清令他思想困惑混乱之处"，他"并不是作为传教士、作为布教者取得。更确切地说，他是一个富于个性的哲学家，其个性决不亚于18世纪我们（案：西方）那些因神学之争而感到为难的哲学家，他赴西域以寻求真理仿佛光明应该来自落日"⑧。其西行的过程如法国汉学家艾田蒲所描述的那样：

在629年，博学的哲人玄奘上奏皇上，请求恩准他去印度佛家圣地朝圣，可被皇上拒绝了。于是，玄奘采取了不久前的基督教士所采用的同一方法，当然他的行为本身并无叛国之意，他避开了敦煌戍边站，悄悄地离开了中国，孑然一身踏上了旅途，在戈壁滩大沙漠跋涉，险些送了性命。最后，他终于抵达了丝绸之路的门户塔里木绿洲，接着

---

① ［美］浦安迪. 明代小说四大奇书［M］. 沈亨寿，译. 北京：生活·读书·新知三联书店，2006：1.
② ［美］浦安迪. 明代小说四大奇书［M］. 沈亨寿，译. 北京：生活·读书·新知三联书店，2006：2.
③ 鲁迅. 中国小说史略［M］. 北京：人民文学出版社，1973：127.
④ 鲁迅. 中国小说史略［M］. 北京：人民文学出版社，1973：127.
⑤ 胡胜. 明清神魔小说研究［M］. 北京：中国社会科学出版社，2004：1.
⑥ 胡胜. 明清神魔小说研究［M］. 北京：中国社会科学出版社，2004：2.
⑦ 竺洪波. 西游学十二讲［M］. 北京：高等教育出版社，2018：4.
⑧ ［法］艾田蒲. 中国之欧洲：上卷［M］. 许钧，钱林森，译. 桂林：广西师范大学出版社，2008：25.

经过中亚达到了印度。①

其行为甚至被西方学者评价为"可与当代最伟达的探险家的探险活动媲美"②。因此，其西行受到了世人的瞩目，并得以流传进入小说家的创作视域。客观来看，"唐僧取经的故事与西域的丝绸古道，与古道上玄奘的行迹，有着无法回避的联系，千丝万缕，若隐若现，我们所熟知的许多唐僧取经故事，都能在古道的文化扬尘中找到蛛丝马迹"③，但这些还有待田野考古调查的进一步深入进行，本书仅就现存的书面文献而言。玄奘归国后，奉旨口述西行见闻，其门徒辨机辑录成《大唐西域记》，该书主要记述西域的风俗，属于实录性质；其弟子慧立、彦悰后来又完成了《大唐大慈恩寺三藏法师传》，记述他取经弘法的经历，此书也是实录性质，但其中已经有了神异性的内容，例如法师在沙漠中所见"忽有军众数百队，满沙碛间，乍行乍止，皆裘褐驼马之像，及旌旗槊纛之形，易貌移质，倏忽千变。遥瞻极著，渐近而微。法师初睹，谓为贼众。渐近见灭，乃知妖鬼。又闻空中声言：'勿怖，勿怖！'由此稍安"④。这种神异性现象恐怕是海市蜃楼式的幻觉。真正完成西游故事由历史事实向民间讲唱转变的，是宋元时期的"说经"话本《大唐三藏取经诗话》，这部作品中已经出现了三藏法师、猴行者、深沙神的形象，构建出了《西游记》的大体框架。

2. 元代取经故事进入平话与戏曲创作并渐趋定型。西游故事在元杂剧中得到了充分表现，如《二郎神醉射锁魔镜》《二郎神锁齐天大圣杂剧》等，而杨景贤的《西游记杂剧》更是首次出现了猪八戒的形象，在这部作品中取经团队（唐僧、白龙马、孙悟空、沙和尚和猪八戒）算是齐全了。在话本创作方面，根据朝鲜汉语教科书《朴通事谚解》关于《西游记》"车迟国斗圣"等相关叙述和《永乐大典》残本卷13139"送"字韵"梦"字类中的《梦斩泾河龙》，我们可以知道至迟在元明之际已经出现了一部《西游记平话》，在这部作品中孙悟空已经从《西游记杂剧》中的"通天大圣"变为"齐天大圣"（但猪八戒却成了"朱八戒"）。至此，"作为集大成之作的百回本《西游记》已是呼之欲出了"⑤。

3. 明代中期《西游记》的最终写定。在世代累积的基础上，明代中期经过天才文人的加工整理，百回本《西游记》得以最终写定。目前学界一般认为其写定者是吴承恩，但吴承恩是在20世纪20年代的时候才得以署名，"我们如果想找署名'吴承恩'

---

① ［法］艾田蒲. 中国之欧洲：上卷 [M]. 许均，钱林森，译. 桂林：广西师范大学出版社，2008：24.
② ［法］艾田蒲. 中国之欧洲：上卷 [M]. 许均，钱林森，译. 桂林：广西师范大学出版社，2008：24.
③ 蔡铁鹰，王毅.《西游记》成书的田野考察报告 [M]. 郑州：中州古籍出版社，2018：17.
④ 朱一玄，刘毓忱.《西游记》资料汇编 [M]. 郑州：中州书画社，1983：28.
⑤ 胡胜，周左盾.《西游记》诠释与解读 [M]. 北京：中国少年儿童出版社，2003：34.

的《西游记》，1920年以前是一本都不会有的"①。吴承恩（约1500—1582），字汝忠，号射阳山人，江苏淮安人。他自幼颇有文名，但科考不利。由于家贫曾任小吏。因为这个生活背景，曾有学者根据《西游记》第一回中对花果山中产于热带和亚热带植物的相关描述，认为熟悉这类植物的人，有在长江流域或流域以南生活的经历，"这个背景使得吴承恩有接触到上述热带、亚热带植物的可能性"②，这也为吴承恩是《西游记》作者的论断加了分。

（二）《西游记》的思想内涵

《西游记》的内容非常丰富。例如，从宗教角度来看，《西游记》中的佛教内容不仅是中原的佛教，而且也有藏传佛教色彩，如第七回"八卦炉中逃大圣 五行山下定心猿"中如来镇压孙悟空的六字真言"唵、嘛、呢、叭、咪、吽"就常用在玛尼堆上；而第十八回、十九回收猪八戒也是在"乌斯藏国界之地"，"元亡明兴时吐蕃已改称为乌斯藏"③，"清代乌斯藏又改称西藏"④。

《西游记》深受传统文化的影响。孙悟空大闹天宫的行为虽然在客观上表现出追求个性自由的一面，但孙悟空被压到五行山下，则表现出作者对收服放纵之心的肯定，这与孟子对"失其本心"⑤的否定与"求其放心"⑥的要求相一致。取经团队中唐僧师徒皆为有过错者，唐僧不敬佛法师尊，孙悟空不敬王法秩序，猪八戒犯了色戒，沙和尚玩忽职守，而白龙马则忤逆不敬家法。他们一行西天取经修成正果的征途，实际上也象征着精神归正的历程。谢肇淛《五杂组》指出：

《西游记》曼衍虚诞，而其纵横变化，以猿为心之神，以猪为意之驰，其始之放纵，上天下地莫能禁制，而归于紧箍一咒，能使心猿驯伏，至死靡他，盖亦求放心之喻，非浪作也。⑦

对正果对真理的执着追求，无怨无悔，这种人生态度在中西方文学史上具有极大的共性，正是从这个角度，《西游记》被西方人视为"中国的《天路历程》"⑧。

《西游记》在肯定"求其放心"同时，又在相当程度上体现了对自由追求、对自我

---

① 李天飞. 《西游记》作者不是吴承恩？[J]. 文史博览, 2015 (4): 41.
② 潘富俊. 草木缘情——中国古典文学中的植物世界 [M]. 北京: 商务印书馆, 2015: 109.
③ 林惠祥. 中国民族史: 下 [M]. 北京: 商务印书馆, 1993: 165.
④ 林惠祥. 中国民族史: 下 [M]. 北京: 商务印书馆, 1993: 167.
⑤ 杨伯峻. 孟子译注 [M]. 北京: 中华书局, 1960: 266.
⑥ 杨伯峻. 孟子译注 [M]. 北京: 中华书局, 1960: 267.
⑦ 〔明〕谢肇淛. 五杂组 [M]. 上海: 上海书店出版社, 2001: 312.
⑧ [加] 德斯蒙德·鲍尔. 小洋鬼子——一个英国家族在华生活史 [M]. 谢天海, 译. 天津: 天津人民出版社, 2010: 89.

价值的强烈肯定，体现出明代中期个性解放思潮的影响。从美猴王出世到大闹天宫，凸显的是对束缚的憎恶，对权威的蔑视；从皈依佛门到取回真经，突出的则是对信念的执着和面对困境的大智大勇，孙悟空是这种理念的直接承载者，其最终被封为"斗战胜佛"，体现了对他的肯定。

《西游记》借助神佛、妖魔提供的虚幻意象来驰骋奇思妙想，却又坚定地立足于人间现实，特别是与市井百姓的生活状态密切相关。如孙悟空的性格形象就"是从市民生活经验中创造出来的"①，"在《宋四公大闹禁魂张》和《神偷寄兴一枝梅》中，赵正和懒龙一类的市井神偷，虽然也多富于传奇色彩，却是直接得自于市井生活的并且代表着市民心目中的英雄好汉的形象。而孙悟空的偷与骗的本事，灵巧善变的手段，乃至形象和语言上，也都往往带着市井江湖的鲜明特点"②。就取经故事本身特点而言，《西游记》又可以视为"一部以取经故事为主体的讲史性传奇和江湖上的历险记，这也便是孙悟空作为一个闯荡江湖的英雄形象之所以又大于他的市井神偷形象了"③。

《西游记》同时又具有浓郁的哲学意味。例如全书本来是以到西天取得真经作为指归，但是第九十一回"金平府元夜观灯 玄英洞唐僧供状"中写唐僧师徒到达天竺国外郡金平府慈云寺，想不到这里的僧人竟然对来自中华的唐僧大礼参拜来表达仰慕之情："我这里向善的人，看经念佛，都指望修到你中华地托生。才见老师丰采衣冠，果然是前生修到的，方得此受用，故当下拜。"④ 东土的人去西天取经，西天的人却期待到东土托生，"这里就出现了一个奇特的佛门围城现象"⑤，足以引发哲学层面上的思考，而作者对此并没有深究，"把想象的空间全都留给了读者"⑥，一方面拓宽了作品的思考空间，另一方面作者似乎也无意在此纠缠，而将更多的注意力投到神与魔的关系转化上了。神魔关系是《西游记》中最富哲学意味的话题。在作品中，神和魔不是单纯的对立，而是既斗争又相互混融，其关系大体可分为三类：魔或者为神的对头，或者为神的隶属，或者与神相互转化。神魔的相互转化尤其增强了作品的艺术张力，孙悟空在归入取经队伍前就时常被称为"妖猴"，进入取经团队后算是从"魔"入"神"了，但其魔性并未完全消除，否则就不会被六耳猕猴乘虚而入了；而作为老资格"神"的奎木狼则因为情欲而成"魔"，但作为魔君的黄袍怪却并非妖气森森，反而对妻子有着温情脉脉的一面。神魔也都往往具有浓重的人情味，这在牛魔王家族身上有着清晰的体现；而魔最终是要被神所降服的，从而凸显"求其放心"的主旨，这显然也与当时崇仙慕道和心学兴起的

---

① 林庚. 西游记漫话 [M]. 北京：人民文学出版社，1990：25.
② 林庚. 西游记漫话 [M]. 北京：人民文学出版社，1990：27.
③ 林庚. 西游记漫话 [M]. 北京：人民文学出版社，1990：32.
④ 〔明〕吴承恩. 西游记 [M]. 北京：人民文学出版社，1980：1090.
⑤ 苗怀明. 梦断灵山 [M]. 杭州：浙江古籍出版社，2018：202.
⑥ 苗怀明. 梦断灵山 [M]. 杭州：浙江古籍出版社，2018：204.

世风紧密相关。

(三)《西游记》的艺术成就

在形象塑造上,《西游记》将人性、物性与神性有机地揉和在一起,塑造出了具有高度美学价值的神魔形象。物性,是神魔形象本体的自然属性之体现;神性,是神魔形象所拥有法术和本领之超常表现;人性,则是指神魔形象所具有的社会现实属性之体现。人性是三者的核心,居于主导地位,而其物性与神性的恰当展示则会强化人性的某些特质,或者推动情节,提升作品的艺术感染力。如第五十五回孙悟空请昴日星官收服蝎子精,"只见那星官立于山坡上,现出本相,原来是一只双冠子大公鸡,昂起头来,约有六七尺高,对着妖精叫一声,那怪即时就现了本像,是个琵琶来大小的蝎子精。星官再叫一声,那怪浑身酥软,死在坡前"①。貌似强大的蝎子精见到公鸡马上就不堪一击了,在此充分发挥了一物降一物的物性特点,与之类似的还有第七十三回请毗蓝婆菩萨收服蜈蚣精,孙悟空特地对猪八戒解释:"及问他令郎是谁,他道是昴日星官。我想昴日星官是只公鸡,这老妈妈子必定是个母鸡。鸡最能降蜈蚣,所以能收伏也。"② 这段叙述不但对前文昴日星官收伏蝎子精进行了补充,而且从昴日星官是公鸡,推导出他的妈妈就是母鸡,孙悟空以其逻辑性增添了作品的幽默感。此外,老鼠精住无底洞,蜘蛛精怕抽丝,也都是物性之表现。第九十二回井木犴斗犀牛精,"只见井木犴现原身,按住辟寒儿,大口小口的啃着吃哩。摩昂高叫道:'井宿!井宿!莫咬死他,孙大圣要活的,不要死的哩。'连喊数喊,已是被他把颈项咬断了"③。此处本是神性的井木犴表现出的却是十足的兽性,两相对照,这个形象更具特色。

在框架结构上,全书由大闹三界、取经缘起、西天取经三部分组成,每一部分都相对独立,且由若干小故事组成。作为序幕的大闹三界主要叙述的是孙悟空的英雄传记;取经缘起则是借观音菩萨对相关主人公做了简介,并为一些重要情节埋下伏笔;西天取经是主体,叙述的是取经团队的成长史。以唐僧师徒取经为贯穿始终的主线,把数十个相对独立的小故事串联起来,这种线型结构,使整部作品娓娓道来,不蔓不枝。

在艺术格调上,《西游记》以轻松活泼、妙趣横生的笔调,营造了喜剧气氛,如第二十七回,猪八戒遇见白骨精变的美女,并听说是来送斋饭的,于是大喜,作者在此便造了一个词"猪癫风"来形容之;再如第七十六回,孙悟空在猪八戒的提醒下用金箍棒去棚象鼻子,果然一举奏效,"真个呆子举钯柄,走一步,打一下,行者牵着鼻子,就似两个象奴,牵至坡下"④,场面令人捧腹。而在浓烈的喜剧氛围中,作者更是随意点

---

① 〔明〕吴承恩. 西游记 [M]. 北京:人民文学出版社,1980:677.
② 〔明〕吴承恩. 西游记 [M]. 北京:人民文学出版社,1980:892.
③ 〔明〕吴承恩. 西游记 [M]. 北京:人民文学出版社,1980:1108.
④ 〔明〕吴承恩. 西游记 [M]. 北京:人民文学出版社,1980:926.

染,嬉笑怒骂,或借题发挥,或冷嘲热讽,表达了对人世间的严肃认识,这对后世小说创作具有极大的启示意义。如第八十三回托塔李天王要斩孙悟空被哪吒所拦,然后插叙哪吒父子的恩怨,作者特地写李天王"今日因闲在家,未曾托着那塔,恐哪吒有报仇之意,故吓个大惊失色。却即回手,向塔座上取了黄金宝塔,托在手间,问哪吒道:'孩儿,你以剑架住我刀,有何话说?'"① 看似闲笔,实则颇有讽刺之意在内;而第八十三回孙悟空变身总钻风一幕,讽刺意味更强。

(四) 其他的神魔小说

《西游记》之后的续书较多,如《续西游记》《后西游记》等,其中《西游补》与唐僧师徒过火焰山后的情节相衔接,然后岔开去写孙悟空被鲭鱼气所谜,进入梦境,又经历一番新的境界,实际上自有寓意,与《西游记》其他续书的模式不同,可以被视为准续书。小说借神魔之形式,用奇幻的想象和诙谐的嘲讽对现实社会进行了深刻的批判,极具特色,甚至其跨时空穿越的表现在当代某些穿越剧中还有影子。

杨致和的《西游记》一般被认为是由吴承恩的《西游记》删节改编而成,与吴元泰叙述八仙得道成仙的《东游记》、余象斗表现华光救母闹三界的《南游记》以及余象斗表现真武修行得道的《北游记》并称为《四游记》,在万历年间分别刊行。

《封神演义》,作者许仲琳。全书以商周易代的历史为背景,表现武王伐纣的斗争历程。小说以宋元讲史话本《武王伐纣平话》为蓝本,但采入大量民间神话传说,写成了"假商周之争,自写幻想"② 的神魔小说。作品中有很多奇特的形象,如哼哈二将、有翅膀的雷震子、三头六臂的哪吒、三只眼的杨戬、善于地下行走的土行孙和手掌上托着眼珠的杨任,他们在民间很有影响力,其中哪吒和杨戬的形象是对《西游记》中哪吒和二郎神形象比较成功的发展和补充。

《三宝太监西洋记》,作者罗懋登。这部小说以15世纪郑和七次远洋航行的史实为依据。关于郑和下西洋的目的,比较普遍的观点是"崭新的明朝采用了一种旨在弘扬国家威望的政策",也有观点认为是"永乐皇帝下令远征的目的是寻找已被废黜、不知所终的前任皇帝建文帝"③。郑和下西洋的规模非常庞大,据统计有"60艘大小船只,27000名船员;大船长495尺,宽230尺,九桅;小船长150尺,宽65尺,五桅",其队伍中"包括2名将军,100多名军官,2名礼仪师,1名占卜师,4名气象学家,100名医师,以及一群能够翻译包括从阿拉伯语到缅甸语在内的东亚各种通行语言的译员"④。如果以此航

---

① 〔明〕吴承恩. 西游记 [M]. 北京:人民文学出版社,1980:1005.
② 鲁迅. 中国小说史略 [M]. 北京:人民文学出版社,1973:142.
③ 〔意〕詹尼·瓜达卢皮. 天朝掠影:西方人眼中的中国 [M]. 何高济,何正,译. 北京:商务印书馆,2018:106.
④ 〔意〕詹尼·瓜达卢皮. 天朝掠影:西方人眼中的中国 [M]. 何高济,何正,译. 北京:商务印书馆,2018:106.

海壮举为蓝本加以创作,很有可能完成一部历史演义小说。但是这场规模空前的航海行动却缺乏后劲,"庞大的皇家舰队于1433年回到故国的港口,从此再未出海,空余船只在码头边腐坏"①,甚至相关记录也被人为销毁了。记忆中的壮举于现实资料中存在的空白为神魔小说的创作留下了巨大的空间,于是,主人公就由三宝太监郑和变成了金碧峰长老,与惊涛骇浪和土著的斗争,也就演变成了神魔斗法。

二、《金瓶梅》及其影响下的世情小说

一般认为世情小说是"以'极摹人情世态之歧,备写悲欢离合之致'(笑花主人《今古奇观序》)为主要特点的一类小说"②。与其他小说样式相比,世情小说表现的内容更为丰富,《金瓶梅》是其最杰出的代表,它不仅位列"四大奇书"之一,而且在西方也被认为是"中国最美的四五部小说中的一部"③。

世情小说突出表现的是人世间普通百姓的生活情态。唐传奇中表现男女情爱的题材,宋明话本和拟话本小说中表现烟粉、传奇、变泰和部分公案题材的都可归入世情小说范畴,但真正的长篇章回体世情小说则是从《金瓶梅》开始的。它被视为中国世情小说的开山之作,"为以后无论在数量上还是在质量上都占压倒优势的世情小说的发展奠定了基础"④。杨义在比较西方和中国的叙事区别时指出"西方人讲叙事,西方的小说、神话和史诗,叙事总是从一人一事一景开始","而中国人的叙事总是从一个巨大的时空框架开始"⑤,但《金瓶梅》的叙事恰恰就是从西门庆这个小人物的生活实况开始,这是与其并称为"四大奇书"的其他作品很不同的一点。而且,作品以三个女子的名字命题,此后的《玉娇梨》和《平山冷燕》等才子佳人小说也是直接以人物命名的,《红楼梦》也有《金陵十二钗》的别名,而这个名字又恰恰是曹雪芹所喜欢的:

曹雪芹于悼红轩中披阅十载,增删五次,纂成目录,分出章回,则题曰《金陵十二钗》。⑥

尽管《金陵十二钗》这个名字没有真正流传开来,但这种以人物为题的命名方式却可以从《金瓶梅》那里看到影子。

---

① [意]詹尼·瓜达卢皮. 天朝掠影:西方人眼中的中国[M]. 何高济,何正,译. 北京:商务印书馆,2018:109.
② 袁行霈. 中国文学史:第四卷[M]. 北京:高等教育出版社,2005:142.
③ [法]艾田蒲. 中国之欧洲:下卷[M]. 许钧,钱林森,译. 桂林:广西师范大学出版社,2008:23.
④ 袁行霈. 中国文学史:第四卷[M]. 北京:高等教育出版社,2005:151.
⑤ 杨义. 中国叙事学的文化阐释[J]. 广东技术师范学院学报,2003(3):30.
⑥〔清〕曹雪芹,〔清〕高鹗. 红楼梦[M]. 北京:人民文学出版社,1996:7.

(一)《金瓶梅》的成书

《金瓶梅》是中国小说史上第一部由文人独立创作的长篇小说,作者署名为"兰陵笑笑生",《万历野获编》认为它出自"嘉靖间大名士手笔,指斥时事"①,但其作者的真实身份存在较大争议,有李开先、谢榛、王世贞和屠隆等多种说法,迄今尚无定论。

如同《西游补》作为《西游记》的准续书一样,《金瓶梅》也可以看作《水浒传》的准续书,即从中间某个情节处岔开,别开一片天地。根据同《水浒传》的关系,其版本大体可以分为两个系统。其一是"词话本",目前最早的是万历丁巳年(1617)所刊《新刻金瓶梅词话》,故又称为"万历本";其二是崇祯年间的《新刻绣像批评金瓶梅》,故称"崇祯本",清代康熙年间又有以崇祯本为底本的《张竹坡批评金瓶梅第一奇书》,称为"第一奇书本"。"万历本"从武松打虎写起,首回"景阳冈武松打虎 潘金莲嫌夫卖风月";"崇祯本"从西门庆结十兄弟写起,首回"西门庆热结师兄弟 武二郎冷遇亲哥嫂",比较而言,"万历本向着《水浒传》亲合,崇祯本则竭力与《水浒传》离异"②。一般认为崇祯本是在词话本基础上加以评改而成,而且让西门庆首先登场,凸显其小说主角地位。

(二)《金瓶梅》的思想内涵

1.《金瓶梅》假托宋代背景,从《水浒传》的一段情节出发,另辟蹊径地构建出中国小说史上第一部长篇世情小说的新境界。以市井强人、富商和下层官吏三位一体的西门庆为中心,以其家庭生活为主体,在表层上"讲述的是一个商人和他几位女人的神奇故事",实际上覆盖面很广,辐射市井与官场,"展示了那个时代的中国社会的一幅完整无缺的画卷"③,表现出深厚的时代内涵。"《金瓶梅》所写的,却正是《红楼梦》里常常一带而过、而且总是以厌恶的笔调描写的中年男子与妇女的世界,是贾琏、贾政、晴雯嫂子、鲍二家的和赵姨娘的世界"④,对此,作者以冷静的态度,客观地表达了对这个社会的极度失望态度。

2.《金瓶梅》以相当多的篇幅描写西门庆和众多女性的交往,表现了人性扭曲和异化的过程。这是在新的社会时代环境下"对性爱这一话题本身的挑战"⑤,其中不可避免地表现了相当篇幅的色情描写,尽管有所雅化,但依然在很大程度上影响了其传播,甚至相关的传播助力者也表现得不是那么理直气壮。例如老舍的友人埃杰顿(Clement Edgerton)翻译的《金瓶梅》是"至今英文唯一译本",他在扉页上特地写上了献给"好友C. C. SHU",在前言中也表达了对老舍为其翻译所提供帮助的感激之情,"但老

---

① 〔明〕沈德符. 万历野获编 [M]. 北京:中华书局,1959:652.
② 傅憎享,杨爱群. 金瓶梅书话 [M]. 沈阳:辽宁人民出版社,1993:1.
③ 〔法〕艾田蒲. 中国之欧洲:下卷 [M]. 许均,钱林森,译. 桂林:广西师范大学出版社,2008:126.
④ 田晓菲. 秋水堂论金瓶梅 [M]. 天津:天津人民出版社,2014:6.
⑤ 〔英〕彼得·弗兰科潘. 丝绸之路:一部全新的世界史 [M]. 邵旭东,孙芳,译. 杭州:浙江大学出版社,2016:204.

舍的任何回忆从不提此事"①。不仅如此，甚至在域外，这本书同样受到抵制，埃杰顿的英译本"初版时，尚为英国书刊检查所不容"，而"《金瓶梅》德文版出版时，中国留德学生示威抗议，差点把译者库恩先生揪出打一顿，罪名是污蔑中国人"②。

3. 作者在冷静地展示社会现实的同时，也表达出了强烈的悲悯意识，这一点在崇祯本中表现尤其突出。田晓菲在《秋水堂论金瓶梅》前言比较词话本和崇祯本时指出："词话本偏向于儒家'文以载道'的教化思想：在这一思想框架中，《金瓶梅》的故事被当做一个典型的道德寓言，警告世人贪淫与贪财的恶果；而绣像本（案：即崇祯本）所强调的，则是尘世万物之痛苦与空虚，并在这种富有佛教精神的思想背景之下，唤醒读者对生命——生与死本身的反省，从而对自己、对自己的同类，产生同情与慈悲。"③东吴弄珠客在序言中如是说：

读《金瓶梅》而生怜悯心者，菩萨也；生畏惧心者，君子也；生欢喜心者，小人也；生效法心者，乃禽兽耳。④

东吴弄珠客的序、结尾普净大师的点化和西门庆的转世，从这些可以看出，作者表达的不是对某个人或某个阶层的怜悯，而是对整个社会的悲悯。从作者冷静的笔调中可以感觉到作者所具有的价值判断，感受到其在作品中所体现的价值期待。

（三）《金瓶梅》的艺术成就

《金瓶梅》作为第一部以家庭生活和世态人情为题材的长篇世情小说，在艺术上颇多开拓与创新：

1. 在写作手法上，《金瓶梅》"描绘当时的中国风俗的真实面目"⑤，不过多加以主观评论，而是善于使用白描手法，揭示人物言行的自相矛盾之处，从而达到强烈的讽刺效果。如第三十三回写韩道国向别人吹嘘自己和西门庆的亲密关系：

那韩道国坐在凳上，把脸儿扬着，手中摇着扇儿，说道："学生不才，仗赖列位余光，与我恩主西门大官人做伙计，三七分钱。掌巨万之财，督数处之铺，甚蒙敬重，比他人不同。"白汝晃道："闻老兄在他门下只做线铺生意。"韩道国笑道："二兄不知，线铺生意只是名目而已。他府上大小买卖，出入资本，那些儿不是学生算帐！言听计从，祸福共知，通没我一时儿也成不得。大官人每日衙门中来家摆饭，常请去陪侍，没我便

---

① 赵毅衡. 对岸的诱惑——中西文化交流记 [M]. 成都：四川文艺出版社，2013：56.
② 赵毅衡. 对岸的诱惑——中西文化交流记 [M]. 成都：四川文艺出版社，2013：56.
③ 田晓菲. 秋水堂论金瓶梅 [M]. 天津：天津人民出版社，2014：6.
④ [清] 李渔. 新刻绣像批评金瓶梅 [M] // [清] 李渔. 李渔全集：第七卷. 杭州：浙江古籍出版社，1992.
⑤ [法] 艾田蒲. 中国之欧洲：下卷 [M]. 许均，钱林森，译. 桂林：广西师范大学出版社，2008：127.

吃不下饭去。俺两个在他小书房里,闲中吃果子说话儿,常坐半夜他方进后边去。昨日他家大夫人生日,房下坐轿子行人情,他夫人留饮至二更方回。彼此通家,再无忌惮,不可对兄说。就是背地他房中话儿,也常和学生计较。学生先一个行止端庄,立心不苟,与财主兴利除害,拯溺救焚。凡百财上分明,取之有道。就是傅自新也怕我几分。不是我自己夸奖,大官人正喜我这一件儿。"刚说在热闹处,忽见一人慌慌张张走向前,叫道:"韩大哥,你还在这里说什么,教我铺子里寻你不着。"拉到僻静处,告他说:"你家中如此这般。大嫂和二哥被街坊众人撮弄了,拴到铺里,明早要解县见官去。你还不早寻人情理会此事?"这韩道国听了,大惊失色。口中只咂嘴,下边顿足,就要翅趄走。被张好问叫道:"韩老兄,你话还未尽,如何就去了?"这韩道国举手道:"大官人有要紧事,寻我商议,不及奉陪。"慌忙而去。①

这段描述,可谓不着一字,尽得风流,一副小人嘴脸活生生跃然纸上。这种写法对后世的讽刺文学有很大的影响,《儒林外史》第四回严贡生向范进和张静斋吹嘘自己和知县的亲近关系那一段描写中就能看到韩道国的影子。

2. 《金瓶梅》以人物塑造为叙事重心,其题目《金瓶梅》就是作品中的三位女性的名字,潘金莲的表现尤其引人注目,甚至在西方被翻译为"The Golden Lotus","因书中主人公的名字也被称作《金色的莲花》"②。同时,作品注重从多方面、多层次地刻画人物性格,表现人物性格的丰富性和变化性,"比如读者若见到了一个无恶不作的人物,恐怕会在心中出乎意外地浮现出《金瓶梅》中西门庆这一人物形象吧"③,但是,西门庆在表现出霸道的同时,却又"为人一生耿直,干事无二"④,作品结尾西门庆最终投生到富户人家"往东京城内,托生富户沈通为次子沈越去也",而武大郎却投生到普通人家"往徐州乡民范家为男"⑤,这里似乎隐含着作者对西门庆的价值判断。

3. 此前的长篇小说基本上是由相对独立的小故事连缀而成,采用的是线状叙事结构,而《金瓶梅》则围绕西门庆一家的盛衰,以西门庆为主线人物,将社会各方面串联起来,构成一张覆盖面极广的生活之网。这可以视为"对文学形式的挑战"⑥,对后世的

---

① 〔清〕李渔. 新刻绣像批评金瓶梅 [M] // 〔清〕李渔. 李渔全集:第七卷. 杭州:浙江古籍出版社,1992:422-423.
② 〔英〕彼得·弗兰科潘. 丝绸之路:一部全新的世界史 [M]. 邵旭东,孙芳,译. 杭州:浙江大学出版社,2016:204.
③ 〔日〕小南一郎. 唐代传奇小说论 [M]. 童龄,译. 北京:北京大学出版社,2015:99-100.
④ 〔清〕李渔. 新刻绣像批评金瓶梅 [M] // 〔清〕李渔. 李渔全集:第七卷. 杭州:浙江古籍出版社,1992:365.
⑤ 〔清〕李渔. 新刻绣像批评金瓶梅 [M] // 〔清〕李渔. 李渔全集:第八卷. 杭州:浙江古籍出版社,1992:746.
⑥ 〔英〕彼得·弗兰科潘. 丝绸之路:一部全新的世界史 [M]. 邵旭东,孙芳,译. 杭州:浙江大学出版社,2016:204.

《红楼梦》有一定的影响。

4.《金瓶梅》运用了生动鲜活的口语，作品充满着活泼泼的市井气息，人物语言尤其具有个性化。如第五十七回西门庆反驳吴月娘的劝诫：

> 咱闻那佛祖西天，也止不过要黄金铺地。阴司十殿，也要些楮镪营求。咱只消尽这家私广为善事，就使强奸了姮娥，和奸了织女，拐了许飞琼，盗了西王母的女儿，也不减我泼天富贵。①

这份暴发户的宣言，说得可谓"理直气壮"，无赖本色的嘴脸一览无余。再如第六十回潘金莲见李瓶儿的儿子官哥死后，更加嚣张：

> 每日抖擞精神，百般称快，指着丫头骂道："贼淫妇！我只说你日头常晌午，却怎的今日也有错了的时节。你'斑鸠跌了弹——也嘴答谷了'！'春凳折了靠背儿——没的椅了'！'王婆子卖了磨——推不的了'！'老鸨子死了粉头——没指望了'！却怎的也和我一般？"②

连用五个歇后语，如机关枪扫射般，充分表现出潘金莲狠毒又泼辣的性格特点。

（四）《金瓶梅》影响下的世情小说

《金瓶梅》出现之前，已经有了《如意君传》和《痴婆子传》这样表现猥亵之事的小说，《金瓶梅》中的很多性描写就是抄录了《如意君传》。

《金瓶梅》问世后，在其影响下出现了很多续书，现存的有《续金瓶梅》《新镌古本批评三世报隔帘花影》《金屋梦》《三续金瓶梅》，内容仍表现猥亵之事，成就不高；还有一类作品则以婚姻家庭为中心，讨论家庭伦理与夫妻感情问题，代表作《醒世姻缘传》，又名《恶姻缘》，讲述两世婚姻恩怨的故事，描摹世态人情，颇有可观之处，但以因果报应解释全篇，则在一定程度上拉低了作品的思想层次；才子佳人小说的创作也在很大程度上受到了《金瓶梅》的影响而表现出强大的生命力，成为《金瓶梅》和《红楼梦》之间的有力过渡。另外，《金瓶梅》以讽刺之笔法来暴露社会的丑恶面，这也对讽刺小说和谴责小说创作有所启示。

---

① 〔清〕李渔. 新刻绣像批评金瓶梅［M］// 〔清〕李渔. 李渔全集：第八卷. 杭州：浙江古籍出版社，1992：91.

② 〔清〕李渔. 新刻绣像批评金瓶梅［M］// 〔清〕李渔. 李渔全集：第八卷. 杭州：浙江古籍出版社，1992：135.

第三节 明代后期小说

一、以"三言""二拍"为代表的短篇小说

明代后期，以"三言""二拍"为代表的白话短篇小说繁荣起来。文人一方面对宋元话本小说加以整理润饰，另一方面又有意识地模拟宋元话本小说的形式进行创作，故又被称为"拟话本"小说。在白话小说的整理、创作方面功绩最为突出的是冯梦龙，他在天启年间先后刊行了《喻世明言》（原名《古今小说》）、《警世通言》和《醒世恒言》，这是"有系统的话本及拟话本集"①。三部小说集共收入120篇小说，称为"三言"，其中既有宋元话本，也有明人拟话本，包括他自己的创作。在这120篇小说中，涉及宋元题材的54篇，明代题材的28篇②。"三言"之后，凌濛初于崇祯年间刊印了《初刻拍案惊奇》和《二刻拍案惊奇》，其中《初刻拍案惊奇》卷二十三《大姊魂游完宿愿 小妹病起续前缘》与《二刻拍案惊奇》的卷二十三重复，且《二刻拍案惊奇》的卷四十《宋公明闹元宵》是杂剧，故实收七十八篇小说，称为"二拍"。其题材即使有其来源，也都是只言片语，篇幅短小，经凌濛初重新布局谋篇方成规模，故"二拍"可视为凌濛初个人作品。"'二拍'所反映的思想特征与'三言'大致相同，艺术水平也在伯仲间，故在文学史上一般都将两书并称"③，后来"姑苏抱瓮老人"从"三言""二拍"中又选取40种作品，以《今古奇观》之名行世。"三言""二拍"极大地鼓舞了文人对白话短篇小说的编辑与创作热情，先后出现了陆云龙《清夜钟》、陆人龙《型世言》、席浪仙《石点头》、周清源《西湖二集》等，而古吴金木散人《鼓掌绝尘》和华阳散人《鸳鸯针》更是体现出了中篇小说的发展趋势。明代白话短篇小说与宋元话本小说一脉相承，其发展也受到了以《金瓶梅》为代表的章回体世情小说的影响。

明代白话短篇小说的题材内容与长篇章回体小说基本上是一致的，如《闹阴司司马貌断狱》本来就是历史演义小说的一部分，后独立成篇；《宋四公大闹禁魂张》和《临安里钱婆留发迹》则是英雄传奇题材；《沈小霞相会出师表》是时事小说题材；《杜十娘怒沉百宝箱》属于世情小说题材；《白娘子永镇雷峰塔》则是世情色彩浓郁的神怪小说。这时候的白话短篇小说也是众体毕备，只是更多地表现市井中事，而且更加正视当时的社会问题，这是与明代后期社会问题凸显的总体特点相一致的。

---

① 马幼垣. 熊龙峰所刊短篇小说四种考释 [C] //刘世德. 中国古代小说研究——台湾香港论文选辑. 上海：上海古籍出版社, 1983：65.
② 缪詠禾. 冯梦龙和三言 [M]. 上海：上海古籍出版社, 1979：22.
③ 袁行霈. 中国文学史：第四册 [M]. 北京：高等教育出版社, 2005：156.

(一)"三言""二拍"的思想内容

"三言""二拍"的主体内容涉及当时社会生活的诸多方面,特别注重表现市民阶层的审美价值取向,具有鲜明的时代特征。

1. "三言""二拍"较多地关注了商人阶层的生活状况,往往从正面对其加以表现,给予他们美好的结局。如《吕大郎还金完骨肉》(《警世通言》)、《施润泽滩阙遇友》(《醒世恒言》)一扫商人重利贪财的形象,而突出其拾金不昧、与人为善的一面;《蒋兴哥重会珍珠衫》(《喻世明言》)从家庭婚姻角度描写商人蒋兴哥得知妻子王三巧与别人私通后,尽管愤怒,却又能够自省,"当初夫妻何等恩爱,只为我贪着蝇头微利,撇他少年守寡,弄出这场丑来,如今悔之何及"①,作品在对白居易《琵琶引》中那种"商人重利轻别离"②的现象进行批评的同时,通过细腻的心理活动展示了蒋兴哥善良厚道的一面;《卖油郎独占花魁》(《醒世恒言》)更是将小商人秦重对莘瑶琴从远观倾慕到贴心呵护的追求过程全景式展现出来,一个痴情种子的形象跃然纸上,此外,他对自己的义父朱十老也有情有义,即使受到陷害也毫无怨言,"在朱十老家四年,赤心忠良,并无一毫私蓄",所以"那油坊里认得朱小官是个老实好人",当他独立做油行买卖时,大家"有心扶持他,只拣窨清的上好净油与他,签子上又明让他些"③;《转运汉巧遇洞庭红 波斯胡指破鼍龙壳》(《初刻拍案惊奇》)中的文若虚则是一个特殊身份的商人,他本来做什么买卖都折本,因此被人笑称"倒运汉",后来出于散心的目的出海,无意中带了一竹篓橘子,机缘巧合又走了零售的路数,发了一笔小财,此后又在荒岛上偶然得到了鼍龙壳,发了大财,作者借文若虚"变泰"事迹,肯定了商人对财富的追求,也赞扬了其不贪婪、存忠厚的一面。

2. 男女婚恋情感问题也是"三言""二拍"关注的重要题材。其一,直面夫妻之间的情感纠葛,主张理解与宽容。如《蒋兴哥重会珍珠衫》中蒋兴哥一纸休书送走了王三巧,又卖掉了两个丫环,痛打了薛婆,出了一口气后,首先是将"楼上细软箱笼,大小共十六只,写三十二条封皮,打叉封了,更不开动",对此,作者明确指出"只因兴哥夫妇,本是十二分相爱的。虽则一时休了,心中好生痛切。见物思人,何忍开看?"当王三巧改嫁给吴杰时,兴哥"顾了人夫,将楼上十六个箱笼,原封不动,连匙钥送到吴知县船上,交割与三巧儿,当个陪嫁",此处不忘补叙一笔"妇人心上到过意不去"④。此后蒋兴哥在广东遇上人命官司,知县夫人却是王三巧,"想起旧日恩情,不觉痛酸",因而向知县哭告求情,救下蒋兴哥,作者在此又进一步说道:"他夫妇原是十分恩爱的,因三巧儿做

---

① 〔明〕冯梦龙. 喻世明言 [M]. 北京:北京十月文艺出版社,1994:22.
② 中华书局编辑部点校. 全唐诗 [M]. 增订本. 北京:中华书局,1999:4832.
③ 〔明〕冯梦龙. 醒世恒言 [M]. 海口:海南出版社,1993:34.
④ 〔明〕冯梦龙. 喻世明言 [M]. 北京:北京十月文艺出版社,1994:25.

下不是，兴哥不得已而休之，心中兀自不忍；所以改嫁之夜，把十六只箱笼，完完全全的赠他。只这一件，三巧儿的心肠，也不容不软了。今日他身处富贵，见兴哥落难，如何不救？"① 这样环环相扣，夫妻重新团聚，也就顺理成章了；其二，细腻地展现男女恋情的全过程，肯定对爱情的执着追求。如《小道士一着饶天下 女棋童两局注终身》（《二刻拍案惊奇》）中围棋高手周国能对妙观的追求，虽然也是一见就爱在了心里，"只在这几个黑白子上，定要赚他到手。倘不如意，暂不还乡"②。但他却不同于《卖油郎独占花魁》中秦重对莘瑶琴温柔贴心式的追求，周国能始终保持着积极主动的态度，软硬兼施，甚至不惜递上一纸诉状，终于得偿所愿，抱得美人归；其三，妓女的情感问题是"三言""二拍"中很有特色的题材，作者对其既有同情也有赞赏，如《卖油郎独占花魁》《玉堂春落难逢夫》（《警世通言》）、《杜十娘怒沉百宝箱》（《警世通言》）这三篇，莘瑶琴以智慧赢得了幸福，玉堂春以坚贞赢得了真情，杜十娘以刚烈赢得了自尊，尽管结局不同，但她们三人都是主动追求自己的幸福，从而推动情节发展，并成为解决问题的关键，凸显了女性的智慧和勇气，相对而言，男性的形象反而弱化了。

3. 对社会的黑暗面予以猛烈抨击。或者表现朝廷中的忠奸斗争，如《沈小霞相会出师表》（《喻世明言》）中沈炼与严嵩及其党羽的斗争；或者表现家庭伦理的堕落，如《滕大尹鬼断家私》（《喻世明言》）中倪善继对弟弟倪善述的虐待，而滕大尹假公济私为自己捞好处的行为也表现了官吏的贪婪；或者表现劣绅的强横霸道，如《灌园叟晚逢仙女》（《醒世恒言》）中张委对秋公园子的谋占。而《喻世明言》中的《宋四公大闹禁魂张》和《二刻拍案惊奇》中的《神偷寄兴一枝梅 侠盗惯行三昧戏》则表现出对社会黑暗面的直接反抗，作者对此在一定程度上是持肯定态度的，如《神偷寄兴一枝梅 侠盗惯行三昧戏》结尾所言："似这等人，也算做穿窬小人中大侠了，反比那面是背非、临财苟得、见利忘义一班峨冠博带的不同。"③

（二）"三言""二拍"的艺术成就

1. "三言""二拍"注重日常生活细节的描写，使其中的人物更加丰满可信。如《卖油郎独占花魁》中刘四妈本来是带着任务替莘瑶琴作说客赎身从良的，但和王九妈谈话时却好像处处为王九妈着想，说的都是寻常话，唠的都是贴心嗑，丝丝入扣，牵着王九妈走，请君入瓮，谈笑间就把问题解决了。这样的口才，这样的谋略，真实可感，令人不能不佩服。再如《卖油郎独占花魁》中秦重亲近莘瑶琴的场面：

秦重看美娘时，面对里床，睡得正熟，把锦被压于身下。秦重想酒醉之人，必然怕

---

① 〔明〕冯梦龙. 喻世明言 [M]. 北京：北京十月文艺出版社，1994：31.
② 〔明〕凌濛初. 二刻拍案惊奇 [M]. 西安：三秦出版社，1993：23.
③ 〔明〕凌濛初. 二刻拍案惊奇 [M]. 西安：三秦出版社，1993：617.

冷，又不敢惊醒他。忽见栏杆上又放着一床大红绉丝的锦被，轻轻的取下，盖在美娘身上。把银灯挑得亮亮的，取了这壶热茶，脱鞋上床，捱在美娘身边，左手抱著茶壶在怀，右手搭在美娘身上，眼也不敢闭一闭。正是：未曾握雨携云，也算偎香倚玉。

却说美娘睡到半夜，醒将转来，自觉酒力不胜，胸中似有满溢之状。爬起来，坐在被窝中，垂着头，只管打干哕。秦重慌忙也坐起来，知他要吐，放下茶壶，用手抚摩其背。良久，美娘喉间忍不住了，说时迟，那时快，美娘放开喉咙便吐。秦重怕污了被窝，把自己的道袍袖子张开，罩在他嘴上。美娘不知所以，尽情一呕，呕毕，还闭着眼，讨茶嗽口。秦重下床，将道袍轻轻脱下，放在地平之上。摸茶壶还是暖的，斟上一瓯香喷喷的浓茶，递与美娘。美娘连吃了二碗，胸中虽然略觉豪燥，身子兀自倦怠，仍旧倒下，向里睡去了。秦重脱下道袍，将吐下一袖的腌臜，重重裹著，放于床侧，依然上床，拥抱似初。①

这段描写生动细腻地将秦重对莘瑶琴又敬畏又爱怜又觉得羞涩的心理表现出来，符合恋爱中的少年与心爱的人近距离接触时的实际状态。

2．"三言""二拍"中有很多精彩的心理描写，对表现人物性格与推动情节发展都具有重要作用。如《蒋兴哥重会珍珠衫》知道妻子与陈大郎私通后的心理状态：

回到下处，想了又恼，恼了又想，恨不得学个缩地法儿，顷刻到家。连夜收拾，次早便上船要行。

只见岸上一个人气吁吁的赶来，却是陈大郎。亲把书信一大包，递与兴哥，叮嘱千万寄去。气得兴哥面如土色，说不得，话不得，死不得，活不得。只等陈大郎去后，把书看时，面上写道："此书烦寄大市街东巷薛妈妈家。"兴哥性起，一手扯开，却是八尺多长一条桃红绉纱汗巾。又有个纸糊长匣儿，内有羊脂玉凤头簪一根。书上写道："微物二件，烦干娘转寄心爱娘子三巧儿亲收，聊表记念。相会之期，准在来春。珍重，珍重。"兴哥大怒，把书扯得粉碎，撇在河中；提起玉簪在船板上一掼，折做两段。一念想起道："我好糊涂！何不留此做个证见也好。"便捡起簪儿和汗巾，做一包收拾，催促开船。急急的赶到家乡，望见了自家门首，不觉堕下泪来。想起："当初夫妻何等恩爱，只为我贪着蝇头微利，撇他少年守寡，弄出这场丑来，如今悔之何及！"在路上性急，巴不得赶回。及至到了，心中又苦又恨，行一步，懒一步。②

他心中的愤怒与痛苦、悔恨与纠结都细致形象地显现出来，这也为他后文能够善待

---

① 〔明〕冯梦龙．醒世恒言［M］．海口：海南出版社，1993：43－44．
② 〔明〕冯梦龙．喻世明言［M］．北京：北京十月文艺出版社，1994：22．

王三巧，并在关键时刻得到王三巧的救助埋下了伏笔，相关情节的发展也就不那么突兀了。

再如《卖油郎独占花魁》中的莘瑶琴，她对秦重的情感是有一个心理转变过程的。初次与秦重接触，秦重夜间温柔体贴的照顾让她感动，"心下想到：'有这般识趣的人！'"到了天明时分，她通过交谈知道了秦重对自己的真心倾慕，想到："难得这好人，又忠厚，又老实，又且知情识趣，隐恶扬善，千百中难遇此一人。可惜是市井之辈，若是衣冠子弟，情愿委身事之。"① 此时的花魁娘子对秦重的认识还只是感性上的，而且还带着些居高临下的气势。在吴八公子抢人事件之后，她才深刻领悟道"平昔枉自结识许多王孙贵客，急切用他不着，受了这般凌辱"②，关键时刻还是得到了秦重的救助，她才发自内心地认同了这位"志诚君子"，主动说出"我要嫁你"，而且"布衣蔬食，死而无怨"③。从莘瑶琴的这番心路历程可以感受到，因为这番波折，她和秦重的感情最终是建立在感性与理性相结合的基础上的，势必会更加坚实。

3. "三言""二拍"善于用巧合来推动情节发展，形成"柳暗花明"的艺术美感。如《蒋兴哥重会珍珠衫》写蒋兴哥续弦娶了陈商的妻子平氏，讲明真相，重新得到珍珠衫后，已经说"这才是'蒋兴哥重会珍珠衫'的正话"，故事到此可以结束了，但后边却又写了蒋兴哥在广东惹上命案，而审理此案的知县恰巧就是王三巧再嫁的丈夫，情节进一步发展，于是有了两人相会、夫妻和好的大团圆结局；《转运汉巧遇洞庭红 波斯胡指破鼍龙壳》写文若虚零售橘子发了一笔小财之后，故事也本可就此结束，但作品却又引出其荒岛偶得鼍龙壳，到达福建后本来没人理会他，恰巧波斯胡请客后送大家，恰巧就在船上看到了鼍龙壳，这才又引出波斯胡买宝又谈宝的一大段文字。

二、时事小说

时事小说是明代小说中较有特色的一种。它兴起于明末，主要流行于明末清初和晚清这三个阶段，"将刚刚结束或正在发生的重大政治事件直接作为创作题材，力求真实地将当时的政治热点问题表现出来，并且立场鲜明地表明作者的态度"④，"时效性、真实性、重大政治性和直接性则是它区别于其他小说类型的重要特征"⑤，特别是与历史演义小说区分开来。时事小说的总体艺术水平并不高，但这一小说类型的形成和发展体现出文人士大夫主体意识的提高，而这又与其所处的变幻纷繁的社会政治经济文化环境密切相关。同时，它对后世的纪实文学创作也具有启示意义。

---

① 〔明〕冯梦龙. 醒世恒言 [M]. 海口：海南出版社，1993：44.
② 〔明〕冯梦龙. 醒世恒言 [M]. 海口：海南出版社，1993：48.
③ 〔明〕冯梦龙. 醒世恒言 [M]. 海口：海南出版社，1993：49.
④ 赵旭. 明清时事小说特征之辨析 [J]. 辽宁大学学报：哲学社会科学版，2008 (3)：45.
⑤ 赵旭. 明清时事小说特征之辨析 [J]. 辽宁大学学报：哲学社会科学版，2008 (3)：47.

(一) 时事小说的产生与发展

宋元"说话"中的"说铁骑儿"内容是时事小说的主要源头。从现存资料中还可看出,"说铁骑儿"的一些内容正是以当时发生的"当代史"为题材,如《中兴名将传》;还有一些是以"刚刚过去或尚未结束的"时事作为题材,如《复华篇》。入明以后,小说所表现的内容逐渐与作者所处的年代拉近,前期有《英烈传》和《续英烈传》,中期有《于少保萃忠全传》《皇明大儒王阳明先生出身靖难录》和《戚南塘剿平倭寇志传》等章回体小说作品。在短篇小说创作中,也出现了以本朝官员郭子章为主角的《郭青螺六省听讼录新民公案》。另外还有以海瑞为主角的拟话本小说集《海刚峰先生居官公案传》,出版时距海瑞死去仅仅二十年。而《喻世明言》中表现沈炼与严嵩父子斗争的《沈小霞相会出师表》则已经是一篇纯粹的短篇时事小说了。

作为一种文化现象,时事小说能够在明末崛起和发展决不是偶然的。其原因主要表现在以下几点:

其一,关注时事的文学传统。如《诗经·秦风·黄鸟》以子车兄弟为秦穆公殉葬之事为题材,诗歌创作和本事几乎同步;《史记·李将军列传》载李广之子李敢击伤卫青,后被霍去病射杀之事,尽管涉及皇家,司马迁却采用了实录态度。"多为'幽人处士'或'方闻之士''因其尚志,率尔而作'"①的汉魏六朝杂传也多有时事内容;唐代传奇小说也多以当时人的事迹为题材,因此鲁迅说"唐人大抵描写时事"②。可见,中国文学传统对时事的关注是有着深厚积淀的。

其二,动荡不安的社会时局。时事小说是乱世的产儿,明末更是时事小说创作的黄金时期。明万历朝被黄仁宇评价为"一个历史的大失败"③。此后,朝政更加恶化,表现最突出的就是党争。时事小说不仅常常以党争作为创作题材,而且有的时事小说本身就是党争工具,如《樵史通俗演义》就表现出坚定的东林党立场。此外,农民起义和外族入侵也成为明王朝挥之不去的噩梦,自然也成为时事小说的表现内容。1644 年 4 月,李自成以摧枯拉朽之势攻占北京;一个多月之后,清军入关打败李自成,占领北京;南京则建立了弘光小朝廷。动荡的时局促使时事小说家去关注起义军、南明政权和清军之间的角逐。于是,李自成起义和明清鼎革成为清初时事小说的主要内容。

其三,相对宽松的思想空间。明代中后期,市民阶层不断壮大,人的自我意识极大提升。同时,"士"和"商"之间的壁垒也被打破了,许多商人和文人有着密切的交往,文人改变了以往不屑与商贾为伍的清高态度,如冯梦龙和陆云龙,本身也从事商业活动。为了适应市民的阅读趣味,先前为人所轻视的小说地位也大大提升了。主体意识的

---

① 熊明. 汉魏六朝杂传研究 [M]. 沈阳:辽海出版社,2004:179.
② 鲁迅. 中国小说史略 [M]. 北京:人民文学出版社,1973:286.
③ 黄仁宇. 万历十五年 [M]. 北京:生活·读书·新知三联书店,1997:自序.

强化，文化环境的改善，使文人能够主动地去关注当时的重大事件，独立发表自己的见解，正如俞樾在《茶香室丛钞》中对《辽东传》评价的那样："实纪当时之事，并姓名官位亦大书之，明人之无忌惮如此！"① 这些都大大鼓励了时事小说的创作。

其四，及时迅捷的传播载体。明中后期，印刷技术突飞猛进，这为时事小说的出版提供了保证。而且，随着商业因素的渗入，许多书商或召集作家进行创作，或亲自加入创作队伍，如冯梦龙和陆云龙就是身兼二职。同时，为了使作品能够畅销，广告宣传也得到了加强，这在客观上推动了时事小说的传播。明末清初的邸报对时事小说的创作起到了重要作用。如《樵史通俗演义》第三十二回"南京公议立新君 淮海沥血陈时事"载史可法所上奏章虽未得到朝廷的重视，但"南京刻成一本，哪一个不买本看看"②，可见其传播之广。许多时事小说作家正是通过邸报来获得创作题材的，甚至直接将邸报的内容大段摘抄到小说中，如《近报丛谭平虏传》是由"近报"和"丛谭"连缀而成，"近报者邸报；丛谭者传闻语也"③。

（二）时事小说的特点

人们一般将时事小说看作历史演义的附庸，这是一种误解。它具有自己的艺术特征，是一个独立的小说类型。

其一是时效性。时事小说创作的重要目的就是要选取当时正在发生的事件作为题材，并尽快创作出版，同时要在最大范围内获得读者的认同感，从而产生较大的社会影响。所以，时事小说既要在题材选择上讲究迅速的"时"，又要在社会影响上讲求巨大的"效"。如近代表现抗日护台斗争的《台战演义》和《台湾巾帼英雄传》，"可以说是对时事进行的同步报道，其时效与通讯相仿"④。客观来看，"只要是以与作者处于同一个君主统治时期所发生的或具有惯性作用的事件为主要题材的小说都可以归入时事小说的时间范围"⑤。

其二是真实性。时事小说往往以"信史"标榜，特别是因为与本事相距不远，为了保证其真实，作者往往将邸报、奏章等材料原样收入，即使伤害了作品的艺术性也在所不惜，这是时事小说的一个突出特点。其中也不乏虚构成分，如《梼杌闲评》的前二十回，但这是为了表达情感而在不违背史实的前提下的虚构，或者是对尚未发生的事进行的推测，对主题事件的真实性没有大的妨害。

其三是重大政治性。时事小说所选择的题材都是具有重大政治影响的事件，其主人

---

① 朱一玄. 明清小说资料选编 [M]. 济南：齐鲁书社，1990：229.
② 〔清〕江左樵子，编辑，钱江拗生，批点. 樵史通俗演义 [M]. 北京：人民文学出版社，2006：249.
③ 〔明〕呤啸主人. 近报丛谭平虏传 [M]//中国古代珍稀本小说续：九. 沈阳：春风文艺出版社，1997：481.
④ 张平仁. 明清时事小说的新闻传播价值 [J]. 社会科学辑刊，2003 (5)：132.
⑤ 赵旭. 明清时事小说特征之辨析 [J]. 辽宁大学学报，2008 (3)：47.

公也是对政局有举足轻重作用的风云人物。有一些作品，虽然以当时很有政治影响力的人物为主人公，却侧重于描写其生活逸事，如大桥式羽作于光绪二十九年的《胡雪岩外传》，其主人公虽然是当时著名的"红顶商人"，但该书抛开了胡雪岩的社会活动，而对其个人糜烂的私生活着力描绘，以印证所谓"盛极必衰"的道理。角度颇类《金瓶梅》，故应将其归入世情小说。再如《孽海花》，主人公傅彩云确实是当时的一个名人，曾朴在《孽海花代序——修改后要说的几句话》中也表示要"尽量容纳近三十年来的历史"，但其内容还是"避去正面，专把些有趣的琐闻逸事来烘托大事的背景"①，而不能直接表现重大的政治事件。故不应归入时事小说，而属世情小说一类。

其四是直接性。有一些小说确实涉及一些时事，但时事并非直接表现的对象，而是作为背景存在的，如刊载于1904—1905年的李伯元《文明小史》，虽然涉及正在发生的日俄战争，但并未将其作为直接描写对象，所以我们只能称为社会小说，否则晚清的社会小说或多或少都涉及时事，若都归入则显得太滥了。

（三）明末时事小说创作

自万历四十六年（1618）努尔哈赤起兵攻明到崇祯十七年（1644年），外有后金〔清〕的进攻，内有朝廷的党派斗争，尤其是天启年间魏忠贤阉党和东林党的斗争，这是明代后期无法摆脱的两大恶疾，也成为文人关注的重要时事。1628年崇祯皇帝上台后，他除掉了魏忠贤的宦官集团，又起用了袁崇焕，积极抗击后金。这使人们看到了"中兴"的希望，同时，文人士大夫们也得到了一定的评论时政的发言权，声讨阉党的罪行和彰显保国英雄的忠义是其主要内容。因此，明末的时事小说集中表现了魏忠贤祸乱朝纲以及明与后金的战争这两个内容。现存表现魏忠贤专权题材的时事小说主要有以下几部：

《警世阴阳梦》，作于崇祯元年，是最早出现的表现魏忠贤乱政的时事小说。

《魏忠贤小说斥奸书》，一般认为是陆云龙所作，谢国桢和朱传誉倾向于冯梦龙所作，稍晚出于《警世阴阳梦》。此书以实录为主，如其《凡例》所言："纪自忠贤生长之时，而终于忠贤结案之日，其间纪各有序事，各有伦宜，详者详宜，略者略宜，盖将以信一代之耳目，非以炫一时之听闻。"②

《皇明中兴圣烈传》，作者署名为西湖野臣乐舜日，作于崇祯元年。此书对魏忠贤早年生活经历的描写很细腻，世情小说的色彩很重，光绪三十二年（1906）上海中新书局的排印本定其名为《魏忠贤逸事》。

《梼杌闲评》，不题作者，作于崇祯十七年，始于明亡前而完成于国变后，此书虽然以近五分之二的篇幅来表现魏忠贤的早年生活，大大强化了作品的世情色彩，但其创作

---

① 朱一玄. 明清小说资料选编 [M]. 济南：齐鲁书社，1990：1006.
② 〔明〕陆云龙. 魏忠贤小说斥奸书 [M] // 中国古代珍稀本小说：五. 沈阳：春风文艺出版社，1997：695.

目的仍在于抨击阉党。

  此类题材作品都是彰显魏忠贤宦官集团的罪恶，以警示后人。时事小说作者多沉于下僚，面对阉党专权，有心杀贼却无力回天。待崇祯皇帝登基后，心中压抑已久的愤懑终于找到了宣泄口，如《魏忠贤小说斥奸书》的题目中"斥奸"二字已明确表现出作者的爱憎。陆云龙在《自叙》中为"龙飞九五，若禹鼎成而妖魑形现。雷霆一震，荡然若粉齑，而当日之奸，皆为虚设"①的"中兴"局面而欢呼的同时，又因"在草莽不获出一言暴其奸，良有隐恨"，故"次其奸状，传之海隅，以易称功颂德者之口；更次其奸之府辜，以著我圣天子之英明，神于除奸，诸臣工之忠鲠，勇于击奸。俾奸谀之徒缩舌知奸之不可为，则犹之持一疏而叩阕下也"②。这段文字表达了当时下层文人的心声。崇祯末年的《梼杌闲评》虽然大大增加了世情成分，对魏、客的爱情描写给予了很大的篇幅，在清代甚至被当作淫书而禁止，泄愤的情绪也淡化了；不过从整体上看，彰显阉党罪恶的目的并没有改变，作品列举了历朝宦官之祸，"真可谓是一部中国宦官简史"③，第五十回末尾更是严厉告诫"后之为宦官者，不可不知所警也"④，作者显然是把魏忠贤作为一个典型，而将矛头指向了更广泛的宦官阶层，结合当时的政局来看，针对性很强。

  与这种斥奸泄愤的思想感情相适应，此类题材的时事小说在艺术表现上无一例外地采用了纪传体裁。同时，在吸收邸报、笔记等内容的基础上，又吸取了为当时民众所喜闻乐见的章回体小说的创作手法，对材料进行艺术加工，使之更具可读性。充分发挥小说家的才能，运用各种表现手法，戴着"既成事实"的脚镣跳起"艺术"之舞，重视细节，塑造出魏忠贤这个大奸大恶而又不失人情味的典型形象。以《魏忠贤小说斥奸书》第二回被苗太监逼债愤而自宫后休妻离家的场面为例：

  一日，对嫂子道："嫂子，咱也累了你也。想我如今净了身，在这里也没用，不如上京去寻一个出身。你年纪正小，任你改嫁甚人，寻碗饭吃。"嫂子道："哥莫说这话，你还在这里，我守着你罢。"进忠道："我主意已定了。明日好歹请几个亲邻，咱立纸休书与你，后日咱走道儿。"果然进忠去请了宗族……人散后，两个把平日恩情苦楚，说了又说，哭了又哭，一夜不睡。到早饭后，进忠把自己衣服，打叠在一个哨马内，打帐短盘起身。只见这些亲戚邻友，也有拿银子的，拿钱的，倒也有三五两之数。内中赵黑子也拿二百钱来送他，进忠见了道："赵大哥，咱前日曾央及你问苗太监借银子二两，后边讨月钱，惹出这事来。难道咱就赖了他的？"就将众人送的拣了二两，递与赵黑子道："这还他本钱，

---

① 〔明〕陆云龙.魏忠贤小说斥奸书[M]//中国古代珍稀本小说：五.沈阳：春风文艺出版社，1997：691.
② 〔明〕陆云龙.魏忠贤小说斥奸书[M]//中国古代珍稀本小说：五.沈阳：春风文艺出版社，1997：692.
③ 李时人，魏崇新，周志明，等.中国古代禁毁小说漫话[M].上海：汉语大词典出版社，1999：322.
④ 〔明〕无名氏.梼杌闲评[M].北京：九州出版社，2001：456.

你那二百钱与他作利钱。讨那欠票,付咱嫂子扯坏了。"黑子道:"哥,你还收了,咱这二百钱不收不见咱意思了。"进忠道:"替咱还债,就是咱收了。"又拿几钱银子,几百钱与嫂子,道:"嫂子,你拣好人家,你自做主嫁去。咱有好日还来看顾你。"道罢,辞了亲邻朋友,便驮了哨马出门。嫂子直送到有头口处,抱头又哭了一场。①

这段描写中,魏忠贤作为一个小人物,很有几分自尊和硬气,对妻子也是有情有义,而这一对苦命夫妻的遭遇,更让人生出几分同情。在《梼杌闲评》中,前二十回不仅设计了魏、客二人的明珠缘,而且用了大量篇幅来表现侯一娘与魏云卿的情感纠葛,尤其是塑造了一系列生动的下层小市民形象,贪欢的侯一娘、魏云卿,猥琐的魏丑驴、侯二,霸道的崔呈秀,都是活灵活现的,尤其是那泼辣的侯秋鸿,更是有《金瓶梅》中春梅的影子。对于魏忠贤的刻画更是丰满,在他前期的生活中,虽有诸多恶习,但也有见义勇为、诚信讲义气的一面,与《金瓶梅》中的那"为人一生耿直,干事无二,喜则和气春风,怒则迅雷烈火"的西门庆很有几分相似。

《梼杌闲评》,就其题目来看,"梼杌"本身是一只怪兽,与前期同题材的作品相比,此书用怪兽来比喻魏忠贤之恶,而没有直言魏忠贤之名,再用一个"闲"字与之相配,很明显地表现出作者对时事的淡漠。同时,为了迎合读者的阅读口味,《梼杌闲评》借鉴甚至模仿了许多为人们所喜闻乐见的小说类型的创作手法。当时,正是神魔小说的"因革期","由纯正类倾向于讽喻类的作品明显增多"②,《梼杌闲评》中神魔色彩也很浓,如第十回魏忠贤救傅如玉,第十八回吃贮影治伤,第三十八回孟师婆的飞剑,尤其是第二十五回至第三十七回,神魔斗法的场面煞是好看,甚至把唐传奇小说中的许多剑仙也引入其中,空空儿自不必说,元元子和真真子更是聂隐娘夫妇的翻版,而在创作态度上,也一改同题材作品那样直接斥责,而更注重于侧面讽喻。此外,首回所叙述的"赤蛇祸乱",颇似《水浒传》第一回"洪太尉误走妖魔"的一幕,而结尾傅如玉母子建道场超度魏忠贤的情节则更是与《金瓶梅》中普净法师超度亡灵的一幕相类似,体现的是因果报应模式。很能迎合读者的阅读兴趣,而读者的兴趣又反过来影响了作者的审美倾向,使语言更加通俗,情节更加曲折,但同时也造成了内容的低俗化,在很大程度上影响了作品的艺术性。如第十八回写魏忠贤酒后被乞丐推入河中失掉生殖器一段:

那滩上有两只狗在那里,忽见水里推上一个人来,那狗便走来,浑身闻了一会。那进忠是被烧酒醉了的人,又被水一逼,那阳物便直挺挺的竖起来。那狗不知是何物,跑

---

① 〔明〕陆云龙. 魏忠贤小说斥奸书[M]//中国古代珍稀本小说:五. 沈阳:春风文艺出版社,1997:716-717.
② 胡胜. 明清神魔小说研究[M]. 北京:中国社会科学出版社,2004:86.

上去一口，连肾囊都咬去了……①

　　这样细致入微的描写不仅浇灭了读者对魏忠贤的怒火，还因为有了戏谑玩笑的味道而降低了对其批判力度。可以看出，《梼杌闲评》的作者已经主动地运用虚构手法，遵循"尚虚"的路数来进行小说创作了。有研究者指出"作者构思的兴趣和重心都已偏向世情部分"②，这个评价是很恰当的。作品中的时事多为抄录别书，而没有进行理性地判断和拣选，"大部分情节是移用，这本身就说明作者对这部分内容缺乏创作热情和独到视角"③。

　　与后金的战争是困扰晚明社会的另一个顽症。表现这一内容的时事小说共有三部。《近报丛谭平虏传》，作者为吟啸主人。主要收录了崇祯二年秋至三年正月间后金围攻北京时的有关材料；《辽海丹忠录》作者为陆人龙，书中叙后金大举入侵，在危难之际，毛文龙挺身而出，于东江建立根据地，抗击敌军，稳定大局，但最终含冤而死的事迹；《镇海春秋》，现仅存第十至二十回，题吴门啸客所作，内容与《辽海丹忠录》相似。这个题材的时事小说基本采用了编年体裁，以利于展现广阔的背景，并且便于收入更多的材料，议论化色彩也更加强烈了，而对人物形象的塑造重视不够。

　　崇祯登基后，对后金的战争并没有太大的起色。特别是在崇祯二年秋，皇太极竟然从喜峰口突入，包围北京数月之久。北京保卫战的胜败不仅关系到国家的存亡，而且也关系到文人士大夫的尊严问题，因而受到全国的瞩目。《近报丛谭平虏传》其实是这一战役的资料汇编。该书基本是实录，但在行文组织中依然跳动着激情。其创作目的如《序》所云："使阅者亦识虏酋之无能，可制梃以挞之也。"④ 这体现了当时文人的普遍心态，即希望借扫平魏忠贤集团的余威，进一步打击外敌的入侵，巩固这来之不易的"中兴"局面。因此，作者一方面满腔忧虑地关注着战局，"阅邸报，奴酋越辽犯蓟，连陷数城，抱杞忧甚矣"⑤；另一方面，又希望唤起广大民众的忠义之心，共赴国难。因此，该书不仅收入了官方邸报，还注重民间的传闻，以为"更实获我心焉。忠孝节义廉之矣，而安得无录"，于是"间就燕客丛谭，详为纪录，以见天下民间亦有此之忠孝节义而已"⑥。因此，书中有许多篇章表现普通民众的英勇事迹，如卷一《郭壮丁扮乞探

---

① 〔明〕无名氏. 梼杌闲评 [M]. 北京：九州出版社，2001：176.
② 张平仁. 徘徊于时事与世情之间——《梼杌闲评》论略 [J]. 宝鸡文理学院学报，2003（3）：56.
③ 张平仁. 徘徊于时事与世情之间——《梼杌闲评》论略 [J]. 宝鸡文理学院学报，2003（3）：54-55.
④ 〔明〕吟啸主人. 近报丛谭平虏传 [M] //中国古代珍稀本小说续：九. 沈阳：春风文艺出版社，1997：481.
⑤ 〔明〕吟啸主人. 近报丛谭平虏传 [M] //中国古代珍稀本小说续：九. 沈阳：春风文艺出版社，1997：481.
⑥ 〔明〕吟啸主人. 近报丛谭平虏传 [M] //中国古代珍稀本小说续：九. 沈阳：春风文艺出版社，1997：481.

营》《高敬石响马杀贼》，卷二《徐氏妻诒虏完节》等。在题材的组织上，作者虽然明确提出了虚实相结合的创作主张："苟有补于人心世道者，即微讹何妨？有坏于人心世道者，虽真亦置。"① 但无论是丛谭还是邸报，他都不做过多的评论，尽量将事实展现在读者面前，而将自己的好恶融在客观的叙写中，只在每一节的末尾诗中才把情感抒发出来，从中也可以感受到作者的一腔爱国激情。如对于袁崇焕，当时很大一部分舆论认为正是他杀掉毛文龙才导致外敌入侵，而目之为内奸。而作者却对其抱着支持和肯定的态度，认为他是护国的栋梁。在卷一"袁督师帅兵入卫"一节中称赞他"见贼越蓟通，围都城，星夜帅兵，进京入卫"，从而使"民心始定"，并写他差遣满桂、祖大寿等人迎敌，"督师亦身临阵前"，"亲冒矢石，催兵进前"②。正因其英勇战斗，才使敌军"自是不敢复窥都城矣"③。但作者对袁崇焕被捕一事只云"未知后事如何"。因为事情涉及崇祯皇帝，作者不好明确表态，但仍在卷二"风传奴书缚督师"中收录了周梦尹的本章，用其本中针对"今日事势，以逆虏事事中窾，我兵着着失算"④ 的问题所提出的八个失误之处来委婉地替袁崇焕辩护。因为毕竟在袁崇焕身上还寄托着维护"中兴"的希望，作者不愿意看到自毁长城的现象出现。不过，尽管面对着这样的危机，作者还保持着一份乐观的激情，在袁崇焕被捕后，他感叹道："道路有口不可支，是非到此尽危疑。胡儿乘间歌吹起，难拟汾阳学子仪。"仍然坚信："虽有小丑，海晏可俟矣。"⑤

与《近报丛谭平虏传》的立场不同，《辽海丹忠录》和《镇海春秋》则是为毛文龙鸣不平，而对袁崇焕持否定态度。毛文龙被杀一事，在当时有很大的争议。明军屡屡败北的时候，他能率军夜袭镇江，在一定程度上鼓舞了明军的士气。后在皮岛驻军，地处抗清前沿，成为牵制后金的一支重要力量。崇祯二年，袁崇焕以十二大罪斩毛文龙，这里有党争的原因，毛文龙勾结魏忠贤，得到庇佑，得罪了东林党人；当时还风传毛文龙有通敌的行为；还有观点认为毛文龙拥兵自重，难以驾驭，督师辽东的袁崇焕杀掉毛文龙是不得已而为之的。但此举的影响是，毛文龙的许多旧部投敌，不久，后金大举入侵，于是舆论又开始同情毛文龙，认为有他牵制，决不会让后金长驱直入。这种观点直到清代初年还很流行，如完成于康熙年间的《豆棚闲话》第十一则借蒙训教授之口讲说故事：

---

① 〔明〕吟啸主人. 近报丛谭平虏传［M］//中国古代珍稀本小说续：九. 沈阳：春风文艺出版社，1997：481.

② 〔明〕吟啸主人. 近报丛谭平虏传［M］//中国古代珍稀本小说续：九. 沈阳：春风文艺出版社，1997：502.

③ 〔明〕吟啸主人. 近报丛谭平虏传［M］//中国古代珍稀本小说续：九. 沈阳：春风文艺出版社，1997：503.

④ 〔明〕吟啸主人. 近报丛谭平虏传［M］//中国古代珍稀本小说续：九. 沈阳：春风文艺出版社，1997：542.

⑤ 〔明〕吟啸主人. 近报丛谭平虏传［M］//中国古代珍稀本小说续：九. 沈阳：春风文艺出版社，1997：545.

不料国运将促，用了一个袁崇焕，使他经略辽东。先在朝廷前夸口说，五年之间便要奏功，住那策勋府第。后来收局不来，定计先把东江毛帅杀了。留下千余原往陕西去买马的丙丁，闻得杀了主帅之信，无所归依，便在中途变乱起来。①

《辽海丹忠录》采用编年体，全景式地展现了明与后金的战争，但可以看出，作者对当时的情况并不非常熟悉，如宁远之战，赵率教本来在前屯卫，但书中却写他在宁远参加战斗。可是，作者与当时支持毛文龙的舆论却保持一致，不仅夸大其功劳，而且虚构出许多具有神魔色彩的情节，如第六回毛文龙游宝塔遇神人，第十八回海上遇风暴得天神佑护，第二十五回温元帅击打刺客等。不过，将历史上毛文龙的功过放置一边，只看作品本身就会发现，作者还是遵循尚实的原则在创作的。例如对袁崇焕，作者并没有因为毛文龙的关系而对他一笔抹杀。第二十八回写他在强敌面前，镇定自若，极大鼓舞了将士们的信心，取得了宁远大捷。对此，作者由衷地予以称赞。作者创作此书的原因是痛心于当时忠义之士不得尽其用的现状，他把毛文龙作为忠义精神的象征，借此书来弘扬忠义精神，所以将毛文龙形象予以拔高。

---

① 〔清〕艾衲居士. 豆棚闲话 [M]. 北京：中华书局，2002：87.

第五章　巅峰前后的清代小说

努尔哈赤于1616年建立后金政权，以"天命"为年号，公元1636年皇太极在沈阳改国号为"大清"，直到1644年顺治入关，迁都北京，并最终消灭了李自成和张献忠的农民起义军与南明政权，确立了全国的统治，至公元1912年2月12日宣统皇帝退位，清朝灭亡。

从文学角度看，明清对峙阶段的文学现象应归于明代为宜，清代文学从1644年顺治入关确立对全国的统治算起，其下限至宣统退位。清代小说也在这个时间范围，但对于一些具体的作品，根据文学创作规律，不能做硬性截断，而应该以作品的创作开始时间为标准，如作于明末而完成于清初的《梼杌闲评》，其成书过程中当然体现了一定的清代审美意识特点，但其创作动因却是有感于明末魏忠贤专权的时事，故应归入明代小说范畴；而清末《盛京时报》1912年2月12日之前开始连载的小说《薄命花》虽然在2月12日后连载完毕，但这部作品却应归入清代小说范畴。关于清代小说的创作分期，张俊《清代小说史》分为四个阶段："明清之际小说""清代前期小说""清代中期小说"和"清代后期小说"[1]，这个分期是符合客观情况的，但为了突出"清代小说"特点，本书将明末与清初分开，确定分期为：清代前期小说，从顺治入关建立全国政权至雍正（1644—1735）阶段的小说创作；清代中期小说，从乾隆至道光二十年（1735—1840）的小说创作；清代后期小说，从道光二十年到宣统三年（1840—1912）的小说创作。

清代的小说观念进一步得到明确。《四库全书总目》对小说范畴做了清晰的界定：

---

[1] 张俊. 清代小说史[M]. 杭州：浙江古籍出版社，1997.

"迹其流别,凡有三派:其一叙述杂事,其一记录异闻,其一缀辑琐语也"①,并将原属起居注类却"恍惚无征"②的《穆天子传》和原属地理类却"案以耳目所及,百不一真"③的《山海经》归入小说家类。这种小说观念有助于进一步把握小说的内涵,如鲁迅《中国小说史略》所言:"小说范围,至是乃稍整洁矣。"④不过,这主要是对文言短篇小说而言的,清代也的确出现了《聊斋志异》和《阅微草堂笔记》这样的优秀文言短篇小说,但清代小说的主要成就还是体现在章回体长篇白话小说中,特别是《红楼梦》的问世,将中国古代小说推上了巅峰。

明代是中国古代小说的黄金时代,但直到清代中叶《红楼梦》的出现,中国古代小说才达到真正的巅峰。清代前期,小说更多的是顺应政权稳定的需要,才子佳人小说发展起来,时事小说也表现出了媚俗倾向,但随着社会问题的逐渐暴露,以《聊斋志异》为代表的小说表现出了强烈的讽刺精神;清代中叶,在政权全面稳定的时候,小说却继承了前期《聊斋志异》那种讽刺的锋芒,表现出对社会问题的冷静批判,《儒林外史》和《红楼梦》更是将这种批判推向了极致;清代后期,随着民族危机的加剧,对民族和社会的反思与救赎也随之展开,在小说创作中,《儿女英雄传》《三侠五义》和谴责小说都表现出这种反思和救赎意识,一批在思想观念和艺术技巧上都具有崭新特点的新小说也涌现出来,为中国古代小说创作增添了新的活力。

第一节 清代前期小说

清代前期的小说,以《樵史通俗演义》《剿闯通俗小说》和《铁冠图全传》为代表的时事小说继续发展,积极关注新的社会时事,但随着清政权的稳定,其媚俗的倾向更加明显,但作为一个小说类型,时事小说的文化意义依然不可小觑;其他的章回体长篇小说有的是以续书的形式借历史或传说中的英雄来浇洒心中块垒,如《水浒后传》;有的受《金瓶梅》的影响,以家庭婚姻为表现对象,却能够以清醒的态度,探究夫妻家庭的问题,此类世情小说以《醒世姻缘传》最为著名;还有的作品则承袭唐代传奇小说和宋代话本小说中的男女情感纠葛题材,在新的社会环境中进一步去探究男女情感问题,形成了以《玉娇梨》和《平山冷燕》为代表的才子佳人小说;同时,随着社会矛盾的日益凸显,以《豆棚闲话》为代表的话本小说在形式和价值观念上也有了新的变化,《聊斋志异》则以其构建的狐鬼世界将文言小说推上了高峰。

---

① 〔清〕永瑢,等. 四库全书总目 [M]. 北京:中华书局,1965:1182.
② 〔清〕永瑢,等. 四库全书总目 [M]. 北京:中华书局,1965:1205.
③ 〔清〕永瑢,等. 四库全书总目 [M]. 北京:中华书局,1965:1205.
④ 鲁迅. 中国小说史略 [M]. 北京:人民文学出版社,1973:6.

一、关注新热点的时事小说

清初的时事小说主要表现的是李自成起义与明清鼎革这两个内容。1644 年，李自成攻入北京，一个多月后，又在清军和吴三桂的联合进攻下被迫退出。随后，清确立了对全国的统治。在这样的背景下，时事小说创作也发生了变化，激情逐渐淡化，而转向冷静的反思和具有娱乐色彩的媚俗了。

清初的时事小说，《樵史通俗演义》《海角遗编》和《海角遗篇》用纪实的手法，真实再现了明清鼎革之变。前者是全景式展现，后两者则截取了江南常熟等地抗清斗争的片段，但都表现出作者对明朝灭亡的深刻反思，尤其是后两者，采用了笔记式的写法，重视事实材料的录入而忽视人物形象的塑造，颇似相关材料的汇编。

《樵史通俗演义》题为江左樵子编辑，钱江拗生批点。孟森在《重印樵史通俗演义序》中指出"其人盖东林之传派，而与复社臭味甚密，且为吴中人而久宦于明季之京朝者；其时代则入清未久，即作是书，无得罪新朝之意，于客、魏、马、阮，则抱肤受之痛者也"①。此说是很有见地的。但作者的创作态度却是冷静的，他以客观的视角对明王朝的灭亡进行了深入的反思。一方面，作者始终以"信史"来为作品定位，如实地记载时事；另一方面，随着时间的沉淀，许多事件的真相已经为人所知，作者也就有条件对人物进行客观评价，尽量做到实事求是地还原其本来面貌。例如对魏忠贤，作者不同于明末时事小说那样咒骂，而是深刻地指出"魏珰之恶不可谓非小人曲成之，彼只恨十彪、十虎，当时皆未必心服也"②。此等见识，显然要比明末时事小说高明。评价熊廷弼，第二十五回中肯定其为"中国万里长城"之际，也批评他"有些刚愎"③。对于毛文龙，作者一反明末的颂扬之声，而明确指出他"原是个有志气没本事的人"④。对崇祯皇帝也不再像明末那样一味颂扬，而是在同情的同时，毫不客气地批评他"用人全然不妥"，"放着一个素号知兵、万里长城的阁部孙承宗，妒忌他不用；放着一个首先勤王、北兵远去的兵部范景文，只用他做南京闲散地方的尚书，反用那闻清兵逼近京城，畏怯不前，恸哭不敢行的杨嗣昌，虚糜岁月，养成贼势"⑤。对于李自成的部队，也不是一味否定，对李岩、李牟兄弟提倡抚恤百姓，禁戢兵丁的做法也是赞赏的。此外，对于霍维华、杨维桢的阉党余孽也毫不留情地揭下了他们的伪善面具。

《海角遗编》六十回，《海角遗篇》三十回。两书具体内容和思想倾向上都非常相似，都偏重对时事材料的收集和保存，在保存史料的同时，作者对明朝灭亡的教训也进

---

① 〔清〕江左樵子，编辑，钱江拗生，批点. 樵史通俗演义 [M]. 北京：人民文学出版社，2006：310.
② 〔清〕江左樵子，编辑，钱江拗生，批点. 樵史通俗演义 [M]. 北京：人民文学出版社，2006：94.
③ 〔清〕江左樵子，编辑，钱江拗生，批点. 樵史通俗演义 [M]. 北京：人民文学出版社，2006：186.
④ 〔清〕江左樵子，编辑，钱江拗生，批点. 樵史通俗演义 [M]. 北京：人民文学出版社，2006：20.
⑤ 〔清〕江左樵子，编辑，钱江拗生，批点. 樵史通俗演义 [M]. 北京：人民文学出版社，2006：222.

行了总结,并表现出痛惜之情。以《海角遗编》为例,其序后《吊金陵》一文中,明确指责说:

> 弘光不该信任马士英,凭他卖官鬻爵,纳贿招权,又差人往金华府观音寺,诱取王之明到京监禁,欲置之死。……史阁部可法、何总镇腾蛟,惧上疏切谏,马士英弄权,皆置不准,早恼了镇湖广大将军左良玉,举兵八十万水陆顺流而下,誓清君侧之奸,由是朝廷复有西顾之忧矣。①

第十六回骁勇的鲁游击因为卤莽阵亡之后,作者评论道:"凡此皆明勇将也。惜其无谋而丧命耳。"② 再如第四十九回写严典史江阴抗清一节:

> 江阴自闰六月起义兵,在曹乡官家杀了知县,百姓共推严典使为主。此时邻县惟无锡,清兵一到就降,不动刀兵,常熟则推严官为主,聚乡兵抗拒,故一时俚谚曰:无锡人一炷香,江阴人一把枪,常熟人严子张。……岂知江阴城最坚固,义兵勇敢异常,一连相持六十余天,杀死清兵无数,添兵几次也尽行杀完。人言若处处像江阴,大清兵岂能越江南一步!……辰牌已后,城内火药及长兵已竭,城上人立脚不住,凭外边火炮打到,午后城垣俱已倾塌,四面鼓噪,一涌上城,百姓犹思巷战,俱埋伏在儒学里、察院里、及人家大宅中,挤住厮杀,终无降意。③

作者处在清代统治之下,言语上要讲究分寸,但在具体的叙述上,仍然明显地倾向于明。

1644 年,李自成攻入北京,这不仅击碎了文人们的"中兴"梦,而且使李自成这个形象进入时事小说作家的视野中,创作出一系列以李自成为主人公的时事小说。其中创作于弘光政权之下的《剿闯通俗小说》走"尚实"的路子,认真反思明朝灭亡的经验教训,而《顺治过江全传》和《铁冠图全传》则注重虚构,采用了传奇化的手法,虚构了许多情节,带有明显的媚俗倾向。

《剿闯通俗小说》题为西湖懒道人著,对于李自成,作者虽然也有丑化描写,但是并未简单地一笔否定,而是有一定客观的分析。在第一回中指出:"贪官污吏,布满天下,加之征调太烦,加派太重,征收无法,民不聊生,所以奴虏未息,流贼后起。"④ 作者对明朝灭亡的根本原因也进行了探究。如第四回中借宋献策和李岩的谈话、第七回中

---

① 〔清〕七峰樵道人. 海角遗编 [M]//中国古代珍稀本小说:九. 沈阳:春风文艺出版社,1997:675-676.
② 〔清〕七峰樵道人. 海角遗编 [M]//中国古代珍稀本小说:九. 沈阳:春风文艺出版社,1997:716.
③ 〔清〕七峰樵道人. 海角遗编 [M]//中国古代珍稀本小说:九. 沈阳:春风文艺出版社,1997:719-780.
④ 〔清〕懒道人. 剿闯小说 [M]. 古本小说集成本. 上海:上海古籍出版社,1994:7.

借吴三桂和喻志奇的谈话、第九回借贾飞之言,深刻批判了科举选人用人的弊端,此时,人物跳出情节之外,成为作者理念的代言人。特别提出两个现实问题:一是八股取士不能得到真正的人才,二是士人不能以国家为重,反重门户之争。这两个问题可谓切中肯綮。《剿闯通俗小说》体现出在弘光政权的统治之下,一部分对"中兴"还充满希望的文人士大夫们的真实心态,他们虽然并未能挽救弘光政权灭亡的命运,但其积极的行为,思想的深度,还是应该肯定的。

弘光政权灭亡,江山易主,文人士大夫也面临新的抉择,而时事小说的创作也随之发生了变化。大量情节虚构出来,具有明显的娱乐化倾向。作于顺治八年的《顺治过江全传》又名《定鼎奇闻》《新世鸿勋》,其主要内容基本承袭了《剿闯通俗小说》,如第十四回宋献策和李岩关于科举取士问题的对话几乎就是从《剿闯通俗小说》抄录来的。从全书来看,作者已经主动地进入小说家的角色。为了迎合读者的阅读兴趣,作者不惜篡改史实,大量增加虚构成分来提高可读性。例如在《剿闯通俗小说》中,叙述李自成从起兵到进北京只有两回篇幅,内容也是粗陈梗概,而《顺治过江全传》中这部分则有十回,几乎占全书的一半回目,生动地描写了起义的全过程,并且增加了许多细节,如第五回李岩投奔李自成的情节很有几分逼上梁山的味道,非常符合一般读者的口味。从结构上看,全书采用的是富有神魔色彩的因果框架,第一回中做了阎罗的包拯在审理冥司罪案时,因"这八千零六十三万罪囚,都是好杀的禽兽,众生及在人道中行凶格斗,互相残杀,或谮诉致死,或谋害伤生,或因杀命劫财,或因奸因忿,种种不尽,劫劫无休,今合当报复"①,于是由玉帝下旨:"应在刀兵劫内勾消。仍该冥司判生人道,更命月孛、天狗、罗睺、计都好杀诸神,降生人世,使他搅乱乾坤,东冲西突,要见积尸成阜,血染成河。那时月孛等辈因他生来好杀,少不得也要遁其形杀,是乃循环报复、自作自受,并不干造化主谋也。"②而崇祯帝、后原来是牵牛、织女,因思凡得罪西王母而到人间受罚。这样一来,残酷的杀戮便被归为天命,从而消解了这一段历史事件的沉重感,却更加符合读者的阅读口味了。其中第十五、十六两回,玉帝调兵遣将攻剿李自成,列出的名单竟然是《西游记》《封神演义》等在民间流行的神魔小说中法力最为高强的神仙组合,甚至深受民间尊崇的伍子胥、张巡和岳飞也身列其中,这种大杂烩似的罗列,清楚地表现出作者的娱乐化媚俗倾向,"已失时事小说固有的性质"③。

不过,《顺治过江全传》毕竟是在承袭《剿闯通俗小说》的基础上形成的,且清朝统治确立未久,所以在娱乐化的倾向中,还保留着一定的反思意识。而后出的《铁

---

① 〔清〕蓬蒿子. 顺治过江全传 [M] //中国古代珍稀本小说:四. 沈阳:春风文艺出版社,1997:358.
② 〔清〕蓬蒿子. 顺治过江全传 [M] //中国古代珍稀本小说:四. 沈阳:春风文艺出版社,1997:361.
③ 欧阳健. 超前于史籍编纂的小说创作——明清时事小说新论 [J]. 文学遗产,1992 (5):86.

冠图全传》则完全剔除了反思意识，走上媚俗的路子。《铁冠图全传》又名《忠烈奇书》《崇祯惨史》，题为松滋道人编，龙岩子校阅，大致作于顺治十六年至康熙十二年间。当时清朝的统治已经稳定下来，对言论的控制逐渐严格，时事小说创作也表现出对新朝的恭顺。《顺治过江全传》对清朝加以赞颂，如第一回称"大清开国星仁布，喜和风甘露。彩凤呈祥，灵龟献瑞，咸歌遇景"①，最末一回又为"一统山河属大清"②而欢呼。《铁冠图全传》则更是近于阿谀了。首回便称赞清朝是"好世界"，认为明末的起义是为清朝作前驱，清朝定鼎天下是天命所归；第三十四回借通晓天文的姜宪之口说："辽东必出真命主，只怕大明天下，眼前就属新出的天子。"③ 在第四十六回中描写吴三桂梦见崇祯皇帝，借崇祯的口说出"天运已归了大清"④，表现出对新的统治者的认同，"这既是久乱思治的人们的心声，亦是作者治世理想的表露，他们深信，一个新的太平盛世已经到来了"⑤。在这种创作心态的支配下，对前朝严肃而沉重的反思意识已经大大淡化了，代之以轻松热闹的平民趣味，表现出一种明确的媚俗倾向。《铁冠图全传》中已经剔除了《剿闯通俗演义》和《顺治过江全传》中的反思性言论，而着力于虚构更富于趣味的内容。如对周遇吉的塑造，据《明史·周遇吉传》载，他在同李自成的战斗中表现得非常勇武，在宁武关城破时，他"马蹶，徒步跳荡，手格杀数十人，身被矢如猬"，其战死后，李自成发出"倘尽如宁武，吾部下宁有孑遗哉"⑥的感叹。这样一个形象，在《剿闯通俗演义》和《顺治过江全传》中只有百余字的描写，而《铁冠图全传》中则大书特书，增添了白氏夫人率五十人往马耳山救周遇吉等情节，从二十二至二十八回共七回篇幅，娓娓道来，煞是热闹好看，这显然是为了迎合一般读者的阅读口味。还有许多情节，如第七回李岩设计劫囚车，第十三回"宋炯混说石碣语"，几乎是《水浒传》中第十五回"智取生辰纲"和第七十回"忠义堂石碣受天文"的翻版；第十七回中孙传廷七盘山大败李自成，牛成虎误擒假闯王一段与《说岳全传》第二十三回中岳飞大战青龙山，吉青误擒假粘罕的情节极其相似，这显然也是迎合当时读者群的审美趣味。

清代前期的时事小说为了适应社会环境而有了一定的变化，但由于内容依然触及当时的重大事件，在统治秩序巩固之后便为统治者所不容了。所以，康熙朝之后时事小说便销声匿迹，直到晚清，中国进入新旧转型的大变革时期，时事小说才又得以复兴起来。

---

① 〔清〕蓬蒿子. 顺治过江全传 [M] //中国古代珍稀本小说：四. 沈阳：春风文艺出版社，1997：357.
② 〔清〕蓬蒿子. 顺治过江全传 [M] //中国古代珍稀本小说：四. 沈阳：春风文艺出版社，1997：498.
③ 〔清〕松滋山人，编，龙岩子，校阅. 铁冠图全传 [M] //中国古代珍稀本小说：十. 沈阳：春风文艺出版社，1997：716.
④ 〔清〕松滋山人，编，龙岩子，校阅. 铁冠图全传 [M] //中国古代珍稀本小说：十. 沈阳：春风文艺出版社，1997：769.
⑤ 莎日娜. 乱世悲歌与政治童话——试论明末清初时事小说的创作心态 [J]. 明清小说研究，1997（3）：89.
⑥ 〔清〕张廷玉，等. 明史 [M]. 北京：中华书局，2000：4614.

二、才子佳人小说

才子佳人小说的创作从顺治末年兴起，直到乾隆时期，成为清代前期小说的重要内容。这类小说承袭了唐传奇小说和宋代话本小说中男女情感题材，也受到《金瓶梅》等世情小说的影响，但对相关情节予以净化，着重表现青年男女之间理想化的恋爱婚姻故事。

才子佳人小说在发展过程中，形成了独特的思想艺术特点，最突出的就是明确了青年男女的择偶标准，即"才子佳人"，突出的是才、貌与真情。如《玉娇梨》第四回吴翰林选婿之所以看中苏友白，首先是被其诗才所吸引，然后又在众多少年中被苏友白的貌所吸引："内中惟一生，片巾素服，生得：美如冠玉，润比明珠。山川秀气直萃其躬，锦绣文心有如其面。宛卫玠之清癯，俨潘安之妙丽。并无纨绔行藏，自是风流人物。"①而这个貌，既包括其先天颜值，也包括后天的气质。此外，还要看其未来的发展规划，在小说中就是"举业"，"人物固好，诗才固美，但不知举业如何。若只晓得吟诗吃酒，而于举业生疏，后来不能上进，渐渐流入山人词客，亦非全璧"，等到知道是"府学第一名"，方才"满心快畅，道：'少年中有如此全才，可喜，可喜'"②，至于苏友白的家世和贫富情况，反倒不在话下了。才子如此，佳人的标准更高，如苏友白对刘玉成之言："兄不要把富贵看得重，佳人转看轻了。古今凡搏金紫者，无不是富贵，而绝色佳人能有几个？有才无色，算不得佳人；有色无才，算不得佳人；即有才有色，而与我苏友白无一段脉脉相关之情，亦算不得我苏友白的佳人。"③这段论述一方面重视女子的才气，另一方面则强调了彼此的真情与相知，"我苏友白的佳人"，可谓铿锵有力！

才子佳人小说的艺术特征，主要体现在以下两个方面：一方面是形象塑造呈现概念化特点，即才貌双全，才子多是文采神韵与科举仕途兼备，佳人则是倾国倾城貌与独具慧眼才合一，而且对情感极为忠诚；另一方面是曲折奇巧的故事情节。为增强作品的可读性，作者有意运用巧合、误会、意外、计谋等手法展开情节，形成一个"'私订——离散——团圆'的结构大框架"④，这对读者有一定的吸引力。

这类小说大抵是落魄文人与谋利书商运作的产物，在具体创作中造成了人物形象的概念化和情节结构的程式化，对此，《红楼梦》曾予以批评："至若佳人才子等书，则又千部共出一套，且其中终不能不涉于淫滥，以致满纸潘安、子建、西子、文君，不过作者要写出自己的那两首情诗艳赋来，故假拟出男女二人名姓，又必旁出一小人其间拨

---

① 〔清〕荑荻散人. 玉娇梨 [M]. 北京：中华书局，2002：32.
② 〔清〕荑荻散人. 玉娇梨 [M]. 北京：中华书局，2002：32.
③ 〔清〕荑荻散人. 玉娇梨 [M]. 北京：中华书局，2002：40.
④ 林辰. 天花藏主人 [M]. 沈阳：春风文艺出版社，1999：5.

乱，亦如剧中之小丑然。且鬟婢开口即者也之乎，非文即理。"① 但总的来看，才子佳人小说又自有其不可抹杀的价值，起码在《红楼梦》中贾宝玉就是喜欢读才子佳人小说的，如第三十二回：

  林黛玉知道史湘云在这里，宝玉又赶来，一定说麒麟的原故。因此心下忖度着，近日宝玉弄来的外传野史，多半才子佳人都因小巧玩物上撮合，或有鸳鸯，或有凤凰，或玉环金珮，或鲛帕鸾绦，皆由小物而遂终身。今忽见宝玉亦有麒麟，便恐借此生隙，同史湘云也做出那些风流佳事来。②

  从宝玉所读和黛玉所怕，足见才子佳人小说有着不可忽视的艺术魅力。总的来看，才子佳人小说是中国世情小说从《金瓶梅》向《红楼梦》过渡的重要环节，也是中国小说发展历程中不可缺少的重要环节。

  在才子佳人小说的创作过程中，天花藏主人的地位不可忽视，据统计，现存以天花藏主人名义刊行的小说就有16种，而且才子佳人小说的代表作《玉娇梨》和《平山冷燕》就是他的作品。"开创了在清初以来一百多年小说史上有着广泛影响的理想派小说，即才子佳人派小说；一位小说家，以其所著和所编刊的小说而创立了一个影响于一个世纪的小说流派，又由于这一派小说的流行、衍化而推动了章回体世情小说的发展，可谓功莫大焉"③，这既是对天花藏主人的肯定，也是对才子佳人小说本身的评价。

三、 白话短篇小说

  清代前期的白话短篇小说更注重表现当代题材，更注重作者的个性表达与独创意识。相关作品有东鲁古狂生《醉醒石》、酌玄亭主人《照世杯》、笔炼阁主人《五色石》和《八洞天》等。其中李渔《连城璧》《十二楼》和艾衲居士《豆棚闲话》颇具特色。

  李渔的小说与其戏剧创作密切联系在一起，他本人的戏剧就在很大程度上向白话小说学习，主张用通俗的语言表现社会生活，尤其欣赏《水浒传》的结构。他还把小说作为戏剧题材的来源之一，其《比目鱼》《奈何天》《凰求凤》和《巧团圆》就直接取材于自己创作的小说作品；与此同时，他也从戏剧中获取了小说创作的养分，这从其小说集《连城璧》原名为《无声戏》就可看出，他将小说视为无声的戏剧。李渔的小说情节具有较强的传奇性色彩，如《无声戏》第一回"丑郎君怕娇偏得艳"，富翁阙里侯相貌丑陋，"凡世上人的恶状，都合来聚在他一身，半件也不教遗漏"④，因此被称作"阙不

---

① 〔清〕曹雪芹，〔清〕高鹗. 红楼梦［M］. 北京：人民文学出版社，1996：5.
② 〔清〕曹雪芹，〔清〕高鹗. 红楼梦［M］. 北京：人民文学出版社，1996：433.
③ 林辰. 天花藏主人［M］. 沈阳：春风文艺出版社，1999：2.
④ 〔清〕李渔. 李渔全集：第四卷［M］. 杭州：浙江古籍出版社，1992：8.

全",尤其是身上还有"狐腥气",而他最终却娶了三位才貌双全的妻子,"三人各生一子。儿子又生的古怪,不像爷,只像娘,个个都娇皮嫩肉。又不消请得先生,都是母亲自教。以前不曾出过科第,后来一般也破天荒进学的进学,中举的中举,出贡的出贡"①;在形象塑造上李渔更善于凸显喜剧效果,如《十二楼·拂云楼》第一回写丑妇封氏在人前卖弄妖娆出丑的场面:

但是人多的去处,就要扭捏扭捏,弄些态度出来,要使人赞好。任你大雨盆倾,他决不肯趋疾而过。谁想脚下的烂泥与桥边的石块都是些冤家对头,不替他长娇助艳,偏使人出乖露丑。正在扭捏之际,被石块撞了脚尖,烂泥糊住高底,一交跌倒,不觉四体朝天……②

李渔在《风筝误》"尾声"所言:"传奇原为消愁设,费尽杖头歌一阕;何事将钱买哭声,反令变喜成悲咽。唯我填词不卖愁,一夫不笑是我忧;举世尽成弥勒佛,度人秃笔始勘投。"③ 这与李渔周游达官名流之间、凭个人才情谋生的生活状况有关,故其作品突出娱乐性,他的小说创作理念与之是一致的。

与李渔小说突出娱乐性特点不同,康熙时期的艾衲居士创作的《豆棚闲话》则表现出了强烈的社会批判意识。《豆棚闲话》开篇就构建了一个特定的环境——豆棚:

那些中等小家,无计布摆,只得二月中旬觅得几株羊眼豆秧,种在屋前屋后闲空地边,或拿几株木头、几根竹竿,搭个棚子,搓些草索,周围结彩的相似。

不半月时间,那豆藤在地上长将起来,弯弯曲曲,依傍竹木,随着棚子,牵缠满了,却比造的凉亭反透气凉快。那些人家或老或少、或男或女,或拿根凳子,或搬张椅子,或铺条凉席,随高逐低,坐在下面,摇着扇子,乘着风凉。④

之后,从建豆棚到"时当秋杪,霜气逼人,豆梗亦将槁也""不觉膀子靠去,柱脚一松,连棚带柱一齐倒下"⑤止,十二个故事贯穿其间,构成了一个相对固定的空间。这个结构形式颇具特色,有学者指出:

全篇共有十二则,每则各有一个题目,故事情节也各自独立,然而故事的演述地点

---

① 〔清〕李渔. 李渔全集:第四卷 [M]. 杭州:浙江古籍出版社,1992:31.
② 〔清〕李渔. 李渔全集:第四卷 [M]. 杭州:浙江古籍出版社,1992:156.
③ 〔清〕李渔. 李渔全集:第二卷 [M]. 杭州:浙江古籍出版社,1992:202.
④ 〔清〕艾衲居士. 豆棚闲话 [M]. 北京:中华书局,2002:1.
⑤ 〔清〕艾衲居士. 豆棚闲话 [M]. 北京:中华书局,2002:106.

都在豆棚之下，各则故事又由关于豆子的传说引发并连接起来，组成一个松散的整体，与《一千零一夜》和《十日谈》的结构方法相似。①

作者对故事的讲说者也做了定位，即平常百姓的日常闲谈。但在具体创作态度上，其"当今之韵士，在古曰狂士""卖不去一肚皮诗云子曰"的处境，促使他能够"化嬉笑怒骂为文章。莽将廿一史掀翻"（天空啸鹤《豆棚闲话叙》）②，把历史上成定论的人和事反了案，于是介子推死在首阳山是因为妻子善妒，泛舟五湖的范蠡成了贪污犯并因此谋杀了西施，叔齐则因为名利二字深感"与其身后享那空名，不若生前一杯热酒"而改变节操，第十二则更是借陈斋长之口谈天说地，这些言论可谓石破天惊，而且立足古人，锋芒却在当代。所以，第十二则由老者之口指出："万一外人不知，只说老夫在此摇唇鼓舌，倡发异端曲学，惑乱人心，则此一豆棚，未免为将来酿祸之薮矣。"③ 这段话已经暗示了当时文字狱的寒冷霜气，逼人的霜气，却烘托出了作者的勇气和讽刺的锐气。

四、《聊斋志异》树立的文言小说高峰

蒲松龄的名字"在西方虽然不为人熟知"④，但在中国，他却凭《聊斋志异》成为文言短篇小说创作的最高成就者。他才华出众，易宗夔称其"研精训典，究心古学"⑤，这从《聊斋志异》高妙的文字功力可以看出。他热衷科举，却始终未能登第。这种生活遭遇与形成的情感体验清晰地表现在《聊斋志异》中。

（一）《聊斋志异》的思想内容

蒲松龄称自己的《聊斋志异》是一部"孤愤之书"⑥。易宗夔称其"目击清初乱离之事，思欲假借狐鬼，纂成一书，以抒孤愤而稔识者"，并进一步以《罗刹海市》为例，认为《聊斋志异》"含有讥讽满人；非刺时政之意"⑦，所以没有被《四库全书》之说部收录。这可备一说。王士禛书《聊斋书后》之绝句："姑妄言之且听之，豆棚瓜架雨如丝。料应厌作人间语，爱听秋坟鬼唱时。"从作者创作论角度看，这可视为对蒲松龄的知音之论。

他的《聊斋志异》将记述怪异与现实批判、抒情言志结合在一起，猛烈抨击时弊，

---

① 刘红军.《连城璧》《十二楼》在白话短篇小说艺术发展史上的地位 [J]. 明清小说研究，1995（3）：187.
② 丁锡根. 中国历代小说序跋集 [M]. 北京：人民文学出版社，1996：848.
③ 〔清〕艾衲居士. 豆棚闲话 [M]. 北京：中华书局，2002：106.
④ [美] 史景迁. 王氏之死——大历史背后的小人物命运 [M]. 李璧玉，译. 上海：上海远东出版社，2005：前言.
⑤ 易宗夔. 新世说 [M]. 太原：山西古籍出版社，1997：78.
⑥ 〔清〕蒲松龄 著，朱其铠 主编. 全本新注聊斋志异：聊斋自志 [M]. 北京：人民文学出版社，1995.
⑦ 易宗夔. 新世说 [M]. 太原：山西古籍出版社，1997：78-79.

强化了对现实生活的干预意识,提升了文言小说的社会功能。正因为这样,汉学家史景迁在研究山东郯城的著作《王氏之死——大历史背后的小人物命运》中将蒲松龄的《聊斋志异》作为资料来源之一,引用了其中的《张氏妇》《荷花三娘子》《夜叉国》《窦氏》《云翠仙》等内容,从蒲松龄的视角来补充"较为偏重史实和官府的记述的不足"①,"运用文学材料书写历史",其目的是为了"引发读者想象清朝初年的山东,在历史意识上触及当时历史环境的'可能情况'"②。总的来看,《聊斋志异》表现了以下内容:

1. 猛烈抨击了官吏、豪绅的横暴及其鱼肉百姓、肆虐乡里的恶行,同时也肯定了民众的反抗。代表作品有《席方平》《促织》和《梦狼》等。《伍秋月》结尾更是直言:"余欲上言定律:'凡杀公役者,罪减平人三等。'盖此辈无有不可杀者也。故能诛锄蠹役者,即为循良;即稍苛之,不可谓虐。"③

2. 《聊斋志异》对科举制度的批判最为犀利,考官的昏庸,制度的失衡,对人性的束缚与对人格的践踏,都在蒲松龄的笔下穷形尽相地表现出来,代表作品有《司文郎》《贾奉雉》和《叶生》等,《王子安》的结尾处更是以白描之笔表现了举子们考试前后的表现:

秀才入闱,有七似焉。初入时,白足提篮,似丐。唱名时,官呵隶骂,似囚。其归号舍也,孔孔伸头,房房露脚,似秋末之冷蜂。其出场也,神情惝恍,天地异色,似出笼之病鸟。迨望报也,草木皆惊,梦想亦幻。时作一得志想,则顷刻而楼阁俱成;作一失志想,则瞬息而骸骨已朽。此际行坐难安,则似被絷之猱。忽然而飞骑传人,报条无我,此时神色猝变,嗒然若死,则似饵毒之蝇,弄之亦不觉也。初失志,心灰意败,大骂司衡无目,笔墨无灵,势必举案头物而尽炬之;炬之不已,而碎踏之;踏之不已,而投之浊流。从此披发入山,面向石壁,再有以'且夫''尝谓'之文进我者,定当操戈逐之。无何,日渐远,气渐平,技又渐痒;遂似破卵之鸠,只得衔木营巢,从新另抱矣。④

以七个比喻将考生们所受到的精神摧残展示出来,令人心酸;但其好了疮疤忘了疼,对科举考试欲罢不能、无法割舍的表现又令人心痛。

3. 《聊斋志异》对男女真挚情感给予了美好的表现。此类作品或对女性之美予以理

---

① [美]史景迁. 王氏之死——大历史背后的小人物命运 [M]. 李璧玉,译. 上海:上海远东出版社,2005:前言.
② 郑培凯,鄢秀. 妙笔生花史景迁 [C] // [美]史景迁. 大汗之国——西方眼中的中国. 阮叔梅,译. 桂林:广西师范大学出版社,2013.
③ [清]蒲松龄,著,朱其铠,主编. 全本新注聊斋志异 [M]. 北京:人民文学出版社,1995:666.
④ [清]蒲松龄,著,朱其铠,主编. 全本新注聊斋志异 [M]. 北京:人民文学出版社,1995:1234-1235.

想化的赞誉,如对花丛中笑得天真烂漫的婴宁直呼"我婴宁",即使她"竟不复笑",也要让其女"见人辄笑,亦大有母风"①;或表现男女在互相欣赏、拥有共同经历的基础上结下的深情,如《娇娜》《连城》和《瑞云》等,《娇娜》的结尾更是以异史氏的口吻做了一篇关于男女情谊的宣言:"余于孔生,不羡其得艳妻,而羡其得腻友也。观其容可以疗饥,听其声可以解颐。得此良友,时一谈宴,则'色授魂与',尤胜于'颠倒衣裳'矣。"②此外,《黄英》中的男女情感似乎并不热烈,却在平和的节奏中表现出了家庭的稳定与和谐,这篇作品表现的与其说是爱情,毋宁说是亲情。

4. 《聊斋志异》还有涉及异域风俗的内容,如《夜叉国》《西僧》《番僧》《罗刹海市》和《黑鬼》等。其中《西僧》一篇很有意思,"两僧自西域来,一赴五台,一卓锡泰山。其服色言貌,俱与中国异",两个人自述一路行来所经历的艰险,"途中历十八寒暑矣。离西土者十有二人,至中国仅存其二",其目的是拜访中国四座名山:泰山、华山、五台和落伽山,"能至其处,则身便是佛,长生不死"。这两个西方来的僧人所行正是与玄奘西游相反的路径,作者由此提出了问题,"倘有西游人,与东渡者中途相值"会怎样。作者给出的答案是轻松的,"各述所有,当必相视失笑,两免跋涉矣"③,实际上这却是哲学味道十足的关涉人生追求价值的大问题,值得深思。

(二)《聊斋志异》的艺术成就

1. 在体式选择上,"一书而兼二体"④,这是《阅微草堂笔记·姑妄听之》中盛时彦跋语所引纪昀对《聊斋志异》的评语。所谓"二体即小说体和传记体,指的是志怪和传奇"⑤。文采斐然的"传奇"体是《聊斋志异》中最为称道的部分,如《娇娜》《小谢》和《聂小倩》等;而对于那些"志怪"体的作品,如《黑兽》和《藏虱》,依然有较深入的理性思考和细致的形象描写,表现出较高的文采。如《黑兽》,这篇小说以沈阳一只神秘的黑兽轻易击毙一只老虎的异事引发联想,由大自然想到人间事,针对吏与民众之关系,由老虎面对"殊不大于虎"的黑兽"延颈受死,惧之如此",想到"狼最畏狈",进而想到"贪吏似狈,亦且揣民之肥瘠而志之,而裂食之;而民之戢耳听食,莫敢喘息,蚩蚩之情亦犹是也",从百姓角度出发,对百姓受到伤害的原因进行了深刻犀利的分析,虽然也说"凡物各有所制",但也指出"理不可解",在哀其不幸的同时,也有怒其不争的味道。在形象塑造上,《黑兽》较好地运用了侧面烘托的方式,如对黑兽,除了"毛长数寸"外,没有正面表现其形象。但凶猛的老虎在它面前却诚惶诚恐,"前驱,若邀尊客",发现埋藏的鹿丢失后"战伏不敢少动",而黑兽却先是"眈眈蹲

---

① 〔清〕蒲松龄,著,朱其铠,主编. 全本新注聊斋志异 [M]. 北京:人民文学出版社,1995:155.
② 〔清〕蒲松龄,著,朱其铠,主编. 全本新注聊斋志异 [M]. 北京:人民文学出版社,1995:63.
③ 〔清〕蒲松龄,著,朱其铠,主编. 全本新注聊斋志异 [M]. 北京:人民文学出版社,1995:353.
④ 〔清〕纪昀. 阅微草堂笔记 [M]. 北京:华夏出版社,1998:392.
⑤ 李剑国,陈洪. 中国小说通史 [M]. 北京:高等教育出版社,2007:405.

伺",继而又"怒其诳,以爪击虎额",最终老虎被击毙,"兽亦径去"①,一个"径"字尤为传神,两相对比,黑兽骄横与凶残的形象已经跃然纸上。

2. 在表现手法上,"用传奇法,而以志怪"②。作品中的题材都是具有奇异色彩的,包括现实生活中之"怪"事和"怪"物,这与蒲松龄在《聊斋自志》中所言"才非干宝,雅爱搜神;情类黄州,喜人谈鬼"的特点相一致;但蒲松龄是有所寄托的,所以他感叹"知我者,其在青林黑塞间乎"③,这和"志怪"那种为了"发明神道之不诬"的目的是不同的。《聊斋志异》"有意为"地构建了奇幻的狐鬼世界,其中的花妖狐鬼都具有浓郁的人情,作者在其间驰骋华丽的词藻讲述人世间怪异之事,寄托孤愤,抒发情怀,形成了独特的艺术风格,将中国古代文言小说推向了高峰。

3. 在形象塑造上,《聊斋志异》将"人"的社会属性与其作为"物"的自然属性有机结合起来,使形象更加丰满,大大提升了艺术魅力。如《绿衣女》的女主人公"绿衣长裙,婉妙无比""腰细殆不盈掬"的外貌和唱歌时"声细如蝇"暗示着其"绿蜂"的自然属性,但"歌已,启门窥曰:'防窗外有人。'"出门时提出"君伫望我,我逾垣去,君方归"④ 的要求,又充分展示出一个女孩子羞涩而柔弱的特点。

第二节 清代中期小说

康熙和雍正两朝为清代社会打下了比较坚实的政治、经济基础,乾隆朝,清代社会进入了兴盛期。《四库全书》得以编撰,军事上更是获得了一系列胜利,乾隆皇帝甚至亲笔撰写了《御制十全记》,以"十全老人"自誉。但也是在这个阶段,社会问题更加全面地暴露出来,官场贪腐行贿现象日趋严重,民间起义事件不断发生,作为统治支柱的旗人,特别是在北京的旗人,"于潜移默化中丧失了祖辈的尚武精神并日趋汉化"⑤,与此同时,"以英国为首的欧美列强也逐渐展露出利爪和獠牙,进而从海上向清帝国步步紧逼。然而,帝国统治者对历史车轮的转动视而不见,依然沉醉于昔日荣光中无法自拔,最终徒然留下紫禁城的琉璃瓦在秋日夕阳中熠熠生辉"⑥。对这种社会状况的焦躁所引发的讽刺锋芒在清代中期的小说中得到了充分的体现。

---

① 〔清〕蒲松龄,著,朱其铠,主编. 全本新注聊斋志异 [M]. 北京:人民文学出版社,1995:446.
② 鲁迅. 中国小说史略 [M]. 北京:人民文学出版社,1973:179.
③ 〔清〕蒲松龄,著,朱其铠,主编. 全本新注聊斋志异 [M]. 北京:人民文学出版社,1995.
④ 〔清〕蒲松龄,著,朱其铠,主编. 全本新注聊斋志异 [M]. 北京:人民文学出版社,1995:673.
⑤ [日]冈田英弘,神田信夫,松村润. 紫禁城的荣光:明清全史 [M]. 北京:社会科学文献出版社,2017:349.
⑥ [日]冈田英弘,神田信夫,松村润. 紫禁城的荣光:明清全史 [M]. 北京:社会科学文献出版社,2017:359.

一、《阅微草堂笔记》和其他文言小说

清代中叶，在《聊斋志异》的鼓励下，很多文人开始进行文言小说创作，出现了大量作品，如沈起凤《谐铎》、和邦额《夜谭随录》、长白浩歌子《萤窗异草》、袁枚《子不语》和曾七如《小豆棚》等，而纪昀的《阅微草堂笔记》在后世的名气较大。

《阅微草堂笔记》是《聊斋志异》之后的优秀作品。纪昀不满于《聊斋志异》"一书而兼二体"的写法，他在《四库全书总目》中提出选录小说的标准是"甄录其近雅驯者，以广见闻，惟猥鄙荒诞、徒乱耳目者则黜不载焉"①，这和他对蒲松龄《聊斋志异》的排斥态度是一致的。《阅微草堂笔记》体现了纪昀的小说观，走的是志怪一路。此书的最突出之处是鲜明的反理学倾向，对道学家不近情理的言行予以犀利的批判。如卷九《如是我闻（三）》中对某医生的描述：

吴惠叔言，医者谋生，素谨厚。一夜，有老妪持金钏一双，就买堕胎药。医者大骇，峻拒之。次夕，又添持珠花两枝来。医者益骇，力挥去。越半载余，忽梦为冥司所拘，言有诉其杀人者。至则一披发女子，项勒红巾，泣陈乞药不与状。医者曰："药以活人，岂敢杀人以渔利！汝自以奸败，于我何尤？"女子曰："我乞药时，孕未成形，傥得堕之，我可不死。是破一无知之血块，而全一待尽之命也。既不得药，不能不产，以致子遭扼杀，受诸痛苦，我亦见逼而就缢。是汝欲全一命，反戕两命矣。罪不归汝，反归谁乎？"冥官喟然曰："汝之所言，酌乎事势；彼所执者，则理也。宋以来，固执一理而不揆事势之利害者，独此人也哉？汝且休矣！"拊几有声，医者悚然而寤。②

看上去双方是在进行语言辩论，而冥官对女子虽然满怀同情，但对宋代以来的道学观念又似乎无奈。而结尾处"拊几有声，医者悚然而悟"的形象描述，则把作者的愤懑溢于言表。卷十三《槐西杂志（三）》又借吴惠叔之口讲述风浪中，出嫁的渔家女子挺身而出，不避礼法救众人于危难中之事：

太湖有渔户嫁女者，舟至波心，风浪陡作，舵师失措，已欹仄欲沉。众皆相抱哭，突新妇破帘出，一手把舵，一手牵篷索，折戗飞行，直抵婿家，吉时犹未过也。洞庭人传以为奇。或有以越礼讥者，惠叔曰："此本渔户女，日日船头持篙橹，不能责以必为宋伯姬也。"③

---

① 〔清〕永瑢，等. 四库全书总目 [M]. 北京：中华书局，1965：1182.
② 〔清〕纪昀. 阅微草堂笔记 [M]. 北京：华夏出版社，1998：171.
③ 〔清〕纪昀. 阅微草堂笔记 [M]. 北京：华夏出版社，1998：248.

这和《圣经·新约·马太福音》中的记载类似：

那里有一个人，枯干了一只手。有人问耶稣说，安息日治病，可以不可以。意思是要控告他。耶稣说，你们中间谁有一只羊，当安息日掉在坑里，不把他抓住拉上来呢。人比羊何等贵重呢。所以在安息日作善事是可以的。

对于伪道学的批评，中西方是一致的。但耶稣用的是类比，纪晓岚用的是形象。

这个时期出色的文言小说集还有曾七如《小豆棚》，同样具有强烈的讽刺色彩。这部文言小说集在很大程度上体现了《聊斋志异》的影响。其书名，项震新《小豆棚·叙》认为是受到了《豆棚闲话》的影响，"其义类颇相似，亦即取前书'豆棚'之名而名之矣"①。事实上，《聊斋志异》和"豆棚"也有关系。王士禛作《聊斋志异题辞》曰："姑妄言之且听之，豆棚瓜架雨如丝。料应厌作人间语，爱听秋坟鬼唱时。"② 这个"豆棚"其实就是泛指大家在一起畅谈的聚会场所。《豆棚闲话》的作者艾衲居士也在《弁言》中说自己家乡"先辈诗人徐菊潭有《豆棚吟》一册"，"至今高人韵士每到秋风豆熟之际，诵其一二联句，令人神往"，自己作《豆棚闲话》也是"补豆棚之意"③。

从书中内容来看，曾七如受到蒲松龄很大影响。其中《邵士梅》一篇在《聊斋志异》中也有，曾七如是"取留仙、渔洋、竹垞所记，总而成之，更增补其说"④。此外，《小豆棚》中的很多内容题材和《聊斋志异》类似接近，如《常运安》近似《崔猛》，《齐无咎》近似《侠女》，《二妙》近似《连城》，《泗州城隍》近似《司文郎》，《李峄南》近似《莲香》，《折铁叉》和《铁腿韩昌》近似《老饕》。但即使是近似的内容，《小豆棚》在艺术表现性上还是远不如《聊斋志异》，例如《常运安》的形象塑造还是很丰满的，其刚猛好打不平的性格以及接受教训变得随和的表现与《聊斋志异》中的崔猛相似，但《崔猛》的后半段则以李申为主角，其智勇又超过了崔猛，使作品的艺术性更高了一个层次。当然，《小豆棚》中也有其特色，如《徐国华》就是在《聊斋志异·秦桧》第一段的基础上重新编排，情节更具曲折性。再如《李峄南》，其中的狐鬼婚配情节是其独创，但并没有进一步展开，作为正人君子的胡生本来可以和《聊斋志异·聂小倩》中的燕赤霞等同视之，但结尾处被狐母兴师问罪，"大惧，跪而祝曰"⑤ 的表现又令人大跌眼镜；鬼女凤娟、狐女月润和李峄南的关系与《聊斋志异·莲香》中鬼女李

---

① 〔清〕曾七如. 小豆棚 [M]. 武汉：荆楚书社，1989.
② 朱一玄. 明清小说资料选编 [M]. 济南：齐鲁书社，1990：1165.
③ 〔清〕艾衲居士. 豆棚闲话 [M]. 北京：中华书局，2002.
④ 〔清〕曾七如. 小豆棚 [M]. 武汉：荆楚书社，1989：314.
⑤ 〔清〕曾七如. 小豆棚 [M]. 武汉：荆.楚书社，1989：265.

氏、狐女莲香和桑生的关系近似，但《小豆棚·李峄南》中凸显狐鬼害人，与《聊斋志异·莲香》中的真挚爱情和友情相比显然是有差距的。

总的来看，《小豆棚》走的还是志怪一路，但受到了《聊斋志异》明显的影响。

二、吴敬梓 《儒林外史》 树立的讽刺艺术高峰

蒲松龄的《聊斋志异》已经对科举制度的弊端予以了犀利的抨击，而吴敬梓的《儒林外史》更是集中火力对其弊端进行了深入的剖析与辛辣的嘲讽。

吴敬梓原是封建世家子弟，他也曾为科举而努力过，但家庭的变故，考场的失败，最终与科举决裂，成为科举制度和礼教的背叛者；同时，他通过自身的体会对人情世态有了更多的理解，因此也对新型的人际关系与新的思想观念有所探索。

（一）《儒林外史》中的时代文人群像

《儒林外史》所处的时代，如李泽厚在《美的历程》所言：

> 这里充满着的是对这一切来自本阶级的饱经沧桑、洞悉幽隐的强有力的否定和判决。这样，创作方法在这里达到了与外国十九世纪资产阶级批判现实主义相比美的辉煌高度，然而也同样带着没用出路、没有革命理想、带着浓厚的挽歌色彩。《儒林外史》也是这种批判现实主义的代表作。它把理想寄托在那几个儒生、隐士的苍白形象上，如同《红楼梦》只能让贾宝玉去做和尚和解脱在所谓色空议论中一样，这些都正是《桃花扇》归结为渔樵的人生空幻感的延续和发展。它们充满了"梦醒了无路可走"的苦痛、悲伤和求索。但是，它们的美学价值却已不在感伤，而在对社会生活具体地描述、揭发和批判。①

《儒林外史》继承了《聊斋志异》的批判力度，开篇便借王冕的口指出"这个法却定的不好！将来读书人既有此一条荣身之路，把那文行出处都看得轻了"，并直言"一代文人有厄"②。而这部作品的背景设置尤为独特：

> 不是单纯地描写他所生活的清代前期的社会生活，还将作为背景所寓托的明代的社会生活融入其中，从而呈现出明清两朝双重叠加的奇妙状态。③

这种背景的设置对明代"从各个不同角度、含而不露地予以评判，暗示《儒林外史》的主题思想倾向，表现作者重建礼乐制度的理想"，同时"显示出独特的艺术风貌：

---

① 李泽厚. 美的历程 [M]. 修订插图本. 天津：天津社会科学院出版社，2001：334-336.
② 〔清〕吴敬梓. 儒林外史 [M]. 北京：人民文学出版社，1958：13.
③ 刘红军. 儒林外史明代背景问题研究 [M]. 北京：中国文联出版社，2011：5.

横向来看，作品所反映的生活面拓宽了，纵向来看，历史的纵深感加强了"①。

《儒林外史》密切结合所处时代特征，通过对儒林中人生活和精神状态的生动描述，表达了深刻的社会批判主题，这个主题主要通过其笔下的文人群像来实现的。闲斋老人在《儒林外史序》中说："其书以功名富贵为一篇之骨。有心艳功名富贵而媚人下人者；有倚仗功名富贵而骄人傲人者；有假托无意功名富贵，自以为高被人看破耻笑者。终乃以辞却功名富贵、品地最上一层，为中流砥柱。"② 这段文字将作品中的文人大体分为两个类型，一类是以求取"功名富贵"为目标者，这类人也是王冕所言"把那文行出处都看得轻了"之辈；一类则是"辞却功名富贵"者，这类人是看重"文行出处"者。这两类人构成了"儒林"，作者从文化批判的高度，对儒林进行了全面的审视和深刻的剖析。

以"功名富贵"为目标者可分为三类：

1. 普通儒生形象，这类形象涵盖面比较广，有执着于功名者，其人虽不失厚道，但在精神上却平庸迂腐，乏善可陈，如周进和范进；也有将举业和礼教奉为毕生事业而虔诚奉行者，其人品尚不失正直，但也受到较深的精神伤害，颇多可怜之处，如马二先生和王玉辉。

2. 官绅形象。他们是第一类人的拓展，是科举制度的"成功者"，但一旦侥幸成功，其人性之弊反而凸显出来，如周进，担任广东学道时虽然存着念头"须要把卷子都细细看过，不可听著幕客，屈了真才"③，但看到不合自己心意的魏好古就大耍官威；再如范进，他考中举人后能够迅速融入士绅群体，第一次见到张静斋就能把话说得不卑不亢，滴水不漏，在高要县打秋风时也能脸不变色心不跳地伪装守礼。更多的则是贪官和劣绅，如王惠到任后，"钉了一把头号的库戥，把六房书办都传进来，问明了各项内的馀利，不许欺隐，都派入官。三日五日一比。用的是头号板子，把两根板子拿到内衙上秤，较了一轻一重，都写了暗号在上面。出来坐堂之时，吩咐叫用大板，皂隶若取那轻的，就知他得了钱了，就取那重板子打皂隶。这些衙役百姓，一个个被他打得魂飞魄散。全城的人，无一不知道太守的利害，睡梦里也是怕的"④。"戥子声，算盘声，板子声"⑤ 不绝，百姓不堪其扰。为官者，乃科举制度的直接产物，其行止尚且如此，科举之弊于此可见一斑。

3. 假名士形象。他们苦苦谋求的依然是功名富贵，有的暂未成功，养精蓄锐等待机会，如杜慎卿，虽然自命风流，却早早备下"几千现银子"，因为盘算"我就在这一两

---

① 刘红军. 儒林外史明代背景问题研究 [M]. 北京：中国文联出版社，2011：5.
② 朱一玄. 明清小说资料选编 [M]. 济南：齐鲁书社，1990：917.
③ 〔清〕吴敬梓. 儒林外史 [M]. 北京：人民文学出版社，1958：31.
④ 〔清〕吴敬梓. 儒林外史 [M]. 北京：人民文学出版社，1958：91－92.
⑤ 〔清〕吴敬梓. 儒林外史 [M]. 北京：人民文学出版社，1958：91.

年内要中,中了那里没有使唤处"①;有的科举之路走不通,转而走上一条求虚名之路,如娄三、娄四、权勿用和杨执中等人,作品对他们极尽嘲讽,莺脰湖聚会、西子湖诗会和"莫愁湖高会"就是这些假名士丑态的公开展示。

这些人身上形象体现出了科举制度之弊对人造成的精神伤害,人性的扭曲和世风的颓败,这是"一代文人有厄"的具体表现。

而"辞却功名富贵",看重"文行出处"者则承载着作者的理想,体现着作者精神价值探索的方向,其人也可分为三类:

1. 以杜少卿为代表的敢于在一定程度上冲破礼教束缚,带有叛逆精神的文人形象。第三十三回杜少卿拉着妻子的手游清凉山的场景,可谓极其精彩的一幕:

轿里带了一只赤金杯子,摆在桌上,斟起酒来,拿在手内,趁着这春光融融,和气习习,凭在栏杆上,留连痛饮。这日杜少卿大醉了,竟携着娘子的手,出了园门,一手拿着金杯,大笑着,在清凉山冈子上走了一里多路,背后三四个妇女嘻嘻笑笑跟着,两边看的人目眩神摇,不敢仰视。②

2. 以虞育德、迟衡山、庄绍光等为代表的真儒名贤形象。他们淡泊名利,坚守道德底线,追求人格完善,代表着作者的社会理想。祭祀泰伯祠就是他们力图以传统文化来挽救世道人心、以传统礼乐观念来改造日趋腐败的现实社会的努力,但泰伯祠最终难免颓败荒凉,苦苦支撑的背后有难以抹去的苍凉,这些人物形象略显苍白,他们也体现了作者心中的无奈与悲凉,"一代文人有厄"尚无法由他们真正解救。

3. 以季遐年、王太、盖宽、荆元为代表的市井奇人形象。他们主动远离功名富贵,追求人格的独立与生活的自由,傲骨铮铮又安贫乐道,既有谋生的手艺,能够自食其力,又有琴棋书画的雅致,贯彻文采风流。在作者心中,这些市井奇人身上寄托着救赎"一代文人有厄"的力量。这是作者积极求索得来的认识,是新的时代背景下新的价值体认。

(二)《儒林外史》的讽刺艺术

《儒林外史》诞生,"于是说部中乃始有足称讽刺之书"③。讽刺手法是《儒林外史》最主要的艺术成就。易宗夔指出:"讥世之书,则莫如吴文木之《儒林外史》。"④ 鲁迅在《且介亭杂文二集·什么是"讽刺"》中指出:

---

① 〔清〕吴敬梓. 儒林外史 [M]. 北京:人民文学出版社,1958:322.
② 〔清〕吴敬梓. 儒林外史 [M]. 北京:人民文学出版社,1958:347.
③ 鲁迅. 中国小说史略 [M]. 北京:人民文学出版社,1973:189.
④ 易宗夔. 新世说 [M]. 太原:山西古籍出版社,1997:95.

一个作者，用了精炼的，或者简直有些夸张的笔墨——但自然也必须是艺术的地——写出或一群人的或一面的真实来，这被写的一群人，就称这作品为"讽刺"。①

1.《儒林外史》中的细节描写起到了非常好的讽刺效果，对后世小说创作有着深刻的启示。严监生临死前已经成为经典的那"两个指头"②和张铁臂腾身上了屋檐后所踏出的"一片瓦响"③自不待言，再看第四十七回"虞秀才重修元武阁 方盐商大闹节孝祠"：

> 这里等人挤散了，才把亭子抬了进去，也安了位。虞家还有华轩备的一个祭桌，余家只有大先生备的一副三牲，也祭奠了。抬了祭桌出来，没处享福，算计借一个门斗家坐坐。余大先生抬头看尊经阁上绣衣朱履，觥筹交错。方六老爷行了一回礼，拘束狠了，宽去了纱帽圆领，换了方巾便服，在阁上廊沿间徘徊徘徊。便有一个卖花牙婆，姓权，大着一双脚，走上阁来，哈哈笑道："我来看老太太入祠！"方六老爷笑容可掬，同他站在一处，伏在栏杆上看执事。方六老爷拿手一宗一宗的指着说与他听。权卖婆一手扶着栏杆，一手拉开裤腰捉虱子，捉着，一个一个往嘴里送。余大先生看见这般光景，看不上眼，说道："表弟，我们也不在这里坐着吃酒了。把祭桌抬到你家，我同舍弟一同到你家坐坐罢。还不看见这些惹气的事！"便叫挑了祭桌前走。他四五个人一路走着。在街上，余大先生道："表弟，我们县里，礼义廉耻，一总都灭绝了！也因学官里没有个好官，若是放在南京虞博士那里，这样事如何行的去！"余二先生道："看虞博士那般举动，他也不要禁止人怎样，只是被了他的德化，那非礼之事，人自然不能行出来。"虞家弟兄几个同叹了一口气，一同到家，吃了酒，各自散了。④

在严肃的祭祀场合插入一段方六老爷笑容可掬陪着卖花牙婆伏在栏杆上，一边捉虱子往嘴里送一边聊天的情节，讽刺意味极强，而余大先生的批评更是恰到好处。这个捉虱子的情节显然是对古代"扪虱而言"的改造。《晋书·王猛传》曰：

> 桓温入关，猛被褐而诣之，一面谈当世之事，扪虱而言，旁若无人。温察而异之，问曰："吾奉天子之命，率锐师十万，杖义讨逆，为百姓除残贼，而三秦豪杰未有至者何也？"猛曰："公不远数千里，深入寇境，长安咫尺而不渡灞水，百姓未见公心故也，

---

① 鲁迅. 鲁迅全集：第六卷［M］. 北京：人民文学出版社，1973：323.
② 〔清〕吴敬梓. 儒林外史［M］. 北京：人民文学出版社，1958：64.
③ 〔清〕吴敬梓. 儒林外史［M］. 北京：人民文学出版社，1958：142.
④ 〔清〕吴敬梓. 儒林外史［M］. 北京：人民文学出版社，1958：491.

所以不至。"温默然无以酬之。①

王猛"扪虱而言"表现的是一种豪放的英雄气魄，是高度的赞美，而在《儒林外史》中则成了辛辣的讽刺，别有风味。而鲁迅《阿Q正传》中阿Q和王胡因为虱子问题的争吵打斗，显然是对《儒林外史》这个情节的再一次发展，同样具有魅力。

2.《儒林外史》在叙事过程中，作者不介入事件的讲述，不做主观褒贬，不下断语，而是把合理的夸张和客观的描述有机结合起来，讽刺的锋芒通过情节的发展自然显露出来，真正做到了"无一贬词，而情伪毕露，诚微辞之妙选，亦狙击之辣手"②。如第三回范进得知中举前因为没有早饭米而在市场"抱着鸡，手里插个草标，一步一踱的，东张西望，在那里寻人买"③，见到邻居也口称"高邻"，酸窘相十足，但得知中举后，与张乡绅交谈时却如鱼得水、挥洒自如，此外还有胡屠户的前倨后恭表现，这些反差，作者都是平和叙述，不发一言评论，但讽刺效果已经十足。再如第四回严贡生向范进和张静斋吹嘘自己和知县关系密切的场景：

"却又出奇，几十人在那里同接，老父母轿子里两只眼睛只看著小弟一个人。那时有个朋友，同小弟并站着，他把眼望一望老父母，又把眼望一望小弟，悄悄问我：'先生可曾认得这位父母？'小弟从实说：'不曾认得。'他就痴心，只道父母看的是他，忙抢上几步，意思要老父母问他甚么。不想老父母下了轿，同众人打躬，倒把眼望了别处，才晓得从前不是看他，把他羞的要不的。次日，小弟到衙门去谒见，老父母方才下学回来，诸事忙作一团，却连忙丢了，叫请小弟进去，换了两遍茶，就像相与过几十年的朋友一般。……实不相瞒，小弟为人率真，在乡里之间，从不晓得占人寸丝半粟的便宜，所以历来的父母官，都蒙相爱。汤父母容易大喜会客，却也凡事心照。……"一个蓬头赤足的小使走了进来，望着他道："老爷，家里请你回去。"严贡生道："回去做甚么？"小厮道："早上关的那口猪，那人来讨了，在家里吵哩。"严贡生道："他要猪，拿钱来。"小厮道："他说猪是他的。"严贡生道："我知道了，你先去罢，我就来。"那小斯又不肯去。张范二位道："既然府上有事，老先生竟请回罢。"严贡生道："二位老先生有所不知，这口猪原是舍下的！"才说得一句，听见锣响，一齐立起身来说道："回衙了。"④

这一段描述与《金瓶梅》韩道国夸耀和西门庆关系密切的一段相比，有过之而无不

---

① 〔唐〕房玄龄，等. 晋书 [M]. 北京：中华书局，2000：1963.
② 鲁迅. 中国小说史略 [M]. 北京：人民文学出版社，1973：193.
③ 〔清〕吴敬梓. 儒林外史 [M]. 北京：人民文学出版社，1958：35.
④ 〔清〕吴敬梓. 儒林外史 [M]. 北京：人民文学出版社，1958：49-50.

及。严贡生在自我表白的同时，作者、范进和张静斋都不发评论，甚至严贡生无礼地关了人家猪这件事已经很明显了，行文的语气依然是平和的，但严贡生的虚伪面具却已经无法再戴着了。再如范进见汤奉后，大家吃饭，范进做出守礼的姿态：

  汤知县再三谦让，奉坐吃茶，同静斋叙了些阔别的话；又把范进的文章称赞了一番，问道："因何不去会试？"范进方才说道："先母见背，遵制丁忧。"汤知县大惊，忙叫换去了吉服；拥进后堂，摆上酒来。席上燕窝、鸡、鸭，此外就是广东出的柔鱼、苦瓜，也做两碗。知县安了席坐下，用的都是银镶杯箸。范进退前缩后的不举杯箸。知县不解其故。静斋笑道："世先生因遵制，想是不用这个杯箸。"知县忙叫换去，换了一个磁杯，一双象牙箸来，范进又不肯举动。静斋道："这个箸也不用。"随即换了一双白颜色竹子的来，方才罢了。知县疑惑他居丧如此尽礼，倘或不用荤酒，却是不会备办。落后看见他在燕窝碗里拣了一个大虾元子送在嘴里，方才放心。①

  这段文字，汤知县的心理活动，范进的举止，张静斋的插话，三者结合在一起，但并没有对此有太多的道德价值评判，而范进惺惺作态的虚伪已经跃然纸上了。

  3.《儒林外史》的结构形式颇有特色。它没有真正意义上贯穿首尾的中心人物与主要事件，而由相对独立的小故事连缀而成，"驱使各种人物，行列而来，事与其来俱起，亦与其去俱讫，虽云长篇，颇同短制"②。这样的好处是，情节随着有关人物的出现与活动而展开，又随着有关人物的退去而结束，各色形象依次自然展示在读者面前接受审视，其性格特点由其自身言行充分得以表现，更有利于讽刺艺术的发挥。如第四回严贡生正对范进和张静斋吹嘘，汤奉回府，严贡生就此退下，范进和张静斋便成为下一个场景主角，继续在汤奉的饭桌上展示性格；第五回范进和张静斋逃离高要县后，汤奉继续审案子，两起案件都和严贡生有关，其中严贡生关别人家猪的事也在此接上了线索，严贡生逃走后，严监生又因此登台展示。这样，随着情节有条不紊地展开，人物一个个走到读者面前，在具体的环境中充分地展示自己的个性。这与前文所说那种不发一言评论而让人物自身言行来展示其矛盾之处的特点相结合，进一步强化了讽刺的力度。

三、清代中期其他长篇小说创作

  清代中期在《儒林外史》和《红楼梦》之后，小说作品尽管数量不少，艺术质量却不算很高，而且受到当时乾嘉学派的影响，许多作者沾染了炫鬻才学的风气，"论学说

---

① 〔清〕吴敬梓. 儒林外史 [M]. 北京：人民文学出版社，1958：50 – 51.
② 鲁迅. 中国小说史略 [M]. 北京：人民文学出版社，1973：190.

艺，数典谈经，连篇累牍而不能自已"，在一定程度上偏离了小说的文学特性，所谓"博识多通又害之"①。但这个阶段长篇小说创作的突出特点是在题材或语言运用的方面颇有创新之处，如李绿园的《歧路灯》在世情题材中表现教育问题；李汝珍的《镜花缘》于讽世中显才艺；夏敬渠的《野叟曝言》"与明人之神魔及佳人才子小说面目似异，根柢实同，惟以异端易魔，以圣人易才子"②，把英雄事迹、儿女之情与经史子集混搭在一起；李百川的《绿野仙踪》则集神魔、侠义、世情于一身，而且作为一部神魔小说，"因为书中的世情描写过于成功，两相比照，神魔部分黯然失色"③；屠绅的《蟫史》用文言写成，陈球的《燕山外史》则用四六骈文写成，显示出他们在语体方面进行创新的努力。总的来看，清代中期的小说能够理性面对社会问题，虽然有炫才倾向，也是"以小说为皮学问文章之具，与寓惩劝同意而异用者"④，比较而言，李汝珍的《镜花缘》相对突出。

《镜花缘》是一部颇具特色的小说作品。作品同情女性，张扬女权，特别营造了一个女儿国，让男子感受穿耳缠足之痛，以此抨击陋习，令女子扬眉吐气；还通过君子国、大人国等理想国度的营造，体现了作者美好的政治理想。同时，《镜花缘》是一部炫才而不忘讽世的小说作品。《镜花缘》被鲁迅评为"以小说见才学"。的确，这部作品中颇多令人眼花缭乱的事物，而且能够引经据典地予以解读辨析，令人大开眼界，仅在第八回"弃尘嚣结伴游寰海 觅胜迹穷踪越远山"和第九回"服肉芝延年益寿 食朱草入圣超凡"中就先后提到了"当康""精卫"和"果然"三种动物，此外还有"木禾""清肠稻""肉芝""祝余""蹑空草""刀味核"和"朱草"七种植物，每一种都有一段奇特的来历，作者娓娓道来，每一种都加以考证，仿佛在做一篇科普小品，令读者眼界大开。作者在挥洒才华的同时，依然不忘讽刺，如在第九回写朱草之功效：

唐敖道："小弟吃了朱草，此时只觉腹痛，不知何故。"话言未了，只听腹中响了一阵，登时浊气下降，微微有声。林之洋用手掩鼻道："好了！这草把妹夫浊气赶出，身上想必畅快？不知腹中可觉空疏？旧日所作诗文可还依旧在腹么？"唐敖低头想了一想，口中只说"奇怪"。因向多九公道："小弟起初吃了朱草，细想幼年所作诗文，明明全都记得。不意此刻腹痛之后，再想旧作，十分中不过记得一分，其余九分再也想不出。不解何意？"多九公道："却也奇怪。"林之洋道："这事有甚奇怪！据俺看来，妹夫想不出的那九分，就是刚才那股浊气，朱草嫌他有些气味，把他赶出；他已露出本相，钻入俺的鼻内，你却那里寻他？其余一分，并无气味，朱草容他在内，如今好好在你腹中，自

---

① 鲁迅.中国小说史略［M］.北京：人民文学出版社，1973：220.
② 鲁迅.中国小说史略［M］.北京：人民文学出版社，1973：213.
③ 胡胜.明清神魔小说研究［M］.北京：中国社会科学出版社，2004：111.
④ 鲁迅.中国小说史略［M］.北京：人民文学出版社，1973：211.

然一想就有了。——俺只记挂妹夫中探花那本卷子，不如朱草可肯留点情儿？——妹夫平日所作窗稿，将来如要发刻，据俺主意，不须托人去选，就把今日想不出的那九分全都删去，只刻想得出的那一分，包你必是好的。若不论好歹，一概发刻，在你自己刻的是诗，那知朱草却大为不然。可惜这草甚少，若带些回去给人吃了，岂不省些刻工？①

这一段的讽刺效果简直可以和《聊斋志异》中的《司文郎》相媲美，将八股之弊端批得痛快淋漓。

这个阶段比较出色的小说还有张南庄的《何典》，借鬼话来写现实，颇有可观之处，这部小说如鲁迅《〈何典〉题记》所言："谈鬼物正像人间，用新典一如古典。"② 这是一部借鬼讽世的小说，也许是为了避开当时的文字狱，其行文借鬼物说鬼话，就是为了不落下把柄，其名为《何典》，也有避祸的意味，正如过路人序言所云：

无中生有，萃来海外奇谈；忙里偷闲，架就空中楼阁。全凭插科打诨，用不着子曰诗云；讵能嚼字咬文，又何须之乎者也。不过逢场作戏，随口喷蛆；何妨见景生情，凭空搗鬼。一路顺手牵羊，恰似拾蒲鞋配对；到处搜须捉虱，赛过摅迷露做饼。总属有口无心，安用设身处地；尽是小头关目，何嫌脱嘴落须。新翻腾使出花斧头，老话头箍成旧马桶。阴空撮撮，一相情愿；口轻唐唐，半句不通。引得人笑断肚肠根，欢天喜地；且由我落开黄牙床，指东说西。天壳海盖，讲来七缠八丫叉；神出鬼没，闹得六缸水弗浑。岂是造言生事，偶然口说无凭；任从搌册查考，方信出于《何典》。③

也许觉得还不够保险，又有太平客人序言曰：

今过路人务以街谈巷语，记其道听途说，名之曰《何典》；其言则鬼话也，其人则鬼名也，其事实则不离乎开鬼心、扮鬼脸、怀鬼胎、钓鬼火、抢鬼饭、钉鬼门、做鬼戏、搭鬼棚、上鬼党、登鬼箓，真可称一步一个鬼矣。此不典而典者也。吾祇恐读是编者疑心生鬼，或入街鬼窠路云。④

也正是有了这个铺垫，其开篇便大胆地痛快开骂了：

不会谈天说地，不喜咬文嚼字，一味臭喷蛆，且向人间搗鬼。放屁，放屁，真正岂

---

① 〔清〕李汝珍. 镜花缘 [M]. 北京：中国盲文出版社，2000：36.
② 〔清〕张南庄. 何典 [M]. 上海：上海文艺出版社，2010.
③ 〔清〕张南庄. 何典 [M]. 上海：上海文艺出版社，2010.
④ 〔清〕张南庄. 何典 [M]. 上海：上海文艺出版社，2010.

有此理。①

鲁迅《〈何典〉题记》称其"三家村的大人穿了赤膊大衫向大成至圣先师拱手，甚而至于翻筋斗，吓得'子曰店'的老板昏厥过去；但到站直之后，究竟都还是长衫朋友"，这是就其局限性而言，但是同样肯定其在当时的社会价值："不过这一个筋斗，在那时，敢于翻的人的魄力，可总要算是极大的了。"②

第三节　清代后期小说

清代后期一般也称为晚清，从1840年鸦片战争开始到1912年2月12日宣统退位结束，大体以1898年的戊戌变法分为两个阶段。

鸦片战争之后，中国在形式上保持着大国形象，"并没有完全摧毁'天朝'的尊严"，"'上国体制仍在'"③，特别是"在英法联军入侵及太平天国起义的冲击之下，清朝统治者切身体会到政权灭亡的危险，开始考虑挽救统治生命之道，最终在同治年间（1862—1874年）发起了洋务运动，出现了所谓'同治中兴'的景象"，洋务运动给中国营造了表面繁荣的氛围，特别是在中法战争中还取得了形式上的胜利，但甲午战争则将这表面的繁荣又打回了原形，"证明，所谓'中兴'，根本只是幻象而已"④。而小说敏感地抓住了时事的变化，并加以表现，其中就有《台战演义》这样直接表现中日甲午战争的时事小说。

晚清小说到底有多少部？陈大康《中国近代小说编年》统计从1840年鸦片战争到1911年辛亥革命"近代72年里，共出通俗小说1653种，文言小说99种，翻译小说1003种，共计2755种"⑤；樽本照雄《新编增补清末民初小说目录》"主要收录了1902年至1919年发表的创作小说和翻译小说"，"在必要的情况下，选取对象适当放宽到上自1840年，下到1919年之后"，"共收录创作作品13810条，翻译作品5346条"⑥。但这些远非晚清小说的全貌，晚清小说的书目恐怕无法完全统计清楚了，特别是那些在报纸上连载的小说。例如陈大康《中国近代小说编年》所统计的书目就没有把沈阳《盛京时报》上刊载的小说计算在内。晚清小说数量最多，其前期主要还是承袭着古代小说特

---

① 〔清〕张南庄. 何典 [M]. 上海：上海文艺出版社，2010：1.
② 〔清〕张南庄. 何典 [M]. 上海：上海文艺出版社，2010.
③ 易强. 帝国即将溃败：西方视角下的晚清图景 [M]. 北京：中国书店，2011：158.
④ 易强. 帝国即将溃败：西方视角下的晚清图景 [M]. 北京：中国书店，2011：146.
⑤ 陈大康. 中国近代小说编年：前言 [M]. 上海：华东师范大学出版社，2002.
⑥ [日] 樽本照雄. 新编增补清末民初小说目录 [M]. 济南：齐鲁书社，2002.

点，但也体现出一些新的观念，如在《儿女英雄传》中的安学海身上，体现出面对社会危局而力图从传统道德文化中寻找救赎途径的努力；甲午战争后，随着社会危机的加剧，小说的成就突出表现在了谴责小说和时事小说的创作上。

一、戊戌变法之前的小说

鸦片战争之后，"求新、求变、求用"日益成为当时社会的主题，"实为中国近代文学的主要特征，即所谓近代意识"①。求新，表现在对新知识新技术的接受与追求上，这在小说创作的内容里有明显体现；求变，突出表现为对现有体制的批判上，这一点在谴责小说中表现显著；求用，突出表现为一种实用的心理，例如对传统文化的反思与挖掘，特别是对尚武精神的推崇，《三侠五义》《儿女英雄传》的兴起与之一致，甚至济公题材的小说，如《评演济公传》及其续书也成了"彻头彻尾的'武侠+公案+神魔'的杂混儿，同这一系列济公小说完全分属两个不同的系统"②。而俞万春《荡寇志》则有感于"既是忠义必不做强盗，既是强盗必不算忠义"，认为罗贯中"撰出一部《后水浒》来，竟说得松江是真忠真义"，唯恐"天下后世做强盗的，无不看了宋江的样：心里强盗，口里忠义"，又因为"越是小说闲书越发播传得快"，因此从世道人心角度，"何妨提明真事，破他伪言，使天下后世深明盗贼、忠义之辨，丝毫不容假借"，故要"结耐庵之《前水浒传》，与《后水浒》绝无交涉也"③，其作品首回即从第七十一回写起，将梁山好汉一网打尽，此书又称为《结水浒全传》。

同时，从才子佳人小说蜕变而来并受到《红楼梦》影响的狭邪小说也在这个阶段发展起来。这类小说叙述才子与妓女、名士和优伶的情感纠葛，凸显的是下层落魄文人审美取向，他们出入官吏富户之宅，又涉足青楼风月之所，以亲身体会反映出传统文化与都市畸形生活的碰撞与纠结，特别是其形成的写实作风，对谴责小说有一定影响，代表作品有陈森《品花宝鉴》、魏秀仁《花月痕》和韩邦庆《海上花列传》等。

（一）侠义公案小说

"欧人之力又侵入中国"④，这是本阶段中国小说创作的重要背景。经历过对外诸多挫折后，文人们开始反思，希望对社会有所振救，一个重要途径就是向传统文化复归，具体表现为依附家庭礼教，求取功名，实现"作善降祥"的理想；或者依附清官，"以一名臣大吏为中枢，以总领一切豪俊"⑤。前者以《儿女英雄传》为代表，后者以《三侠五义》为代表。其总体特点如鲁迅所言："大旨在揄扬勇侠，赞美粗豪，然又必不背

---

① 吴组缃，季镇淮，陈则光. 中国近代文学鸟瞰 [C] //中国近代文学的历史轨迹. 上海：上海书店，1999：3.
② 胡胜. 济公小说的版本流变 [J]. 明清小说研究，1999（3）：164.
③〔清〕俞万春. 荡寇志 [M]. 北京：人民文学出版社，1981：1.
④ 鲁迅. 中国小说史略 [M]. 北京：人民文学出版社，1973：251.
⑤ 鲁迅. 中国小说史略 [M]. 北京：人民文学出版社，1973：242.

于忠义。"①

《儿女英雄传》，原名《金玉缘》，又名《正法眼藏五十三参》《日下新书》《侠女奇缘》和《儿女英雄传评话》。作者题为燕北闲人，实际上是文康，姓费莫氏，字铁仙，一字悔庵，满洲镶红旗人。其家世与曹雪芹颇有类似之处，但由于时代和经历的不同，二人在思想认识上也大相径庭。小说"有意写'作善降祥'一个观念"②，描绘了一个近乎完美的家庭，勾画出一种幻想中的完美人生。安学海与其家人充分贯彻实践了臣忠、父严、母慈、子孝、夫节、妻贤这些基本的伦理纲常，表达出作者对传统道德的依赖和眷恋，而且作为满族文人，作者也对本民族尚武精神表达了认可和复归的意识，同时也触及清代后期官吏贪赃枉法、相互倾轧的社会现实，被认为"启晚清'谴责小说'之先河"③。作品在题材上把才子佳人小说和侠义公案捏合在一起，集英雄事业、儿女心肠于一身。《儿女英雄传》的语言生动活泼，诙谐风趣，具有浓厚的评话气息。尤其是北京口语的运用，俏皮传神，富有生气，堪称京味小说的滥觞，甚至被视为"绝好的京语教科书"④。

该小说最突出之处在于人物形象的塑造。智勇双全的侠女十三妹以其豪爽的性格、嫉恶如仇的品质和超群的武艺备受瞩目，特别是在悦来店和能仁寺这两处表现得颇为出彩，"即便是与今天流行的'新派'武侠小说相比也毫不逊色。此时的十三妹，比之唐宋传奇中的'剑仙'薛红线、聂隐娘亦不遑多让，比之传统世情小说里足不出户、弱不禁风的闺阁淑女，另具神采，较之浪漫香艳的欢会幽期别是一番风味"⑤。但从作品整体来看，她前后又判若两人，特别是在回归家庭后，性格颇有失常之处。鲁迅指出十三妹何玉凤这个形象"当纯出作者意造，缘欲使英雄儿女之概，备于一身，遂致性格失常，言动绝异，矫揉之态，触目皆是矣"⑥。前半部英雄侠女形象的塑造之所以成功，既有传统文学的积淀又有作者较好的艺术修养作为支撑，而后半部作者实际上是想将这个形象作为自己"儿女英雄"价值观念的承载者，但又不能很好地驾驭，故而造成了形象的前后脱节。

安学海则是作者文康更为看重的形象，其塑造也相对成功。书中第二十九回说得明白：

这部书前半部演到龙凤合配，弓砚双圆。看事迹，已是笔酣墨饱；论文章，毕竟不

---

① 鲁迅. 中国小说史略 [M]. 北京：人民文学出版社，1973：239.
② 胡适. 儿女英雄传序 [C] //中国章回小说考证. 上海：上海书店，1980：461.
③ 董文成. 清代满族文学史论 [M]. 北京：中国文联出版社，2000：271.
④ 胡适. 儿女英雄传序 [C] //中国章回小说考证. 上海：上海书店，1980：473.
⑤ 董文成. 清代满族文学史论 [M]. 北京：中国文联出版社，2000：268.
⑥ 鲁迅. 中国小说史略 [M]. 北京：人民文学出版社，1973：241.

曾写到安龙媒正传。不为安龙媒立传，则自第一回"隐西山闭门课骥子"起，至第二十八回"宝砚雕弓完成大礼"，皆为无谓陈言，便算不曾为安水心立传。如许一部大书，安水心其日之精，月之魄，木之本，水之源也，不为立传，非龙门世家体例矣。①

"日之精、月之魄、木之本、水之源"，安学海在文康心中的地位重矣。作品中，他不仅是第一个出场的主人公，而且是贯穿全书的主干人物，直接寄寓着文康的价值取向。有学者指出"作者羡慕安老爷这样一位合于'人情天理'的一家之长，称赞其完美的封建道德伦常，是他面对江河日下的社会形势，幻想出来的理想人物"②。实际上，文康毕竟已经认识到了社会的危机，并开出了救治的"药方"，强调用传统文化道德来完善人格，希望以安学海这样符合"儿女英雄"标准的理想人物来抗衡日益腐朽的社会。"药方"的质量姑且不论，但其力图救治危局的动机却是积极的。

文康生活在道光、咸丰年间，正是清王朝由盛转衰的关键时期，文人士大夫率先觉醒，以龚自珍、魏源为代表的先进分子敏锐地感受到危机的临近，他们希望通过对旧的社会体制加以改革来扭转危局，正如梁启超指出的那样："当嘉、道间，举国醉梦于承平，而定庵忧之，僬然若不可终日。其察微之积，举世莫能及也。"③ 在这一点上，文康与其是同道。在《儿女英雄传》中，他对社会风气的败坏有着清醒的认识，对吏治的抨击尤为严厉，第一回就说：

世上那些州县官儿不知感化民风，不知爱惜民命，讲得是走动声气，好弄银钱，巴结上司，好谋升转。什么叫钱谷刑名，一概委之幕友、官亲、家丁、书吏，不去过问，且图一个旗锣扇伞的豪华，酒肉牌摊的乐事。就使有等稍知自爱的，又苦于众人皆醉，不容一人独醒，得了百姓的心，又不能合上司的式，动辄不是给他加上个"难膺民社"，就是给他加上个"不甚相宜"，轻轻的就端掉了。④

作为一个满族文人，文康更关注本民族的前途和命运。身为满洲贵胄的文康，对清王朝依然抱有希望，力图拯救之，维护之。他所提倡的用传统文化道德来完善人格以拯救社会的主张在当时是有一定的影响的，不仅被当时对满清政权还抱有希望的士大夫所接受，而且在主张社会革新的文人那里也颇有市场，因为"在晚清作家眼中，社会的腐败、民族的落后与道德的败坏密切相关。因此谴责小说对社会特别是官场的揭露、批判

---

① 〔清〕文康. 儿女英雄传［M］. 北京：北京十月文艺出版社，1995：496.
② 张菊玲. 清代满族作家文学概论［M］. 北京：中央民族学院出版社，1990：253.
③ 梁启超. 论中国学术思想变迁之大势［M］. 上海：上海古籍出版社，2001：126.
④ 〔清〕文康. 儿女英雄传［M］. 北京：北京十月文艺出版社，1995：19.

基本上都从道德角度进行的。作品对各种丑恶贪欲的最集中谴责是：道德堕落"①。例如刘鹗就"坚持的是一种文化道德主义立场。他希望的是从古典文化里提出精华以进行新的道德建设"②。吴趼人更是在《上海游骖录》第八回明确提出要提倡道德和普及道德，认为人人有了道德之心，社会自然就会不改自良。在《儿女英雄传》"缘起首回"，文康就提出其理想人格的标准："儿女无非天性，英雄不外人情。最怜儿女最英雄，才是人中龙凤。"③ 安学海正是这种贯彻了"儿女英雄"观念的理想人物。

其一，他忠君爱民，是忠义节操的坚持者。文康在"缘起首回"借天尊之口论述道："譬如世上的人，立志要作个忠臣，这就是个英雄心；忠臣断无不爱君的，爱君这便是个儿女心。"④ 安学海"是个汉军世族旧家"，并且"天性高明，又肯留心学业，因此上见识广有，学问超群，二十岁上就进学中举"⑤。这样的家世和所受的教育决定了他要走忠君仕进之路。他耗费了大半辈子的心血，在被外任为知县后，刚直不阿，尽管师爷霍士端将所谓为官的"诀窍"向他说得明白透彻，他却认为"我也不过是尽心竭力，事事从实，慎重皇上家的钱粮，爱惜小民的性命，就是答了上司的情了"⑥，否则"要是这样的玩法，这岂不是拿着国家有用的帑项钱粮，来供大家的养家肥己、胡作非为么？这我可就有点子弄不来了"⑦。坚持"据实"二字，不媚上，不贪赃，即使为此丢官罢职也在所不惜。受到陷害，他并不怨天尤人；一番宦海风波后，虽然感到伤心，但仍然坚定不移，在邓九公庄上，他鼓励海马周三等绿林好汉忠君报国，"倘然日后遇着边疆有事，去一刀一枪，也好给父母博个封赠"⑧。在皇帝的眼中，他"脸上一团正气，胸中自然是一片至诚；这要作一个地方官，断无不爱惜民命的理"⑨；在百姓的眼中，他"不肯赚朝廷一个大钱，不肯叫百姓受一分累，是一个清如水明如镜的好官，真是金山也似的人"⑩！安学海这样一个忠君爱民的好官，贯彻着传统道德的忠义节操观念，正是作者心中理想的"儿女英雄"。

其二，安学海具有浓重的家庭观念。仕途受挫后，稳定和谐的家庭给予安学海极大的精神安慰，使其得以调整自己的状态，即使自己不再任职，也积极鼓励儿子出仕。考场失意时，安学海把希望寄托在儿子身上，想着"有了玉格这个孩子，看去还可以望他

---

① 程文超. 前夜的涌动 [M]. 济南：山东教育出版社，1998：214.
② 程文超. 前夜的涌动 [M]. 济南：山东教育出版社，1998：260.
③ 〔清〕文康. 儿女英雄传 [M]. 北京：北京十月文艺出版社，1995：1.
④ 〔清〕文康. 儿女英雄传 [M]. 北京：北京十月文艺出版社，1995：4.
⑤ 〔清〕文康. 儿女英雄传 [M]. 北京：北京十月文艺出版社，1995：10.
⑥ 〔清〕文康. 儿女英雄传 [M]. 北京：北京十月文艺出版社，1995：29.
⑦ 〔清〕文康. 儿女英雄传 [M]. 北京：北京十月文艺出版社，1995：29.
⑧ 〔清〕文康. 儿女英雄传 [M]. 北京：北京十月文艺出版社，1995：347.
⑨ 〔清〕文康. 儿女英雄传 [M]. 北京：北京十月文艺出版社，1995：17.
⑩ 〔清〕文康. 儿女英雄传 [M]. 北京：北京十月文艺出版社，1995：219.

成人，倒不如留我这点精神心血，用在他身上，把他成就起来，倒是正理"①。考中时，他想的是：

> 我第一怕的是知县：不拿出天良来作，我心里过不去；拿出天良来作，世路上行不去……我倒想用个冰冷的中书……那时一纸呈儿，挂冠林下，倒是一桩乐事。不然，索性归了班，十年后才选得着。且不问这十年后如何，就这十年里，我便课子读书，成就出一个儿子来，也算不虚度此生了！②

这种观念是与传统文化道德中"身修而后家齐，家齐而后国治，国治而后天下平"③的主张是一致的。作为一家之主的安学海正是通过自身的表率作用，在稳定和谐的家庭中将安骥由孝子培养成为国家的栋梁，以此将家国紧密结合起来。其实，何玉凤的变化又何尝不是家庭之力呢！文康坚信家国一体，家庭观念是"儿女英雄"所必备的。

其三，他对人信义仁厚。为了找寻故人之女，安学海不辞路途遥远，想尽办法，终于"收服了十三妹（案：何玉凤）这条孽龙，使他得水安身"④，不仅成全了何玉凤的孝道，而且使其与安骥得成姻缘，完成了当年亲承"倘得个女孩儿，也要许配一个读书种子，好接我这书香一脉"⑤的师命。正是他的信义，得到了老英雄邓九公的友谊和敬重。而对待伤害过自己的人，他也能以仁厚之心来对待。如第三十九回，安学海在涿州庙会遇到了曾陷害自己而今落魄的前任河台谈尔音，仍然和颜悦色，尊称其"宪台""大人"，并慨然予以资助，安学海这样的胸怀，这样的气度，显然也是"儿女英雄"所应具备的品质。

其四，他对传统文化能够批判地接受。一方面他身体力行地遵循传统礼法，祭祀、婚娶、教子，甚至给儿子准备考试用具和送人钱财，都要做到有典可依，而且努力使其成为全家的行为准则，在他的调教下，甚至仆人都能引经诵典。在安骥迎娶十三妹时，他认为"时尚风气不古，这先配而后祖，断不是个正礼，所以自己家里这桩事，要拜过天地、祖先，然后才入洞房"⑥；当儿媳妇拜见公婆时，他也要根据《礼记》的礼法，悉遵古制，送给儿媳堂布手巾、锥子、火石火链片儿和磨刀石等物品。另一方面，他又能够对传统礼法积极予以变通。同样是在安骥迎娶何玉凤时，作为世家，他却并未完全守旗人的礼节，而是"办了个参议旗汉，斟酌古今"⑦。在第三十九回与众人讨论《论

---

① 〔清〕文康. 儿女英雄传 [M]. 北京：北京十月文艺出版社，1995：12.
② 〔清〕文康. 儿女英雄传 [M]. 北京：北京十月文艺出版社，1995：16.
③ 〔宋〕朱熹. 大学集注. 中庸集注. 论语集注 [M]. 上海：上海古籍出版社，1987：1.
④ 〔清〕文康. 儿女英雄传 [M]. 北京：北京十月文艺出版社，1995：237.
⑤ 〔清〕文康. 儿女英雄传 [M]. 北京：北京十月文艺出版社，1995：308.
⑥ 〔清〕文康. 儿女英雄传 [M]. 北京：北京十月文艺出版社，1995：474.
⑦ 〔清〕文康. 儿女英雄传 [M]. 北京：北京十月文艺出版社，1995：468.

语》时，他更是发出这样的论调：

> 大凡我辈读书，诚不得不详看朱注，却不可过信朱注。不详看朱注，我辈生在千百年后且不知书里这人为何等人，又焉知他行的这桩事是怎的桩事，说的话是怎的桩话？过信朱注，则入腐障日深，就未免离情理日远。须要自己拿出些见识来读他，才叫作不枉读书。①

这样一位老儒生却能批判性地接受先贤的观点，用自己的眼光主动地去解读典籍，实在是难能可贵。

还有一点要指出的是安学海的"书毒"问题。这是他对传统道德礼法过分痴迷的表现。他自己也承认说："我读书半世，兢兢业业，不敢有一步逾闲取败，就这'迂''拙'两个字是我的短处。"② 这尤其体现在他那满口的酸文和时时的考据癖上。在寻访十三妹的途中，见到了红柳树要引经据典地考证一番；拜访邓九公的途中对小程相公从小说中得来的所谓"风调雨顺四大天王"也要一一加以落实。作者对此是否定的，所以作品中不仅安排了一位泼辣的舅太太专门和安学海作对头，而且连安太太也被丈夫的酸文怄得忍不住反驳说："老爷，咱们爷儿们娘儿们现在商量的是吃饱饭，那位孔夫子但凡有个吃饱饭的正经主意，怎的周游列国的时候，半道儿会断了顿儿，拿着升儿籴不出升米来呢？"③ 但也要看到，安学海在寻访十三妹时，设下巧计环环相扣，说起话来滴水不漏，先折服老侠客邓九公，再收服倔强的何玉凤，显示出超人的智慧，又哪里有半点书呆子的迂腐气呢？作者在此并非要揶揄安学海，而是借此表达对当时学风的不满。王国维曾概括说："国初之学大，乾嘉之学精，道咸之学新。"④ 文康所处的道咸时代正体现出由"精"向"新"转化的倾向。而乾嘉学风却束缚着人们的手脚，梁启超曾为此而批判"斯学之敝中国久矣"⑤。当时，呼唤革新之风日起，乾嘉学风受到质疑，而文康对"书毒"的揶揄，正顺应了这种大气候。

文康心中的理想人物正是安学海这样由传统道德熏陶而成的"儿女英雄"式人物。文康认为这样的人物正是支撑那个摇摇欲坠的政权的栋梁，他身上所承载的传统文化道德，正是拯救危局的良方。文康开出这个药方是与当时的社会潮流相一致的。当时的先进分子如龚自珍和魏源所努力要做的也是从古典文化中去寻求救世真谛，所谓"以'复古'为其职志也"。正如王国维指出的那样：

---

① 〔清〕文康. 儿女英雄传 [M]. 北京：北京十月文艺出版社，1995：771.
② 〔清〕文康. 儿女英雄传 [M]. 北京：北京十月文艺出版社，1995：182.
③ 〔清〕文康. 儿女英雄传 [M]. 北京：北京十月文艺出版社，1995：597–598.
④ 王国维. 沈乙庵先生七十寿序 [C] //王国维文集：第一卷. 北京：中国文史出版社，1997：97.
⑤ 梁启超. 论中国学术思想变迁之大势 [M]. 上海：上海古籍出版社，2001：113.

道咸以降，学者尚承乾嘉之风，然其时政治风俗已渐变于昔，国势亦稍稍不振，士大夫有忧之而不知所出，乃或托于先秦，西汉之学，以图变革一切，然颇不循国初及乾嘉诸老为学之成法。①

在文康所处的道咸时代，尽管已经出现了对社会的诸多质疑声，但当时的文人士大夫身上还带有着明显的不彻底性，其作品也经常流露出半是批判半是眷恋的矛盾情绪。身为满洲贵胄的文康在《儿女英雄传》中表现出"温柔敦厚"的调子也是不可避免的。但作者所塑造的安学海这个理想人物所承载的文化意义却不容忽视。文康所主张的通过传统文化道德观念去完善人格，并以此去抗衡并疗救那个日趋腐败的社会的思想观点，正代表着一部分文人士大夫的价值取向。

《三侠五义》是在清代艺人石玉昆说唱作品《龙图公案》的基础上形成的长篇章回体小说。小说的前半部主要写众侠士协助包公断案并除暴安良，后半部主要写众侠士协助颜查散平灭襄阳王谋反的故事。作品一方面暴露皇亲豪强为非作歹、残害百姓的社会阴暗面，另一方面又凸显了执法如山、爱民如子的清官和行侠仗义、除暴安良的侠客，表达了百姓的愿望与理想，是一部"为市井细民写心"②之作。俞樾《重编七侠五义传序》称其"事迹新奇，笔意酣恣，描写既细入毫芒，点染又曲中筋节"③，具有鲜明的"说话"特色。这部小说情节结构曲折，案件纵横交错，环环相扣，同时，作者还善于在叙述过程中穿插相对独立的小故事，使情节波澜起伏，引人入胜。所塑造的以白玉堂为代表的群侠形象，既有行侠仗义的共性，又有独特的个性。书名《三侠五义》中"五义"实指钻天鼠卢方、彻地鼠韩彰、穿山鼠徐庆、翻江鼠蒋平和锦毛鼠白玉堂，所配合的"三侠"一般认为是"南侠展昭，北侠欧阳春，双侠丁兆兰，丁兆蕙"④，已有总括侠义的意识，而俞樾并不满足，进一步指出："余不知所谓三侠者何人？书中所载南侠、北侠、丁氏双侠、小侠艾虎已得五侠矣。而黑妖狐智化者，小侠之师也；小诸葛沈仲元者，第一百回中盛称其'从游戏中生出侠义来'。然则此两人非侠而何？即将柳青、陆彬、鲁英等概置不数，而已得七侠矣。因该题《七侠五义》，以副其实。"⑤俞樾意在为本书侠义观张目，但他也未能自圆其说，按照他的统计，七侠也不能完全确指。事实上，古人有"三生万物"⑥的说法，三侠即侠之泛指。所以《三侠五义》仍是流传广泛的书名。此后，还有《小五义》《续小五义》等续书，可见其在民间之强大影响力。

---

① 王国维. 沈乙庵先生七十寿序 [C] //王国维文集：第一卷. 北京：中国文史出版社，1997：97.
② 鲁迅. 中国小说史略 [M]. 北京：人民文学出版社，1973：250.
③ 丁锡根. 中国历代小说序跋集 [M]. 北京：人民文学出版社，1996：1545.
④ 鲁迅. 中国小说史略 [M]. 北京：人民文学出版社，1973：243.
⑤ 丁锡根. 中国历代小说序跋集 [M]. 北京：人民文学出版社，1996：1545.
⑥ 陈鼓应. 庄子今注今译 [M]. 北京：中华书局，1983：233.

这个阶段还有《施公案》《彭公案》《绿牡丹》《永庆升平》等侠义公案小说,对当代武侠小说和侦探小说都有一定的影响。

(二) 狭邪小说

唐代传奇小说、宋元话本小说和明代拟话本小说中有很多表现妓女生活题材的作品,但集中以此题材进行创作的则是清代后期的狭邪小说。

"狭邪小说"之概念由鲁迅《中国小说史略》提出。所谓"狭邪",原指狭窄的街巷,汉乐府有《相逢行》,又名《相逢狭路间行》《长安有狭斜行》,诗曰:"相逢狭路间,道碍不容车。"① 后来引申为风月场所。狭邪小说特指产生于晚清时期表现士人与娼妓和优伶情感纠葛内容的长篇白话小说作品,其代表作为《品花宝鉴》《花月痕》和《海上花列传》。

陈森《品花宝鉴》表现的是京师狎优之风,虽然是同性恋题材,却从正面着笔,以梅子玉和杜琴言的情感为主干,赞美了君子与优伶之间的纯情之爱,同时也从反面正视世态丑恶的一面,将其猥琐龌龊的面貌穷形尽相地勾画出来,这对谴责小说颇有启示意义。

魏秀仁《花月痕》是一部带有自传色彩的小说,以才子韦痴珠、韩荷生与妓女刘秋痕、杜采秋之间的恋情为表现对象,而韦痴珠和刘秋痕的情感是主体,表现了文人在动荡时代背景下的抗争与无奈。作品改变了传统小说那种说话体式,作者直接成为抒情主人公,小说情节相对简单,却表现出主体精神的强烈张扬,在很大程度上突破了传统小说的叙事模式。

《海上花列传》,作者为韩邦庆。小说以赵朴斋的遭遇为线索,直视上海十里洋场的世态,注意力集中于妓院,写实性地再现了清代后期妓女这一畸形群体的命运。在创作方法上,小说采用"穿插藏闪之法","穿插"即"几组故事平行发展,穿插映带,首尾呼应,构成脉络贯通、立体交叉的整体布局","藏闪"即"藏头露尾的绵密笔法,'正面文章如是如是;尚有一半反面文章藏在字句之间,令人意会'"②,这和海明威的"冰山理论"颇有相通之处。此外,小说开创了吴语小说的先例,叙述语言用北方官话,人物道白则纯用吴语。对此,孙家振《退醒庐笔记》记载自己质疑韩邦庆:"此书用吴语,恐阅者不甚了了,且吴语有音无字者多,不如改易通俗白话为佳。"而韩邦庆颇为自信地回答:"曹雪芹撰《石头记》用京语,我书何不可用吴语?"③ 其话语中表现出与曹雪芹争雄的豪气,而鲁迅也认为《海上花列传》"乃始实写妓家,暴其奸谲","开宗

---

① 〔清〕沈德潜. 古诗源 [M]. 长沙:岳麓书社,1998:51.
② 袁行霈. 中国文学史:第四册 [M]. 北京:高等教育出版社,2005:392.
③ 朱一玄. 明清小说资料选编 [M]. 济南:齐鲁书社,1990:815.

明义,已异前人,而《红楼梦》在狭邪小说之泽,亦自此而斩也"①。客观上看,《海上花列传》在表现娼妓世界种种黑暗的同时,又能够正视妓女问题,不妄加抹杀丑化,在写实性上有了长足的进步,而且其创作方法也有创新,能够不落窠臼,成为狭邪小说中之佼佼者。

二、戊戌变法之后的小说

随着西方文化涌入,翻译小说及报刊的出现,中国传统的小说概念逐渐与西方小说概念接轨,创作方式也有了转变。陈平原认为:

中国古代小说在叙事时间上基本采用连贯叙述,在叙事角度上基本采用全知视角,在叙事结构上基本以情节为结构中心。这一传统小说叙事模式,二十世纪初受到西方小说的严峻挑战。在一系列"对话"的过程中,外来小说形式的积极移植与传统文学形式的创造性转化,共同促成了中国小说叙事模式的转变:现代中国小说采用连贯叙述、倒装叙述、交错叙述等多种叙述时间;全知叙事、限制叙事(第一人称、第三人称)、纯客观叙事等多种叙事角度;以情节为中心、以性格为中心、以背景为中心等多种叙事结构。②

这种转变为小说注入了新的生机,开辟了新路,促使小说作家进行新的探索。

中日甲午战争之后,面对剧烈的社会变革,先进的知识分子本着向西方学习的目地,越发重视小说的作用,特别是维新派为了宣传自己的政治主张,注意到了小说的通俗性和普及功能,极大地提高了小说的文学地位。康有为1897年在《日本书目志识语》指出:"'六经'不能教,当以小说教之;正史不能入,当以小说入之;语录不能喻,当以小说喻之;律例不能治,当以小说治之。"③梁启超1898年在《清议报》上发表《译印政治小说序》,引进了"政治小说"的概念和"小说为国民之魂"④的观点。1902年《新民丛报》十四号为宣传即将发行的《新小说》,发表了题为《中国唯一之文学报新小说》的广告性文章,其中提出了"历史小说""政治小说""哲理科学小说""军事小说""冒险小说""侦探小说""写情小说""语怪小说""劄记体小说"和"传奇体小说"等诸多概念,并将"新小说"直接作为刊物名称,有力推动了中国传统小说同域外

---

① 鲁迅. 中国小说史略 [M]. 北京:人民文学出版社,1973:234.
② 陈平原. 中国小说叙事模式的转变 [M]. 上海:上海人民出版社,1988:4-5.
③ 陈平原,夏晓虹. 二十世纪中国小说理论资料:第一卷(1897—1916)[M]. 北京:北京大学出版社,1989:13.
④ 陈平原,夏晓虹. 二十世纪中国小说理论资料:第一卷(1897—1916)[M]. 北京:北京大学出版社,1989:22.

小说概念的接轨。同时，"小说界革命"也伴随着资产阶级改良运动而发动起来。同样是1902年，梁启超在《新小说》第一号上发表了带有纲领性的理论文章《论小说与群治之关系》，提出"小说有不可思议之力支配人道"①，充分肯定了小说的地位和社会作用，指出其有"熏""浸""刺""提"四种力量，并提出了"小说界革命"的口号，主张"欲改良群治，必自小说界革命始；欲新民，必自新小说始"②。作为开启民智、疗救社会的利器，小说由文学结构边缘一跃成为主导，被视为"文学之最上乘"③。梁启超强调"欲新一国之民，不可不先新一国之小说。故欲新道德，必新小说；欲新宗教，必新小说；欲新政治，必新小说；欲新风俗，必新小说；欲新学艺，必新小说；乃至欲新人心、欲新人格，必新小说"④，在这样的号召之下，"一时间社会史式的小说似乎成了一种时髦"⑤，同时也开始了由旧小说向新小说的过渡。"这种过渡和转变基于两种合力：第一，西洋小说输入，中国小说受其影响而产生变化；第二，中国文学结构中小说由边缘向中心移动，在移动过程中吸取整个中国文学的养分因而发生变化。"⑥这个阶段的小说在题材上尽量全面地将社会生活全景纳入创作视野，而凸显改良群治、救亡图存，批判现实主义的创作倾向更加强烈。此时，资产阶级革命派作家创作的小说作品，如陈天华《狮子吼》、黄小配《洪秀全演义》等，紧跟社会发展形势，具有鲜明的时代特色；但更具社会影响力的却是"谴责小说"，出现了李宝嘉《官场现形记》、吴沃尧《二十年目睹之怪现状》、刘鹗《老残游记》和曾朴《孽海花》等优秀作品；同时，长期受到压制的时事小说也找到了用武之地，成为宣传政见、抨击时弊的重要工具。

一、谴责小说

谴责小说是"小说界革命"中涌现出的最有社会影响的小说类型，由鲁迅《中国小说史略》命名，代表作有《官场现形记》《二十年目睹之怪现状》《老残游记》和《孽海花》等。其作品主旨在抨击腐败，矛头直指社会时弊，"命意在于匡世，似与讽刺小说同伦"，其缺点为"辞气浮露，笔无藏锋，甚至过甚其辞"⑦，后逐渐沦为"有

---

① 陈平原，夏晓虹. 二十世纪中国小说理论资料：第一卷（1897—1916）[M]. 北京：北京大学出版社，1989：33.
② 陈平原，夏晓虹. 二十世纪中国小说理论资料：第一卷（1897—1916）[M]. 北京：北京大学出版社，1989：37.
③ 陈平原，夏晓虹. 二十世纪中国小说理论资料：第一卷（1897—1916）[M]. 北京：北京大学出版社，1989：34.
④ 陈平原，夏晓虹. 二十世纪中国小说理论资料：第一卷（1897—1916）[M]. 北京：北京大学出版社，1989：33.
⑤ 陈平原. 中国小说叙事模式的转变 [M]. 上海：上海人民出版社，1988：231.
⑥ 陈平原. 中国小说叙事模式的转变 [M]. 上海：上海人民出版社，1988：14.
⑦ 鲁迅. 中国小说史略 [M]. 北京：人民文学出版社，1973：252.

嫚骂之志而无抒写之材"① 的"黑幕小说"。谴责小说的涉及面很广，但主要关注点则在官场。

李宝嘉的《官场现形记》是我国最早在报刊上连载的长篇章回体小说。作品毫不留情地揭下了各色官吏的画皮。这些为官者，贪赃枉法，道德沦丧，为了升官发财，毫无人格节操可言，甚至钦差都把"只拉弓，不放箭"作为奉行的法则，"着实心领神会"②；欺上瞒下，为所欲也，但又奴性十足，特别是在洋人面前，卑躬屈膝，丑态百出。第十八回作者借慈禧之口说出："通天底下一十八省，哪里来的清官。但是御史不说，我也装做糊涂罢了；就是御史参过，派了大臣查过，办掉几个人，还不是这们一件事。前者已去，后者又来，真正能儆惩一儆百吗？"③ 对此，后面竟然还跟了一句太监的评价："这才是明鉴万里呢！"足显其愤激与讽刺之力。小说由许多在内容上相对独立的短篇联缀而成，这种结构便于作者以广阔的视角来表现官场的整体状况；而作者又极其注重细节描画，抓住人物言行的自相矛盾之处，凸显其荒诞性，从而酣畅淋漓地描绘出了一幅晚清官场丑态的全景图。《官场现形记》的结尾颇具深意。这里写了一个梦，梦见人们在校对一部教做官和如何做好官的教科书，结果一场大火烧掉了半部。"原来这部教科书，前半部是专门指责他们做官的坏处，好叫他们读了知过必改；后半部方是教他们做官的法子。如今把这后半部烧了，只剩得前半部。"这个梦之后，作者这样作全书结尾："是为'官场现形记'，前半部终。"④ 作者所言"官场现形记"实际上就是梦中所谓"前半部"，而作者所言"前半部终"似乎在暗示着还有后半部，但梦中的"后半部""就是要补，也非一二年之事"，而作为小说事实上已经在此结束了。作者用这个梦做结尾，表现了自己无奈，对于吏治只能先将其坏处表现出来，"戒其为非"，却无法真正纠正"引之为善"；但作者同时也表达了对未来的信心，如其梦中所得到的指点，"仿照世界各国普通的教法：从初等小学堂，一层层的上去，由是而高等小学堂、中学堂、高等学堂。等到高等学堂卒业之后，然后再放他们出去做官，自然都是好官。二十年之后，天下还愁不太平吗"⑤。除《官场现形记》以外，李宝嘉还有《文明小史》《活地狱》和《庚子国变弹词》等长篇小说。

吴沃尧的《二十年目睹之怪现状》以主人公"九死一生"的经历为线索，叙述其"出来应世的二十年中"所目睹的各种怪现状，"所遇见的只有三种东西：第一种是蛇虫鼠蚁，第二种是豺狼虎豹，第三种是魑魅魍魉"⑥。这三种东西具有很强的象征意义：

---

① 鲁迅. 中国小说史略 [M]. 北京：人民文学出版社，1973：264.
② 〔清〕李宝嘉. 官场现形记 [M]. 北京：人民文学出版社. 1957：299.
③ 〔清〕李宝嘉. 官场现形记 [M]. 北京：人民文学出版社. 1957：299.
④ 〔清〕李宝嘉. 官场现形记 [M]. 北京：人民文学出版社. 1957：1073.
⑤ 〔清〕李宝嘉. 官场现形记 [M]. 北京：人民文学出版社. 1957：1072.
⑥ 〔清〕吴趼人. 二十年目睹之怪现状 [M]. 北京：人民文学出版社. 2000：6.

"蛇虫鼠蚁"侧重于日常生活中无处不在而又潜移默化的伤害;"豺狼虎豹"侧重于强行暴力上的伤害;"魑魅魍魉"侧重于精神价值上的影响伤害。故"九死一生"以"蚀""啖"和"攫"来形容之。这甚至可以和但丁《神曲》开篇所言的狮子、豹与狼的象征意义进行比较。作者对现实社会进行了全方位的扫描,直面朽烂不堪的人生境遇,官场的腐败、人伦的乖离、尽收眼底。作者还特别注重描绘假名士和洋场才子的丑态,如阿英所言,"吴趼人写官僚,未必有超越《官场现形记》之成就,但在写当时的洋场才子上,确是成功,虽溢恶违真,不免成为缺点","至于写那些买诗刻集子的假名士,规定每首几角,每卷几元,以及写江西大名士李玉轩,形式上是狂放,实际上是卑污,尤其是极尽形容"①。作品第三十五回"声罪恶当面绝交 聆怪论笑肠已断"中写其赴"竹汤饼会"一段被阿英视为"吴趼人的优点与缺点,在这一段里,很可以看得明白"②,其优点自然是穷形尽相,而缺点则是谴责小说的通病,"辞气浮露,笔无藏锋,甚至过甚其辞"。《二十年目睹之怪现状》还塑造了几个正面人物形象,如九死一生、吴继之、文述农和蔡侣笙等,但这些人物都毫无例外地走向失败,体现出作者所追求"实业救国"与"道德救国"理想的破灭。小说具有自传色彩,采用的也是第一人称限制叙事模式,在清代后期小说中颇有创新色彩。吴沃尧的小说作品还有《恨海》《劫馀灰》《情变》和《九命奇冤》等。

刘鹗,字铁云。他不仅是晚清著名小说家和收藏家,而且是著名的实业家。他的《老残游记》是有感于"棋局已残,吾人将老"③的悲时之作,但从其第一回中以隐喻形式描写的那艘洪波巨浪中有倾覆危险的帆船,从其对船上掌舵管帆者、水手、演说者和乘客的评价,从其开出的解决方案:"送他一个罗盘,他有了方向,便会走了。再将这有风浪无风浪是驾驶不同之处,告知船主,他们依了我们的话,岂不立刻就登彼岸了吗?"④可以看出这也是一部醒时之作。刘鹗发表这部小说时先署名"洪都百炼生",但后来又明确说自己是"鸿都百炼生","却不是'南昌故郡,洪都新府'的那个'洪都',到是'临邛道士鸿都客,能以精神致魂魄'的那个'鸿都'"⑤。从"洪都"到"鸿都",体现出刘鹗积极探索时代精神的思想轨迹。从刘鹗留下的著作来看,他兴趣广泛,在治河、天算、乐律、医学、文学和古文字等诸多方面都有建树。同时,刘鹗积极参与政治活动,戊戌变法中,他与维新派一度比较接近,曾列名于《京城保国会题名记》;1900 年八国联军侵占北京后,刘鹗曾冒险入京,利用自己的人脉从俄国军队手中购买了粮仓,救济灾民,但这也成为后来刘鹗"私售仓粟"被流放的罪名。他在实业方

---

① 阿英. 晚清小说史 [M]. 北京:东方出版社,1996:20.
② 阿英. 晚清小说史 [M]. 北京:东方出版社,1996:22.
③ 〔清〕刘鹗. 老残游记:自叙 [M]. 上海:上海古籍出版社. 1991.
④ 〔清〕刘鹗. 老残游记:自叙 [M]. 上海:上海古籍出版社. 1991:4.
⑤ 〔清〕刘鹗. 老残游记:自叙 [M]. 上海:上海古籍出版社. 1991:193.

面也很想有一番作为，积极与外资合作参与芦汉铁路与津镇铁路的修筑、赴山西与河南等地开矿，甚至还到沈阳要与日本人合资创办盐业公司，而这后来又成为他被人诟病为"汉奸"的口实。1908 年，刘鹗受到袁世凯的构陷，被发配新疆迪化，并于 1909 年 8 月 23 日因病逝世于迪化。《老残游记》将刘鹗的政治观点和道德理想都融聚其中，第十一回中申子平同玙姑与黄龙子在山中的辩论是其集中体现，如樽本照雄所指出的那样："第十一回的'山中辩论'，凡评论《老残游记》的人都必定要谈到这个部分。"① 刘鹗在这一回中所提出的"三元甲子""势力尊者"和"北拳南革"的观点充分体现了太谷学派的思想特点。他自己也在第十一回评语中说"此卷书亦能辟邪，一切妖魔鬼怪，见之亦走"，"此卷书若虔心诵读，刀兵水火亦不能伤害"，"此卷书佩在身边，已有金甲神将暗中保护"，"此卷书读十遍，亦能洞见鬼物"，"此卷书，凡夫读之，亦不能解释，不能信从"②，赋予了第十一回极高的地位。刘鹗的《老残游记》受人关注，很重要的一个原因是他在书中揭示了"清官之恶"，塑造了玉贤和刚弼两个"清官形象"，而第十五、十六两回中塑造刚弼这个"清廉得格登登"③的形象尤为突出。其中，第十六回是揭示"清官之恶"的重头戏。如其自评中所言：

赃官可恨，人人知之。清官尤可恨，人多不知。盖赃官自知有病，不敢公然为非；清官则自以为我不要钱，何所不可？刚愎自用，小则杀人，大则误国！吾人亲目所睹，不知凡几矣。试观徐桐、李秉衡，其显然者也。《廿四史》中指不胜屈。作者苦心，愿天下清官勿以不要钱便可任性妄为也。历来小说，皆揭赃官之恶，有揭清官之恶者，自《老残游记》始。④

第十六回中老残与刚弼发生了正面的交锋，"从观察者的立场跳到当事者的立场上去了"⑤，从而使刚弼的形象更加丰满。甚至有人认为"小说的高潮发生在第十六和十七回之际"⑥。如夏志清所指出的那样，"刘鹗率先揭露所谓清官的面目，几乎所有的批评

---

① ［日］樽本照雄. 试论《老残游记》. 邹天隆译［C］//刘德隆，朱禧，刘德平. 刘鹗及老残游记资料. 成都：四川人民出版社，1985：506.
② 〔清〕刘鹗.《老残游记》自评［C］//刘德隆，朱禧，刘德平. 刘鹗及老残游记资料. 成都：四川人民出版社，1985：77.
③ 〔清〕刘鹗. 老残游记：自叙［M］. 上海：上海古籍出版社，1991：93.
④ 〔清〕刘鹗.《老残游记》自评［C］//刘德隆，朱禧，刘德平. 刘鹗及老残游记资料. 成都：四川人民出版社，1985：78.
⑤ ［日］樽本照雄. 试论《老残游记》. 邹天隆，译［C］//刘德隆，朱禧，刘德平. 刘鹗及老残游记资料. 成都：四川人民出版社，1985：502.
⑥ ［美］夏志清.《老残游记》新论［C］//刘德隆，朱禧，刘德平. 刘鹗及老残游记资料. 成都：四川人民出版社，1985：481.

家都对此啧啧称赞^①。后世对《老残游记》的论述也往往集中在其对"清官之恶"的表述上，而且其第十六回的自评语也经常被引用。如鲁迅《中国小说史略》就指出《老残游记》"摘发所谓清官之可恨，或尤甚于赃官，言人所未尝言，虽作者亦甚自憙"^②。胡适则在 1925 年 11 月指出：

  《老残游记》二十回只写了两个酷吏：前半写一个玉贤，后半写一个刚弼。此书与《官场现形记》不同：《现形记》只能撷拾官场的零星罪状，没有什么高明或慈祥的见解；《游记》写官吏的罪恶，始终认定一个中心的主张，就是要指出所谓"清官"之可怕。^③

并认为第十六回的自评语是"《老残游记》的中心思想"^④。在小说的创作方法上，作者主要以老残的视角去观察审视社会的诸多层面，这颇类似于当代作家张北海创作小说《侠隐》时所采用的"第三人称主观法"，如阿城所言：

  《侠隐》粗看是第三人称，其实是以第三人称主角李天然的视点去看其他，因而张北海在描写"外面的形容"时，不去叙述任何李天然不在场的情况，而是由其他第三人称的角色说出。这是"第三人称主观"的写法，都是第三人称，但是，作者只对第三人称的李天然全知，换言之，李天然有盲点。^⑤

同样道理，老残在小说里也是有盲点的，如第 8～11 回就是从申子平的视角来叙述的，但整体来看，作者只对老残全知，这使读者在跟随刘鹗的代言人去经历和审视社会生活时更具身临其境之感，对当时的社会文化状况感受得更加深刻，就像阿城评价张北海的《侠隐》一样，"第三人称主观的写法，让虚构的侠义恩仇如同亲历"^⑥，使作品更具真实感；小说笔触细腻，如第八回写雪夜山中行路，第十二回冰塞黄河，景物场面描写非常生动，第二回在明湖居听书对音乐感受的描写更是精彩绝伦；此外，书中第 19～20 回完整细致地叙述了老残侦查破案的经过，这对后来的侦探小说也具有启示意义。

---

① [美] 夏志清. 《老残游记》新论 [C] //刘德隆，朱禧，刘德平. 刘鹗及老残游记资料. 成都：四川人民出版社，1985：481.
② 鲁迅. 中国小说史略 [M]. 北京：人民文学出版社，1973：260.
③ 胡适. 《老残游记》序 [C] //刘德隆，朱禧，刘德平. 刘鹗及老残游记资料. 成都：四川人民出版社，1985：375.
④ 胡适. 《老残游记》序 [C] //刘德隆，朱禧，刘德平. 刘鹗及老残游记资料. 成都：四川人民出版社，1985：375.
⑤ 阿城. 张北海的风度 [J]. 书城，2007 (7)：20.
⑥ 阿城. 张北海的风度 [J]. 书城，2007 (7)：20.

曾朴《孽海花》"以光绪三十三年载于《小说林》，称'历史小说'"①。此书最先由金一（字松岑）动笔，其创作目的是"作此书之岁，帝俄适以暴力压中国，留日学生及国内志士，多组对俄同志会……赛于八国联军入京时，因与瓦德西晤，赖一言而保全地方不少，故以赛为骨，而作五十年来之政治小说"②，但只完成六回，投给了曾朴创办的小说林书局，曾朴建议"以赛金花为经，以清末三十年朝野轶事为纬，编成一部长篇小说"③，而金一干脆就将这部小说的撰写完全委托给了曾朴。此书最初作者署名是"东亚病夫"，后来林琴南在《贼史·序》中指明其作者是曾朴。作品以状元金雯青和名妓傅彩云的婚姻纠葛为叙事主线，将同治、光绪两朝三十年来政治和文化变动真实地展现出来，同时也深刻地批判了文人士大夫的颓废与封建制度的腐朽没落，表现了资产阶级革命思潮渐趋高涨时期，作者深切的危机意识和批判锋芒，具有强烈的时代精神。男女主人公在历史上实有原型，金雯青为洪钧，同治七年的状元，《清史稿》有传；傅彩云是清末民初的名妓赛金花，她的名气更大，刘半农甚至称"这个人在晚清史上同叶赫那拉可谓一朝一野相对立"④。《吴坊小志》称赛金花在庚子事变中"与联军统帅有旧，彼都人士，不少保全"⑤，徐珂在《清稗类钞》中称赞她"以一勾阑女，关系国家存亡，除陈园园外，殆不多见也"⑥，甚至她死后，刘半农和张竞生等人还要为其"做年谱，谋生计"⑦。蔡元培《追悼曾孟朴先生》曾说《孽海花》"书中的人物大半是我见过的；书中的事实大半是我所习闻的"⑧。但是在具体表现上，《孽海花》却是"避去正面，专把些有趣的琐闻逸事，来烘托出大事的背景"⑨，这里有涉及作者"先辈及友人轶事"的原因，甚至曾朴的岳父沈梅孙怕他"开罪亲友"，而"藏之不允出版"⑩，所以曾朴的写法是"以赛金花为经，以清末三十年朝野轶事为纬"⑪，没有直接表现重大政治事件，却着重表现了晚清知识分子的精神生活和文化心态，反映了这个时期各种思想文化的冲突与碰撞。而且，作者将这种政治和文化的变动放置在世界大背景下去加以审视，使其

---

① 鲁迅. 中国小说史略 [M]. 北京：人民文学出版社，1973：262.
② 金一. 为赛金花墓碣事答高二适书 [C] //朱一玄. 明清小说资料选编. 济南：齐鲁书社，1990：1019 - 1020.
③ 崔万秋. 东亚病夫自述与赛金花之关系 [C] //朱一玄. 明清小说资料选编. 济南：齐鲁书社，1990：1017.
④ 刘半农，商鸿逵. 赛金花本事 [M]. 南昌：江西教育出版社，2012：2.
⑤ 朱一玄. 明清小说资料选编 [M]. 济南：齐鲁书社，1990：1009.
⑥ 朱一玄. 明清小说资料选编 [M]. 济南：齐鲁书社，1990：1023.
⑦ 朱一玄. 明清小说资料选编 [M]. 济南：齐鲁书社，1990：1021.
⑧ 朱一玄. 明清小说资料选编 [M]. 济南：齐鲁书社，1990：1021.
⑨ 朱一玄. 明清小说资料选编 [M]. 济南：齐鲁书社，1990：1006.
⑩ 崔万秋. 东亚病夫自述与赛金花之关系 [C] //朱一玄. 明清小说资料选编. 济南：齐鲁书社，1990：1017.
⑪ 崔万秋. 东亚病夫自述与赛金花之关系 [C] //朱一玄. 明清小说资料选编. 济南：齐鲁书社，1990：1017.

具有了切实的历史深度和广度。在艺术表现上，鲁迅称其"结构工巧，文采斐然"①。小说富有文采，写景状物，塑造形象，都是栩栩如生。在结构上更是提出了"珠花"式的主张，如曾朴在《孽海花代序——修改后要说的几句话》中将《孽海花》与《儒林外史》比较的那样，"譬如穿珠，《儒林外史》等是直穿的，拿着一根线，穿一颗是一颗，一直穿到底，是一根珠练；我是蟠曲回旋着穿的，时收时放，东西交错，不离中心，是一朵珠花。譬如植物学里说的花序，《儒林外史》等是上升花序或下降花序，从头开去，谢了一朵，再开一朵，开到末一朵为止。我是伞形花序，从中心干部一层一层的推展出各种形象来，互相连结，开成一朵球一般的大花。《儒林外史》等是谈话式，谈乙事不管甲事，就渡到丙事，又把乙事丢了，可以随便进止；我是波澜有起伏，前后有照应，有擒纵，有顺逆"，也就是说，这种结构"围绕男女主人公命运这一中心主干，把许多本是散漫的故事结成枝叶扶疏的整体布局，并以蟠曲回旋之笔，精心设计了几次高潮"②，这是与曾朴所提出的要"借用主人公做全书的线索，尽量容纳近三十年来的历史"③ 的创作主旨是一致的。

二、 时事小说

晚清的时事小说基本都是在甲午战争之后完成创作的，表现的主要内容是甲午战争、戊戌变法、义和团运动，此外还有部分作品表现资产阶级革命题材。

洋务运动取得了一定成效，似乎昭示着文人士大夫们所盼望的又一个"中兴"之世要到来了。但是，1894 年的甲午战争打碎了这个美梦。资产阶级维新派希望用"改良"来变法革新，可不久就被屠刀镇压下去了；此后义和团运动及其引发的庚子之变又接踵而至，这一连串变故使文人不得不以审慎的态度去面对当前的现实，不同的政治力量纷纷提出各自的救国主张，时事小说也随之崛起。这个阶段的时事小说不再以规劝统治者和抒发文人士大夫个人情怀作为终极目的，而是随着政治党派和舆论载体的兴起与当时的民主思潮结合起来，成为宣扬民众呼声和党派政见的有力手段。

光绪二十六年六月，日本发动了蓄谋已久的甲午战争。中国对此准备不足，再加上指挥的无能，结果一败涂地，赔款之巨，割地之多，可谓空前。尤其是被迫割让台湾，更是引得群情激愤，喊出了"愿人人战死以失台，决不愿拱手而让台"④ 的口号。在清政府的暗中支持下（如当时淡水关税务司马士在 1895 年 5 月 24 日致总税务司赫得的函中就提到总理衙门给台湾巡抚唐景崧的一封电报，里面说："台湾应自立为王国，于阴

---

① 鲁迅. 中国小说史略 [M]. 北京：人民文学出版社，1973：262.
② 袁行霈. 中国文学史：第四册 [M]. 北京：高等教育出版社，2005：427.
③ 朱一玄. 明清小说资料选编 [M]. 济南：齐鲁书社，1990：1006.
④ 广东邱逢甲研究会. 邱逢甲集 [M]. 长沙：岳麓书社，2001：944.

历五月初一日更换旗帜，如果耽误五天，就不行了"①），台湾军民成立了台湾民主国，推选唐景崧为总统，在台湾已成为清廷弃地的情况下，拉开了台湾保卫战的序幕。这场战争，不仅沉重打击了日本侵略者，大大激发了中国民众的爱国热情，更"标志着人民大众的新觉醒，也促成了举国上下思想的大解放"②。反映甲午战争的时事小说主要有以下几部：

《台湾巾帼英雄传》（1895 年），《台战演义》（1895 年），《中东大战演义》（1900 年），《中东和战本末纪略》（1902 年），而以袁世凯为主人公的《宦海升沉录》（1909 年）也有部分内容反映了这场战争。

《台湾巾帼英雄传》和《台战演义》的创作几乎是与台湾保卫战同步进行的，具有新闻通讯的作用。

洪兴全创作《中东大战演义》时，距离本事已有五年，作品已不再拘泥于"实录"。他在《序言》中主张"凡有一点能为中国遮羞者，无论事之是否出于虚，犹欲刊载。留存于后，此我国臣民之常情也。故事有时虽出于虚，亦不容不载"③。本着这个原则，在作品中，作者对忠义英勇的左宝贵、聂士成、宋成和刘永福，都极力褒扬，甚至夸大其功。如第三十一回写刘永福离台后，"台民尚高展刘姓帅旗，未免先声夺人。初时半月之久，倭军不敢轻犯"④，而且在刘永福部下黑旗军的继续抗击下，"倭人多视台湾为畏途，间有分发台疆充职者，竟作为不幸之事"，这番叙述表现出刘永福对敌人的威慑力，虽败犹荣。所谓"黑旗之余风，尚令倭人胆落，威名犹未减也"⑤。在第三十三回中，列举了中日条约款项后，又满怀希望地写道：

中日既立商约之后，共敦和睦。中国深耻为倭所败，乃将各政事大修。参以西法，又开芦汉铁路，创立银行，设办邮政，政治一新。四方民人，皆升平之世，至今外邦犹未敢犯。想必将来益加强盛，威震五洲矣。识者谓中国不有此败，未必鼎新革故，改章变通。此亦天假日人，以成中国自强之道也。⑥

这段文字表现出对"中兴"的热烈渴望。作者对当时的社会形势的认识显然是清醒的，否则不会有序言中那样理性的议论，但书中描写的所谓"此亦天假日人，以成中国自强之道也"不过是他个人的政治理想罢了。

---

① 广东邱逢甲研究会. 邱逢甲集 [M]. 长沙：岳麓书社，2001：939.
② 欧阳健. 超前于史籍编纂的小说创作——明清时事小说新论 [J]. 文学遗产，1992（5）：88.
③ 〔清〕洪兴全. 中东大战演义 [M] //中国近代珍稀本小说：九. 沈阳：春风文艺出版社，1997：437 - 438.
④ 〔清〕洪兴全. 中东大战演义 [M] //中国近代珍稀本小说：九. 沈阳：春风文艺出版社，1997：544.
⑤ 〔清〕洪兴全. 中东大战演义 [M] //中国近代珍稀本小说：九. 沈阳：春风文艺出版社，1997：544.
⑥ 〔清〕洪兴全. 中东大战演义 [M] //中国近代珍稀本小说：九. 沈阳：春风文艺出版社，1997：556.

甲午战争结束十四年后，黄小配创作的《宦海升沉录》旗帜鲜明地站在资产阶级革命派的立场上，其政论色彩已经很浓了。如对中日甲午战争中李鸿章的评价。甲午战争失败后，签订《马关条约》的李鸿章成为众矢之的，丘逢甲1895年所作《离台诗》"宰相有权能割地，孤臣无力可回天"① 能体现出当时的舆论共识。但随着时间的推移，人们已经能够更加理性地看待这段历史，态度也更加客观了。在《中东大战演义》中已经有了为李鸿章辩护的倾向。认为战争的失败是因为官吏贪污腐败，并非李鸿章一个人的责任，如第七回写他进行核查，气得痛打贪污者耳光（洪兴全并没有点出贪污者的名字，而《宦海升沉录》中则明确指出那个人是龚照玙，并用"一巴掌赚几十万"的民间俗语来对他进行讽刺）。这样的举动不仅表现出他对贪污者的痛恨，而且表现出李鸿章对当时贪腐成风的社会之无奈。而《宦海升沉录》为李鸿章辩护的态度更明确，如第四回，面对日本的步步进逼时：

那李鸿章岂不知道自己内情，实不轻易战的，故他心上本不主战。若依袁世凯的电，赞成干涉韩政的事，自然免了战祸，就是日人不允撤兵时，肯迁就些还好，奈当时朝中大臣，总不通外情，只当自己是个大国，小觑了日本，凑着光绪帝又是个少年气盛的，把个战字看得容易，故李鸿章亦无可奈何，这却怪他不得。②

第五回则写其在得知张佩纶扣发电报而贻误战机时的感叹："老夫治兵数十年，被你牵陷至此，有何面目见人！"③ 对这个老臣颇有同情之心。这种为李鸿章辩护的态度，是与黄小配所秉持的资产阶级革命派立场密切相关。在当时革命派眼中，李鸿章和袁世凯一样都是开明官吏，面对"实为数千年来未有之变局"和"数千年来未有之强敌"④，他能够居安思危，提倡洋务以自新，"常以一身当其冲，国家倚为重轻，名满全球，中外震仰，近世所未有也。生平以天下为己任，忍辱负重，庶不愧社稷之臣"⑤。

甲午战争失败之后，国人的危机感大增，革新意识也迅速勃兴起来。资产阶级改良派借助光绪帝发动了戊戌变法，施行了一系列改良措施，但仅过了103天，就被镇压在血泊中。这次变法对中国社会的影响却是深远的。对于这场运动，不同政治力量表现出不同的态度。

古润野道人所作的《捉拿康梁二逆演义》站在封建顽固派的立场上，对康有为和梁启超大加抨击。在作品中，康梁二人被塑造成私自下凡来祸害人间的心月狐和虚白鼠，

---

① 广东邱逢甲研究会. 邱逢甲集 [M]. 长沙：岳麓书社，2001：145.
② 〔清〕黄小配. 宦海升沉录 [M] //中国近代珍稀本小说：五. 沈阳：春风文艺出版社，1997：174.
③ 〔清〕黄小配. 宦海升沉录 [M] //中国近代珍稀本小说：五. 沈阳：春风文艺出版社，1997：181.
④ 赵尔巽，等. 清史稿 [M]. 北京：中华书局，1977：12017.
⑤ 赵尔巽，等. 清史稿 [M]. 北京：中华书局，1977：12022.

但作品仍是一部时事小说。作者并不否认两人的才华，但对其德行却全盘否定。对他们变法的行为深恶痛绝。作品的后半部写他们遭到人神共愤，逃到英国，代表中国传统文化的佛、儒、道三教教主去兴师问罪，却被西方教主所阻拦，这暗指当时康梁二人受到外国势力的庇护。作品到此结束，并没有续编出现，不过照此思路发展下去，预计会发展成一部热闹的中西斗法的神魔小说了。这种构思象征着中西文化的碰撞和交锋，康有为和梁启超则被看作中国传统文化的背叛者。从创作手法看，这部小说与《梼杌闲评》《顺治过江全传》和《铁冠图全传》一脉相承，走的是迎合下层读者阅读口味的"虚化"路子，但也正因他运用了这样的"小说荒诞手法，极力污蔑康有为、梁启超等改革志士，诋毁变法，无所不用其极"，所以被研究者斥为"时事小说中的恶札"①。

　　与《捉拿康梁二逆演义》不同，黄小配的《大马扁》中没有神魔色彩。作品对康有为进行了全盘否定，抨击力度尤为强烈，②正如其卷首诗所云："保国保皇原是假，为贤为圣总相欺。未谙货殖称商祖，也学耶稣无教师。"作品中，康有为是个没有什么本事的投机分子，虽然"一日求科举不得，便一日心里不安"③，却又装出一副清高架势，结果时常被人戳穿假面具，弄得狼狈不堪。为了博取名誉，他将缪寄萍的《新学伪经辨》骗为己有；他参与时政的行为也是为了猎取个人富贵。如第三回写他所组织的"公车上书"，"那时清廷欲战不能，欲和又舍不得许多土地及赔款。时康有为在京，因会试已经落第，自觉没面目回去，尽要博个虚名才好。因此与学生梁、林二人商议，欲联合各省举人，具条陈请都察院代奏，唤做公车上书"④。"公车上书"是康有为的重要政治活动，而作者却借此来展现康有为的卑鄙心理，将其价值一笔抹杀了。在日常生活中，作者更是将康有为塑造成一个伪君子和无赖。他在妓女面前大吹大擂，结果被妓女驳得满面通红，甚至被妓女追到船上讨花债。他在广东办万木草堂，把弟子梁启超称为"轶赐"，陈千秋称为"超回"，张口闭口都是圣人言论，俨然以圣人自居。结果在妓院里被学生撞见后，又大讲"好色乃英雄小节"⑤。在戊戌变法中，他更是大力施展欺骗手段，骗谭嗣同入京，谎称已得到袁世凯的支持，还说要联合革命党一起行事，甚至故意曲解光绪皇帝的密诏来欺骗同伴。失败之后，甩掉同伴，只顾自己逃命。逃到日本后，好色本性不改，而且继续施展骗术来欺骗日本朝野，结果遭到驱逐。总之，在黄小配的笔下，康有为就是一个大骗子。黄小配对康有为采取这种近乎人身攻击的方式，正如阿英指出的那样，"是为着种族革命的利益而作此"⑥。戊戌变法失败之后，康有为在

---

① 欧阳健. 超前于史籍编纂的小说创作——明清时事小说新论［J］. 文学遗产，1992（5）：89.
② 〔清〕黄小配. 大马扁［M］//中国近代珍稀本小说：八. 沈阳：春风文艺出版社，1997：9.
③ 〔清〕黄小配. 大马扁［M］//中国近代珍稀本小说：八. 沈阳：春风文艺出版社，1997：10.
④ 〔清〕黄小配. 大马扁［M］//中国近代珍稀本小说：八. 沈阳：春风文艺出版社，1997：30.
⑤ 〔清〕黄小配. 大马扁［M］//中国近代珍稀本小说：八. 沈阳：春风文艺出版社，1997：47.
⑥ 阿英. 晚清小说史［M］. 北京：东方出版社，1996：96.

日本成立保皇党，与革命派的宗旨针锋相对，双方利用各自的舆论工具，互相辩论，以致势同水火。正如戈公振所指出的那样："康有为走日本后，会孙文亦自伦敦至，日本诸志士，欲令孙康携手，合图大规模之进行，卒以君宪民主之根本上不容并立，两派遂分道扬镳，距离日远。"① 而革命派代表人物章太炎《驳康有为论革命书》更是一篇著名的讨康檄文。黄小配于1901年加入兴中会的外围组织中和党，1903年以发表《辨康有为政见书》而"名声大振"，1905年加入同盟会。这部《大马扁》与他所秉持的革命思想是一致的，站在革命派立场去攻击康有为，这显然是一部党派政见之争的产物。

维新派被镇压下去之后，顽固派的势力嚣张一时。当时，端王载漪的儿子已经被立为大阿哥，准备取代光绪皇帝，而外国对此是持抵制态度的。载漪及其追随者刚毅、赵舒翘等人唯恐外国的干涉，排外情绪更加强烈了。而以"扶清灭洋"为宗旨的义和团运动便为顽固派所利用，并直接引发了庚子之变。

艮庐居士所创作的《救劫传》和李宝嘉所创作的《庚子国变弹词》将义和团运动和八国联军侵华作为一个整体对象来进行表现。他们一致认为这场劫难是端王集团为谋求自身利益而造成的。他们都对义和团运动持否定态度，对扶持义和团的端王、刚毅和赵舒翘予以猛烈抨击，认为他们是祸国殃民的罪魁，而对暗中接济外国使馆的庆亲王、积极剿杀义和团并最终以身殉国的聂士成、实行"东南自保"的刘坤一和张之洞则大加赞扬，认为他们是保国的忠臣。这代表了当时一定的社会舆论。两部小说中的事件皆有所本，内容也相近，但在具体思想倾向和创作目的上还是有很大差异的。艮庐居士意在抨击端王集团，他在开篇便用造成秦末战乱的赵高、造成西汉末年赤眉之乱的王莽以及造成东汉黄巾之乱的梁骥来与之作比，指责他们为了自己的野心而扶植义和团，造成此大劫。同时，他站在八国联军的立场，不能以客观的态度来进行评价分析，多污蔑之词，因此被研究者称为"写庚子国变小说中之恶札"②。与之相比，李宝嘉的《庚子国变弹词》能够以客观的态度来叙述这一段史实，思想更加深刻，技巧也更加成熟。作者在序中指出：

> 庚子之役，海内沸腾，万乘之尊，仓皇出走。凡目之所见，耳之所闻，缄札之所胪陈，诗歌之所备载，斑斑可考，历历如新。和议既成，群情顿异。骄侈淫佚之习，复中于人心，敷衍塞责之风，仍被于天下。几几乎时移世异，境过情迁矣。③

---

① 戈公振. 中国报学史[M]. 上海：上海古籍出版社，2003：200.
② 江苏省社科院明清小说研究中心，江苏省社科院文学研究所. 中国通俗小说总目提要[M]. 北京：中国文联出版公司，1990：848.
③〔清〕李宝嘉. 庚子国变弹词[M]//中国近代珍稀本小说：三. 沈阳：春风文艺出版社，1997：307.

这是明显的时事评论态度。作者正是有感于国民并未因此教训而觉醒的现状，创作此书以作当头棒喝。在作品中，他强调："殊不知我们中国的人心，是有了今日，便忘了昨朝，有了今日的安乐，便忘了昨朝的苦楚。所以在下要把这拳匪闹事的情形，从新演说一遍……无非叫他们安不忘危，痛定思痛的意思。"① "有了今日的升平，切莫忘了前年的祸乱，打起精神，各人烈烈轰轰做一番事业，就不负做书的人一片苦心了。"② 在材料的真实性上，作者非常自信，在《例言》中宣称"惟庚辛两年大事，则自信搜抉无遗"，并且强调"是书取材于中西报纸者，十之四五；得诸朋辈传述者，十之三四；其为作书人思想所得，取资敷佐者，不过十之一二耳。小说体裁，自应尔尔，阅者勿以杜撰目之"，而且为了求得材料的准确，他又诚恳地表示："其事甚近，倘有讹传失实，为著者无心采录，应准身亲其事者，投函本馆，俟再版时，于每回之后，逐条详叙说明"③。在创作态度上，作者也以公允自诩，"自谓于忠奸贤佞之途，功罪是非之列，尚不随人俯仰，与物周旋"④。如其第一回写义和拳起义之因，斥责张武举"聚众杀人，屠灭人家两门老小，这真真是没有王法"⑤ 的同时，也客观地揭露当时教徒的嚣张跋扈，"由来吃教欺官长，拖欠钱粮莫敢征"，"胡行乱作由来惯，惹动乡邻抱不平"⑥，这正是引发义和拳起义的导火线。对于毓贤，作者并没有一味地指责，而是力求公允地指出："那毓贤当日并无纵匪戕教之心，一因袁世凯办理不善，剿灭良民，二则教士进京，又说了他许多坏话，朝廷就叫他开缺，因此气上加气，悲上添愁。及至离任之后，又想文饰自己的过失，又想保全自己的功名，遂不免渐渐的将初心改变了"⑦ 另外，对于维新派，李宝嘉虽然持否定态度，如《文明小史》中就塑造了许多不学无术的维新人士，连康有为和梁启超也影射在内，但在《庚子国变弹词》第二十一回却借老太监的口说了维新派的许多好话："甲午一年兵挫败，偿兵割地引为羞，因之发愤勤图治，延用维新人一流。可恨庸臣轻误国。萧墙之内起殷忧。维新盛治刚三月，蓦地新机一旦休。"⑧ 态度是很理性的。在创作方式上，李伯元走的还是"尚实"的路子，但他并未像明末清初的时事小说家那样摆出"补史"的架势，而是坦言"叙事有详简之分，遣词有轻重之别，聊资稽考，幸勿苛求"⑨。在这部小说中，作者将"杞人忧天之语，托于俳优相戏之词"⑩，在尊重事实的基础上来进行

---

① 〔清〕李宝嘉. 庚子国变弹词 [M] //中国近代珍稀本小说：三. 沈阳：春风文艺出版社, 1997: 316.
② 〔清〕李宝嘉. 庚子国变弹词 [M] //中国近代珍稀本小说：三. 沈阳：春风文艺出版社, 1997: 407.
③ 〔清〕李宝嘉. 庚子国变弹词 [M] //中国近代珍稀本小说：三. 沈阳：春风文艺出版社, 1997: 309.
④ 〔清〕李宝嘉. 庚子国变弹词 [M] //中国近代珍稀本小说：三. 沈阳：春风文艺出版社, 1997: 308.
⑤ 〔清〕李宝嘉. 庚子国变弹词 [M] //中国近代珍稀本小说：三. 沈阳：春风文艺出版社, 1997: 318.
⑥ 〔清〕李宝嘉. 庚子国变弹词 [M] //中国近代珍稀本小说：三. 沈阳：春风文艺出版社, 1997: 316.
⑦ 〔清〕李宝嘉. 庚子国变弹词 [M] //中国近代珍稀本小说：三. 沈阳：春风文艺出版社, 1997: 329.
⑧ 〔清〕李宝嘉. 庚子国变弹词 [M] //中国近代珍稀本小说：三. 沈阳：春风文艺出版社, 1997: 450.
⑨ 〔清〕李宝嘉. 庚子国变弹词 [M] //中国近代珍稀本小说：三. 沈阳：春风文艺出版社, 1997: 309.
⑩ 〔清〕李宝嘉. 庚子国变弹词 [M] //中国近代珍稀本小说：三. 沈阳：春风文艺出版社, 1997: 308.

艺术加工，借小说来承载政治观点，表达思想倾向。如赵舒翘之死，据《清史稿》载："西安士民集数百人为舒翘请命，上闻，赐自尽，命岑春煊监视。舒翘故不衵匪，又痛老母九十余见此惨祸，颇自悔恨。初饮金，更饮以鸩，久之乃绝。"① 这段叙述态度很客观。而《庚子国变弹词》第三十一回中，赵舒翘先吞金，后食鸦片，再服砒霜，受尽折磨却始终不死，岑春煊只好命人用"双皮纸蘸透烧酒，在他脸上一连贴了五层，方才没了声息"②。作者加了食鸦片和用双皮纸贴脸两个细节，没有多余的议论，却使情节更显曲折和戏剧化了，在刻画赵舒翘那苟延残喘的面目时，表达出作者对赵舒翘的否定态度。

此外，戊戌变法之后还有表现广州起义的黄小配《五日风声》和表现武昌起义的陆士谔《血泪黄花》，两部作品和本事时间距离都不到一年。《五日风声》原标"近事小说"，作者署名为"世次郎"，实为黄小配。作品全景式地表现了广州起义的全过程，虽然结尾说"革党之猖獗如是，洵可怖哉"③，但全篇是站在革命派的立场，赞扬革命党人大义凛然，慷慨赴死，而且细致表现其对百姓秋毫无犯且努力安定地方的行为，特别是第七章"革党在河南及乐从之举动""在乐从既得坊人之信用，坊人亦信而安之，满意以既得省垣消息，即行相应"④，与第九章"营勇之搜查余党"中营勇的扰民行为构成鲜明对比，"挨户搜查者犹可以抢掠，而驻守城门者则抢掠颇难，于是以留难出进为利也"⑤，"固是居民畏营勇甚于革党"。在形象塑造上，作品对起义领导者黄兴的英勇和刘梅卿的谋略表现得非常具体，对普通起义者也有精彩的描述，如李海之被捕，心理、行止和话语都极为生动：

已越出城门，复绕行于长堤一带。初意欲即逃返洋界，自以誓死而来，若空手而返，大有羞见江东之势；故迟徊不决，类屈原之行吟泽畔。时营勇方分守长堤，以搜查往来者；每见神色仓皇，或形迹可疑者，必为截搜。当李海之行经其间也，营勇见为少年，而并服文明公装者，即喝之曰"来！"彼即探手于怀，出其手枪，连扳其机，以击营勇，而答之曰"来吗，来吗！"且言且击，而已数勇被伤矣。于是诸勇向前，合而擒之。彼犹自笑曰："彼呼吾来，吾故以来应之也。"⑥

陆士谔《血泪黄花》又名《鄂州血》，并且直接题为"时事小说"，于辛亥年

---

① 赵尔巽，等. 清史稿［M］. 北京：中华书局，1977：12753.
② 〔清〕李宝嘉. 庚子国变弹词［M］//中国近代珍稀本小说：三. 沈阳：春风文艺出版社，1997：514.
③ 〔清〕黄小配. 五日风声［M］//近代文学史料. 北京：中国社会科学出版社，1985：192.
④ 〔清〕黄小配. 五日风声［M］//近代文学史料. 北京：中国社会科学出版社，1985：174.
⑤ 〔清〕黄小配. 五日风声［M］//近代文学史料. 北京：中国社会科学出版社，1985：180.
⑥ 〔清〕黄小配. 五日风声［M］//近代文学史料. 北京：中国社会科学出版社，1985：181.

(1911年)十一月出版。这部小说几乎与武昌起义同步,比较细致地描述了武昌起义的情形,热情讴歌了革命党人,被视为"晚清新小说的终结篇"①。

随着民主思潮的勃兴,较之明末和清初两个阶段的时事小说创作,晚清的时事小说的传播速度更为迅捷,与社会生活的联系更加紧密,主观论辩色彩更加明显,宣传力度更加强化,对后世报告文学等纪实性创作具有更大的启示意义。

---

① 欧阳健. 晚清小说简史 [M]. 太原:山西人民出版社,2005:235.

附录 中国古代小说的巅峰之作——《红楼梦》

歌德曾在 1828 年 12 月 16 日对爱克曼说:"我有许多东西要归功于古希腊人和法国人、莎士比亚、斯泰恩和哥尔斯密给我的好处更是说不尽的。"① 其中,歌德最为推崇的是莎士比亚,他高度赞美莎士比亚说:

每个重要的有才能的剧作家都不能不注意莎士比亚,都不能不研究他。一研究他,就会认识到莎士比亚已把全部人性的各种倾向,无论在高度上还是在深度上,都描写得竭尽无余了,后来的人就无事可做了。只要心悦诚服地认识到已经有一个深不可测、高不可攀的优异作家在那里,谁还有勇气提笔呢!②

莎士比亚多么无限丰富和伟大呀!他把人类生活中的一切动机都画出来和说出来了!而且显得多么容易,多么自由!③

他太丰富,太雄壮了!一个创作家每年只应读一种莎士比亚的剧本,否则他的创作才能就会被莎士比亚压垮。④

并由此而引发出一个经典的话题——"说不尽的莎士比亚"。对于中国小说史而言,

---

① [德] 爱克曼. 歌德谈话录 [M]. 朱光潜,译. 北京:人民文学出版社,1978:174.
② [德] 爱克曼. 歌德谈话录 [M]. 朱光潜,译. 北京:人民文学出版社,1978:15.
③ [德] 爱克曼. 歌德谈话录 [M]. 朱光潜,译. 北京:人民文学出版社,1978:91.
④ [德] 爱克曼. 歌德谈话录 [M]. 朱光潜,译. 北京:人民文学出版社,1978:91.

《红楼梦》也具有如此崇高的地位,它被视为中国小说的巅峰之作。得舆《京都竹枝词》曰:

> 做阔全凭鸦片烟,何妨作鬼且神仙。开谈不说《红楼梦》,读尽诗书是枉然。①

这首竹枝词以"鸦片烟"做比喻,形象地表现出人们对《红楼梦》的痴迷程度。20世纪30年代,李辰冬在《红楼梦研究》自序中说,"《红楼梦》不成问题是世界的杰作",并且指出"意大利有但丁的《神曲》,英格兰有莎士比亚的悲剧,西班牙有塞万提斯的《唐·吉诃德》,德意志有歌德的《浮士德》,法兰西有巴尔扎克的《人间喜剧》,俄罗斯有托尔斯泰的《战争与和平》",而《红楼梦》则是"可与它们并驾齐驱"的杰作。在将《红楼梦》与《战争与和平》比较时认为,"以结构论,前者还过于后者"②,"在语言上,是中国将来文字的模范,和但丁《神曲》,在现代意大利的艺术与语言史上,有同样的价值"③,"了解了《红楼梦》的艺术价值,如果我们将曹雪芹置在莎士比亚之旁,作为客观主义作家最伟大的代表者,恐不会有人反对吧"④。但是,中国人一方面对《红楼梦》妇孺皆知,如觚荸在《觚荸漫笔》所言:"《红楼梦》,小说中之最佳本也,人无不喜读之,且无不喜考订之,批评之。"⑤另一方面对《红楼梦》又充满了神秘之感:该书产生于何时?其作者为谁?其篇幅为八十回断章还是一百二十回完璧?其艺术魅力表现在哪里?这是中国小说史乃至中国文学史都无法回避的问题,也正因为此,在晚清时期就形成了一门显学——"红学"。如李放《八旗画录》注语所言:"光绪初,京朝士大夫尤喜读之,自相矜为红学。"⑥所谓"红学",是通过对《红楼梦》的评论和研究而逐渐形成的一门学问。"红学"一词,较早由朱昌鼎提出,按均耀《慈竹居零墨·红学》的说法:

> 华亭朱子美先生昌鼎,喜读小说。自言生平所见说部有八百余种,而尤以《红楼梦》最为笃嗜。精理名言,所谭极有心德。时风尚好讲经学,为欺饰世俗计。或问:"先生现治何经?"先生曰:"吾之经学,系少三曲者。"或不解所谓。先生曰:"无他。吾所专攻者,盖红学也。"⑦

从广义来看,它既包括对《红楼梦》文本艺术价值的研究,也包括对《红楼梦》作

---

① 一粟. 红楼梦资料汇编 [M]. 北京:中华书局,1964:354.
② 李辰冬. 知味红楼 [M]. 北京:中国档案出版社,2006:116.
③ 李辰冬. 知味红楼 [M]. 北京:中国档案出版社,2006:126.
④ 李辰冬. 知味红楼 [M]. 北京:中国档案出版社,2006:135.
⑤ 一粟. 红楼梦资料汇编 [M]. 北京:中华书局,1964:408.
⑥ 一粟. 红楼梦资料汇编 [M]. 北京:中华书局,1964:27.
⑦ 一粟. 红楼梦资料汇编 [M]. 北京:中华书局,1964:354.

者生平及家世的研究，还包括对《红楼梦》的传播者如程伟元及相关子弟书的研究；从狭义看，则侧重对《红楼梦》文本的研究。无论是其主题还是其艺术魅力，《红楼梦》都树立了中国小说史的一座高峰，让人为之倾倒。因此，我们也可以仿照歌德的说法，认为《红楼梦》给我们的好处也是无法说尽的。但，这又是我们必须要去说的。

一、《红楼梦》的时代

李泽厚在《美的历程》中指出：

> 浪漫主义、感伤主义和批判现实主义，这就是明清文艺思潮的三个不同阶段，这是一条合规律性通道的全程。在第三阶段（乾隆），时代离开解放浪潮相去已远，眼前是闹哄哄而又死沉沉的封建统治的回光返照。复古主义已把一切弄得乌烟瘴气麻木不仁，明末清初的民主民族的伟大思想早成陈迹，失去理论头脑的考据成了支配人间的学问。"避席畏闻文字狱，著书都为稻粱谋"，那是多么黑暗的世界啊。……那是没有曙光、长夜漫漫、终于使中国落在欧洲后面的十八世纪的封建末世。在文艺领域，真正作为这个封建末世的总结的，就要算中国文学的无上珍宝《红楼梦》了。①

《红楼梦》是康雍乾盛世的产物。康雍乾时期，这是中国封建社会的最后一个盛世。就是在这样的一个所谓盛世里，有识之士早已敏锐地感受到其潜在的危机了。他们结合自身的经历，对时代的压抑产生了无法容忍的悲愤，然而，慑于文字狱的残酷，他们又往往以含蓄的方式绵里藏针地发出强烈的批判之声。在《红楼梦》之前问世的《聊斋志异》，作者自序中就有"浮白载笔，仅成孤愤之书"的感叹，而"知我者，其在青林黑塞间乎"②的愤懑更是溢于言表。其对科举之弊以及由此引发的人性所受之戕害的抨击可谓穷形尽相，但又只能以鬼狐之口吻和花妖之视野予以表现。其构建的鬼狐世界，塑造的众多美好的形象，既是一种自我慰藉方式，也是一种避祸的手段；稍后的《儒林外史》进一步继承了《聊斋志异》对科举之弊和人性堕落的批判力度，开篇便借王冕之口批评八股取士，指出"这个法却定的不好！将来读书人既有此一条荣身之路，把那文行出处都看得轻了"，直言"一代文人有厄"③。祭祀泰伯祠的场景更是一曲痛彻心扉的挽歌。而这部作品的背景设置尤为独特：

> 不是单纯地描写他所生活的清代前期的社会生活，还将作为背景所寓托的明代的社

---

① 李泽厚. 美的历程 [M]. 修订插图本. 天津：天津社会科学院出版社，2001：333-334.
② 〔清〕蒲松龄，著，朱其铠，主编. 全本新注聊斋志异 [M]. 北京：人民文学出版社，1989.
③ 〔清〕吴敬梓. 儒林外史 [M]. 北京：人民文学出版社，1958：13.

会生活融入其中，从而呈现出明清两朝双重叠加的奇妙状态。①

这种背景的设置"显示出独特的艺术风貌：横向来看，作品所反映的生活面拓宽了，纵向来看，历史的纵深感加强了"②，同时这种两朝双重叠加的结构状态，也是有含蓄批判而避祸的意味在里面的。

《红楼梦》的诞生同样与其时代是有着密不可分的关系的。《红楼梦》产生在一个危机四伏的盛世，一个充满批判味道的时代。其批判的范围更广，涉及科举、家庭、婚姻和人际交往各个方面，以悲剧的视角对家族、时代和人生都予以了彻底的否定。而开篇却以"满纸荒唐言"发声，避祸意识同样明显。

正是这样一个时代氛围，有众多同类的作品的跃动，《红楼梦》应运而生了，而且凭着高超的艺术表现方式和无与伦比的批判深度与广度，《红楼梦》登上了中国古代小说的最高峰。

二、《红楼梦》的作者与其创作

关于《红楼梦》的作者，学界一般认为是曹雪芹，并围绕着曹雪芹的生平和家世在学术界形成了所谓"曹学"，如余英时在《近代红学的发展与红学革命——一个学术史的分析》一文中指出："'考证派'红学实际上已经蜕变为曹学了。"③

关于曹雪芹的祖籍，具有较大影响的是"辽阳说"和"铁岭说"，而2006年12月14日《沈阳日报》刊出了《周汝昌说：曹雪芹是沈阳人》一文，《红楼梦》与沈阳的关系骤然拉近，许多尘封已久的史料也重新跃入人们的视野，如明代成化二十三年《重修沈阳长安禅寺碑》上就有沈阳中卫指挥曹辅和曹铭的名字，是研究曹雪芹祖籍的石刻物证，而曹辅的墓又于2012年5月在沈阳市大东区榆林堡地区被发掘出来，一时间，曹雪芹祖籍大有再添"沈阳说"之势。不过这些对《红楼梦》文本的研究似乎影响都不大，毕竟，曹雪芹本人的生活经历对其创作的影响才是最重要的。但曹雪芹的生卒年目前并没有明确的记载，按照相关的脂评和其友人的诗作，如敦敏《小诗代简寄曹雪芹》和敦诚《挽曹雪芹》，只能推测出曹雪芹因为年龄太小，并没有形成对曾经的风月繁华、锦衣玉食生活的回忆。他的创作素材在很大程度上源于他人特别是自己长辈的讲述以及由此触发的想象，如蔡义江所言："秦淮风月只存在于雪芹的丰富想象之中。"④

关于曹雪芹的性格特点，可以从其友人的相关记述中窥其一斑：

---

① 刘红军. 儒林外史明代背景问题研究 [M]. 北京：中国文联出版社，2011：5.
② 刘红军. 儒林外史明代背景问题研究 [M]. 北京：中国文联出版社，2011：5.
③ 余英时. 红楼梦的两个世界 [M]. 上海：上海社会科学院出版社，2002：10.
④ 蔡义江.《红楼梦》是怎样成书的 [C] // 刘梦溪，等. 红楼梦十五讲. 北京：北京大学出版社，2007：63.

步兵白眼向人斜。(敦诚《赠曹雪芹》)①

爱君诗笔有奇气,直追昌谷破藩篱。……接篱倒著容君傲,高谈雄辩扪虱手。(敦诚《寄怀曹雪芹》)②

秋晓遇雪芹于槐园,风雨淋涔,朝寒袭袂。时主人未出,雪芹酒渴如狂。余因解佩刀沽酒而饮之。雪芹欢甚,作长歌以谢余,余亦作此答之。(敦诚《佩刀质酒歌》)③

傲骨如君世已奇,嶙峋更见此支离。……醉余奋扫如椽笔,写出胸中魂礧时。(敦敏《题芹圃画石》)④

其人素性放达,好饮,又善诗画,年未五旬而卒。(张宜泉《伤芹溪居士》)⑤

从中可以看出曹雪芹既有傲骨凛然、愤世嫉俗和狂放不羁的一面,也有诙谐幽默、喜酒健谈和多才多艺的一面。

《红楼梦》的版本大致分为两个系统。一是八十回抄本系统,此系统题名为《石头记》,一般认为这部分内容在曹雪芹生前就以抄本形式流传于亲友之间,有多人加了评语,如畸笏叟、梅溪、松斋和常村等。这些人的身份曾有学者加以考证,如松斋,"吴世昌、吴恩裕谓是相国白潢之后白筠,有敦诚《四松堂集·潞河游记》可证,当系雪芹友人"⑥,常村"应即是雪芹之弟棠村"⑦,而畸笏叟"应是雪芹上一辈的亲人。他是雪芹书稿的总负责,雪芹死后,书稿也仍归他保存","从种种迹象来看,他极大可能是雪芹的父亲曹𫖯"⑧,但这些尚无定论。其中署名"脂砚斋"的评语最多,因此这些评语习惯上笼统地被称为"脂评",八十回抄本习惯上也称为"脂本"。八十回抄本系统均为残本,有代表性的包括甲戌本(一般认为是乾隆十九年的本子,但存在争议)、己卯本(一般认为是乾隆二十四年的本子)、庚辰本(一般认为是乾隆二十五年的本子,存78

---

① 一粟. 红楼梦资料汇编 [M]. 北京:中华书局,1964:1.
② 一粟. 红楼梦资料汇编 [M]. 北京:中华书局,1964:1.
③ 一粟. 红楼梦资料汇编 [M]. 北京:中华书局,1964:1-2.
④ 一粟. 红楼梦资料汇编 [M]. 北京:中华书局,1964:6.
⑤ 一粟. 红楼梦资料汇编 [M]. 北京:中华书局,1964:8.
⑥ 蔡义江. 《红楼梦》是怎样成书的 [C]//刘梦溪,等. 红楼梦十五讲. 北京:北京大学出版社,2007:71.
⑦ 蔡义江. 《红楼梦》是怎样成书的 [C]//刘梦溪,等. 红楼梦十五讲. 北京:北京大学出版社,2007:71.
⑧ 蔡义江. 《红楼梦》是怎样成书的 [C]//刘梦溪,等. 红楼梦十五讲. 北京:北京大学出版社,2007:72.

回，是现存较完整的本子）等。

另一种是一百二十回刻本系统，此系统的版本题名《红楼梦》。因程伟元有憾于该书的不完整，而大力搜集残稿，并邀请高鹗参与修补，然后以北京萃文书屋的名义两次刊行，故此书一般又称为"程高本"或"程本"。乾隆五十六年（1791年），程伟元和高鹗将一百二十回的《红楼梦》以木活字排印出来，一般称为"程甲本"；第二年，程高二人又对"程甲本"做了修订，一般称为"程乙本"。

事实上，《红楼梦》的题目并不止这两个。其第一回云：

作者自云曾历过一番梦幻之后，故将真事隐去，而借"通灵"之说，撰此《石头记》一书也。故曰"甄士隐"云云。①

空空道人听如此说，思忖半晌，将《石头记》再检阅一遍，因见上面虽有些指奸责佞贬恶诛邪之语，亦非伤时骂世之旨；及至君仁臣良父慈子孝，凡伦常所关之处，皆是称功颂德，眷眷无穷，实非别书之可比。虽其中大旨谈情，亦不过实录其事，又非假拟妄称，一味淫邀艳约，私订偷盟之可比，因毫不干涉时世，方从头至尾抄写回来，问世传奇。从此空空道人因空见色，由色生情，传情入色，自色悟空，遂易名为情僧，改《石头记》为《情僧录》。东鲁孔梅溪则题曰《风月宝鉴》。后因曹雪芹于悼红轩中披阅十载，增删五次，纂成目录，分出章回，则题曰《金陵十二钗》，并题一绝。②

《情僧录》和《风月宝鉴》这两个题名并未真正流行起来。而曹雪芹自己更欣赏《金陵十二钗》这个名字，表现出对女性命运的关注。此外，还有《大观琐录》《金玉缘》和《警幻仙记》等后人评本的题名。但《石头记》才是成书后的确定用名，所以第一回开篇就说"故将真事隐去，而借'通灵'之说，撰此《石头记》一书也"。但第一回对题名的描述中并没有《红楼梦》。胡适于1927年得到的"甲戌本"中才出现了新内容，在《风月宝鉴》之前有了"至吴玉峰题曰《红楼梦》"③的字样，而且在其《凡例》中又强调说：

是书题名极多。一曰《红楼梦》，是总其全部之名也。又曰《风月宝鉴》，是戒妄动风月之情。又曰《石头记》，是自譬石头所记之事也。此三名皆书中曾已点睛矣。④

---

① 〔清〕曹雪芹，〔清〕高鹗. 红楼梦 [M]. 北京：人民文学出版社，1996：1.
② 〔清〕曹雪芹，〔清〕高鹗. 红楼梦 [M]. 北京：人民文学出版社，1996：6-7.
③ 〔清〕曹雪芹，著，邓遂夫，校订. 脂砚斋重评石头记甲戌校本 [M]. 北京：作家出版社，2005：82.
④ 〔清〕曹雪芹，著，邓遂夫，校订. 脂砚斋重评石头记甲戌校本 [M]. 北京：作家出版社，2005：75.

如果甲戌本真是乾隆十九年的本子，那么《红楼梦》的题名出现要早于"程高本"，不过其他版本并无此语，而且当代学者对"甲戌"也有所质疑，如林辰就认为"'甲戌抄阅再评仍用石头记'的时间，既不是乾隆十九年甲戌，也不是同治十三年甲戌，只能是嘉庆十九年甲戌"①。从客观上看，正是"程高本"的流行，使《红楼梦》的题名大大提升了人气，进而超越了《石头记》。这也可以看作"程高本"对《红楼梦》的贡献。

因为这两个系统的存在，于是就有了一个争议，即这部书到底是八十回的《石头记》断章，还是一百二十回的《红楼梦》完璧？这也涉及一个根本问题，就是曹雪芹是否写完了这部书。客观上看，曹雪芹是写完了，但又并没有彻底完成。说他写完了，除了有不少的"脂评"提到了后面的回目和情节外，还有不少曹雪芹同时代的人读过一百二十回本的《红楼梦》，如朱眉叔就认为"最早读过曹雪芹生前已完成的百二十回《红楼梦》全璧本的人有明义、永忠、墨香、敦敏、敦诚"②，并考证出曹雪芹百二十回本《红楼梦》原稿的收藏者"极大可能是敦诚"③。此外，《红楼梦》第一回说：

曹雪芹于悼红轩中披阅十载，增删五次，纂成目录，分出章回，则题曰《金陵十二钗》。④

"纂成目录，分出章回，又题曰《金陵十二钗》"，这显然是主体工作完成之后的行为，"批阅十载，增删五次"显然也应该是在主体工作完成之后的修改行为。如果甲戌本真是乾隆十九年的本子，那么曹雪芹至少在乾隆九年就完成了初稿，否则何来"批阅十载，增删五次"？而且也可以据此推测，手稿至少有六个版本，同时，也能够得出这样的结论，就是曹雪芹每次修改都要送交亲友们评阅，这也就是为什么在己卯本和庚辰本上有"脂砚斋凡四阅评过"的字样。也正因为这样，我们可以推断出曹雪芹并没有彻底完成这部书，具体说是没有彻底修改完成这部书，这也就是为什么只有八十回《石头记》流传的原因。而且，从脂评来看，即使前八十回也存在需要修补之处，例如庚辰本第七十五回"脂评"就说"乾隆二十一年五月初七日对清。缺中秋诗，俟雪芹"⑤。这样，对于前八十回和后四十回的一些不完全相符的地方就可以解释了，因为程伟元对曹雪芹残稿的搜集与高鹗的"补"并非一气呵成，而是分阶段进行的。如程伟元《红楼梦序》所言：

---

① 林辰. 甲戌《脂砚斋重评石头记》出自嘉庆十九年[J]. 社会科学辑刊，1993（2）：125.
② 朱眉叔. 红学论战：驳程伟元、高鹗续书说[M]. 沈阳：辽海出版社，2015：22.
③ 朱眉叔. 红学论战：驳程伟元、高鹗续书说[M]. 沈阳：辽海出版社，2015：40.
④ 〔清〕曹雪芹，〔清〕高鹗. 红楼梦[M]. 北京：人民文学出版社，1996：7.
⑤ 一粟. 红楼梦资料汇编[M]. 北京：中华书局，1964：10.

不佞以是书既有百廿卷之目，岂无全璧？爰为竭力搜罗，自藏书家甚至故纸堆中无不留心，数年以来，仅积有廿余卷。一日偶于鼓担上得十余卷，遂重价购之，欣然翻阅，见其前后起伏，尚属接笋，然漫漶不可收拾。乃同友人细加釐剔，截长补短，抄成全部，复为镌板，以公同好，《红楼梦》全书始至是告成矣。①

高鹗也在《红楼梦序》中说：

今年春，友人程子小泉过予，以其所购全书见示，且曰："此仆数年铢积寸累之苦心，将付剞劂，公同好。子闲且惫矣，盍分任之？"予以是书虽稗官野史之流，然尚不谬于名教，欣然拜诺，正以波斯奴见宝为幸，遂襄其役。工既竣，并识端末，以告阅者。时乾隆辛亥冬至后五日铁岭高鹗叙并书。②

从上述文字可以看出，程伟元对残稿的搜集工作是进行了几年的。那么，在这个搜集过程中，如果程伟元得到的真是曹雪芹原稿的话，那么也可能是残缺的稿本，是前五个稿本中的一个甚至几个，而不是曹雪芹最后的修订稿。张问陶《赠高兰墅鹗同年》的小注中指出："传奇《红楼梦》八十回以后俱兰墅所补。"③ 认为这个"补"的工作是高鹗完成的。而这个"补"未必就是续补，也可以理解为"修补"，是对已经具备的主体的修补，否则，从高鹗的描述可以看出，这个"截长补短"的工作进行了不到一年，用不到一年的时间续补后四十回，实在难以想象。所以，笔者更倾向于"修补"。而高鹗的"补"很可能是在几个稿本的基础上的整合，而且这个"补"不仅是对后四十回的修补，还可以包括对前八十回个别缺漏的修补，因为前八十回本身也并不是绝对完整的，前面所引庚辰本第七十五回"乾隆二十一年五月初七日对清。缺中秋诗，俟雪芹"的"脂评"就是明证。而且后四十回并不一定是原来的篇幅，也可能是高鹗对若干稿本截长补短修订的结果。因此，最终的《红楼梦》存在前后不一致之处是可以理解的。这里还可以举一个例证，当代小说家金庸的作品最早是在报纸上连载的，而此后经过他长时间打磨修改再出版的作品已经与报纸上连载的作品版本有了很大的差别了。而且，今天我们看到的一百二十回的《红楼梦》虽然有这样或那样的缺憾和不足，但从整体上来看，后四十回的思想内容、形象塑造乃至结构设置，与前八十回有着较高的一致性，一百二十回本《红楼梦》是可以被视为整体完璧的。而这个完璧的形成，高鹗功劳很大。虽然是"修补"，但《红楼梦》中毕竟也有了他本人的部分内容。从"程甲本"到"程

---

① 一粟. 红楼梦资料汇编 [M]. 北京：中华书局，1964：31.
② 一粟. 红楼梦资料汇编 [M]. 北京：中华书局，1964：31-32.
③ 一粟. 红楼梦资料汇编 [M]. 北京：中华书局，1964：20.

乙本"的修订，两个版本之间的差异就达 19568 字，而前八十回就改动了 14376 字（参见《红楼梦校注本·校注说明》，北京师范大学出版社，1987 年版），这显然体现的是修补者的功力。因此，现在流行的《红楼梦》文本将高鹗列为著者之一，这是没问题的，但不能把后四十回的著作权一股脑儿地划给高鹗，后四十回应该有曹雪芹的部分，此外，程伟元也不应该被忽视。程伟元是推动《红楼梦》形成完璧的倡导者，"《红楼梦》版本流传史上的标志性人物"[①]。他原籍河南，后来在苏州生活过，自称"古吴程伟元"，工诗擅画，现存画作就有为盛京将军晋昌画的《红梨主人秋风红豆图》，嘉庆八年朝鲜使团成员李海应的《蓟山纪程》中还收录了程伟元在沈阳为朝鲜人所作的一首诗：

国语难传色见春，雅材宏度尽精神。

贱生何幸逢青顾，片刻言情尽有真。

这"为其文化素养的多元化提供了一个佐证"[②]。他曾在嘉庆五年到嘉庆七年在沈阳做过盛京将军晋昌的幕僚，在沈阳的三年时间里，他和晋昌及其他诗友互相唱和。可惜的是，程伟元在沈阳所作的诗歌，除朝鲜人李海应记述的那一首外，至今尚无其他发现，但从晋昌所和的三十首题为《壬戌冬还都小泉以上下平韵作诗赠行因次之》还能窥见程伟元的才情风采。此外，他还在晋昌幕府工作之余执教沈阳书院，著名诗人金朝觐就是他的学生。程伟元在朝鲜也有着较高的声誉，甚至在道光九年（1829 年）清宣宗旻宁出关祭祖，朝鲜使臣朴来谦到沈阳谒见皇帝，心中仍然对程伟元充满敬意。他的《沈槎日记》于九月初一日记载道："曾闻沈阳多文士，谓当于留馆之时过从消遣矣。来闻程小泉伟元作故已久，潘果茹元钺、金朝觐俱游宦在外云，可怅也。"[③] 可见，程伟元不仅是个书商，他还是"一位兼长诗、文、画等多方面才艺的名士，深受以宗室晋昌为首的辽东上层士大夫的器重"[④]。程伟元的艺术造诣当不低于高鹗。他在《红楼梦》的整理过程中，不仅是一个出版者，而且是一个参与合作者，因为，从高鹗与程伟元两个人的文字描述上看，"乃同友人细加釐剔，截长补短"，"盍分任之"，就是两个人一起"补"的。从这个角度看，一百二十回本《红楼梦》的著者在曹雪芹之后如果写上了高鹗的名字，那么也应该写上程伟元的名字。

---

① 赵建忠. 新发现的程伟元佚诗及相关红学史料的考辨 [J]. 红楼梦学刊, 2007 (6)：130.
② 赵建忠. 新发现的程伟元佚诗及相关红学史料的考辨 [J]. 红楼梦学刊, 2007 (6)：131.
③ 张杰. 韩国史料三种与盛京满族研究 [M]. 沈阳：辽宁民族出版社, 2009：342.
④ 马国权. 程伟元在辽宁 [J]. 红楼梦学刊, 1981 (3)：336.

三、《红楼梦》的主题

那么,《红楼梦》到底要表达怎样的主题呢?

如前所述,《红楼梦》这个名字最终能胜过《石头记》,很大程度上是经由读者接受认可的结果。"红楼梦"这个组合最早见于晚唐诗人蔡京的《咏子规》:

千年冤魄化为禽,永逐悲风叫远林。
愁血滴花春艳死,月明飘浪冷光沉。
凝成紫塞风前泪,惊破红楼梦里心。
肠断楚词归不得,剑门迢递蜀江深。

蔡京一生仕途起伏跌宕,其《咏子规》诗所言"惊破红楼梦里心",表达的是在经历过富贵豪奢的生活后走向颓势的感伤之情。而这种经历和情绪与《红楼梦》一书中有一定契合之处。但是,《红楼梦》的思想内涵要复杂得多。

《红楼梦》的读者生活环境不同,所处立场不同,审美取向也不同,所以历来对《红楼梦》要表达的价值理念就有诸多不同的理解和判断。正如鲁迅在《〈绛洞花主〉小引》中所言:

《红楼梦》是中国许多人所知道,至少,是知道这名目的书。谁是作者和续者姑且勿论,单是命意,就因读者的眼光而有种种:经学家看见《易》,道学家看见淫,才子看见缠绵,革命家看见排满,流言家看见宫闱秘事……。[1]

其中,影响较大的就是"爱情主题说",常见的说法是"围绕着'悲金悼玉'的爱情婚姻悲剧"[2]。客观来看,爱情应该是恋爱与婚姻成一体的,但《红楼梦》中对这样的爱情表现得并不突出。从其主角角度来看,宝黛钗之间的爱情是分裂的,正如傅承洲所言,"小说写黛玉,只写了她的恋爱,没有写她的婚姻","写宝钗,主要写了她的婚姻和为婚姻所做的种种努力,没有写她的恋爱"[3]。从黛钗二人的婚恋特点来看:

作者是将黛玉作为一个理想的恋人来刻画的,从外貌、才华到性格、感情,她具备恋人所需要的一切特点,却不适合做一个管理家政、生儿育女的妻子。而宝钗是作者笔

---

[1] 鲁迅. 集外集拾遗补编 [M] //鲁迅. 鲁迅全集:第八卷. 北京:人民文学出版社,2005:179.
[2] 袁行霈. 中国文学史:第四册 [M]. 北京:高等教育出版社,2005:303.
[3] 傅承洲. 钗黛的人生角色与作者的创作倾向 [C] //傅承洲. 古代小说与小说家. 北京:中国社会科学出版社,2016:89.

下一个现实的贤妻形象，从外貌、体质到能力、性格，完全符合一个封建大家庭的女主人的要求，却并不是青年男子理想的恋爱对象。①

这种分裂使宝黛钗的爱情表现得并不那么纯真。以"具备恋人所需要的一切特点"的林黛玉为例，她和贾宝玉的确有共同的价值观，而且也的确得到了贾宝玉的信任，否则贾宝玉不可能在第三十二回斥责要他"讲些仕途经济的学问"的史湘云说："林姑娘从来说过这些混帐话不曾？若他也说过这些混帐话，我早和她生分了。"② 不过，这种信任关系倒毋宁说是能够肝胆相照的朋友，更多的是友情成分。在第三十一回，黛玉打趣袭人和宝玉的关系：

晴雯在旁哭着，方欲说话，只见林黛玉进来，便出去了。林黛玉笑道："大节下怎么好好的哭起来？难道是为争粽子吃争恼了不成？"宝玉和袭人嗤的一笑。黛玉道："二哥哥，你不告诉我，我问你就知道了。"一面说，一面拍着袭人的肩，笑道："好嫂子，你告诉我。必定是你两个拌了嘴了。告诉妹妹，替你们和劝和劝。"袭人推他道："林姑娘你闹什么？我们一个丫头，姑娘只是混说。"黛玉笑道："你说你是丫头，我只拿你当嫂子待。"宝玉道："你何苦来替他招骂名儿。饶这么着，还有人说闲话，还搁得住你来说他！"袭人笑道："林姑娘，你不知道我的心事，除非一口气不来死了倒也罢了。"黛玉笑道："你死了，别人不知怎么样，我先就哭死了。"宝玉笑道："你死了，我作和尚去。"袭人笑道："你老实些罢，何苦还说这些话。"黛玉将两个指头一伸，抿嘴笑道："作了两个和尚了！我从今以后都记着你作和尚的遭数儿。"宝玉听了，知道是他点前日的话，自己一笑也就罢了。③

在这里，黛玉当然懂得宝玉"你死了，我作和尚去"的表白，她和宝玉的情话没有避讳袭人，而且还一口一个"嫂子"地称呼袭人，显然她也知道袭人和宝玉不寻常的关系，却没有一丝妒忌。第五十回，李纨让宝玉去妙玉的栊翠庵折一枝红梅：

宝玉也乐为，答应着就要走。湘云黛玉一齐说着："外头冷得很，你且吃杯热酒再去。"湘云早执起壶来，黛玉递了一个大杯，满斟了一杯。湘云笑道："你吃了我们的酒，你要取不来，加倍罚你。"宝玉忙吃一杯，冒雪而去。李纨命人好好跟着。黛玉忙

---

① 傅承洲. 钗黛的人生角色与作者的创作倾向 [C] //傅承洲. 古代小说与小说家. 北京：中国社会科学出版社, 2016：89.
② 〔清〕曹雪芹,〔清〕高鹗. 红楼梦 [M]. 北京：人民文学出版社, 1996：433.
③ 〔清〕曹雪芹,〔清〕高鹗. 红楼梦 [M]. 北京：人民文学出版社, 1996：421.

拦说："不必，有了人反不得了。"李纨点头道："是。"①

黛玉何等聪明，早在第四十一回栊翠庵饮茶时她就应该看出妙玉对宝玉有好感，可她不但不猜忌，反而阻拦李纨派人跟着去，这和平日里的刻薄形象，特别是对宝钗的妒忌截然相反。黛玉妒忌宝钗，甚至还猜忌史湘云，这主要是因为感受到了威胁，宝钗的威胁来自"金玉良缘"，而对史湘云的猜忌则充分体现在第三十二回：

原来林黛玉知道史湘云在这里，宝玉又赶来，一定说麒麟的原故。因此心下忖度着，近日宝玉弄来的外传野史，多半才子佳人都因小巧玩物上撮合，或有鸳鸯，或有凤凰，或玉环金佩，或鲛帕鸾绦，皆由小物而遂终身之愿；今忽见宝玉亦有麒麟，便恐借此生隙，同史湘云也做出那些风流佳事来。因而悄悄走来，见机行事，以察二人之意。②

其威胁来自所谓"小巧玩物"的麒麟。而身为丫鬟的袭人和出家人的妙玉则没有这种威胁。对黛玉而言，这个威胁不是感情上的，而是地位上的。从进入贾府那天起，寄人篱下的林黛玉就处处小心，她的刻薄既是其内心自卑的表现，也是自我保护的方式。她把宝玉当成知己，同样也把宝玉当成自己的保护者。她在得到宝玉的表白，懂得了宝玉的真心后，自然就有了底气，能够容得下袭人，也不忌讳妙玉了。

而从作品配角角度来看，特别是在司棋和她的表兄弟潘又安身上，这种爱情表现得倒是很丰满很生动。司棋是迎春的心腹丫鬟，与柔弱的迎春不同，她是一个有魄力又有些霸气的女孩，我们从其在第六十一回大闹厨房的行为中就能感受到这一点：

正乱时，只见司棋又打发人来催莲花儿，说他："死在这里了，怎么就不回去？"莲花儿赌气回来，便添了一篇话，告诉了司棋。司棋听了，不免心头起火。此刻伺候迎春饭罢，带了小丫头们走来，见了许多人正吃饭，见他来的势头不好，都忙起身陪笑让坐。司棋便喝命小丫头子动手，"凡箱柜所有的菜蔬，只管丢出来喂狗，大家赚不成。"小丫头子们巴不得一声，七手八脚抢上去，一顿乱翻乱掷。众人一面拉劝，一面央告司棋说："姑娘别误听了小孩子的话。柳嫂子有八个头，也不敢得罪姑娘。说鸡蛋难买是真。我们才也说他不知好歹，凭是什么东西，也少不得变法儿去。他已经悟过来了，连忙蒸上了。姑娘不信瞧那火上。"

司棋被众人一顿好言语，方将气劝的渐平了。小丫头子们也没得摔完东西，便拉开了。司棋连说带骂，闹了一回，方被众人劝去。柳家的只好摔碗丢盘自己咕唧了一回，

---

① 〔清〕曹雪芹，〔清〕高鹗. 红楼梦 [M]. 北京：人民文学出版社，1996：675.
② 〔清〕曹雪芹，〔清〕高鹗. 红楼梦 [M]. 北京：人民文学出版社，1996：433.

蒸了一碗蛋令人送去。司棋全泼了地下了。那人回来也不敢说，恐又生事。①

同时她又很有主见，敢爱敢恨，又不乏柔情，第七十一回她不顾禁忌与表兄弟在大观园约会，被鸳鸯撞见：

鸳鸯只当他和别的女孩子也在此方便，见自己来了，故意藏躲恐吓着要，因便笑叫道："司棋，你不快出来，吓着我，我就喊起来当贼拿了。这么大丫头了，没个黑家白日的只是顽不够！"

这本是鸳鸯的戏语，叫他出来。谁知他贼人胆虚，只当鸳鸯已看见他的首尾了，生恐叫喊起来使众人知觉更不好，且素日鸳鸯又和自己亲厚不比别人，便从树后跑出来，一把拉住鸳鸯，便双膝跪下，只说："好姐姐！千万别嚷！"鸳鸯反不知因何，忙拉他起来，笑问道："这是怎么说？"司棋满脸红胀，又流下泪来。鸳鸯再一回想，那一个人影恍惚像个小厮，心下便猜疑了八九，自己反羞的面红耳赤，又怕起来。因定了一会，忙悄问："那个是谁？"司棋复跪下道："是我姑舅兄弟。"鸳鸯啐了一口，道："要死，要死。"司棋又回头悄道："你不用藏着，姐姐已看见了，快出来磕头。"那小厮听了，只得也从树后爬出来，磕头如捣蒜。

鸳鸯忙要回身，司棋拉住苦求，哭道："我们的性命，都在姐姐身上，只求姐姐超生要紧！"②

第七十四回，她被检抄出定情物后"低头不语，也并无畏惧惭愧之意"，甚至令凤姐都"觉可异"③；第九十二回，司棋与潘又安的表现更是证明两人的恋爱是以婚姻为目的的，他们的爱情是恋爱与婚姻结合一体的。面对母亲的责骂，司棋宣言：

一个女人配一个男人。我一时失脚上了他的当，我就是他的人了，决不肯再失身给别人的。我恨他为什么这样胆小，一身作事一身当，为什么要逃。就是他一辈子不来了，我也一辈子不嫁人的。妈要给我配人，我原拼着一死的。今儿他来了，妈问他怎么样。若是他不改心，我在妈跟前磕了头，只当是我死了，他到那里，我跟到那里，就是讨饭吃也是愿意的。④

而潘又安显然也是有情有义的，"我在外头原发了财，因想着他才回来的，心也算

---

① 〔清〕曹雪芹，〔清〕高鹗. 红楼梦 [M]. 北京：人民文学出版社，1996：834-835.
② 〔清〕曹雪芹，〔清〕高鹗. 红楼梦 [M]. 北京：人民文学出版社，1996：990-991.
③ 〔清〕曹雪芹，〔清〕高鹗. 红楼梦 [M]. 北京：人民文学出版社，1996：1034.
④ 〔清〕曹雪芹，〔清〕高鹗. 红楼梦 [M]. 北京：人民文学出版社，1996：1278.

是真了",而且最后也"忙着把司棋收拾了,也不啼哭,眼错不见,把带的小刀往脖子里一抹,也就抹死了"①。从司棋母亲听了潘又安的话,并且看到潘又安掏出的"一匣子金银首饰","便心软了,说:'你既有心,为什么总不言语'"②的表现看,如果不是司棋性子太烈而自杀,那么她和潘又安的婚姻还是有希望成就的。正因为此,司棋与潘又安自杀殉情便更加令人叹惋感动,这与宝、黛、钗之间缠绵的情感纠葛相比较,更让人感动震撼。司棋和潘又安表现出对爱情坚贞执着的光焰感人至深,不过,这种爱情并不能涵盖《红楼梦》真正意义上的主题。

那么《红楼梦》要表达怎样的主题呢?李泽厚在《美的历程》中指出:

关于《红楼梦》,人们已经说过了千言万语,大概也还有千言万语要说……总之,无论是爱情主题说、政治小说说、色空观念说,都似乎没有很好地把握住上述具有深刻根基的感伤主义思潮在《红楼梦》里的升华。其实,正是这种思潮使《红楼梦》带有异彩。笼罩在宝黛爱情的欢乐、元妃省亲的豪华、暗示政治变故带来巨大惨痛之上的,不正是那如轻烟、如梦幻、时而又如急管繁弦似的沉重哀伤和喟叹吗?……尽管号称"康乾盛世",这个社会行程的回光返照毕竟经不住"内囊却也尽上来了"的内在腐朽,一切在富丽堂皇中,在笑语歌声中,在钟鸣鼎食、金玉装潢中,无声无息而不可救药地垮下来、烂下去,所能看到的正是这种种金玉其外败絮其中的糜烂、卑劣和腐朽,它的不可避免的没落败亡……如同《红楼梦》只能让贾宝玉去做和尚解脱在所谓色空议论中一样,这些都正是《桃花扇》归结为渔樵的人生空幻感的延续和发展。它们充满了"梦醒了无路可走"的苦痛、悲伤和求索。但是,它们的美学价值却已不在感伤,而在对社会生活具体地描述、揭发和批判。《红楼梦》终于成了百读不厌的封建末世的百科全书。"极摹人情世态之歧,备写悲欢离合之致",到这里达到了一个经历了正反和总体全程的最高度。与明代描写现实世俗的市民文艺截然不同,它是上层士大夫的文学,然而它所描写的世态人情、悲欢离合,却又是前者的无上升华。③

《红楼梦》是一部伟大的现实主义巨著,也是一部彻头彻尾的悲剧。家族的悲剧、婚姻的悲剧、女子命运的悲剧、人生与社会的悲剧熔为一炉,显示出作品内容的博大精深和主题思想的多元意蕴,而且,这些悲剧主要是通过贾宝玉的视角来展示,并通过这个形象来感受的。如鲁迅所言:

---

① 〔清〕曹雪芹,〔清〕高鹗. 红楼梦 [M]. 北京:人民文学出版社,1996:1278.
② 〔清〕曹雪芹,〔清〕高鹗. 红楼梦 [M]. 北京:人民文学出版社,1996:1278.
③ 李泽厚. 美的历程 [M]. 修订插图本. 天津:天津社会科学院出版社,2001:334-336.

悲凉之雾，遍被华林，然呼吸而领会之者，独宝玉而已。①

在我的眼下的宝玉，却看见他看见许多死亡；证成多所爱者，当大苦恼，因为世上，不幸人多。惟憎人者，幸灾乐祸，于一生中，得小欢喜，少有挂碍。然而憎人却不过是爱人者的败亡的逃路，与宝玉之终于出家，同一小器。但在作《红楼梦》时的思想，大约也止能如此；即使出于续作，想来未必与作者本意大相悬殊。②

总的来看，《红楼梦》的悲剧主题主要表现为以下几个方面：

其一，封建家族的悲剧。汉学家史景迁曾描述《红楼梦》"是中国最著名的小说，写于十八世纪，其中谈到了真与假、现实与虚幻，整个故事均发生在一所封闭的花园里"③。这所"封闭的花园"即象征着封建家族，"真与假、现实与虚幻"表现的就是家族中的纷争纠葛。《红楼梦》正是以贾府的衰落过程为主线，贯穿起贾、史、王、薛四大家族的没落过程。荣宁二府历经百年，却走向"忽喇喇似大厦倾，昏惨惨似灯将尽"④的衰落，其结局是"落了片白茫茫大地真干净"⑤的家族悲剧。而这个家族的悲剧之核心则是继承人的问题。在第二回，作品借冷子兴之口指出："谁知这样钟鸣鼎食之家，翰墨诗书之族，如今的儿孙，竟一代不如一代了！"⑥ 这是点睛之笔。它标志着其家族的颓败已经不可避免。而贾宝玉个人的悲剧显然也由此而起。纵观整部作品，真正能够理解贾宝玉的并非林黛玉，而是那个"兴隆街大爷"贾雨村。贾雨村先后教过甄宝玉和林黛玉，其才华是不可否认的，而他对贾宝玉的评价也是很准的，他对冷子兴曾这样说过：

若生于公侯富贵之家，则为情痴情种；若生于诗书清贫之族，则为逸士高人；纵再偶然生于薄祚寒门，断不能为走卒健仆，甘遭庸夫驱制夹驭。必为奇优名娼，如前之许由、陶潜、阮籍、嵇康、刘伶、王谢二族、顾虎头、陈后主、唐明皇、宋徽宗、刘庭芝、温飞卿、米南宫、石曼卿、柳耆卿、秦少游，近日之倪云林、唐伯虎、祝枝山，再如李龟年、黄幡绰、敬新磨、卓文君、红拂、薛涛、崔莺、朝云之流，此皆易地则同之人也。⑦

---

① 鲁迅. 中国小说史略 [M]. 北京：人民文学出版社，1973：201.
② 鲁迅. 集外集拾遗补编 [M] //鲁迅. 鲁迅全集：第八卷. 北京：人民文学出版社，2005：179.
③ [美] 史景迁. 大汗之国——西方眼中的中国 [M]. 阮叔梅，译. 桂林：广西师范大学出版社，2013：293.
④ 〔清〕曹雪芹，〔清〕高鹗. 红楼梦 [M]. 北京：人民文学出版社，1996：85.
⑤ 〔清〕曹雪芹，〔清〕高鹗. 红楼梦 [M]. 北京：人民文学出版社，1996：86.
⑥ 〔清〕曹雪芹，〔清〕高鹗. 红楼梦 [M]. 北京：人民文学出版社，1996：26-27.
⑦ 〔清〕曹雪芹，〔清〕高鹗. 红楼梦 [M]. 北京：人民文学出版社，1996：29-30.

对贾宝玉而言，如果他单纯是大家族中得到宠爱的"宝二爷"，他的哥哥贾珠能够长寿，或者他的侄子贾兰成年了，那么贾宝玉是可能过上他想要的相对自由的生活的。但，他的哥哥早早过世，侄子尚未成年，尤其是他嫡子的身份，使他不得不成为家族继承人、担负起振兴家族的责任，尽管这与他的理想截然相反。《红楼梦》表现的就是这种悖反。第五回"游幻境指迷十二钗 饮仙醪曲演红楼梦"中警幻仙子所言值得注意：

偶遇宁荣二公之灵，嘱吾云："吾家自国朝定鼎以来，功名奕世，富贵传流，虽历百年，奈运终数尽，不可挽回者。故遗之子孙虽多，竟无可以继业。其中惟嫡孙宝玉一人，禀性乖张，生情怪谲，虽聪明灵慧，略可望成，无奈吾家运数合终，恐无人规引入正。幸仙姑偶来，望先以情欲声色等事警其痴顽，或能使彼跳出迷人圈子，然后入于正路，亦吾兄弟之幸矣。"①

贾宝玉梦游太虚幻境原来是祖先之灵出于对继承人的考虑而安排的。但贾宝玉最终无法渡过迷津，表现出他对继承人身份的背离。第三十三回宝玉挨打，王夫人心疼"因哭出'苦命儿'来，忽又想起贾珠来，便叫着贾珠哭道：'若有你活着，便死一百个我也不管了。'"②贾宝玉作为贾珠的接替者，其地位再一次得到了确认，而其挨打显然也是因为言行与继承人身份不符造成的。

这里还要注意薛家。四大家族中，王家表现的不多，而史家通过对史湘云的侧面描述可知已经败落了。而薛家的衰落则是直接表现的。一方面，"自薛蟠父亲死后，各省中所有的买卖承局、总管、伙计人等，见薛蟠年轻不谙世事，便趁时拐骗起来，京都中几处生意，渐亦消耗"③；另一方面，作为家族继承人的薛蟠"五岁上就性情奢侈，言语傲慢。虽也上过学，不过略识几字，终日惟有斗鸡走马，游山玩景而已。虽是皇商，一应经纪世事，全然不知"④，也是不成器的。这种衰落是显而易见的。

在这场家族悲剧中，嫡庶观念不可忽视，很多情节都可以从这个角度来审视。第五回秦可卿的判词曰"造衅开端实在宁"⑤，涉及的就是这个问题。冷子兴说宁国府：

宁公死后，贾代化袭了官，也养了两个儿子：长名贾敷，八九岁上死了，只剩了一个次子贾敬，袭了官，如今一味好道，只爱烧丹炼汞，余者一概不在心上。幸而早年留下一子，名唤贾珍，因他父亲一心想作神仙，把官倒让他袭了。他父亲又不肯住在家

---

① 〔清〕曹雪芹，〔清〕高鹗. 红楼梦［M］. 北京：人民文学出版社，1996：79-80.
② 〔清〕曹雪芹，〔清〕高鹗. 红楼梦［M］. 北京：人民文学出版社，1996：445.
③ 〔清〕曹雪芹，〔清〕高鹗. 红楼梦［M］. 北京：人民文学出版社，1996：64.
④ 〔清〕曹雪芹，〔清〕高鹗. 红楼梦［M］. 北京：人民文学出版社，1996：63.
⑤ 〔清〕曹雪芹，〔清〕高鹗. 红楼梦［M］. 北京：人民文学出版社，1996：79.

里，只在都中城外和那些道士们胡孱。这位珍爷生了一个儿子，今年才十六岁，名叫贾蓉。如今敬老爹一概不管，这珍爷那里肯读书，只一味高乐不了，把宁国府竟翻过来了，也没有敢来管他。①

作为嫡系传人的贾敬，"袭了官，如今一味好道，只爱烧丹炼汞，余者一概不在心上"，最后一命呜呼；他的儿子贾珍，不仅是贾氏的族长，而且作为宁国公嫡系，位袭三等爵威烈将军，独掌宁国府大权。但这位嫡系却是个不成器的主儿。在父亲贾敬的葬礼上，他每天"为礼法所拘，不免在灵旁籍草枕块，恨苦居丧。人散后，仍乘空寻他小姨子们厮混"②。其子贾蓉在祖父丧事期间与姨娘厮混，还恬不知耻地说："从古至今，连汉朝和唐朝，人还说脏唐臭汉，何况咱们这宗人家。"③ 其素质可见一斑。第七回中焦大的一句"每日家偷狗戏鸡，爬灰的爬灰，养小叔子的养小叔子"④ 更是揭掉了宁国府的遮羞布。"爬灰"说的是贾珍和秦可卿的暧昧关系，这个目前没有太多异议；但"养小叔子"却有些模糊。其实，这个"小叔子"还是有迹可循的，这就是第九回闹学堂事件中的"宁府中之正派玄孙"贾蔷。这个贾蔷：

父母早亡，从小儿跟着贾珍过活，如今长了十六岁，比贾蓉生得还风流俊俏。他弟兄二人最相亲厚，常相共处，宁府人多口杂，那些不得志的奴仆，专能造言诽谤主人，因此不知又有什么小人诟谇谣诼之词。贾珍想亦风闻得些口声不大好，自己也要避些嫌疑，如今竟分与房舍，命贾蔷搬出宁府，自去立门户过活去了。⑤

从身份上看，与贾蓉同为嫡系正派玄孙的贾蔷正是秦可卿的小叔子，而且"外相既美，内性又聪明……上有贾珍溺爱，下有贾蓉匡助"，与秦可卿关系当然也很亲近。当然，并没有明确的证据表明两个人之间有不正当关系，很可能如书中所言是他人的诽谤，但"贾珍想亦风闻得些口声不大好，自己也要避些嫌疑"，这也足以表现出宁国府的混乱状态了。因此，第五回的《好事终》曲子说"其裘颓堕皆从敬，家事消亡首罪宁"⑥。

宁国府如此，荣国府也是一样。从第二回冷子兴口中说贾琏"如今只在乃叔政老爷家住着，帮着料理些家务"⑦，第三回林黛玉辞别贾母与王夫人，随邢夫人乘车"出了

---

① 〔清〕曹雪芹，〔清〕高鹗. 红楼梦 [M]. 北京：人民文学出版社，1996：27.
② 〔清〕曹雪芹，〔清〕高鹗. 红楼梦 [M]. 北京：人民文学出版社，1996：885.
③ 〔清〕曹雪芹，〔清〕高鹗. 红楼梦 [M]. 北京：人民文学出版社，1996：882.
④ 〔清〕曹雪芹，〔清〕高鹗. 红楼梦 [M]. 北京：人民文学出版社，1996：114.
⑤ 〔清〕曹雪芹，〔清〕高鹗. 红楼梦 [M]. 北京：人民文学出版社，1996：136.
⑥ 〔清〕曹雪芹，〔清〕高鹗. 红楼梦 [M]. 北京：人民文学出版社，1996：86.
⑦ 〔清〕曹雪芹，〔清〕高鹗. 红楼梦 [M]. 北京：人民文学出版社，1996：33.

西角门,往东过荣府正门,便入一黑油漆大门内,至仪门前方下来"去见贾赦,"黛玉度其房屋院宇,必是荣府中之花园隔断过来的"①,通过这两段描述,可以看到身为长子的贾赦已经分家另过了。身为一家之主,他极度冷酷,对于亲生女儿迎春也毫无亲情可讲。第八十回迎春说自己"从小儿没了娘",而这个做父亲的却为了一己私利,将女儿"准折卖给"②了孙绍祖,毁掉了她一生的幸福。他的无耻在逼娶鸳鸯一段表现得最为典型:

贾赦怒起来:"我这话告诉你,叫你女人向他说去,就说我的话:'自古嫦娥爱少年',他必定嫌我老了,大约他恋着少爷们,多半是看上了宝玉,只怕也有贾琏。果有此心,叫他早早歇了心,我要他不来,此后谁还敢收?此是一件。第二件,想着老太太疼他,将来自然往外聘作正头夫妻去。叫他细想,凭他嫁到谁家去,也难出我的手心。除非他死了,或是终身不嫁男人,我就服了他!"③

其口吻何其霸道,而为了争女人,连亲儿子和侄子都牵连上了。而且在他的影响下,其子贾琏紧随其后,用贾蓉的话讲:"那边大老爷这么厉害,琏叔还和那小姨娘不干净呢。"④

嫡系如此,庶出的也存在极大的纠葛。迎春是贾赦的妾所生,"从小儿没了娘,幸而过婶子这边过了几年心净日子"⑤,从中可知,父亲贾赦并不喜欢她。她首次出场,给人的印象就是"温柔沉默,观之可亲"⑥。在日常生活中,和富于才情的姐妹们一起相处,她的才学并不出众,但仍然积极参与,为大家出题限韵。然而由于她庶出的地位,仆人们也不把她放在眼里。第七十三回,明明是自己的东西被仆人偷了,却只求息事宁人,不愿声张,而偷东西的王住儿媳妇反倒大放厥词。丫鬟绣桔维护迎春,而她自己倒没事人似地读起《太上感应篇》来了。幸亏有丫鬟司棋维护着懦弱的她,可是在抄检大观园时司棋被抓到了把柄,恳求她救自己时,她到底也没有保得住司棋。庶出地位令迎春只能默默忍耐以求生存,但最终亲生父亲为了一己私利,强迫她嫁给了恶棍孙绍祖,走上了不归路,"金闺花柳质,一载赴黄粱"⑦。不过以默默忍受来应对命运摧残的迎春那一句"我不信我的命就这么不好"⑧却是这个弱者内心发出的抗争的声音。

---

① 〔清〕曹雪芹,〔清〕高鹗. 红楼梦 [M]. 北京:人民文学出版社,1996:42.
② 〔清〕曹雪芹,〔清〕高鹗. 红楼梦 [M]. 北京:人民文学出版社,1996:1138.
③ 〔清〕曹雪芹,〔清〕高鹗. 红楼梦 [M]. 北京:人民文学出版社,1996:624.
④ 〔清〕曹雪芹,〔清〕高鹗. 红楼梦 [M]. 北京:人民文学出版社,1996:882.
⑤ 〔清〕曹雪芹,〔清〕高鹗. 红楼梦 [M]. 北京:人民文学出版社,1996:1138.
⑥ 〔清〕曹雪芹,〔清〕高鹗. 红楼梦 [M]. 北京:人民文学出版社,1996:38.
⑦ 〔清〕曹雪芹,〔清〕高鹗. 红楼梦 [M]. 北京:人民文学出版社,1996:77.
⑧ 〔清〕曹雪芹,〔清〕高鹗. 红楼梦 [M]. 北京:人民文学出版社,1996:1138.

与迎春的懦弱相反，贾政的妾所生的探春的性格完全不同。一出场给人的印象就是"文才精华，见之忘俗"①。她的生母赵姨娘为人所不齿，却没有人敢看轻了她。一方面，她很有才华。论学识，她首创海棠社，才气直逼薛、林；论干才，在凤姐生病无法治家时，探春挑起了大梁，兴利除弊，把一个烂摊子搞得井井有条。连向来自负的凤姐也称赞她"好个三姑娘"，"心里嘴里都也来的"，"虽是姑娘家，心里却事事明白，不过是言语谨慎；他又比我知书识字，更厉害一层了"②。另一方面，她有志气，要强，重身份。第二十七回因为替宝玉作鞋而被赵姨娘抱怨，她不卑不亢，"怎么我是该作鞋的人么？……不过是闲着没事儿，作一双半双，爱给那个哥哥兄弟，随我的心，谁敢管我不成"③！第五十五回治家时，面对生身母亲的无理取闹，她虽然被气得泪流满面，却寸步不让，赢得了大家的尊重。而在第七十四回抄检大观园时，更是与迎春的懦弱截然不同，不仅保护自己的丫鬟不受侵犯，而且教训了狗仗人势的王善保家的，维护了自己的尊严。然而，庶出的身份总是她难以抹去的精神隐痛。凤姐曾经明白地指出探春"太太又疼他，虽然面上淡淡的，皆因是赵姨娘那老东西闹的"④。虽然众人在她面前尽量不谈赵姨娘，但亲娘的身份总让她感到自卑。第五十五回，她面对赵姨娘的责难，虽然毫不退让，但一句"何苦来，谁不知道我是姨娘养的，必要过两三个月寻出由头来，彻底来翻腾一阵，生怕人不知道，故意的表白表白，也不知谁给谁没脸"⑤，这足见其内心的苦悲了。庶出的地位，探春只能以强者的姿态去主动出击，要为自己争得别人的承认。然而，"才自精明志自高，生于末世运偏消"⑥，才高志大的探春也难以避免悲剧命运。

　　而与探春一奶同胞的贾环更是个很饱满的配角形象。他并不与周围那些纨绔子弟为伍，却又没有探春那样的才志，庶出的地位使他颇受冷遇和侮辱。也正因为此，他内心是分裂的。他可以对彩云有一定真诚的感情，又对宝玉有着近乎变态的仇恨。这个人物的心态和莎士比亚《李尔王》中的私生子埃德蒙颇类似。

　　通过对其嫡庶关系的分析，可以看出贾氏家族内部矛盾重重，如第七十五回探春所言"咱们倒是一家子亲骨肉呢，一个个不像乌眼鸡，恨不得你吃了我，我吃了你"⑦。内部纷争，最终导致了家族的破败，这是家族悲剧的一个重要原因，如探春在第七十四回所言：

　　咱们也渐渐的来了。可知这样大族人家，若从外头杀来，一时是杀不死的，这可是

---

① 〔清〕曹雪芹，〔清〕高鹗. 红楼梦 [M]. 北京：人民文学出版社，1996：38.
② 〔清〕曹雪芹，〔清〕高鹗. 红楼梦 [M]. 北京：人民文学出版社，1996：760-761.
③ 〔清〕曹雪芹，〔清〕高鹗. 红楼梦 [M]. 北京：人民文学出版社，1996：369.
④ 〔清〕曹雪芹，〔清〕高鹗. 红楼梦 [M]. 北京：人民文学出版社，1996：760.
⑤ 〔清〕曹雪芹，〔清〕高鹗. 红楼梦 [M]. 北京：人民文学出版社，1996：754.
⑥ 〔清〕曹雪芹，〔清〕高鹗. 红楼梦 [M]. 北京：人民文学出版社，1996：77.
⑦ 〔清〕曹雪芹，〔清〕高鹗. 红楼梦 [M]. 北京：人民文学出版社，1996：1042.

古人说的，"百足之虫，死而不僵"，必须先从家里自杀自灭起来，才能一败涂地！①

此言一语成谶！

其二，因为家族的问题，又造成了男女婚姻的悲剧。这突出表现在薛宝钗身上。薛宝钗是一个争议很大的人物。其性格具有两重性，热情与冷静，真诚与伪饰，这种两重性和谐地组合在一起。而其宽厚的特点却是始终如一的。因此，她能得到上下人等的交口称赞。如第五回所述：

年岁虽大不多，然品格端方，容貌丰美，人多谓黛玉所不及。而且宝钗行为豁达，随分从时，不比黛玉孤高自许，目无下尘，故比黛玉大得下人之心。便是那些小丫头子们，亦多喜与宝钗去顽。因此黛玉心中便有些悒郁不忿之意，宝钗却浑然不觉。②

再如第二十七回，红玉比较宝钗和黛玉：

若是宝姑娘听见，还倒罢了。林姑娘嘴里又爱刻薄人，心里又细，他一听见了，倘或走露了风声，怎么样呢？③

第三十二回中袭人也有一番比较：

幸而是宝姑娘，那要是林姑娘，不知又闹到怎么样，哭的怎么样呢。提起这个话来，真真的宝姑娘叫人敬重，自己讪了一会子去了。我倒过不去，只当他恼了。谁知过后还是照旧一样，真真有涵养，心地宽大。谁知这一个反倒同他生分了。那林姑娘见你赌气不理他，你得赔多少不是呢。④

可见，在一般人眼中，宝钗的宽容和黛玉的刻薄已经形成鲜明对比了。而在天真烂漫又心直口快的史湘云眼中，薛宝钗更是一个完美的人，她在第三十二回中情真意切地说过：

我天天在家里想着，这些姐姐们再没一个比宝姐姐好的。可惜我们不是一个娘养

---

① 〔清〕曹雪芹，〔清〕高鹗. 红楼梦 [M]. 北京：人民文学出版社，1996：1030.
② 〔清〕曹雪芹，〔清〕高鹗. 红楼梦 [M]. 北京：人民文学出版社，1996：68.
③ 〔清〕曹雪芹，〔清〕高鹗. 红楼梦 [M]. 北京：人民文学出版社，1996：364.
④ 〔清〕曹雪芹，〔清〕高鹗. 红楼梦 [M]. 北京：人民文学出版社，1996：433.

的，我但凡有这么个亲姐姐，就是没了父母，也是没妨碍的。①

她甚至敢于在黛玉面前直言不讳：

你敢挑宝姐姐的短处，就算你是好的。我算不如你，他怎么不及你呢？②

宝钗的宽厚突出地表现在她对待林黛玉的方式上。林黛玉在很长时间内是把薛宝钗当成威胁的。第三十四回，宝钗被哥哥言语羞辱，本来已经极为痛苦：

满心委屈气忿，待要怎样，又怕他母亲不安，少不得含泪别了母亲，各自回来，到房里整哭了一夜。次日早起来，也无心梳洗，胡乱整理整理，便出来瞧母亲。可巧遇见黛玉独立在花阴之下，问他那里去。薛宝钗因说"家去"，口里说着，便只管走。黛玉见他无精打采的去了，又见眼上好似有哭泣之状，大非往日可比，便在后面笑道："姐姐也自保重些儿。就是哭出两缸泪来，也医不好棒疮！"③

此时的黛玉已经刻薄得近乎讨厌了，但宝钗依然予以容忍，"并不回头，一径去了"④。而在第四十二回中，以轻松温和的方式，晓之以理，动之以情，终于感化了林黛玉，"一席话，说的黛玉垂头吃茶，心下暗伏，只有答应'是'的一字"⑤。此后的黛玉在宝钗面前全无刻薄，而是满满的信赖，玩笑中都是如此：

好姐姐，饶了我罢！颦儿年纪小，只知说，不知道轻重，作姐姐的教导我。姐姐不饶我，还求谁去？⑥

第四十五回"金兰契互剖金兰语"中更是倾诉衷肠：

黛玉叹道："你素日待人，固然是极好的，然我最是个多心的人，只当你心里藏奸。从前日你说看杂书不好，又劝我那些好话，竟大感激你。往日竟是我错了，实在误到如今。细细算来，我母亲去世的早，又无姊妹兄弟，我长了今年十五岁，竟没一个人象你

---

① 〔清〕曹雪芹，〔清〕高鹗. 红楼梦 [M]. 北京：人民文学出版社，1996：431.
② 〔清〕曹雪芹，〔清〕高鹗. 红楼梦 [M]. 北京：人民文学出版社，1996：277.
③ 〔清〕曹雪芹，〔清〕高鹗. 红楼梦 [M]. 北京：人民文学出版社，1996：460.
④ 〔清〕曹雪芹，〔清〕高鹗. 红楼梦 [M]. 北京：人民文学出版社，1996：461.
⑤ 〔清〕曹雪芹，〔清〕高鹗. 红楼梦 [M]. 北京：人民文学出版社，1996：568.
⑥ 〔清〕曹雪芹，〔清〕高鹗. 红楼梦 [M]. 北京：人民文学出版社，1996：574.

前日的话教导我。怨不得云丫头说你好，我往日见他赞你，我还不受用，昨儿我亲自经过，才知道了。比如若是你说了那个，我再不轻放过你的，你竟不介意，反劝我那些话，可知我竟自误了。若不是从前日看出来，今日这话，再不对你说。"①

她跟宝钗的感情也变得亲密无间，连宝玉都觉得诧异，"他两个素日不是这样的好，今看来竟更比他人好十倍"②。而黛玉也直言："谁知他竟真是个好人，我素日只当他藏奸。"③ 薛宝钗的宽厚很有些君子之风。她对史湘云和邢岫烟的关心，也并非小恩小惠，而是颇有些侠士的风范。她的确有伪饰之处，但这不能以虚伪来定论。一般来说，对宝钗的批评主要集中在三处：一是第二十二回点戏，"贾母因问宝钗爱听何戏，爱吃何物等语。宝钗深知贾母年老人，喜热闹戏文，爱吃甜烂之食，便总依贾母往日素喜者说了出来。贾母更加欢悦"④。宝钗在此表现得的确乖巧，但让长辈开心，恰恰是小辈孝顺之处，有什么值得指责呢？二是第二十七回宝钗无意中听到红玉的隐私，为了避免尴尬，她便假托和黛玉玩闹而遮掩过去，却让红玉对黛玉有所担忧。这一情节常常用来证明宝钗的阴险，所谓嫁祸给黛玉。事实上，她在下意识里第一时间喊出了黛玉的名字，这恰恰证明宝钗与黛玉的感情很好，黛玉在她心中是有地位的；三是第三十二回金钏投井而死，王夫人"在里间房内坐着垂泪"，薛宝钗劝说王夫人：

"姨娘是慈善人，固然是这么想。据我看来，他并不是赌气投井。多半他下去住着，或是在井跟前憨玩，失了脚掉下去的。他在上头拘束惯了，这一出去，自然要到各处去顽顽逛逛，岂有这样大气的理！纵然有这样大气，也不过是个糊涂人，也不为可惜。"王夫人点头叹道："这话虽然如此说，到底我心不安！"宝钗叹道："姨娘也不必念念于兹，十分过不去，不过多赏他几两银子发送他，也就尽主仆之情了。"⑤

有观点认为这个情节表现了宝钗的冷漠。平心而论，王夫人的难过之情是真实的，毕竟金钏是她的贴身丫鬟，"素日在我跟前，比我的女孩儿差不多儿"，但作为母亲，她当然更关心自己儿子的成长，因为误解而一怒之下把金钏赶走，现在金钏死了，王夫人的难过是很自然的。但对薛宝钗而言，她和金钏没有多少情感，而姨娘是自己的亲人，安慰亲人，让她不至于太难过。宝钗的表现的确过于冷静，但也是能够理解的。

薛宝钗是在封建礼教熏陶下成长起来的，她是符合封建家族利益的人物。她容貌端

---

① 〔清〕曹雪芹，〔清〕高鹗. 红楼梦 [M]. 北京：人民文学出版社，1996：607.
② 〔清〕曹雪芹，〔清〕高鹗. 红楼梦 [M]. 北京：人民文学出版社，1996：659.
③ 〔清〕曹雪芹，〔清〕高鹗. 红楼梦 [M]. 北京：人民文学出版社，1996：659.
④ 〔清〕曹雪芹，〔清〕高鹗. 红楼梦 [M]. 北京：人民文学出版社，1996：292.
⑤ 〔清〕曹雪芹，〔清〕高鹗. 红楼梦 [M]. 北京：人民文学出版社，1996：438.

庄,"生得肌骨莹润,举止娴雅";才华横溢,"当日有他父亲在日,酷爱此女,令其读书识字",较之乃兄竟高过十倍"①,就其诗作而言,比林黛玉只高不低;家境富有,却过着朴素的生活,"自父亲死后,见哥哥不能依贴母怀,他便不以书字为事,只留心针黹家计等事,好为母亲分忧解劳"②;她待人宽和,善于处理人际关系;在生活中有一些伪饰,但又不失真诚的情感,"也是个淘气的。从小七八岁上也够个人缠的"③,所以,她不仅可敬,而且可爱。也正因为薛宝钗具有这些优点,在贾府为宝玉选择婚姻对象的时候,她就具有了绝对的优势。

但是,薛宝钗对于贾宝玉的情感却始终是平和的。她进京的目的本是要"备选为公主郡主入学陪侍,充为才人赞善之职"④的,她并不像黛玉那样对宝玉痴情,而且她也知道黛玉对宝玉的感情,甚至还会以此来打趣黛玉,如第二十五回,知道宝玉病情好转:

林黛玉就先念了一声"阿弥陀佛"。宝钗便回头看了他半日,嗤的一声笑。众人都不会意,贾惜春道:"宝姐姐,好好的笑什么?"宝钗笑道:"我笑如来佛比人还忙:又要讲经说法,又要普渡众生;这如今宝玉、凤姐姐病了,又烧香还愿,赐福消灾;今才好些,又管林姑娘的姻缘了。你说忙的可笑不好笑。"林黛玉不觉的红了脸,啐了一口道:"你们这起人不是好人,不知怎么死!再不跟着好人学,只跟着凤姐贫嘴烂舌的学。"⑤

从黛玉的话中能看出来众人特别是王熙凤也时常拿宝黛的感情开玩笑,如第二十五回,王熙凤就曾逗林黛玉说:"你既吃了我们家的茶,怎么还不给我们家作媳妇?"甚至当着宝钗的面指宝玉道:"你瞧瞧,人物儿、门第配不上,根基配不上,家私配不上?那一点还玷辱了谁呢?"⑥可见,当时众人对宝玉和黛玉的情感是认同的,而一向表现稳重的宝钗此时开这个玩笑恰恰表明她心中对宝玉和黛玉的感情是接受的,并没有和黛玉相争的意思。

可是,宝钗却又不能不接受家族的安排,根据家族的需要嫁给了宝玉。其原因,除了宝钗性格宽厚、善于处理人际关系、得到长辈宠爱并有理家之才外,还有一个重要原因,就是林黛玉的身体不好,如其亲口所言:

---

① 〔清〕曹雪芹,〔清〕高鹗. 红楼梦 [M]. 北京:人民文学出版社,1996:63.
② 〔清〕曹雪芹,〔清〕高鹗. 红楼梦 [M]. 北京:人民文学出版社,1996:63.
③ 〔清〕曹雪芹,〔清〕高鹗. 红楼梦 [M]. 北京:人民文学出版社,1996:567.
④ 〔清〕曹雪芹,〔清〕高鹗. 红楼梦 [M]. 北京:人民文学出版社,1996:64.
⑤ 〔清〕曹雪芹,〔清〕高鹗. 红楼梦 [M]. 北京:人民文学出版社,1996:346-347.
⑥ 〔清〕曹雪芹,〔清〕高鹗. 红楼梦 [M]. 北京:人民文学出版社,1996:342.

黛玉道："不中用。我知道我这样病是不能好的了。且别说病，只论好的日子我是怎么形景，就可知了。"①

这对于家族继承人的培养不利。而宝钗是符合"之子于归，宜其室家"②的需要的。但问题也就在这里，"空对着，山中高士晶莹雪；终不忘，世外仙姝寂寞林"③，宝钗得到的只是一个名分，是有名无实的婚姻，这无疑也是悲剧。薛宝钗是作者极力赞赏的形象，她的性格体现了传统道德的积极因素，在她身上体现着作者的理想；但她又是一个悲剧的角色，特别是后四十回，"没有把薛宝钗写成像《儿女英雄传》中的张金凤式人物，说服黛玉共事一夫；也没有把她写成和泼妇金桂一样，因为丈夫疯傻闹得家宅不安；更没有把她写成思想转变者，翻然改图，尊重宝玉、黛玉的自主婚姻，放弃角逐，另觅所欢。始终把宝钗写成深受封建毒害，恪遵忠孝之道，敌视人性自由，以改造宝玉为己任，失败而不悟的保守人物"④，这集中体现了薛宝钗的悲剧，既有性格的悲剧，更是时代和社会的悲剧。她的悲剧宣告了作者理想的破灭，这也正是"怀金悼玉的《红楼梦》"⑤之内涵表现之一。

其三，女子命运的悲剧。《红楼梦》开篇曰：

今风尘碌碌，一事无成，忽念及当日所有之女子，一一细考较去，觉其行止见识，皆出于我之上。何我堂堂须眉，诚不若彼裙钗哉？实愧则有余，悔又无益之大无可如何之日也！当此，则欲将已往所赖天恩祖德，锦衣纨绔之时，饫甘餍肥之日，背父兄教育之恩，负师友规训之德，以至今日一技无成、半生潦倒之罪，编述一集，以告天下人：我之罪固不免，然闺阁中本自历历有人，万不可因我之不肖，自护己短，一并使其泯灭也。⑥

这里已经明确指出，《红楼梦》是要表现女子的美好，作品借冷子兴之口描述贾宝玉对女子的评价：

女儿是水作的骨肉，男人是泥作的骨肉。我见了女儿，我便清爽；见了男子，便觉浊臭逼人。⑦

---

① 〔清〕曹雪芹，〔清〕高鹗. 红楼梦 [M]. 北京：人民文学出版社，1996：606.
② 高亨. 诗经今注 [M]. 上海：上海古籍出版社，1980：8.
③ 〔清〕曹雪芹，〔清〕高鹗. 红楼梦 [M]. 北京：人民文学出版社，1996：82.
④ 朱眉叔. 论《红楼梦》后四十回的作者问题 [J]. 辽宁大学学报，1982（3）：52.
⑤ 〔清〕曹雪芹，〔清〕高鹗. 红楼梦 [M]. 北京：人民文学出版社，1996：82.
⑥ 〔清〕曹雪芹，〔清〕高鹗. 红楼梦 [M]. 北京：人民文学出版社，1996：1.
⑦ 〔清〕曹雪芹，〔清〕高鹗. 红楼梦 [M]. 北京：人民文学出版社，1996：28.

又借贾雨村之口描述甄宝玉对女子的评价：

他说："必得两个女儿伴着我读书，我方能认得字，心里也明白；不然我自己心里糊涂。"又常对跟他的小厮们说："这女儿两个字，极尊贵、极清净的，比那阿弥陀佛、元始天尊的这两个宝号还更尊荣无对的呢！你们这浊口臭舌，万不可唐突了这两个字要紧。但凡要说时，必须先用清水香茶漱了口才可；设若失错，便要凿牙穿腮等事。"其暴虐浮躁，顽劣憨痴，种种异常。只一放了学，进去见了那些女儿们，其温厚和平，聪敏文雅，竟又变了一个。因此，他令尊也曾下死笞楚过几次，无奈竟不能改。每打的吃疼不过时，他便"姐姐""妹妹"乱叫起来。后来听得里面女儿们拿他取笑："因何打急了只管叫姐妹做甚？莫不是求姐妹去说情讨饶？你岂不愧些！"他回答的最妙。他说："急疼之时，只叫'姐姐''妹妹'字样，或可解疼也未可知，因叫了一声，便果觉不疼了，遂得了秘法：每疼痛之极，便连叫姐妹起来了。"①

这可以看作对女子最集中的赞美。但这部以悲剧为主题的作品同时也表现了女子的悲剧。无论是薄命司，还是金陵十二钗的判词，无论是到了"那不得见人的去处"② 的皇妃元春，还是"堪羡优伶有福，谁知公子无缘"③ 的袭人，表现的都是女子的悲剧。清高的妙玉，却是"欲洁何曾洁，云空未必空。可怜金玉质，终陷淖泥中"④，这个"终"并非"最终"的"终"，而是"始终"的"终"，其图画"一块美玉，落在泥垢之中"，这并非突然落在，而是始终处在泥垢之中，她曾以清高抗衡，但"到头来，依旧是风尘肮脏违心愿"⑤，这个悲剧性更强；李纨，尽管在贾府有着被人高看一眼的地位，各方面的待遇都是高人一等的，但是，"如冰水好空相妒，枉与他人作笑谈"，尽管儿子争气，但自己"那美韶华去之何迅！再休提绣帐鸳衾。只这带珠冠，披凤袄，也抵不了无常性命"，"也只是虚名儿与后人钦敬"⑥，依然是悲剧；贾母"重孙媳中第一个得意之人"⑦ 的秦可卿，在作品中其身份是多重的，一方面是智者，她向王熙凤所进治家建议，可圈可点，另一方面她则堪称"情"的化身，既是贾宝玉的性启蒙者，又有"淫丧天香楼"的暧昧，但判词中一个"幻"字足以凸显其悲剧性了。《红楼梦》中女子的悲剧突出表现在王熙凤身上。

王熙凤是她那个时代的强者。她不同于传统淑女，能够在一定程度上超越封建礼

---

① 〔清〕曹雪芹，〔清〕高鹗. 红楼梦 [M]. 北京：人民文学出版社，1996：31.
② 〔清〕曹雪芹，〔清〕高鹗. 红楼梦 [M]. 北京：人民文学出版社，1996：239.
③ 〔清〕曹雪芹，〔清〕高鹗. 红楼梦 [M]. 北京：人民文学出版社，1996：75.
④ 〔清〕曹雪芹，〔清〕高鹗. 红楼梦 [M]. 北京：人民文学出版社，1996：77.
⑤ 〔清〕曹雪芹，〔清〕高鹗. 红楼梦 [M]. 北京：人民文学出版社，1996：84.
⑥ 〔清〕曹雪芹，〔清〕高鹗. 红楼梦 [M]. 北京：人民文学出版社，1996：85.
⑦ 〔清〕曹雪芹，〔清〕高鹗. 红楼梦 [M]. 北京：人民文学出版社，1996：69.

法的束缚。她理家才能极强，杀伐决断，秦可卿去世后她协理宁国府的行为足见其才；第四十五回和第五十五回她先后为李纨和贾母算经济账，足见其精明；她也曾弄权铁槛寺，也曾放债取利；但作为贾府的管家人，尽管"凤姐禀赋气血不足，兼年幼不知保养，平生争强斗智，心力更亏"①，但在荣国府这个"所有的这些管家奶奶们，那一位是好缠的？错一点儿他们就笑话打趣，偏一点儿他们就指桑说槐的报怨。'坐山看虎斗'，'借剑杀人'，'引风吹火'，'站干岸儿'，'推倒油瓶不扶'，都是全挂子的武艺"②的环境中，也正是她纵横捭阖，才能维持家族的运转，也正是她东挡西杀，才维持了贾府的奢侈用度；她善于处理各种人际关系，不仅能够让贾母和王夫人满意，而且和同辈人相处得也不错，甚至和刻薄小性的林黛玉也相处愉快；她也不乏温情，善待刘姥姥和邢岫烟，甚至对贾琏的乳母也是礼数周到不错，例如第十六回，她和贾琏正吃饭：

一时贾琏的乳母赵嬷嬷走来，贾琏凤姐忙让吃酒，令其上炕去……凤姐又道："妈妈很嚼不动那个，倒没的硌了他的牙。"因向平儿道："早起我说那一碗火腿炖肘子很烂，正好给妈妈吃，你怎么不拿了去赶着叫他们热来？"又道："妈妈，你尝一尝你儿子带来的惠泉酒……"③

这段描述当然有虚情假意的成分，但一口一个"妈妈"，一口一个"儿子"，这是足以让人心暖的。且看第八回，宝玉只因为乳母吃了自己的枫露茶，不由得大怒：

将手中的茶杯只顺手往地下一摔，豁啷一声，打了个粉碎，泼了茜雪一裙子的茶。又跳起来问着茜雪道："他是你那一门子的奶奶，你们这么孝敬他？不过是仗着我小时候吃过他几日奶罢了。如今逞的他比祖宗还大了。如今我又吃不着奶了，白白的养着祖宗作什么！撵了出去，大家干净！"说着便要去立刻回贾母，撵他乳母。④

这里固然有前边在薛姨妈处喝酒被乳母阻拦，并且又受到林黛玉挑唆的原因，但这种表现和凤姐两相比较，高下自现。她的观念也不保守，在第五十五回中，她盛赞探春，连用四个"好"，称之为"好个三姑娘"，虽然为探春是庶出的身份而感叹"他命薄，没托生在太太肚里"，却又肯定将来能娶到探春的是"有造化的"⑤，而且承认"他

---

① 〔清〕曹雪芹，〔清〕高鹗. 红楼梦 [M]. 北京：人民文学出版社，1996：749.
② 〔清〕曹雪芹，〔清〕高鹗. 红楼梦 [M]. 北京：人民文学出版社，1996：205.
③ 〔清〕曹雪芹，〔清〕高鹗. 红楼梦 [M]. 北京：人民文学出版社，1996：207.
④ 〔清〕曹雪芹，〔清〕高鹗. 红楼梦 [M]. 北京：人民文学出版社，1996：127.
⑤ 〔清〕曹雪芹，〔清〕高鹗. 红楼梦 [M]. 北京：人民文学出版社，1996：759.

又比我知书识字，更厉害一层了"①。因此她要和探春"大家做个膀臂"，宁可自己的面子受损也支持探春。尽管她清楚地认识到自己"这几年生了多少省俭的法子，一家子大约也没个背地里不恨我的"②，她也知道"若按私情藏奸上论，我也太行毒了，也该抽回退步，回头看看"，所以鼓励探春出头也有让"众人就把往日咱们的恨暂可解了"的目的，但更多的还是为了家族的利益，这时的王熙凤是可敬的，因此在第十三回中秦可卿称她为"脂粉队里的英雄"③。

不过，王熙凤毕竟是经过封建礼教熏陶的女性，她尽管强势，但依然是恪守妇道的。如第二十一回贾琏和平儿谈论凤姐：

贾琏道："你不用怕他，等我性子上来，把这醋罐打个稀烂，他才认得我呢！他防我像防贼的，只许他同男人说话，不许我和女人说话；我和女人略近些，他就疑惑，他不论小叔子侄儿，大的小的，说说笑笑，就不怕我吃醋了。以后我也不许他见人！"平儿道："他醋你使得，你醋他使不得。他原行的正走的正；你行动便有个坏心，连我也不放心，别说他了。"④

"行的正走的正"，平儿的评价是非常客观的。在现实生活中，凤姐也有无奈和懦弱的一面。第四十四回贾琏和鲍二媳妇偷情，凤姐虽然大闹一场，最终也只能无可奈何地了结；第六十五回，贾琏娶了尤二姐，凤姐虽然大闹了宁国府，并且挑唆秋桐所谓"借剑杀人"，但这个"杀"也不过是打击一下，客观上看，凤姐对贾琏娶妾的行为还是无可奈何的。即使在十一回面对贾瑞的调戏，凤姐起初也只能采取忍耐的态度，"几时叫他死在我手里"⑤只是一时发狠，并没有付诸行动。贾瑞步步紧逼，她也只是骗他冻了一夜略加惩罚；待到贾瑞"邪心未改"又来骚扰，她才"再寻别计令他知改"⑥，浇了他一身一头尿粪。在这个问题上，本来强势的凤姐却无法得到丈夫的帮助，只能跟心腹平儿诉说，只能借助平素亲近的贾蓉和贾蔷帮忙，最后还落个把柄给贾蓉，让他说"凤姑娘那样刚强，瑞叔还想他的帐"⑦！

关于王熙凤的判词"一从二令三人木""应算是《红楼梦》中最吸引人而又难解的

---

① 〔清〕曹雪芹，〔清〕高鹗. 红楼梦 [M]. 北京：人民文学出版社，1996：761.
② 〔清〕曹雪芹，〔清〕高鹗. 红楼梦 [M]. 北京：人民文学出版社，1996：759.
③ 〔清〕曹雪芹，〔清〕高鹗. 红楼梦 [M]. 北京：人民文学出版社，1996：169.
④ 〔清〕曹雪芹，〔清〕高鹗. 红楼梦 [M]. 北京：人民文学出版社，1996：288.
⑤ 〔清〕曹雪芹，〔清〕高鹗. 红楼梦 [M]. 北京：人民文学出版社，1996：156.
⑥ 〔清〕曹雪芹，〔清〕高鹗. 红楼梦 [M]. 北京：人民文学出版社，1996：163.
⑦ 〔清〕曹雪芹，〔清〕高鹗. 红楼梦 [M]. 北京：人民文学出版社，1996：882.

谜之一"①，将其与下一句"哭向金陵事更哀"结合起来，"应当寓含着王熙凤的一生遭际和变故"②，一个"哀"字已经昭示了她的悲剧命运。罗书华从王熙凤"既是大观园女儿国的重要一员，又是贾府男人世界里的管家奶奶这种双重身份"着眼，对这句判词给出了相对通达的解读：

  在大观园女儿国，凤姐顺从、和善、亲切、自然，这是"一从"；在贾府男子世界，凤姐杀伐决断，威重令行，这是"二令"；这个意欲挽狂澜于既倒的脂粉英雄最终落得身心交瘁，一命呜呼，在那忽喇喇的大厦倾灭中，玉石为之俱焚，这是"三人木"。③

  其中，将"人木"合为"休"，认为是"一命呜呼"，其命休矣，这种解释是很有道理的。此外，还有观点认为这个"三人木"合成的"休"是暗示王熙凤最终是被贾琏休弃了，这却是不妥的，尽管贾琏也有过对王熙凤的不满言论，例如在尤二姐死后，说"终久对出来，我替你报仇"④，但如前文所言，王熙凤"行的正走的正"，并没有被休弃的理由。笔者赞同罗书华的观点，并在此基础上认为，这个"休"也可理解为"终结"，即王熙凤的权势地位与精神魄力也随着贾府的衰败而终结了，如果后四十回真的是曹雪芹的原稿，那么这一点是可以得到验证的，第一百一十回"史太君寿终归地府 王凤姐力诎失人心"中说王熙凤"力诎"就是指的这一点。贾府被抄后，贾母去世，"老太太的柩是要归到南边去的"⑤，这就是"哭向金陵"之事。王熙凤本想好好操办葬礼，但各方面掣肘，让她无计可施，反而受到各方面埋怨，她甚至放下身段去哀求仆人说："大娘婶子们可怜我罢！我上头挓了好些说……"⑥ "好大娘们！明儿且帮我一天"⑦，可是依旧无可奈何，而"这些丫头们见邢夫人等不助着凤姐的威风，更加作践起他来"，用李纨的话说："可怜凤丫头闹了几年，不想在老太太的事上，只怕保不住脸了"⑧，最终王熙凤气得大口吐血，正是对应了"哭向金陵事更哀"。对于要强的王熙凤来说，"保不住脸"的确是一个悲剧。王熙凤有才华，有志向，她应该有所作为，却是"凡鸟偏从末世来"，凤凰本应该出现于盛世，可她只能待在冰山之上，尽管"机关算尽太聪明"，却依然无力拯救家族的破败；她有期待和野心，却只能依靠贾府这座末世的

---

① 罗书华. 凤凰惜作末世舞——论凤姐兼说"一从二令三人木"[C]//罗书华. 经典的真相与魅力. 北京：商务印书馆，2019：216.
② 吕启祥. 王熙凤的魔力与魅力[C]//刘梦溪，等. 红楼梦十五讲. 北京：北京大学出版社，2007：271.
③ 罗书华. 凤凰惜作末世舞——论凤姐兼说"一从二令三人木"[C]//罗书华. 经典的真相与魅力. 北京：商务印书馆，2019：218.
④ 〔清〕曹雪芹，〔清〕高鹗. 红楼梦[M]. 北京：人民文学出版社，1996：961.
⑤ 〔清〕曹雪芹，〔清〕高鹗. 红楼梦[M]. 北京：人民文学出版社，1996：1481.
⑥ 〔清〕曹雪芹，〔清〕高鹗. 红楼梦[M]. 北京：人民文学出版社，1996：1483.
⑦ 〔清〕曹雪芹，〔清〕高鹗. 红楼梦[M]. 北京：人民文学出版社，1996：1484.
⑧ 〔清〕曹雪芹，〔清〕高鹗. 红楼梦[M]. 北京：人民文学出版社，1996：1485.

冰山。这正是恩格斯在《致斐·拉萨尔》中所言,是"历史的必然要求和这个要求的实际上不可能实现之间的悲剧性的冲突"①,这是她这个有干才的女子最大的悲剧。

金陵十二钗,一个个女子,或性格娴熟,或文采斐然,或才华横溢,或治家有方,她们都是作者理想的寄托者,作者通过对女子的赞美来表达对当时男权社会的失望,这和《儒林外史》结尾所谓"儒林无人",对市井四大奇人的肯定,《儿女英雄传》对儿女英雄的肯定,《三侠五义》对侠义精神的宣扬,都是文化自救的表现。然而她们却一个个地陨落,正如鲁迅《再论雷峰塔的倒掉》所言,"将人生的有价值的东西毁灭给人看"②。女子命运的悲剧充分体现于此。

其四,人生与社会的悲剧。客观来看,《红楼梦》中是没有那种彻头彻尾的恶人的。贪淫好色的贾珍,却能够在秦可卿的葬礼上"哭的泪人一般",并且动情地喊出"可见这长房内绝灭无人了","如何料理,不过尽我所有罢了"③,尽管有"淫丧天香楼"的暧昧,但并不能掩饰贾珍对秦可卿的真情;而同样贪淫好色的贾琏在尤二姐死后也是"搂尸大哭不止"④,"及开了箱柜,一滴无存,只有些拆簪烂花并几件半新不旧的绸绢衣裳,都是尤二姐素习所穿的,不禁又伤心哭了起来。自己用个包袱一齐包了,也不命小厮丫鬟来拿,便自己提着来烧"⑤,他对尤二姐的真情是不可掩饰的。再如薛蟠,人称"呆霸王"⑥ 和"薛大傻子"⑦,但他并没有在真正意义上做过什么恶事。打死冯渊是在抢夺香菱过程中其手下误伤,很难说是有意为之,甚至薛蟠在场与否都不可知。这个人性格其实是比较憨直乃至有些可爱的,如第三十五回,他因为宝玉挨打而被误会,气急败坏地用言语伤害了妹妹,第二天看到妈妈和妹妹难过,赶忙真诚地向母亲和妹妹道歉:

薛蟠在外边听见,连忙跑了过来,对着宝钗,左一个揖,右一个揖,只说:"好妹妹,恕我这一次罢!原是我昨儿吃了酒,回来的晚了,路上撞客着了,来家未醒,不知胡说了什么,连自己也不知道,怨不得你生气。"宝钗原是掩面哭的,听如此说,由不得又好笑了,遂抬头向地下啐了一口,说道:"你不用做这些像生儿。我知道你的心里多嫌我们娘儿两个,是要变着法儿叫我们离了你,你就心净了。"薛蟠听说,连忙笑道:"妹妹这话从那里说起来的,这样我连立足之地都没了。妹妹从来不是这样多心说歪话的人。"薛姨妈

---

① [德] 恩格斯. 致斐·拉萨尔 [C] // [德] 马克思,[德] 恩格斯. 马克思恩格斯选集:第四卷. 北京:人民出版社,1972:346.
② 鲁迅. 坟 [M] //鲁迅. 鲁迅全集:第一卷. 北京:人民文学出版社,2005:203.
③ 〔清〕曹雪芹,〔清〕高鹗. 红楼梦 [M]. 北京:人民文学出版社,1996:172.
④ 〔清〕曹雪芹,〔清〕高鹗. 红楼梦 [M]. 北京:人民文学出版社,1996:961.
⑤ 〔清〕曹雪芹,〔清〕高鹗. 红楼梦 [M]. 北京:人民文学出版社,1996:962.
⑥ 〔清〕曹雪芹,〔清〕高鹗. 红楼梦 [M]. 北京:人民文学出版社,1996:61.
⑦ 〔清〕曹雪芹,〔清〕高鹗. 红楼梦 [M]. 北京:人民文学出版社,1996:206.

忙又接着道:"你只会听见你妹妹的歪话,难道昨儿晚上你说的那话就应该的不成?当真是你发昏了!"薛蟠道:"妈也不必生气,妹妹也不用烦恼,从今以后我再不同他们一处吃酒闲逛如何?"宝钗笑道:"这不明白过来了!"薛姨妈道:"你要有这个横劲,那龙也下蛋了。"薛蟠道:"我若再和他们一处逛,妹妹听见了只管啐我,再叫我畜生,不是人,如何?何苦来,为我一个人,娘儿两个天天操心!妈为我生气还有可恕,若只管叫妹妹为我操心,我更不是人了。如今父亲没了,我不能多孝顺妈多疼妹妹,反教娘生气妹妹烦恼,真连个畜生也不如了。"口里说着,眼睛里禁不起也滚下泪来。薛姨妈本不哭了,听他一说又勾起伤心来。宝钗勉强笑道:"你闹够了,这会子又招着妈哭起来了。"薛蟠听说,忙收了泪,笑道:"我何曾招妈哭来!罢,罢,罢,丢下这个别提了。叫香菱来倒茶妹妹吃。"宝钗道:"我也不吃茶,等妈洗了手,我们就过去了。"薛蟠道:"妹妹的项圈我瞧瞧,只怕该炸一炸去了。"宝钗道:"黄澄澄的又炸他作什么?"薛蟠又道:"妹妹如今也该添补些衣裳了。要什么颜色花样,告诉我。"宝钗道:"连那些衣服我还没穿遍了,又做什么?"一时薛姨妈换了衣裳,拉着宝钗进去,薛蟠方出去了。①

这段描述,特别是薛蟠的言语可谓情真意切,发自肺腑,没有半点伪饰,让人感动,不能不原谅他。在关键时刻,他也能表现出极强的责任感,例如第二十五回,宝玉和凤姐被马道婆做法弄得疯魔,众人慌乱时:

别人慌张自不必讲,独有薛蟠更比诸人忙到十分去:又恐薛姨妈被人挤倒,又恐薛宝钗被人瞧见,又恐香菱被人臊皮,——知道贾珍等是在女人身上做功夫的,因此忙的不堪。忽一眼瞥见了林黛玉风流婉转,已酥倒在那里。②

虽然看黛玉的表现有些丢人,但总的来说,对母亲和妹妹的爱护,对香菱的保护,这份诚心和情意还是值得肯定的。

同时,他又很重情义,得到柳湘莲的帮助后,便引之以为知己。第六十七回,当柳湘莲因尤三姐自杀之事随道人出家后,"薛蟠自外而入,眼中尚有泪痕"③,"一听见这个信儿,就连忙带了小厮们在各处寻找"④,而且在酒席上向人坦陈:"城里城外,那里没有找到?不怕你们笑话,我找不着他,还哭了一场呢。""言毕,只是长吁短叹无精打彩的,不象往日高兴。"⑤

---

① 〔清〕曹雪芹,〔清〕高鹗. 红楼梦 [M]. 北京:人民文学出版社,1996:463-464.
② 〔清〕曹雪芹,〔清〕高鹗. 红楼梦 [M]. 北京:人民文学出版社,1996:343.
③ 〔清〕曹雪芹,〔清〕高鹗. 红楼梦 [M]. 北京:人民文学出版社,1996:926.
④ 〔清〕曹雪芹,〔清〕高鹗. 红楼梦 [M]. 北京:人民文学出版社,1996:926.
⑤ 〔清〕曹雪芹,〔清〕高鹗. 红楼梦 [M]. 北京:人民文学出版社,1996:930.

至于他的一些恶习，例如同性恋，这是当时社会时代风气使然，即使是贾宝玉也不例外。而且，薛蟠虽然和贾珍他们在一起厮混，却知道谁是好人，例如第二十六回自己过生日，一定要请宝玉：

　　薛蟠道："要不是，我也不敢惊动，只因明儿五月初三日是我的生日，谁知古董行的程日兴，他不知那里寻了来的这么粗这么长粉脆的鲜藕，这么大的大西瓜，这么长一尾新鲜的鲟鱼，这么大的一个暹罗国进贡的灵柏香熏的暹猪。你说，他这四样礼可难得不难得？那鱼、猪不过贵而难得，这藕和瓜亏他怎么种出来的。我连忙孝敬了母亲，赶着给你们老太太、姨父、姨母送了些去。如今留了些，我要自己吃，恐怕折福，左思右想，除我之外，惟有你还配吃，所以特请你来。"①

　　可以看出，薛蟠不仅礼数周到，尊重长辈，而且对宝玉高看一眼。客观地说，薛蟠只是一个被惯坏了的孩子，其本质还是好的，因此其结局在整个《红楼梦》中也算差强人意了。

　　此外，还有贾雨村这个形象，这位"兴隆街的大爷"②"乱判葫芦案"，迫害石呆子，狡诈而冷酷。但他能够先后教导甄家的公子和林黛玉，足见其才华；他罢官后的洒脱，与冷子兴演说荣国府时高超的见解，这些都让他表现出高人一等的气质。

　　这就涉及一个本质的问题了，这些人的堕落到底是因为什么？这些人生悲剧是怎么造成的？在《红楼梦》作者眼中，人是有愿望和期待的，但这些愿望和期待往往会带来更多的烦恼和痛苦，让人无法解脱。王国维在1904年发表《红楼梦评论》，以欲望的解脱之道来评论《红楼梦》，可谓深刻。其人生悲剧的矛头最终只能指向那个无可救药的社会，这也就是所谓盛世出现《红楼梦》这部小说的意义之所在。贾兰做了高官又能怎样？他的母亲李纨，即使凤冠霞帔，到达荣誉顶峰，但青春年华已经耗尽，生命力已经耗尽，依然是悲剧；兰桂齐芳又能怎样？贾府重振当日的辉煌又能怎样？当初存在的各种矛盾依然无法从根本上得到解决，其悲剧依旧上演。人不是坏人，可是在这样一个"带着没有出路、没有革命理想、带着浓厚的挽歌色彩"③的时代与社会中，又能有怎样的作为呢？诚如李泽厚所说：

　　它们充满了"梦醒了无路可走"的苦痛、悲伤和求索。但是，它们的美学价值却已不在感伤，而在对社会生活具体地描述、揭发和批判。《红楼梦》终于成了百读不厌的

---

① 〔清〕曹雪芹，〔清〕高鹗. 红楼梦[M]. 北京：人民文学出版社，1996：355-356.
② 〔清〕曹雪芹，〔清〕高鹗. 红楼梦[M]. 北京：人民文学出版社，1996：432.
③ 李泽厚. 美学论集[M]. 上海：上海文艺出版社，1980：388.

封建末世的百科全书。①

这样的社会就像海涅《德国，一个冬天的童话》第二十六章中描述的大粪坑。在这样一个环境中，人，或堕落或灭亡，而贾宝玉选择了离开。鲁迅对贾宝玉的理解是深刻的，但依然认为"惟被了大红猩猩毡斗篷来拜他的父亲，却令人觉得诧异"②。其实，他在"刚刚儿的娶了亲，中了举人，又知道媳妇作了胎"，在其人生事业走向高潮的时候选择了离开，他穿上了大红猩猩斗篷，对自己父亲一拜，这不是更增加了悲剧的效果吗？而这也正是作者匠心独运之所在。

四、《红楼梦》的艺术魅力

《红楼梦》善于从古典文学传统中吸取经验并努力有所超越。在情节上，如第三十三回贾政痛打宝玉：

> 贾政一见，眼都红紫了，也不暇问他在外流荡优伶，表赠私物，在家荒疏学业，淫辱母婢等语，只喝令"堵起嘴来，着实打死！"小厮们不敢违拗，只得将宝玉按在凳上，举起大板打了十来下。贾政犹嫌打轻了，一脚踢开掌板的，自己夺过来，咬着牙狠命盖了三四十下。③

唐传奇《李娃传》中也有类似情节，荥阳公痛感"吾家千里驹"的堕落，"志行若此，侮辱吾门"，因此对儿子大打出手，"乃徒行出，至曲江西杏园东，去其衣服，以马鞭鞭之数百。生不胜其苦而毙"④。但比较起来，贾政因怕"明日酿到他弑君杀父"这种恨铁不成钢的通达，其内涵与意义显然要远远超越《李娃传》了；第五十二回，晴雯补雀金裘的情节则借鉴了贺铸《鹧鸪天》中怀念亡妻"挑灯夜补衣"的意蕴，来表现"像污泥池中的白莲"⑤的晴雯对宝玉的情意，而其情境的设置和气氛的渲染的功力则是有所超越的。

在结构上，《红楼梦》采用多条线索齐头并进、交相连结的网状结构。纵的方面，贾府、贾宝玉和十二钗的命运贯穿推动整部作品；从横的方面来说，《红楼梦》中并存着三个世界：一个是大观园中的理想世界，一个是大观园外的现实世界，还有一个是太虚幻境这样的神话世界。这是跟《金瓶梅》一脉相承的，但较之《金瓶梅》，其网状结

---

① 李泽厚. 美的历程 [M]. 修订插图本. 天津：天津社会科学院出版社，2001：336.
② 鲁迅. 集外集拾遗补编 [M] // 鲁迅. 鲁迅全集：第八卷. 北京：人民文学出版社，2005：179.
③ 〔清〕曹雪芹，〔清〕高鹗. 红楼梦 [M]. 北京：人民文学出版社，1996：444.
④ 鲁迅. 唐宋传奇集 [M] // 鲁迅. 鲁迅全集：第十卷. 北京：人民文学出版社，1973：276.
⑤ 梁羽生. 笔花六照 [M]. 桂林：广西师范大学出版社，2008：167.

构更加立体化，辐射面更加宽广。《金瓶梅》以西门庆的家庭为核心，以西门庆的成长为经线，以其妻妾纠纷为纬线，主要着眼于以西门庆的家庭为核心的下层社会，而对蔡京、蔡状元等上层社会只是略有涉及；《红楼梦》则是将众多的人物和纷繁的事件有机组织起来，相互贯通，互为因果，所展示的生活画面错综复杂、丰富多彩，上到朝廷宫闱，下到市井走卒，覆盖面更加全面，交织成一张巨大密实的网。而且，每个形象都是这张大网的结点，活力十足。

《红楼梦》的语言也极富特色。如易宗夔所言："乾隆时小说盛行，其言之雅驯者，言情之作，则莫如曹雪芹之《红楼梦》。"① 在语言运用上，《红楼梦》采用了丰富的日常生活口语，如前面所说的"炸"，而刘姥姥更是一个运用日常口语的高手，令人时常开心大笑。诗词的运用也是《红楼梦》语言艺术特色之一。诗词一方面推动预示了情节的发展，形象地塑造了人物，同时又很好地揭示了主题，如《好了歌》，否定了世人对"功名""金银""娇妻"和"儿孙"的贪慕，指出此乃人生痛苦之根源。

从形象塑造上看，《红楼梦》塑造的典型形象不仅数量众多，而且个性十足：宝钗宽厚中的细腻，黛玉以真诚为底色的刻薄，妙玉清高中的多情，湘云豪爽的名士风度，都跃然纸上；而且，这些形象的性格又是极为丰富的。例如在表现黛玉个性的同时，并不避讳其有俗气的一面，因此妙玉说她"你这么个人，竟是大俗人"②，湘云讽之以"你知道什么！'是真名士自风流'，你们都是假清高，最可厌的"③，她也认可自己以《牡丹亭》和《西厢记》行令是"失于检点"④，这也是她能对宝钗消除芥蒂的前提。再如贾政，虽然总是一副板着面孔的当家人形象，但也有"起初天性也是个诗酒放诞之人"⑤的一面；还有贾环，他是庶出，始终是一副猥琐的模样，被人瞧不起，但有两处表现让人想不到。一处是第二十五回，因贾宝玉亲近与之相好的彩霞，"便要用热油烫瞎他的眼睛，因而故意装作失手，把那一盏油汪汪的蜡灯向宝玉脸上只一推"⑥；一处是第六十二回，因为彩霞说了贾宝玉的好话，他非常生气：

> 将彩云凡私赠之物都拿了出来，照着彩云的脸摔了去，说："这两面三刀的东西！我不稀罕。你不和宝玉好，他如何肯替你应。你既有担当给了我，原该不与一个人知道。如今你既然告诉他，如今我再要这个，也没趣儿。"⑦

---

① 易宗夔. 新世说[M]. 太原：山西古籍出版社，1997：95.
② 〔清〕曹雪芹，〔清〕高鹗. 红楼梦[M]. 北京：人民文学出版社，1996：555.
③ 〔清〕曹雪芹，〔清〕高鹗. 红楼梦[M]. 北京：人民文学出版社，1996：665.
④ 〔清〕曹雪芹，〔清〕高鹗. 红楼梦[M]. 北京：人民文学出版社，1996：567.
⑤ 〔清〕曹雪芹，〔清〕高鹗. 红楼梦[M]. 北京：人民文学出版社，1996：1102–1103.
⑥ 〔清〕曹雪芹，〔清〕高鹗. 红楼梦[M]. 北京：人民文学出版社，1996：335.
⑦ 〔清〕曹雪芹，〔清〕高鹗. 红楼梦[M]. 北京：人民文学出版社，1996：844.

这里固然有贾环狠毒和自卑的因素,但其性格的形成与其长期受到嘲讽与蔑视有关,其扭曲的性格证明他也是一个被侮辱和被伤害的人,更深一步看,他的性格中也有自尊和傲气的一面。此外,即使焦大这样在书中只露一面的形象也是极其生动的,其对宁国府的咒骂固然犀利,但如果结合其无家庭、无子女、无个人财产的生活处境,其咒骂声中所包含的悲愤、酸楚也就可以理解了,宁国府中这样一个忠义老仆的形象也就更具文化内涵了。

此外,作品非常重视人物心理,如第二十九回宝黛争吵时的心理描述,还有第三十二回黛玉听到宝玉把自己引为知己的心理描述,都将形象性格更加细腻深入地表现出来了。

至于后世的所谓"续书",虽然数量不少,但都未能真正继承其艺术魅力,未能如《西游补》之于《西游记》、《金瓶梅》之于《水浒传》那样再造中国小说史的新辉煌。不过,像文康《儿女英雄传》那样反《红楼梦》而行之,极力表现"作善降祥"之家庭生活,力图对旗人文化予以反思和救赎;还有刘鹗《老残游记·自叙》那样有感于《红楼梦》"名其茶曰'千芳一窟',名其酒曰'万艳同杯'者:千芳一哭,万艳同悲也",而觉得:

吾人生今之时,有身世之感情,有社会之感情,有种教之感情,其哭泣愈痛:此鸿都百炼生所以有《老残游记》之作也。①

它们虽然不是《红楼梦》真正意义上的续书,却在精神层面上深深烙上了《红楼梦》的印记。特别是《儿女英雄传》,虽然在立意上处处与《红楼梦》作对,但创作在很大程度上受到了《红楼梦》的影响,如第三十三回"申庭训喜克继书香 话农功请同操家政"中因舅太太讲的下象棋绕弯子之事而引发的笑场,简直可以媲美《红楼梦》第四十回"史太君两宴大观园 金鸳鸯三宣牙牌令"中刘姥姥一句"老刘,老刘,食量大似牛"② 所引发之笑场的。因此如丘炜萲《小说闲评》所言:"又安知《儿女英雄传》显而攻之者,不从而阴为感耶!《红楼梦》得此大弟子,可谓风骚有正声矣。"③

正因为这样,《红楼梦》是无法从根本上说尽的,但也因为这样,我们才会被其所吸引,为之倾心。

---

① 〔清〕刘鹗. 老残游记 [M]. 上海:上海古籍出版社,1991.
② 〔清〕曹雪芹,〔清〕高鹗. 红楼梦 [M]. 北京:人民文学出版社,1996:536.
③ 徐中玉. 中国近代文学大系:文学理论集二 [M]. 上海:上海书店,1995:231.

后 记

每次写完一篇文字，我总是会有摆脱不开的遗憾。"暨乎篇成，半折心始"，这种感叹已经不是第一次了。

从2005年开始讲授"中国小说史"课程至今，想法很多，一吐为快的愿望也日甚一日，但真的动笔了，却发现这实在是个苦差事，甚至可以说是对自己的折磨。它就像个无底洞，近三年的时间，拖拖拉拉，时写时停，有时甚至几天都写不出一个字来，只能面对着电脑发呆。在无力而又不甘的状态下，我搜刮肚肠，努力阐述着"小说是什么""什么样的小说是好小说""小说史是怎样发展的"这些问题，努力梳理着中国古代小说发展的轨迹。今天，终于跌跌撞撞地把这本书写完了。效果如何呢？反正我自己是不满意的，因为还有很多内容没有说明白，没有说透彻，一是要照顾篇幅，二是时间真的太紧了，特别是我现在似乎无力再去组织语言了。

自鲁迅《中国小说史略》问世后，小说史的撰写时有进行，但相关著述似乎总是无法超越《中国小说史略》。窃以为，其重要原因之一就是《中国小说史略》具有学术著作和教材的双重身份。而其他小说史著述或偏重于学术研讨，或偏重于资料汇总，却少有如《中国小说史略》那样将学术理念贯彻于教材撰写中的。贯注着学术理念的教材有其自身的优势。因为是教材，其语言就少了些学究气，就像《中国小说史略》，即使是文言写成，也无法掩饰其活泼泼的生气；而学术理念是教材的灵魂所在，读教材，在流畅自然的语言中对话作者的学术思考，又无须进行烦琐的学理考证，这本身也能体现出学习的乐趣。借着沈阳大学转型发展的契机，我承担了撰写"中国小说史"课程教材的任务，心中不揣冒昧，私意本书的撰写也要遵循这个原则，写成一本有学术个性的教材。既然是教材，我就尽量让语言顺畅些，免得学生读不下去，在此基础上努力梳理中国古代小说的发展轨迹，同时，也将自己的一些学术理解，一些"私货"夹带其中。

徐朔方先生在《明代文学史·缘起》中提出"编写文学史应该将所编写时期所有的作家作品巨细无遗地全部加以阅读研究。编者有权决定将谁写进或不写进文学史，但是事先必定要审慎地阅读作品"，这是一个美好的学术理想，编写小说史也应该这样。但客观来说，这又是非常难的。对于我自己来说，教授"中国小说史"课程十几年了，水平高低不等的论文也写了20余篇，可是真正做到竭泽而渔的研究，非我能力所及。不过，对于一些问题，我也的确有着自己的见解，而且，作为教材的编写，我也力图贯彻一种观念，就是通过教学，努力去指导学生了解认识小说，主动地结合文化背景去鉴赏评价小说，在此基础上去动手创作小说，毕竟这也是汉语言文学专业的技能培养的体现。

中国"小说"范畴在发展过程中，其含义是丰富而复杂的，特别是古人的小说观念相对宽泛，甚至可以说是驳杂多样的，所谓"古小说"与现代意义上的"小说"文体并不一致。于是，一些小说史著作或者小说作品选本往往采用折衷的方式，将凡是具有故事性的作品统统收入其中，都视为"小说"。但是，这样就会造成内容过于庞杂、头绪过于混乱，资料全则全矣，但到底什么是小说呢？在教学过程中，我一直鼓励学生们动手写小说，编成的作品集也有几本了，但是每次面对"小说是什么"这个最本质的问题，还是会觉得有些模糊。因此，在本书撰写过程中，我尽量贯彻两个原则：其一，努力回答关于小说的基本问题。在兼顾小说古今含义的同时，对小说本体的确认采取了相对严格的标准，尽量用现代小说的特点来确认作品的归属，避免过多的折衷。明确文体意义上的小说概念，然后制定小说的评价标准，这样就能够让学生对小说有一个比较直观的认识，有一个相对明确的遵循尺度，明确什么是小说，明确什么样的作品是好小说，其优秀之处体现在哪里，这样有针对性地学习会提高效率；其二，在以时间为线，对不同时期的小说创作情况予以描述，努力归纳总结中国古代小说发展规律的同时，尽量照顾到不同阶段的均衡性，对某些阶段的创作情况尽量细致一些描述，而对于明清时期反而要尽量粗线条一些，对于大家熟知的作品和形象并不过分追求细致分析，甚至有意压缩篇幅，对于一些平时关注不多的小说类型和有特点的配角形象反而多说一些。这样能在一定程度上摆脱固有的模式套路。当然，《红楼梦》是一个例外，本书在附录中给予这部中国古代小说的巅峰之作较多的篇幅，这样做的目的，一方面是突出其在中国古代小说史上的地位，另一方面是将其作为具体分析作品的例证。同时，本书也不执著于资料的详备，因为当代不少学者已经在这方面做了大量工作，如李剑国和陈洪两位先生主编的《中国小说通史》在资料上就已经相当全面了，所以本书在撰写过程中只是尽量细致地对引用的内容加以注释，这样学生们可以自己按图索骥去参考阅读了。

完成这本书的过程中，我在强迫自己阅读大量原著和相关理论著作的同时，也更加切实地感受到诸多师友的关爱。

1994年，我考入沈阳大学师范学院中文系，孙民教授和刘红军教授在关心我生活的同时，认真指点我初窥中国小说之门径，不辞辛苦地修改我这个狂妄小青年的一篇篇稚嫩的文章，大三时候我写出的两篇小论文就是由他们推荐发表在学报上的。直到今天，他们依然关心着我的成长。孙民教授在《中华活页文选》上发表了一系列关于《聊斋志异》的文章，每次都会送我一本；刘红军教授虽然已经调到上海工作，可是依然经常通过电话和网络指点我，在撰写本书过程中，刘老师提出了很多宝贵的意见，并把他尚未发表的红学研究论文《"东省"到底在哪里》送给我，以期对我有所助力。

1998年，我到沈阳市第105中学高中部任教，担任班主任并教授语文课。这是一所普通中学，学生们都是所谓中考的失意者，和重点中学分数线差了几十分，但这些孩子们学习热情极高，特别喜欢阅读，我于是利用班主任的权利，因势利导，仿照上大学时候的做法，动用班费给考试成绩优秀者购买了文学名著作为奖励，进而在全班形成了阅读文学名著的风气，同时指导他们积极写作并向报刊投稿，高中阶段就有十几位同学在报刊上公开发表了文章，这些稚嫩的文字我到今天还珍藏着，作为一份美好的回忆。而"中小学时候的习作多少都有些小说色彩"的观点也是在那个时候形成的。

2002年我考入辽宁大学攻读硕士学位。能够师从胡胜教授是我的幸运。他是真正意义上的严师，我保留的论文草稿上满是他红色的批语，至今还让我胆战心惊，不敢懈怠，特别是在读书方法上，他对我耳提面命，令我有了较大的进步。他的书房是我最喜欢待的地方。他就像个魔术师，我需要什么资料，他随手就能从书架某处找出来。我佩服胡老师充沛的精力，行政工作、教学工作以及家庭生活，都安排得井井有条。记忆中最深刻的就是他告诉我，读书，要学会抓住时机就翻翻，好书都是有感情的，你没事就翻翻，一定会得到回报的。这是个好方法，很多书籍就是这么翻翻读完的。写这本书的时候，胡老师在百忙之中对我给予了很多指导，特别是在微信记录里，满是我们讨论的痕迹。他也特意把自己未发表的论文《重估"南系"〈西游记〉：以泉州傀儡戏〈三藏取经〉为切入点》送给我，让我对《西游记》的成书与传播有了更加客观的认识。

感谢我的博士生导师涂光社教授。涂老师的严谨常常让轻狂的我无地自容。每次讨论问题时，他总是笑眯眯地让我拿出证据。证据？证据！这本书的撰写，我的速度很慢，因为我在努力做到言之有据，尽管期待和实际相差很远，但涂老师的话一直在耳边，证据？证据！必须言之有据！

感谢罗书华教授，在我求教时，他慷慨地将当时尚未发表的《"四大奇书"的成名与意蕴》一文赠送给我，并惠赠《双凤护珠——红楼梦的结构与叙述》和《红楼细细读》两书的电子版，此后又寄来了他选编的《经典的真相与魅力》一书。

感谢苗怀明教授对我的诸多指点，他精力旺盛，经常在夜半时分，我在微信上提出问题，他几乎都能秒回。有时我会感叹"您是否在监视我"，他的回复是"就怕你偷懒"！苗老师坦率而热诚的点拨经常让我有茅塞顿开之感，在本书撰写过程中的点滴思考也承蒙不弃，有多篇发表在苗老师主持的"古代小说网"公众号上，并以此为平台得到了诸多师友的批评指正。

感谢许振东教授,他不仅在所主持的"京畿学堂"公众号上刊发我的拙劣文字,还赠送了《小豆棚》一书给我做资料,并惠赐大作《〈金瓶梅〉的意义诠释及研究》与《明清小说的文学诠释与传播》,开拓了我的视野。

感谢我的小师姐,辽宁大学的刘磊老师。她年龄比我小,但入师门在先。这是个聪明的女子。在我的印象中,她总是那么平和稳重,似乎就不知道什么是着急,总是那么举重若轻地把问题挥洒自如地解决掉。最让我钦佩的是她拥有极其强大的资料搜集能力。我缺少什么资料,一定会在她那里得到。这次成书过程中也不例外。

感谢大连大学的吴金梅老师。她在我撰写之初就为我求得陈平原先生《中国散文小说史》签名本作参考。在撰写本书过程中,她常常通过微信和QQ提出意见,给了我很多启发,而在我写作进入低潮时,又是她给了我许多鼓励。

感谢我的学生们。从2002级到现在,已经有上千名同学听过我的课了。在教学过程中,我不满足于单纯的知识传授,总是鼓励他们亲自去写小说。这些年来,有些同学已经是不错的小说写手了,有的还写出了长篇小说。学生们经常把他们的作品发给我看,师生共赏,共同讨论。我经常会说他们的作品不是小说,而是故事。那什么是小说?什么是好小说?问题不断地产生,教学也就越来越有趣。通过师生间的讨论,我对一些问题有了自己的看法,写这本书,也算是给我的学生们一个交代吧。

感谢撰写小说史的诸多前辈,李剑国和陈洪先生的《中国小说通史》资料详备,让我在撰写本书过程中少走了很多弯路。陈平原、刘勇强、罗书华等先生的著作让我受益良多,甚至可以说我大量摘抄了他们的精论妙语。

最要感谢的是我的母亲。在撰写这本书的过程中,年过古稀的她拖着残疾的身体照顾我的生活。这段时间,我几乎没有带她出去散步……只有母亲,能这样体谅她的儿子吧。

说了这么多话,其实就是要表达一个观点,那就是,今天,我交卷了,可以松口气了,尽管说这句话的时候,底气不是很足。

2019年8月,在书稿收尾的日子里,沈阳的天气很古怪。前十天是赤日炎炎近40度高温,后面却由于台风利奇马的缘故而连续几天下大暴雨。我每天近十个小时待在电脑前,风声雨声伴随我的读书声,自有一番滋味在心头。手抚脖颈,挥汗如雨;目视窗外,大雨倾盆。处此情境,脑海中竟然几次想到了老舍笔下的祥子,那个在烈日和暴雨下奔波的骆驼祥子!期待,在今后的日子里,在学术生涯中,自己能多一些骆驼精神!

敲定最后一个字,窗外竟然有了一丝清凉的风,秋天来了,明月正好!

赵 旭

2019年8月于沈阳